로하의 세상

로하의 세상

초판 1쇄 인쇄 2021년 5월 17일
초판 1쇄 발행 2021년 5월 17일

지은이 김남겸
편집 주자덕
윤문 및 교정 김미숙
발행인 주자덕
인쇄 미래피엔피
펴낸 곳 아프로스미디어
출판등록 제 2016-000073호
주소 서울특별시 성동구 금호로 173, 101동 904호
전화 02-6352-5133
팩스 02-6455-5891
홈페이지 www.aphrosmedia.com
전자우편 spitz70@aphrosmedia.com
ISBN 979-11-89770-13-6 (03810)

로하의 세상
김남겸 장편소설
아프로스
미디어

차례

* 소설에 서술된 역사적 사건과 인물은 사실과 무관함을 밝힙니다.

프롤로그

2035년 10월 3일

일본 도쿄, 스카이트리 앞 광장 스카이아레나. 틈이 잘 보이지 않을 정도로 인산인해를 이루고 있다. 춥지도 덥지도 않은 가을 날씨가 많은 사람들을 불러 모으는 데 한몫한 듯하다. 온기 서린 도시 풍경을 바라보며 여유로운 나른함에 빠져드는 느낌, 그런 느낌이 사람들의 머릿속에 아련한 상상화를 그려 넣었을 것이다.

건물 안으로 들어가자 관광 상품을 구경하는 사람들, 한곳에 옹기종기 모여 일행을 기다리는 사람들, 군데군데 설치된 터치형 스크린 모니터로 관광 코스를 살펴보는 사람들, 양쪽 파란색 라인을 따라 줄을 서서 기다리는 사람들 등 여느 관광지와 다를 것 없는 모습이 펼쳐져 있었다. 안내 스피커에서 나오는 부드러운 목소리와 많은 사람들의 웅성거림이 한데 섞여 백색 소음을 만들었다. 스카이트리의 실내는 인간이 쾌적함을 느낄 수 있는 적당한 습도와 온도를 유지하고 있었다.

"아빠! 내 표는 내가 들고 있을래."

"그럴래? 절대 잃어버리면 안 돼. 꼭 쥐고 있어, 알겠지?"

"응!"

사람들의 물결 속에 다정한 부녀의 모습이 보였다. 아버지는 30대 중반으로 보였고 딸은 대여섯 살 정도 같았다. 두 사람은 매표소에서 미리 예매한 표를 받아 전망대로 올라가는 엘리베이터로 향했다. 들뜬 아이는 성큼성큼 앞장서서 걸었고, 아버지는 그런 딸을 부지런히 쫓아가다 보니 어느새 엘리베이터 앞에 도착했다. 그곳에는 먼저 온 사람들이 엘리베이터 탑승 대기 자리에 줄을 맞춰 기다리고 있었다. 부녀가 대기 줄의 마지막 사람 뒤로 다가갔을 때였다.

"죄송합니다!"

아이가 큰 소리로 누군가에게 사과를 했다. 아버지를 따라 발을 내딛던 순간, 반대편 방향으로 가고 있던 사람과 부딪친 것이다. 아이의 태도는 공손했지만, 아버지의 표정은 살짝 구겨져 있었다. 매표소에서 줄을 섰을 때도 이와 비슷한 일이 있었는데, 그때는 부딪쳤던 할아버지가 아이의 사과도 받지 않고 불쾌한 표정과 함께 흥 하고 콧방귀를 뀌었다. 그런 반응에 의기소침해진 딸을 본 아버지는 신경이 쓰일 수밖에 없었다.

"아니야. 앞을 제대로 못 봤던 내 잘못이야. 많이 놀랐지? 괜찮니?"

하지만 이번엔 아까와 달랐다. 딸의 사과를 상대방이 살갑게 받아 준 것이다. 그는 젊은 남자였다. 튀지 않는 말끔한 복장에 보통 체형과 용모를 하고 있었다. 남자의 얼굴은 신기할 정도로 이렇다 할 특징이 없이 평범했다. 그에게서 특이점이라고 할 만한 부분은 티셔츠에 박혀 있는 강아지 캐릭터 로고 정도였다.

"네! 괜찮아요. 아저씨도 괜찮으세요?"

"물론 괜찮지. 걱정해 줘서 고마워."

남자는 아이의 밝은 표정에 화답하듯 활짝 미소 짓더니 아버지에게 시선을 돌려 가벼운 묵례를 했다. 아버지 역시 그에게 고개 숙여 인사를 하자 젊은 남자는 자연스럽게 시선을 돌려 가던 길을 계속 갔다. 남자의 모습이 멀어지자 아버지는 딸에게 말했다.

"친절한 아저씨다, 그치?"

"응! 저 아저씨 친절해. 나, 나중에 저 아저씨처럼 친절한 남자랑 결혼할 거야."

"뭐? 아빠처럼 키 크고 잘생기고 멋진 남자랑 결혼 안 하고? 아, 그건 둘째치고 우리 귀여운 딸을 다른 남자에게 줄 생각 하니까 벌써부터 섭섭해지는데?"

"난 멋진 남자 말고 친절한 남자랑 결혼할 거야. 근데 섭섭해하지 마, 아빠. 아빠가 싫다고 하면…… 그러면…… 나, 결혼 안 할 거야."

"정말? 아빠가 싫다고 하면 절대로 결혼 안 할 거야? 남자친구도 안 만들고?"

"응? 응……."

어린 딸의 시큰둥한 반응과 억지 대답이 어찌나 귀여운지, 아버지의 얼굴에 저절로 함박 미소가 지어졌다. 그가 딸아이의 볼을 살짝 꼬집었다.

"아빠는 우리 딸이 선택한 남자라면 다 좋아."

딸의 시무룩한 표정이 풀리며 환해졌다.

"정말? 아빠 최고!"

잠시 후, 부녀가 탄 고속 엘리베이터는 빠른 속도로 전망대를 향해 올라갔다. 고소 공포증까지는 아니지만 높은 곳에 올라가면 무서워서 잘 내려다보지 않는 아버지는 목이 바짝 말랐다. 하지만 아이는 여전히 신나서 헤헤거리고 있었다.

엘리베이터가 300m 지점을 넘어갔다. 투명한 유리 너머로 펼쳐지는 스미다강과 아사쿠사의 전경들이 장관을 이루었다. 수많은 건물들과 자동차들이 즐비해 있는 도시의 풍경이 마치 미니어처의 세계처럼 작고 넓게 펼쳐졌다. 그렇게 외경에 정신을 팔고 있는 동안 어느새 350m 전망대 지점에 도착했다.

엘리베이터 문이 양옆으로 열리자 많은 사람들이 보였다. 그들은 화창한 날씨 속의 도시 풍경을 구경하며 밝은 표정을 짓고 있었다. 한평생을 살아온 도시를 내려다보며 담소를 나누고 있는 노부부, 홀로그램 디스플레이로 미래의 스카이트리 모습을 보고 있는 귀여운 남자아이, 신기한 듯 두리번거리며 수다 떠는 백인 관광객 커플, 사진기로 전망대의 풍경을 담고 있는 젊은 남자, 망원경에 눈을 떼었다 붙였다 하는 여고생 등등, 다양한 사람들이 각각 다른 것에 열중하고 있었지만 하나같이 즐겁고 여유로운 모습이었다.

딸을 목마 태운 아버지는 전망대 유리창으로 다가갔다. 전망대 통유리 밖의 평온한 풍경이 두 사람 앞에 펼쳐졌다. 창밖 전경 중 가장 눈에 띄는 것은 우뚝 솟아 있는 후지산이었다. 화창한 날씨에는 그 윤곽이 더욱 또렷해지는 후지산은 상징적인 만년설과 함께 그 위용을 자랑하고 있었다.

저 아래 보이는 장난감 같은 자동차들, 선물 상자처럼 보이는 빌딩들, 그 밑에 이어진 강줄기, 보고만 있어도 기분 좋아지는 맑은 빛깔의 하늘, 그리고 그 모든 것들을 아우르듯 환하게 내리쬐고 있는 태양이 있었다.

“아빠, 저 아래가 전부 레고 같아!”

“그렇지? 이렇게 높은 곳에서 보니 전부 장난감 같지?”

“응! 내가 거인이 된 기분이야! 손으로 산이 가려져. 하늘도 되게 파래.”

전망대 아래 전경을 마주한 아이는 한동안 활짝 핀 꽃처럼 환한 표정을 지었다. 그런데 어느 순간부터 갑자기 표정이 시들었다.

“음…… 우리 딸 얼굴이 왜 갑자기 어두워졌을까?”

아버지가 표정이 굳은 딸을 보며 물었다.

"아무것도 아니야."

"괜찮아. 아빠한테는 뭐든 다 말해도 돼."

아버지는 딸의 억지 미소를 보고 궁금증이 더해졌다. 잠시 입을 다물고 있던 아이가 작은 목소리로 말을 이었다.

"엄마⋯⋯ 엄마도 같이 왔으면 좋았을 것 같아서."

"아, 그래. 그렇지⋯⋯."

아버지는 잠깐 슬픈 얼굴이 됐지만, 딸이 눈치챌세라 재빨리 표정을 고쳤다.

"엄마는⋯⋯ 잘 계시니까 걱정하지 마. 아마 저 하늘 위에서 우리보다 더 좋은 풍경을 보고 있을걸? 나중에⋯⋯ 우리 딸이 더 크면 엄마가 하늘에서 내려오실 거야."

"정말?"

"당연하지. 아빠가 언제 거짓말하는 거 본 적 있어?"

"응, 있⋯⋯. 아니, 없어! 그럼, 엄마 오기까지 얼마나 더 기다려야 되는데?"

"한⋯⋯ 20년? 그 정도 기다리면 될 것 같은데?"

"20년? 그냥 엄마보고 오늘 내려오라고 하면 안 돼? 나, 엄마 빨리 보고 싶단 말이야."

"그래, 우리 딸, 빨리 엄마 보고 싶지? 근데 엄마는 하늘이 너무 좋은가 봐. 그러니까 푹 쉬다 오게 기다려 주자, 응?"

"알았어. 근데 아무래도 20년은 너무 길어."

"그래? 그러면 아빠가 엄마한테 10년 안에 오라고 할게. 그럼 됐지?"

"정말이지? 알겠어!"

"우리 딸 아빠 말 잘 듣네? 오늘 저녁 먹고 특별히 아이스……."

아버지가 문득 하던 말을 멈췄다. 부녀의 대화 사이로 어떤 알 수 없는 소리가 비집고 들어왔기 때문이었다. 듣기 불쾌하면서 애매한 소리였다. 얼핏 가스가 새는 소리와도 비슷했다.

"우리 딸이 좋아하는 아이스크림을……."

꽝!

순간, 엄청나게 큰 소리와 함께 건물 전체가 크게 한번 들썩이더니 바닥이 요동치듯 진동했다. 그리고 이어서 무언가 갈라지고 부서지는 날카로운 소리가 잇따랐다. 전망대 구석구석에 있던 물건들이 바닥을 마구 굴러다녔다.

"뭐야, 갑자기!"

갑작스러운 심한 진동으로 어안이 벙벙했던 아버지는 곧 정신을 차리고 한 손으로 딸을 껴안았다. 그리고 나머지 손으로는 전망대에 설치된 난간을 붙잡았다. 이윽고 화재 경보음이 미친 듯이 울어 댔고, 안내 스피커에서는 비상 상황을 알리는 방송이 흘러나왔다.

[위급 상황입니다! 건물 안에 계신 분들께서는 모두 질서

있게 움직여 주시기 바랍니다! 옆에 무언가 잡을 수 있는 것이 있으면 꽉 잡아 주시고! 벽에 가까이 계신 분들은 신속히 벽을 바라보며 머리를 감싸 주세요!]

놀란 아이가 울먹이며 아버지의 품에 얼굴을 파묻었다. 아버지는 머릿속이 복잡해졌다.

'설마 지진 때문에 이렇게 큰 건물이 무너지기야 하겠어? 이러다가 끝나겠지? 우선 비상구를 찾아야 하나? 아니면 어디 안전한 곳을 먼저 찾아야 하나?'

공포가 엄습했다. 죽음에 대한 두려움이 몰려들었다. 뼛속 깊이 살 떨리는 긴장감이 느껴지면서 머리가 멍해졌다. 아버지는 어떠한 결정도 내릴 수 없었다. 생전 처음 겪는 일이었고 전혀 예고되지 않은 일이었다. 상상조차 하지 못한 일이 순식간에 벌어졌다. 그렇게 패닉 상태에 빠져 있는데, 전망대의 유리가 쩍 금이 가는 것이 보였다. 그것을 목격한 아버지는 "위험해!" 하고 크게 소리를 질렀다.

가까운 곳에 두꺼운 기둥이 있는 것을 확인한 그는 딸을 안고 재빨리 그 뒤로 갔다. 가쁜 숨을 몰아쉬는 사이, 이곳저곳에서 사람들의 찢어지는 비명이 들려왔다. 누가 먼저랄 것도 없이 일제히 비상구를 향해 달려들었다. 개중에는 바닥의 진동 때문에 넘어져 다치는 사람들도 적지 않았다. 아버지가 늦기 전에 어서 비상구로 가야겠다는 생각에 몸을 일으켜 세웠을 때였다.

꽈강!

다시 한번 건물이 휘청거렸다. 이번에는 사람들의 몸이 공중에 붕 뜰 정도로 진동이 컸다. 넘어진 사람들이 몸을 가누는 것도 잠시, 이어서 건물이 한쪽으로 기울었다. 비상구 근처에 모여 있던 사람들이 반대편 방향으로 추락하듯 굴러떨어졌다. 전망대의 유리창은 더 이상 사람들의 눈을 즐겁게 해주는 존재가 아니었다. 갈라지고 깨진 유리창은 사람들을 피투성이로 만들어 버리는 끔찍한 지옥의 낭떠러지 입구가 되어 있었다.

스피커를 통해서 긴급 상황을 알리던 목소리도 더 이상 나오지 않았다. 화재 경보음도 멈춰 있었다. 전망대 안은 오로지 살려고 발악하는 사람들의 처절한 비명뿐이었다. 아수라장이 된 그곳은 마치 지옥도를 연상하게 했다.

남자 친구가 쏟은 뜨거운 커피에 얼굴을 데며 고꾸라진 여자, 그걸 보고도 혼자 살겠다고 도망치는 남자, 전망대의 으깨진 유리창 너머로 외마디 비명을 지르며 빨려 들어가는 사람들, 난간을 붙잡고 발버둥 치는 사람들, 넘어지면서 바닥에 머리를 부딪쳐 피투성이가 된 얼굴로 우왕좌왕하는 중년의 남자, 눈앞의 현실을 어떻게 해서든 외면하고 싶어서 두 귀를 막고 아우성을 치는 젊은 여자, 그 자리에 주저앉아 살려 달라며 신에게 애원하는 노인.

"아빠……, 무서워. 이제 우리 죽는 거야? 나 죽기 싫어, 아빠."

"죽기는! 괜찮아. 걱정하지 마. 우리 딸은 어떻게든 아빠가 살려 줄게. 우리 용감한 딸, 아빠 믿지? 응?"

아버지는 딸을 안심시키기 위해 그렇게 말했다. 하지만 그는 죽음을 피할 수 없다는 사실을 알고 있었다. 두려움에 떨고 있는 딸에게 해 줄 수 있는 건 그런 희망의 말뿐이었다. 그렇게 그는 비참한 마음을 삼키고 억지 미소를 지었다.

곧이어 온몸이 한쪽으로 비스듬히 쏠리는 감각이 느껴졌다. 부녀가 몸을 숨기고 있던 기둥이 갈라지면서 대각선으로 분리되었다. 예견된 죽음의 순간은 당연하다는 듯이 찾아왔다. 스카이트리의 하층부가 완전히 파괴되어 버렸고, 그렇게 거대한 타워는 힘없이 옆으로 쓰러져 내렸다.

거대한 스카이트리가 쓰러지자 주변이 온통 회색 먼지에 휩싸였지만, 이윽고 먼지가 걷히면서 생지옥이 드러났다. 스카이트리 바로 밑에 있는 아스콘 바닥과 건물들은 스카이트리의 어마어마한 무게에 그대로 깔려 산산조각이 나 버렸다. 그 충격으로 싱크홀처럼 내려앉은 곳이 사방에 생겨났다. 그곳으로 많은 자동차와 사람들이 시체들과 뒤섞여 마구잡이로 빨려 들어갔다. 가까스로 죽음을 모면한 사람들은 그런 지옥의 광경을 목도할 수밖에 없었다.

마지막까지 죽을힘을 다해 달리던 몇몇 사람들은 자동차 크기만 한 건물 콘크리트 덩어리에 짓눌려 즉사했다. 어떤 사람들은 내려앉은 스카이트리를 피하지 못하고 그대로 깔려 버렸다. 스카이트리가 무너진 여파로 강변에 있던 커다란 빌딩들도 연달아 쓰러졌는데, 도시와 스미다강을 이어 주던 다리들 중 몇 군데는 부서진 빌딩 건물이 내려앉는 충격에 반토막으로 쪼개져 강 아래로 내려앉았다.

그 결과, 수많은 사람이 다리 아래로 추락했다. 떨어진 곳이 강이어서 살아남을 줄 알았지만 아니었다. 그들은 뒤따라서 무너지는 다리의 파편에 깔리거나 쇳덩이 잔해에 맞아 힘없이 죽어 나갔다. 그런 상황에서 운 좋게 생존한 사람들도 강물로 떨어진 전기 자동차에서 나오는 강한 전류에 감전사하고 말았다. 게다가 공업용 화합물 유제를 실은 대형 트럭이 뒤집혀 거꾸로 내리박히면서 일부 사람들은 그 내용물을 온몸에 뒤집어썼다. 그들은 형체를 가늠할 수 없을 만큼 흉측하게 변해 버렸다.

이윽고, 스카이트리에 짓눌린 수많은 자동차와 건물에서 폭발이 일어났다. 그리고 그 폭발로 인해 휘발성 연료나 가스의 점화가 잇따라 연쇄 작용을 하면서 눈 깜짝할 사이에 무지막지한 화염을 만들어 냈다. 몇 통의 비상용 소화전이 터지며 물이 튀어나오기 시작했다. 그 지하수가 또 짓눌린 자동차 전기 배터리의 전기를 사방으로 퍼뜨리는 역할을 했다. 화염으로부터 살아남더라도 감전으로 인해 죽음을 피할 길이 없었다. 이내 주위는 불바다의 지옥으로 변했다.

그곳에는 죽음의 흔적인 붉은 피도 더 이상 보이지 않았다. 대신, 새까맣게 타 버린 바닥이 지글지글 끓어올랐다. 스카이트리가 쓰러진 사방 200m 부근에는 살아남은 사람은 한 명도 없었다. 2km 정도 떨어진 곳에서도 사망자가 속출했다. 조금 전까지만 해도 굳건히 서 있던 거대한 타워는 감쪽같이 사라졌다. 그 자리엔 처참한 광경들과 허무만이 감돌았다.

그 지옥의 광경에서부터 약 3km 정도 떨어진 어느 자동차 전용 도로. 흰색 승용차 한 대가 달리고 있었다. 그 승용차는 자동 주행 시스템으로 무너진 스카이트리의 반대 방향으로 점차 멀어져 가고 있었다. 운전자 없는 그 차의 선루프가 열리면서 누군가 몸을 차 밖으로 내밀었다. 뒷좌석에 앉아 있던 그 남자는 강아지 캐릭터 로고가 박힌 티셔츠를 입고 있었다. 그가 망원경을 들더니 무너진 스카이트리를 주시했다. 그의 귀에는 스마트폰과 연결된 주변음 소거 기능이 있는 블루투스 이어폰이 꽂혀 있었다. 그것을 통해 누군가와 통화를 했다.

"예, 저도…… 저렇게 강력한 폭발력을 가졌을 줄은 몰랐습니다. 박사님의 폭탄이 무게도 10kg 정도밖에 안 되고 크기도 작아서 설마 했는데……."

상대방이 무슨 말을 하는지 남자는 말없이 고개만 끄덕이며 "네."라는 말만 반복했다.

"아닙니다. 박사님께서도 제대로 실험을 못 하셨으니……. 피해가 예상보다 훨씬 컸지만, 임무를 실패하는 것보다는 낫다고 생각합니다. 한 번 실패하면 다시 시도할 수 없으니까요. 어쩔 수 없는 선택이었습니다. 예, 맞습니다. 필요 이상으로 많은 사람이 희생됐다는 것을 부정할 순 없겠죠. 제가 예상했던 것보다 더 참혹하네요."

남자는 떨리는 음성으로 얕은 한숨을 내쉬더니 다시 자리에 앉아 망원경을 내려놓았다. 그가 다시 말을 이었다.

"죄책감요? 아직은 죄책감을 느낄 수가 없습니다. 임무가 끝난 게 아니니까요. 언젠가 저의 책임을 다하는 날이 오면, 그때 느끼겠습니다. 죄책감이든 무엇이든."

남자의 목소리는 확신에 차 있었지만, 고통스러운 표정을 짓고 있었다. 그는 미간이 잔뜩 구겨질 정도로 인상을 찌푸렸다.

"전에 얘기한 그곳 주소를 보내 주십시오. 핸드폰과 차는 바로 폐기하겠습니다. 그리고 곧장 그곳으로 가서 며칠간 조용히 지낼 겁니다. 확실히 만들어진 공간이겠지요? 편의 시설이야 어떻든 크게 상관없지만, 그 누구의 눈에도 띄어선 안 됩니다. 몇 번이고 말씀드렸다시피 이 부분은 확실해야 합니다. 알겠습니다. 그럼 기다리겠습니다. 박사님과의 대화도 이번이 마지막이 되겠군요. 예, 걱정해 주셔서 감사합니다. 박사님께서도 잘 대비하시기 바랍니다."

할 말을 끝낸 남자는 귀에 꽂힌 이어폰을 살짝 터치하여 통화를 종료시켰다. 그는 가늘게 떨리는 손으로 자신이 입고 있는 옷의 앞섶을 올렸다. 그러고는 팔목에 새겨진 문신을 진지한 눈으로 응시했다. 그것은 XI 혹은 IX의 모양이었다.

그렇게 몇 분간 생각에 잠겨 있던 남자는 주먹을 꽉 쥐더니 양손을 펴서 자신을 얼굴을 감쌌다. 그는 복잡 미묘한 표정으로 깊은 신음을 흘렸다. 복받쳐 오르는 슬픔을 온 힘을 다해 억지로 삼키려는 듯.

1장 약자

사람들이 너를 내버려 두면 삶은 아름다울 거야.

- 찰리 채플린 -

1

한 소년이 나무 그늘 아래에서 어머니의 무릎을 베고 누워 한가로운 시간을 보내고 있었다. 기분 좋은 냄새가 소년의 코를 자극한다. 바람을 타고 온 풀 냄새와 어머니의 살 내음이 뒤섞인 냄새다. 오른쪽 귀에 부드러운 촉감이 느껴진다. 어머니의 허벅지살 촉감이다. 어머니의 흥얼거리는 콧노래 소리도 들린다. 귀가 간질간질하다.

소년은 슬며시 눈을 떠 앞을 내다봤다. 파릇파릇한 잔디밭이 수평선을 따라 수놓아진 평야가 눈앞에 펼쳐져 있다. 드넓은 잔디밭이 끝나는 지점에는 양쪽으로 길게 늘어져서 끝이 보이지 않는 나지막한 강줄기가 있다. 그 너머로 눈이 뒤덮인 새하얀 설산의 풍경도 보인다.

"로하야, 언제까지 그러고 있을 거니? 엄마, 허벅지가 저린데."

"아, 아, 조금만 더요. 조금만 더요."

"그래그래, 알았어."

어머니의 손길이 그의 목덜미와 머리카락을 쓰다듬는다. 포근하고 나른하다. 머릿속 걱정거리가 모두 사라지는 것 같다. 이대로 한숨 자고 싶다.

"로하야."

어머니가 작은 목소리로 그를 불렀다.

"예?"

"엄마가 다른 엄마들이랑 달라서 힘들지? 엄마 때문에 우리 로하도 다른 애들하고 다르고……."

"아니에요, 그런 거 하나도 없어요."

"그래? 그럼, 엄마는 우리 아들한테 미안해하지 않아도 되는 거니?"

"그게 무슨 말이야. 그런 생각을 왜 해요. 난…… 엄마가 옆에 있어 주기만 하면 돼요."

"옆에 있어 주기만 하면 된다고? 엄마한테 더 바라는 거 없어?"

"바라는 거? 그런 거 없어요. 옆에 있어 주는 거. 그래, 그거면 전 충분해요."

"그렇구나. 알겠어. 그럼 엄마가 계속 옆에 있어 줄게. 우리 아들, 참 착하다."

어머니의 목소리에서 밝은 기운이 느껴졌다. 로하의 기분도 덩달아 좋아지는 것 같았다. 그는 지그시 눈을 감았다. 점점 더 몽롱해져 간다. 촉감도 조금씩 무뎌져 간다. 그렇게 그가 잠들려고 할 때였다.

"이리로 패스해! 패스하라고! 이 새끼야!"

"싫어, 멍청한 새끼야. 티꺼우면 직접 와서 뺏어 보시든지."

가까운 곳에서 아이들이 노는 소리가 들려왔다. 그들은 입이 거칠었다. 말 한마디 한마디마다 욕이 끼어 있었다. 그는 정신이 사나워서 잠에서 깼지만, 눈을 꼭 감고 이 기분에 집중하려 안간힘을 썼다.

"다리 병신이냐? 안쪽으로 차야지!"

하지만 이 정도 소음이면 다시 잠들긴 불가능할 것 같았다. 로하는 실눈을 뜨고 앞을 바라봤다. 20~30m 떨어진 곳에서 두 명의 남자아이들이 공놀이를 하고 있었다. 더는 안 되겠다 싶어서 자리에서 일어났을 때였다.

툭.

때마침 아이들이 가지고 놀던 공이 로하의 바로 앞에 떨어졌다. 아이들이 공을 가지러 이쪽으로 뛰어왔다. 그는 잘됐다 싶어서 이참에 아이들에게 한마디 하려고 입을 열었다.

"얘들아, 너희들 좀 다른 곳에 가서……."

"야! 이리 와 봐! 이 아줌마 좀 봐. 되게 웃기게 생겼어!"

아이 한 명이 어머니에게 삿대질을 하며 낄낄 웃기 시작했다. 그리고 곧이어 다른 아이까지 합세했다. 그 아이도 어머니를 놀리듯이 웃어 댔다. 로하는 순간 열이 뻗쳤다. 아무리 어린아이들이라 해도 한 대씩 걷어차 버리고 싶은 충동이 들었다.

"이…… 이 녀석들! 너희 형한테 한번 혼나 볼래?"

"되게 웃기게 생겼네. 무슨…… 달걀 귀신 같아."

"뭐? 달걀 귀신? 이 자식들이? 생김새 가지고 사람을 놀리고 그러는 거 아니야! 너희들 부모님께서 그런 짓은 나쁘다고 안 가르쳐 주시든?"

참다못한 로하가 결국 혼쭐을 내 줘야겠다는 생각으로 팔을 걷어 올렸을 때였다.

"아니아니! 그게 아니라, 진짜 웃겨서 그래. 형은 안 웃겨?"

"뭐가 그렇게 웃기다는 건데? 엄마, 엄마도 뭐라고 말 좀……."

고개를 돌려 어머니를 쳐다본 로하는 할 말을 잃고 말았다. 어머니는 아이들이 자신을 놀리는 것을 듣고도 참고 있는 것이 아니었다. 말을 아끼는 것이 아니었다. 말을 할 수가 없었다. 왜냐하면 입이 없었기 때문이었다. 입뿐만 아니었다. 눈도 없었고 코도 없었고 귀도 없었다. 심지어 머리카락도 없었다.

"어…… 엄, 엄마? 엄마! 왜, 왜? 아니, 어째서……. 조금 전까지 저랑 대화도 했었잖아요. 갑자기 이게 무슨……."

도저히 이해할 수 없는 상황이었다. 이런 일이 가능한 걸까. 순간 그는 머릿속이 뒤죽박죽되었다. 가슴이 미칠 듯이 아려 왔다. 어머니의 얼굴도 목소리도 기억나지 않았다. 조금 전까지만 해도 잘 알고 있었는데, 어째서인지 모조리 잊어버리고 말았다. 너무 슬펐다. 감정의 고통이 그의 이성을 마비시켜 버렸다.

"그…… 그래도 상관없어. 눈이 없으면 어때. 코가 없으면 어때. 입이 없으면 또 어때! 엄마, 난 엄마를 버리지 않을 거야. 엄마가 나를 버려도 나는 엄마를 버리지 않을 거라고. 그러니까 엄마는 내 옆에 있어 주기만 하면 돼."

괴상한 얼굴로 바뀐 어머니를 본 그는 잠시 혼란스러웠지만 다시 마음을 굳게 다잡았다. 그리고 엄마를 안으려고 다가갔을 때였다. 옆에 있던 한 아이가 로하의 바짓단을 붙잡고 흔들었다. 그는 고개를 돌려 남자아이를 쳐다보았다. 남자아이는 그와 눈이 마주치자 씩 웃는 표정으로 이렇게 말했다.

"본 적이 없으니까 기억 못 하는 게 당연하지. 형은 고아잖아."

2035년 10월 4일

태아처럼 허리를 구부린 채 신음하던 로하가 잠에서 깼다. 그는 정신이 들자마자 헐레벌떡 몸을 일으켜 세웠다.

"무슨 놈의 꿈이 이래……."

아직 방 안에는 어둠이 짙게 깔려 있었다. 잠을 더 자도 될 시간인 듯싶었다. 하지만 로하는 악몽 때문에 다시 잠을 청하고 싶지는 않았다.

오전 06시 47분.

책상 위에 있는 전자시계가 나타내는 시각이었다. 시간상으로는 어둠에서 벗어나 창문을 통해 햇빛이 스며들어야 할 시기였다. 그러나 그의 방은 창문이 없는 지하 2층에 있다. 대낮에도 햇빛은 기대할 수 없다.

'캄캄한 지하 인생을 벗어날 때가 오긴 하려나.'

로하는 속으로 신세 한탄을 했다. 그가 자신의 인생을 '지하 인생'이라고 하는 데는 그만한 이유가 있었다. 어릴 적 고아원에서 자랄 때도 그의 방은 항상 반지하에 위치해 있었고, 커서 고아원을 나와 학교를 다니기 위해 겨우 구한 이 원룸도 지하이기 때문이었다. 기억나지 않는 어렸을 때를 제외하고는 평생을 지하에서 살아온 것과 마찬가지였다.

방 안의 불을 켠 그는 바로 옆에 있는 전신 거울로 시선을 옮겼다. 짙은 쌍꺼풀, 배배 꼬여 있는 머리카락, 작은 키, 좁은 어깨, 얇은 팔과 다리, 거무스름한 피부 색깔…… 그리고 다른 또래 친구들에게서는 찾아볼 수 없는 이질적인 생김새. 그런 자신의 모습이 눈에 들어왔다.

잠에서 깨어나 몇 분이 채 지나기도 전에 우울함의 소용돌이가 몰려왔다. 얼굴도 기억할 수 없는 어머니가 나오는 꿈에 지하 원룸의 월세조차 꼬박꼬박 내지 못할 만큼 가난한 현실, 그리고 자신이 봐도 익숙하지 않은 생김새까지. 그는 우울의 늪에 빠질 수밖에 없었다.

로하는 아침을 맞이할 때마다 한숨과 함께 습관적으로 하는 말이 있었다. 오늘도 어김없이 그 말이 자동으로 머릿속에 떠올랐다.

‘이따위 세상, 차라리 망해 버렸으면 좋겠다. 어디 전쟁 같은 건 안 나나.’

로하는 부정적인 생각을 떨쳐 버리기 위해 까치집이 지어진 머리카락을 박박 긁었다. 그리고 부산스레 몸을 움직였다. 일단 세수를 하기 위해 화장실로 향했다. 등교를 준비하기에는 다소 이른 감이 있지만, 그렇다고 멍하니 있으면 다시 부정적인 생각에 잠식될 것 같았다. 그럴 바에는 그냥 뭐라도 해야 했다.

화장실에서 볼일을 마치고 교복을 대충 입었다. 단추가 몇 개 떨어져 나가고 겨드랑이 부분이 조금 찢어져 있었지만 크게 신경 쓰이진 않았다. 그는 귀찮다는 듯이 책상 의자에 엉덩이를 쭉 내밀어 눌러앉았다. 의자에 앉음과 동시에 그의 입에서는 짙은 한숨이 새어 나왔다. 한숨을 쉬는 건 자신의 암울한 처지 때문에 생긴 습관이었다.

“이놈의 답 없는 삶. 도대체가 끝이 안 보이네, 끝이 안 보여. 끝이 있긴 한 건가? 나는 대체 뭘 하러 태어난 거지?”

열일곱 살 고등학생의 불평치고는 너무 비관적으로 보일 수 있다. 하지만 어렸을 때부터 희망보다 절망에 파묻혀 살아왔기 때문에 어쩔 수 없었다. 로하는 꼬리를 물듯 이어지는 부정적인 생각을 떨쳐 버리고 싶어 TV를 켰다. 화면이 밝아지면서 앵커가 뉴스 속보를 포함한 여러 소식들을 전하고 있었다.

[군부대에서 장병들이 설사와 구토를 하는 일이 잇따라 발생

했습니다. 이에 군 관계자들은 전염병의 위험이 있다고 판단, 증상을 보이는 장병들과 같은 생활반에 있었던 장병들까지 전부 병원으로 이송시켜 격리 중이라고 합니다. 다음 뉴스입니다. 어제 오후 2시경, 일본 도쿄에 위치한 초고층 건물인 스카이트리가 무너져 내린 사건이 있었는데요. 조금 전 일본 수사 당국에서 발표한 바에 의하면, 이번 사건의 피해자 중 한국인도 다수 포함되어 있다고 합니다. 지금까지 알려진 한국인 사상자 수는 실종 40명, 사망자 12명, 총 52명입니다. 하지만 전체적인 사상자가 수천 명에 이를 만큼 큰 사건이기에, 정확한 피해 상황이 파악될 때까지는 시간이 더 소요될 것으로 보입니다. 일본 당국에서는 현재 도쿄 인근에 위치한 소방대와 경찰대에게 총출동 명령을 내린 상태이고, 혹시 모를 상황에 대비해 자위대도 대거 파견하기로 결정했다고 합니다. 스카이트리를 무너뜨린 폭탄 테러범에 대한 수사가 진행 중에 있지만 일본 총리는 우선 구조 작업에 집중을…….]

"말세네."

로하는 경각심에 고취된 앵커의 태도와는 상반되게 비교적 무덤덤한 말투로 중얼거렸다.

"이제 일본도 터졌으니 다음은 우리나라인가."

그가 이런 식으로 말한 데는 그만한 이유가 있었다. 최근 몇 년 동안 세상은 말 그대로 요지경이 되어 가고 있었다. 로하가 아주 어렸을 때는 전 세계적으로 치명적인 바이러스가 유행했다. 그리고 환경 오염 문제가 심각해지면서 이 모든 것이 자연의 경고라고 생각하는 사람들이 늘어났다. 세상이 점점 더 악화되는 것을 막기 위해 극단적인 행동을 취하는 조직이 결성되기도 했다.

로하는 사람들의 입을 통해 번진 단순한 루머거나 TV에서 말하는 음모론 정도로 생각하고 말았다. 그러나 가끔 세계 곳곳에서 발생하는 이런 소식을 접하면 불안한 느낌을 떨쳐 버릴 수 없었다. 뉴스에서도 그런 점을 집중적으로 강조하며 과거의 사건들을 되짚어 주었다.

재작년, 영국 맨체스터에서 일어난 축구 경기장 총기 난사 사건이 그 포문을 열었다. 지역 리그 경기 도중 축구 경기장에 난입한 한 괴한이 총을 난사한 사건으로, 당시 세계적으로 유명한 프로 축구 선수 2명을 포함한 선수 12명과 잉글랜드 스포츠 안전 관리팀 소속의 경호원, 경기 관람 중인 관중 등 총 22명의 사망자가 발생했다. 그 이후로 3개월 내외의 간격을 두고 세계 각지에서 테러 사건이 줄을 이었다.

취임한 지 1년 된 미국의 대통령이 연설 도중에 반정부 단체 테러리스트로 추정되는 누군가에게 암살당할 뻔한 사건, 프랑스 파리에 위치한 유명 박물관에서 방화 사건이 일어나 유구한 역사와 문화를 담고 있었던 수많은 예술 작품과 문화재들이 불에

타 버리는 사건 등이 그것이었다.

작년에는 러시아에서 급성 고열과 심한 탈수 증세를 보이다 사망에까지 이르는 신종 전염병이 발생해 수십만의 사상자가 났는데, 이것이 누군가 전염병의 바이러스를 만들어서 퍼뜨린 팬데믹 테러라는 소문이 있었다.

또한 태국의 어느 교도소에서 폭동이 일어나 대규모 탈옥 사태가 벌어졌는데, 충격적인 것은 탈옥을 공모한 이들이 어떠한 이유로 교도소를 떠나기 전에 일부 죄수들을 죽였다는 것이다. CCTV 영상에 손바닥을 들쳐 보이는 죄수들은 죽이지 않고 풀어 주는 모습이 있었는데, 손바닥에 무엇이 그려져 있었는지는 태국 정부에서 비밀에 부치고 있다고 한다.

그들이 죄수들을 죽이는 방법이 무척 잔인했는데, 한 감옥에 죄수들을 몰아넣고 철문을 걸어 잠근 다음 식판 통로로 기름을 붓고 불을 던져 넣어 화형을 시켜 버렸다는 것이다. 몇몇 교도소 근무원들이 이들의 탈옥을 도왔다고 알려졌으며, 아직까지 탈옥한 죄수들의 행방을 찾지 못하고 있다고 한다.

게다가 어제는 일본 도쿄에서 참혹한 폭탄 테러가 발생했다. 이 모든 사건들이 특정 테러 집단의 소행일 가능성에 대해서 전문가들의 의견이 분분했다. 하지만 역시 로하에게는 남의 나라 이야기 그 이상도 이하도 아니었다.

전문가들도 사건의 원인이나 배후 세력을 제대로 찾아내지 못

하고 있다는 뉴스를 보면 저러다 큰일이 나겠다는 생각은 들었지만, 그의 삶은 그런 걱정을 할 여유도 허락하지 않았다. 뉴스를 본 로하는 '한동안 또 시끌벅적하겠네.'라고 생각할 뿐이었다.

로하의 솔직한 심정은 희생자들에 대한 위로나 동정보다는 약간의 안도감에 가까운 것이었다. 희망이나 꿈보다는 하루하루 살아가기가 힘들고 때로는 죽는 것이 편할 수 있겠다는 생각마저 하는 그였다. 비극적인 사건을 통해 이 세상에서 혼자만 불행을 안고 있는 건 아님을 확인하게 되었다. 로하는 감정이 없는 무생물체가 되어 버린 기분이 들었다. 그는 그런 자신을 향해 속으로 말했다.

'그래서 기분이 좀 나아지냐? 얼마나 비교할 상대가 없으면 죽은 사람이랑 비교를 하냐. 미친……. 아니지, 아니지. 어쩌면 이게 정상일 수도 있어. 불행이든 뭐든 살아 있어야 느낄 수 있는 것일 테니…….'

혼자만의 청문회를 열고 실컷 열을 올리던 로하의 머릿속에 문득 한 사람이 떠올랐다. 그는 로하가 고아원에서 지낼 적에 한참 형뻘이었던 하태주라는 사람이었다. 어린 나이에도 뛰어난 언변과 점잖은 말투 덕에 애, 어른 할 것 없이 모두 그를 마음에 들어 했다. 우수에 젖은 잿빛 얼굴에 개구리 왕눈이 같은 큰 눈을 가진 그는 이성 친구들에게 특히 인기가 많았다. 아이들은 그를 우상처럼 여기곤 했는데, 로하는 그런 그가 부러웠다. 그런데…….

그 정도면 고아원의 아이들에게 모범을 보이거나 영웅 행세를 할 만도 한데, 그는 절대 그러지 않았다. 여러 명이서 한 친구를 괴롭히는 모습을 목격해도, 물건이나 돈을 훔치는 친구를 알고 있어도, 직접적인 피해를 입지 않는 한 항상 무관심으로 일관했다. 지금의 로하 역시 그처럼 타인의 불행에 동정을 느낄 여유가 없었다. 자기 몸 하나 돌볼 여력도 없으니 말이다.

등교 시간까지 TV를 보며 시간을 때우고 있는데 다리에 진동이 느껴졌다. 로하는 주머니에서 핸드폰을 꺼냈다.

"아침부터 누구지?"

핸드폰 화면의 메시지가 눈에 들어왔다.

학교는 잘 다니고 있니? 밥은 잘 챙겨 먹고?

너무 무리하지 말고. 건강이 제일이니까.

- 아줌마

로하가 중학생 때 고아원에서 그의 보호를 담당했었던 중년의 여자에게서 온 메시지였다. 단순한 동정에서일까, 아니면 애매하게나마 남아 있는 책임감 때문일까. 로하에게 있어서 그녀의 존재는 고아원에서 2년간 자신을 보살펴 주던 아줌마, 그 이상도 그 이하도 아니었다. 한때 서로 필요에 의해서 잠시 알고 지낸 타인일 뿐이다. 로하의 짐작대로라면 아줌마의 생각 역시 그와 다를 것이 없을 터였다. 그런데 무슨 이유로 이른 아침부터 이런 메시지를 보낸 걸까.

당시 어린 로하였지만, 그 아줌마가 돈을 벌기 위해 잠시 보살펴 준 것뿐이란 것 정도는 알고 있었다. 그렇다고 그녀에게 특별히 나쁜 감정이 있는 건 아니었다. 적어도 보호자 역할은 소홀히 한 적 없었으니까. 책임감을 갖고 자신의 일을 열심히 하는 사람일 뿐이었다. 로하의 기억 속 그녀는 그랬다. 그녀가 실제로 어떤 마음이었는지는 중요하지 않았다.

로하는 답장을 보내지 않았다. 지금의 그로서는 특별한 반가움을 느낄 여유도 없고 괜스레 부담스럽기까지 했다. 로하에게는 외국의 테러 사건이나 자신을 돌봐 주던 아줌마로부터의 안부 연락에 신경을 쓸 정신적 여유가 없었다. 그는 오로지 지옥 같은 오늘 하루가 무사히 지나기를 바랄 뿐이었다.

시계가 7시 20분을 나타내자 로하는 슬금슬금 밖으로 나섰다. 지하에서 나온 로하에게 아침의 태양 빛은 유달리 환하게 느껴졌다. 등교는 7시 45분까지였다. 그가 사는 원룸은 학교에서 10분 정도 거리라 비교적 등교 시간은 여유로운 편이었다.

원룸 입구를 나와서 바로 앞에 보이는 맞은편 꽃집 골목을 꺾어 들어가면 좁은 아치길이 나온다. 그 길을 지나 정육점이 보이는 코너로 들어가 5~6분 정도 쭉 걷다 보면 학교 정문까지 이어지는 철제 울타리 담장의 한 부분이 보이기 시작한다.

그곳까지 다 닿았을 즈음, 로하는 주위를 둘러보았다. 어두침침한 황갈색의 교복을 입은 학생들이 각각 무리 지어 교문으로 향하고 있었다. 로하가 다니는 학교의 교복은 영화에 나오는 북한 군복이나 일본 군복처럼 황토색이었다. 그래서 동네 어르신이 쯧쯧거리는 소리를 들은 적도 있었다. 로하 역시 이 교복이 마음에 안 들었지만 선택의 여지가 없었다.

"야, 싸우디."

정문까지 열 걸음 정도 남겨 놨을 때였다. 로하 옆으로 불쑥 끼어 들어온 한수가 팔을 툭 치며 어깨를 나란히 했다. 그는 '싸우디'라는 별명으로 로하를 불렀다. 얼굴은 사우디에 사는 기름 부자처럼 생겨 가지고 실제로는 형편없는 거지라며 붙인 별명이었다.

"잘 잤냐?"

한수가 잠에서 덜 깬 우중충한 낯짝을 로하의 정면으로 들이밀었다. 그는 입술을 삐죽거리며 살짝 찢어진 눈으로 배시시 웃었다.

"어, 잘 잤어."

로하는 국어책 읽듯이 건성으로 대답했다. 한수와 눈도 맞추지 않았다.

"아침밥은 먹고 다니냐?"

한수가 평소답지 않게 신경 써 주는 말을 했다. 물론 진정성은 전혀 없는 말투였다. 로하가 아무런 대꾸를 않자 한수는 미간을 찌푸리며 험악한 표정으로 돌변했다. 그가 "응?" 하며 반협박조로 재차 대답을 요구했다. 로하는 마지못해 무뚝뚝한 말투로 대답했다.

"나 원래 아침밥 안 먹잖아."

"그랬었냐? 왜, 요즘 다들 먹는 영양 큐브라도 먹지 그래. 나도 요즘 아침마다 그거 두 덩어리씩 먹는데, 맛도 좋고 영양분도 골고루 있어서 그런지 기운도 나는 것 같더만. 속도 편하고. 하긴, 비싸서 너한테는 무리려나? 내가 상관할 바는 아니지만 말이야."

한수는 약 올리듯 혼잣말을 늘어놓더니 로하의 눈치를 살폈다. 그리고 기침을 하며 목 푸는 소리를 내곤 대화 주제를 돌렸다.

"그나저나 야, 너 왜 이렇게 꼬박꼬박 학교를 나오는 거냐?"

로하가 씁쓸한 말투로 대답했다.

"그래도 고등학교는 나와야지."

"그렇지, 고등학교는 나와야지."

한수는 로하의 말에 동감해 줌과 동시에 안타까운 한숨을 내쉬었다.

"만약에 내가 너라면 그런 소리 듣고 가만히 안 있을 텐데. 묵사발이 될 정도로 두들겨 패 버렸을 텐데……. 어쨌든 힘내라."

한수는 긴 다리로 성큼성큼 로하를 앞질러 갔다.

장한수. 로하가 처음 이 고등학교에 입학했을 때 한두 달쯤 매일같이 어울려 다니던 친구였다. 그때까지만 해도 오랫동안 끈끈한 친구 사이로 남을 줄만 알았다. 하지만 그건 로하의 착각이었다. 한수는 그저 가식적인 방관자에 불과했다.

'너는 뭐 특별한 줄 알아?'

로하가 한수를 보면 속으로 내뱉곤 하는 말이다. 한수가 복싱을 하지 않았더라면, 키가 크지 않았더라면, 돈 많은 집안의 자식으로 태어나지 않았더라면, 지금까지 그리고 앞으로 로하가 겪어야 할 고난은 한수의 몫이 될 수도 있었을 것이다.

'고통받는 친구를 방관하면서 가식적인 농담을 하거나 억지 미소로 조롱이나 하는 너 같은 새끼는 쓰레기야.'

로하가 한수에게 하고 싶은 말은 그것뿐이었다. 하지만 그와 같은 말을 입 밖으로 내뱉었다간 안 그래도 끔찍한 학교생활이 더욱 비참해질 게 뻔했다. 로하를 먹잇감처럼 노리고 있는 하이에나들이 우글거리는 교실에 하이에나 한 마리가 더 늘어나 버릴 테니까.

로하는 교실로 들어가기 직전, 지그시 어금니를 깨물었다. 그리고 심호흡을 크게 한 후 교실이라는 '지옥의 문'을 열었다. 교실 안으로 들어간 로하는 조용히 자리에 앉았다. 한숨을 내쉬며 불편한 표정을 지었지만, 바로 인상을 펴고 딴청을 피웠다. 괜스레 남의 눈에 거슬리지 않으려는 자기 방어적 행동이었다. 슬며시 교실 안을 둘러보던 로하의 시선이 어느 한 점에서 멈추었다.

'나도 저런 거 하나 있으면 좋을 텐데…….'

그는 부러운 눈으로 머리에 어떤 장치를 쓰고 있는 아이들 몇 명을 보았다. 축구공처럼 생긴 그 장치는 SF 영화에 나오는 헬멧 같은 디자인으로 몇 년 전 '성아'라는 국내 회사에서 처음으로 출시한 이후 유행하고 있었다. 뇌의 집중력과 창의력을 높여 주는 파장을 발생하고, 각성 효과와 함께 안정적으로 아드레날린과 도파민 분비 수치를 조정해 주는 기능이 있어서 두뇌의 상태를 최상으로 올려 주는 특허 상품이었다.

학습 능력 향상과 인체에 무해하다며 그 효능을 인정받은 저 장치는 등교 후 학습 능력을 강화해 준다는 이유로 올해 들어서 초중고에서도 정식으로 학교 내 사용이 허용되었다. 로하가 다니는 학교에서도 저 장치를 머리에 쓰고 수업 시작 직전까지 의자에 가만히 앉아 있는 애들을 쉽게 발견할 수 있었다.

로하 역시 사고 싶은 마음이 간절했지만, 그의 경제적 상황으로는 그저 그림의 떡일 뿐이었다. 겨우 국가에서 지급해 주는 보조금을 받아 연명하는 처지라, 터무니없이 비싼 저 기계를 샀다가는 기본적인 생활이 불가능해진다.

그럼에도 불구하고 로하가 저 장치를 갖고 싶어 하는 이유는 두뇌 향상 기능 때문만은 아니었다. 저 장치를 쓰고 있으면 남의 눈을 신경 쓰지 않고 자연스럽게 혼자만의 시간을 보낼 수 있기 때문이었다. 그러면, 매일같이 겪는 고통의 시간을 잠시나마 잊을 수 있을 것 같았다.

로하는 책상에 수학 문제집을 펼쳐 놓고 가만히 앉아 있었다. 온몸의 신경을 잠재우듯 미동조차 자제했다. '나는 투명인간이다.'라는 자기 최면을 걸며 모두가 저를 없는 사람처럼 생각해 주길 바랐다. 펼쳐 놓은 수학 문제집은 공부를 하기 위한 것이 아니었다. 이 역시 자기방어 행동이었다.

그는 고등학교에 입학하고 얼마 안 되어 공부에 대한 의지를 접었다. 물론 경제적인 문제로 남들처럼 학원도 못 다니는 처지이기도 하지만, 가장 큰 원인은 학생들의 괴롭힘이었다. 학교에서는 늑대들에게 포위된 어린 양 같은 처지이고, 밤이 되면 아르바이트를 해야 하는 삶 속에서 공부를 할 정신적 시간적 여유가 없었던 것이다.

이런 현실은 로하로부터 모든 의욕을 빼앗아 갔다. 피곤에 찌든 몸으로 공부해 봤자 대학 입학은 실현 불가능하다는 것을 그 자신이 제일 잘 알고 있었다. 물론 어려운 환경에도 불구하고 대학에 들어갈 만큼 머리가 좋거나 학습 능력이 뛰어난 사람은 있다. 하지만 그는 자신이 그렇지 않다는 것을 잘 알고 있었다. 적당히 고등학교를 졸업하고 무슨 일이든 해서 먹고살면 그만인 것이다.

그렇게 스스로를 위로하고 있는 사이 하나둘씩 교실로 들어오는 아이들이 늘어났다. 그들이 반가운 표정으로 서로를 맞이할 때마다 교실의 분위기도 밝아졌다. 하지만 그들과는 동떨어진 세계에 있는 로하에게는 암담한 그늘이 드리워지고 있었다.

"아! 이게 뭐야!"

갑자기 로하의 이마를 타고 정체불명의 액체가 흘러내렸다. 그 액체는 콧잔등에서 갈라지더니 책상 위에 펼쳐진 수학 문제집 위로 뚝뚝 떨어졌다. 불쾌함과 불길함을 동시에 느낀 로하가 서서히 뒤를 돌아봤다.

"어! 미안."

로하의 시선이 향한 곳에는 한위가 방긋 웃으며 서 있었다. 한위는 또다시 테이크아웃 커피 잔을 로하의 뒤통수 쪽으로 기울였다. 그는 장난기 가득한 눈빛으로 로하를 보고 있었다. 로하와 시선을 마주하고 있음에도 조금의 망설임도 없었다. 커피와 무언가가 혼합된 걸쭉한 액체가 로하의 머리를 덮쳤다. 그 액체가 스며든 로하의 뒷머리가 볼썽사납게 누그러졌다. 로하는 당황해서 눈을 깜빡거렸다.

"갑자기 이게 무슨 짓이야?"

"어이구야! 미안하게 됐다. 또 실수를 해 버렸네."

로하를 그윽하게 내려다보던 한위가 보란 듯이 업신여기는 표정을 지었다.

"인마, 그래도 이거 나름 비싼 커피야."

장난기와 함께 먹이를 노리는 육식 동물처럼 공격적인 빛이 발산되는 한위의 눈. 그는 로하에게 나쁜 짓을 할 때마다 어김없이 그런 비열한 눈빛을 보였다.

한위는 비열한 아이들로 가득한 이 교실에서 가히 최고임을 자랑하는 놈이다. 악의로 버무려진 독을 항상 가슴속에 품고 다니는 인간이다. 그는 목표물이 조금이라도 약점을 보이면 집요하게 파고들어, 당하는 사람에게 온몸의 감각을 끊어 버리고 싶은 충동을 들게 한다. 이제 이 정도 수모는 로하에게 일상이 되어 버렸다. 하지만 여전히 이 고통스러운 시간은 매번 다른 종류의 수치심을 자극하며 그를 괴롭힌다.

"야, 그래도 아직 먹을 수 있어. 이 커피 한 잔이면 네 국가 보조금 하루치는 될걸? 안 그래? 네가 하는 아르바이트 두 시간짜리라고, 이 똥물이! 책 위에 떨어진 거라도 핥아 보지 그래? 너 공짜 좋아하잖아. 내 말이 틀려? 이 거렁뱅이 새끼야. 너 같은 인간들 때문에 나라 세금이 바닥을 치는 거야, 알아? 너라는 존재 자체가 민폐라고, 민폐. 누군 열심히 벌고, 누군 받아먹기나 하고. 나 같으면 그냥 콱 죽어 버리겠다, 이 기생충 같은 새끼야."

한위는 농담하듯 독기어린 비난의 말을 마구 쏟아 내며 로하를 무자비하게 모욕했다. 하이에나처럼 수치심을 자극하며 즐기는 한위. 커피로 얼룩투성이가 되어 버린 로하를 곁눈질로 힐긋거리며 방관하는 아이들. 매일같이 벌어지는 이 지옥 같은 상황은 오늘도 로하를 어둠의 낭떠러지로 밀어내고 있었다.

이미 수없이 겪어 온 상황이었다. 하지만 익숙해지기는커녕, 아직 아물지 않은 상처를 마구 쑤셔 대는 격한 고통이 느껴졌다. 가슴 한구석이 타 버릴 것처럼 쓰라렸다. 모멸감이 증폭되다 못해 폭발할 것만 같았다. 사실 몇 번 폭발한 적도 있었다. 결국 실컷 두들겨 맞아서 몸까지 심한 통증을 느끼게 되었다. 그럴 때는 오직 이 생각만이 가득할 뿐이었다. '이 세상에 태어난 게 후회스럽다.'는 생각.

'저 녀석들 중 누군가는 커서 경찰이 될 것이고, 누군가는 정치인이 되겠지?'

상상만 해도 끔찍한 '현실'이 악몽보다 더 큰 공포를 느끼게 했다. 추운 날씨도 아닌데 로하의 온몸에 한기가 서렸다.

로하를 괴롭히는 데 누구보다 앞장서는 한위. 아마도 이 교실에 로하가 없었더라면 그 표적은 한위가 됐을지도 몰랐다. 한위는 새 학기가 시작되면서 줄곧 어리숙한 모습과 제멋대로인 행동을 보여 왔다. 그래서 한데 섞이지 못하고 일명 '예비 왕따'라는 수식어가 꼬리표처럼 붙어 다녔다.

그러나 언제인가부터 그 화살이 로하라는 과녁으로 돌려졌다. 아마도 로하가 국가 보조금을 받으며 생활하고 있다는 소문이 교실에 퍼졌을 때부터였을 것이다. 때문에 로하는 한편으로 한위를 이해하고 있었다. 지금 당장이라도 자신이 따돌림의 대상에서 벗어난다면 이 교실에서 괴롭힘을 당할 다음 대상은 한위가 될 테니까. 그리고 그 사실을 한위도 잘 알고 있는 눈치니까. 적어도 그것이 자신을 괴롭히는 데 필사적인 이유일 것이라고 생각했다.

"모닝커피 좀 하라니까!"

로하는 계속해서 자신을 몰아붙이는 한위에게 한마디의 반항조차 하지 않았다. 아니, 하지 못했다. 무기력함이 온몸에 퍼져 버렸기 때문이다. 팔다리가 다 떨어져 나간 듯 저항을 하는 것 자체가 불가능하게 느껴졌다.

중학교 2학년 때 짝꿍이었던 연희, 학기 초에 모자를 눌러쓰고 성인인 척하며 PC방에서 같이 밤을 지새우던 세호, 로하가 살고 있는 같은 원룸 건물 지상 2층에 살고 있는 우성. 어느새 그들은 한때 친한 친구였다는 기억을 머릿속에서 싹 지운 사람들 같았다. 로하는 그런 그들이 한없이 미웠다. 그리고 가장 증오스러운 사람은 무기력한 로하 자신이었다. 이럴 때마다 창피해서 땅속 깊숙한 곳까지 숨어 버리고 싶게 만드는 존재가 있기 때문이다. 그 존재는 로하가 앉은 자리의 줄 맨 앞칸에서 그를 동정의 눈으로 바라보는 아영이었다.

지방에서 중학교를 졸업한 후 서울로 이사를 왔다는 그녀는, 또래 여자아이에 비해 키도 크고 비율도 좋아서 늘씬한 몸매의 소유자였다. 새하얗지만 핏줄은 보이지 않는 피부, 잘록한 허리

밑으로 풍만한 둔부에서부터 길게 뻗은 다리, 오뚝한 코 골격, 쌍꺼풀이 없는 눈이지만 둥글고 차분한 눈동자에 오동통한 입술을 가지고 있었다. 로하의 눈에 아영은 학생보다는 모델이라는 단어가 더 잘 어울리는 외모의 소유자였다.

그녀는 전교 1, 2등을 다툴 만큼 공부 또한 잘했다. 모든 애들이 호감을 갖는 말투와 행동으로 인간미까지 갖추고 있었다. 어느 부분에서도 모자람을 찾아볼 수 없었다. 때문에 남자애들은 물론이고 동성 친구들에게도 선망의 대상이었다. 그녀가 매일 아침 긴 생머리를 휘날리며 풍기는 향기는 한창 때인 남학생들의 후각을 자극했다. 범접할 수 없는 분위기 때문인지 아영은 특별히 누군가와 사귄다는 소문도 없었고, 언제나 신비함에 싸인 아이돌 같은 동경의 대상이었다.

로하 역시 혈기 왕성한 남학생이라 아영을 향한 동경의 마음은 다른 남학생들과 크게 다를 리 없었다. 그런 그녀의 동정 어린 눈빛을 보는 것은, 사춘기 소년으로서 느낄 수 있는 최악의 치욕이었다.

"지금 뭐 하냐?"

교실 문이 거칠게 열리는 소리와 함께 이 교실 피라미드의 정상에 있는 건호가 등장했다. 그의 목소리가 들려오자 계속해서 비아냥거리던 한위의 입이 핸드폰이 진동 모드로 전환된 것처럼 무음으로 바뀌었다.

그는 교실에 들어오자마자 로하 자리로 가서 책상 위에 오른쪽 발을 보란 듯이 올렸다. 그런 건호와 눈이 마주친 순간, 로하의 심장은 갈피를 잡지 못하고 발광하듯 뛰어 대기 시작했다. 오늘도 어김없이 찾아온 저승사자. 그 저승사자가 이번엔 어떻게 요리를 할까 고민하는 표정으로 노려보고 있었다.

오랫동안 습관적으로 괴롭힘을 당해 왔기 때문일까. 로하는 건호와 눈을 마주치는 것만으로도 극도의 불안감에 사로잡혔다. 건호의 눈, 로하에게 그 눈은 사람의 것이 아니었다. 그건 사람의 껍질을 뒤집어쓴 악령의 눈이었다.

"야, 이 새꺄. 허락 없이 내 장난감 가지고 놀지 말랬지?"

건호가 한위를 힘주어서 노려봤다.

"어? 어, 미안……. 알겠……."

"꺼져! 알았어?"

조금 전까지만 해도 로하를 향해 성난 살쾡이 같은 표정을 짓고 있었던 한위의 얼굴이 언제 그랬냐는 듯이 온순한 표정으로 바뀌었다. 건호의 말 몇 마디에 사자의 포효를 들은 하이에나처럼 꼬리를 내려 버린 것이다.

"야, 너 대답 안 하냐?"

건호가 입술을 씰룩거리며 한위를 노려봤다. 순간, 애들의 시선이 한위에게로 쏠렸다.

"대답 안 하냐고."

"그래, 꺼질게……."

한위는 자존심을 지키려고 버티어 봤지만, 결국 건호의 압박을 못 이기고 기죽은 목소리로 대답했다. 그러더니 굴욕적인 기분이 었는지 토라진 입술을 삐쭉 내밀고 눈을 사납게 떴다. 하지만 감히 건호 앞에서 그런 얼굴을 보이지는 못하고 고개를 돌렸다.

왁자지껄 웅성거리던 교실 안에 갑자기 정적이 깔렸다. 조금 전까지만 해도 로하를 향해 비웃음을 날리거나 불쾌한 표정을 짓던 애들은 건호의 심기를 건드리지 않으려고 모두 고개를 돌렸다. 건호의 날카로운 시선이 교실을 한 바퀴 돌자 고개를 아예 땅바닥으로 떨어뜨리는 애들도 있었다.

이건호, 그는 로하에게 있어서 두려움의 근원이고, 근근이 살아가는 그에게 더욱 큰 고통을 주는 종양 같은 존재였다. 로하가 태어나서 처음으로 누군가를 죽이고 싶다는 생각을 하게 한 사람이며, 마음 깊숙한 곳에 '원수'라는 단어와 '복종'이라는 단어를 동시에 새겨 준 사람이기도 했다.

건호는 언뜻 보기에도 우람한 근육질의 몸과 비정상적으로 큰 키의 소유자였다. 호일 펌으로 흐트러뜨린 불그스름한 헤어스타일과 왼쪽 어깨에서 팔목까지 이어진 여러 종류의 타투가 특징이었다. 그리고 부리부리하게 돌출된 이목구비가 강한 이미지를 주었다.

외국에서 살다 온 경험이 있어서인지 이질감이 느껴지는 능글

능글한 어투로 영어를 섞어서 말하는 버릇을 가지고 있었다. 그러한 그의 외모적 특징들은 애들에게 두려움을 심어 주기에 모자람이 없었다. 그래서 건호는 새 학기가 시작됨과 동시에 자동적으로 교실 피라미드 맨 꼭대기에 자리하게 되었다.

건호가 호기심 어린 표정을 지으며 어글어글한 눈으로 커피로 얼룩진 로하의 얼굴을 이리저리 훑어보았다.

"싸우디, 너 얼굴 많이 상했다?"

"아, 어……."

로하는 건호의 한마디에 소스라치게 놀라며 지체 없이 대답했다. 별것 아닌 물음에도 로하가 이토록 놀라는 반응을 보이는 이유는 아주 간단했다. 조금이라도 대답을 늦게 했다간 또 복날에 개 맞듯이 두들겨 맞을 게 뻔하기 때문이다.

건호가 이같이 로하를 괴롭히는 이유는, 고통스러워하는 약자의 모습을 구경하며 즐기는 가학적 성향도 있겠지만, 로하를 괴롭히는 모습을 애들에게 보여 줌으로써 '교실의 왕'에게 덤비면 이렇게 된다는 본보기로 삼겠다는 의도도 있었다.

"걱정 마, 주인님이 오셨으니까. 이제 아무도 널 괴롭히지 못할 거다. 오케이?"

건호는 얕은 미소를 지어 보였다.

"야, 근데 어디선가…… 커피 냄새가 나네? 커피 냄새가 맞나? 스멜~ 뭐냐, 이 냄새는?"

사실 건호는 한위가 로하의 머리에 커피를 쏟았다는 것을 이미 눈치채고 있었다. 로하를 괴롭히는 즐거움을 보다 더 만끽하기 위해 모르는 척한 것뿐이었다. 건호가 커피의 출처를 묻자 한위가 어색하게 웃는 표정으로 건호의 눈치를 보며 대답했다.

"그거 내가 실수로 쏟았어."

"그래?"

건호는 한위를 한순간 날카롭게 노려봤지만 바로 환하게 표정을 바꾸었다.

"로하야, 친구가 실수로 쏟았다는데 화내고 그러면 안 되잖아. 그렇지?"

"그…… 그렇지."

로하는 억지 대답을 했다.

"그런데 말이지, 내 책상에도 커피가 조금 튄 것 같은데? 왓더헬! 아, 이걸 어쩐다? 응? 어쩌면 좋을까?"

"닦아 줄게."

"그럴래?"

마음 같아서는 흠씬 얻어맞는 한이 있더라도 맞서서 대들고 싶었다. 하지만 로하는 사육당하는 짐승처럼 건호의 말에 복종하고 있었다. 만약 아무것도 모르는 제삼자가 로하를 본다면 이렇게 말했을지도 모른다. '저런 행동이 가능해?', '재 왜 저러고 살아?', '어디가 모자라나?'

하지만 그건 로하의 처지를 몰라서 하는 소리일 것이다. 인간이 사육하는 야생 동물을 보면 알 수 있다. 사육당했던 동물들이 덤빌 줄 몰라서 인간들에게 복종했겠는가. 아니다. 그래 봤자 어차피 안 될 걸 알기 때문인 것이다. 그런 면에서는 인간도 동물과 다를 바 없다. 압도적인 무언가에 짓눌린다면 '복종'은 선택이 아닌 필수가 될 수밖에 없다.

"잠깐!"

로하가 가방에서 꺼낸 티슈로 커피 자국을 닦으려 하자 건호가 그의 팔목을 붙잡았다.

"로하야, 고작 몇 방울 흘린 커피를 닦으려고 티슈 한 장을 다 쓰려는 건 아니지? 그렇게 종이를 낭비하고 그러면 나무들이 아야아야 한다고. 그렇지 않겠어?"

"응. 마……, 맞아."

"그럼 어떻게 해야겠어?"

"손으로 닦아 줄……."

로하는 말끝을 흐리면서 건호의 험상궂은 표정을 슬쩍 확인했다. 그가 잠시 고민하더니 다시 입을 열었다.

"이…… 입으로……."

"그래! 바로 그런 태도야! 내가 원하는 올바른 태도! 주인이 사랑을 담아서 교육시키면 개새끼도 말귀를 알아듣는다더니, 우리 싸우디도 이제 개새끼처럼 잘 알아듣네. 굿보이~ 손은 수분기가 없어서 휴지 같잖아. 물티슈처럼 수분기가 적당하게 배합되어 있는 혀야말로 이 똥물 같은 이물질을 제거하기엔 제격 아니겠어?"

건호는 로하의 입에서 자신이 원하는 말이 나오자 인상을 풀고 미소를 지었다.

"자, 어서 시작해. 아니다. 친구끼리 명령하고 그러면 안 되지. 로하야, 네 친구인 나를 위해서 저걸 핥아 줄 수 있겠니? 어? 그럴 수 있겠냐고."

건호의 말이 떨어지자 애들의 시선이 다시금 로하에게 집중됐다. 로하는 참을 수 없는 치욕감에 몸을 부르르 떨었다. 사약을 앞에 둔 듯 머뭇거리고 있는 로하에게 건호가 말했다.

"왜? 갑자기 하기 싫어졌어? 내 말에 복종하겠다고 약속했었잖아. 약속 안 지킬 거야? 내가 약속을 어기는 놈은 어떻게 된다고 했지?"

말투는 부드러웠지만 협박과 다름없는 건호의 말에 로하는 커피 방울이 떨어진 곳을 향해 얼굴을 떨어뜨렸다. 로하는 말 그대로 노리개가 되어 있었다. 그가 우물쭈물할수록 건호는 재밌어했고, 로하가 고통스러워할수록 건호는 뿌듯한 표정을 지었다. 로하가 명령받은 대로 커피를 핥아먹기 위해 혓바닥을 내밀었을 때였다.

"야! 이제 그만해!"

침묵으로 방관하던 친구들의 시선 사이로 날카로운 목소리가 울려 퍼졌다. 허공을 가르며 들어온 말 한마디가 교실의 분위기를 급속도로 냉각시켰다. 건호의 일방적인 기세에 찬물을 끼얹은 사람은 아까부터 일그러진 표정으로 상황을 지켜보던 아영이었다.

"조금 있으면 선생님도 오실 거야. 이제 그만해."

아영이 말하자 순간 굳은 표정이었던 건호가 손사래를 치면서 씨익 웃었다.

"아이고, 우리 이쁜이 말은 들어야지요. 넌 어쩜 그렇게 인상을 써도 이쁘냐."

건호의 말에 아영이 그를 매서운 눈으로 노려봤다.

"누가 보면 내가 싸우디 괴롭히는 줄 알겠다. 알겠다고요. 까탈스럽긴……."

건호는 비아냥거리며 로하의 머리를 냅다 밀치고는 자기 손으로 아무렇게나 커피 방울을 훑어 냈다.

고마워해야 하나? 아니면 슬퍼해야 하나? 늘 그렇지만, 로하는 지금 자신이 처한 상황 자체를 인정하기 싫었다. 온갖 수모를 당하는 것도 모자라서 좋아하던 여학생한테 이런 도움이나 받다니. 로하는 창피해서 땅이라도 파고 들어가고 싶은 심정이었다.

"야, 내가 아영이 쳐다보면 어떻게 한다고 했어?"

건호가 로하의 귀에다 대고 작은 소리로 말했다. 그는 로하가 수치심을 느낄 시간조차 주지 않았다.

"담배……."

로하가 울먹이듯 가라앉은 목소리로 대답했다.

"그래, 담배 빵. 내가 오늘 안 좋은 일이 좀 있었거든? 그래서 특별히 손등에다 해 주겠어. 평생 지울 수 없는 좋은 추억을 남겨 줄게. 낙인이라고 들어 봤냐? 너에게 낙인을 찍어 주겠다, 이 말씀이야. 만약에, 아주 만약에라도 내 허락도 없이 그 낙인을 지우잖아? 그러면 아주 찢어발겨 죽여 줄 테다. 알겠냐? 모가지를 도려낸 후 택배 상자에 넣어서 너네 집으로 배달시켜 줄게. 아, 맞다. 너 애비 에미도 없는 고아 새끼였지? 받아 줄 사람이 없겠네? 아, 미안, 미안. 내가 또 친구에게 험한 소리를 하고 말았네. 이. 애. 비. 에. 미. 도. 없. 는. 새. 끼. 야. 첫 교시 끝나고 나랑 화장실 좀 같이 가자. 알겠지?"

"아, 알겠어."

로하는 첫 수업 시간 중에 토할 것 같은 충동을 느꼈다. 역겨운 느낌이 두려움과 수치심에 섞여 마구 속을 뒤집고 있었다. 당연히 앞에서 선생님이 하는 얘기가 귀에 들어올 리도 없었다. 로하에겐 역시 희망 따위는 없었다. 로하는 구원해 주고 은혜를 베풀어 줄 사람은 그 어디에도 없다는 것을 절감했다.

학교 수업을 마치고 지하 원룸으로 돌아온 로하는 원룸 입구의 문턱을 밟기 무섭게 화장실로 직행했다. 변기통에 얼굴을 파

묻고 참았던 구토를 했다. 위액의 역류로 목이 타는 느낌과 함께 눈물이 핑 돌았다.

첫 교시가 끝나고 쉬는 시간을 알리는 음악 소리가 교실에 울려 퍼졌다. 그 후 시작된 로하를 향한 건호의 무지막지한 괴롭힘은 그칠 기미가 없었다. 그 괴롭힘은 쉬는 시간마다 이어졌다. 건호는 점심시간에도 로하의 식판에 침을 뱉었다.

매 순간 연속되는 두려움이 로하를 덮쳤다. 그의 마음은 평생 건호의 괴롭힘이 끝나지 않으면 어쩌나 하는, 막연한 두려움으로 얼룩져 있었다. 매일같이 느끼는 이놈의 두려움은 습관처럼 당연한 것이 되었지만, 절대로 익숙해질 수는 없었다.

더 게워 낼 것이 없자 로하는 화장실 벽에 등을 기댔다. 불치병 환자처럼 핏기 없는 안색으로 한참 동안 멍하니 앉아 있었다. 로하는 우주에 홀로 남겨진 기분이었다. 벌거벗겨져 내던져진 가시덩굴 속에서 홀로 발버둥 치는 것 같았다.

로하는 숨을 죽인 채 홀로 깊은 고독에 잠식되는 시간을 보냈다. 그러나 슬픔을 느낄 여유 같은 건 없었다. '현실'이 로하를 가만히 내버려 두지 않았다. 로하는 스스로에게 말했다.

'야! 이렇게 멍때리고 있을 시간이 어디 있어? 그런 건 너한테 사치야. 어서 아르바이트나 하러 가자.'

그렇다. 로하는 돈을 벌기 위해 아르바이트를 나갈 준비를 해야 했다. 밥을 먹고, 옷을 입고, 집세를 내기 위해 돈을 벌어야 했다. 또래의 다른 애들의 경우 가진 돈이 없으면 친구들과 놀 용돈이 부족하거나 새로 나온 게임 같은 것을 사지 못하는 정도이지만, 로하에게 있어서 '돈'은 곧 '생존'이었다.

로하의 눈이 새빨갛게 충혈되었다. 눈물이 한없이 흘러내렸다. 그는 자신이 앉아 있는 맞은편 위쪽을 올려다보았다. 반은 플라스틱, 반은 유리로 만들어진 수건 서랍장이 보였다. 아무렇게나 수건이 쌓여 있는 세 번째 칸, 그곳에는 작고 투명한 U자 모양의 플라스틱 샘플 병이 하나 있었다. 그 샘플 병은 손으로 움켜잡을 수 있을 만한 크기였다. 군데군데 자글자글한 손때의 흔적이 있는 그 병에는 흰 바탕에 파란색 글씨로 'Potassium Cyanide(KCN)'라고 적힌 스티커가 붙어 있었다.

언제였던가. 과학 수업 실습 시간이 시작되기 전, 쉬는 시간이었다. 여느 때와 다름없이 반 애들에게 집단 괴롭힘을 당한 날이었다. 당시의 로하는 극도의 자괴감을 이겨 내지 못했고, 끝내 자살 충동에 휩싸였다. 샘플 병 안에 있는 것은 그 당시 로하가 손에 넣은 공업용 분해 물질이었다.

보석 도금과 금속을 분해하는 일련의 과정 설명을 끝마친 과학 선생님이 과학실을 나갔을 때, 로하는 충동을 억제하지 못하고 일을 저질렀다. 수업 시간에 사용되었던 관련 물질을 당번이 옆방 과학 용품 보관함에 가져다 놓는 것을 확인한 뒤 수업이 끝나고 반 애들이 완전히 자리를 비우자 아무도 모르게 그것을 훔쳐 온 것이다. 그것은 상업적 목적으로 이용될 때만 사람들에게 이롭게 쓰일 수 있는 물질로 치사율 높은 일종의 '독극물'이었다. '사이안화칼륨'이라 불리는, 일명 '청산가리'였다.

로하는 그때 느꼈던 충동이 되살아나는 기분이 들었다. 집단 괴롭힘의 주동자인 건호를 때려죽이고 싶은 만큼 스스로 목숨을 끊고 싶은 강한 충동이었다. 그리고 자신을 비롯해 건호는 물론, 지켜보기만 하는 방관자들까지 모두 죽어 버렸으면 했다.

문득 로하는 자신이 친구들에게 괴롭힘을 당하고 있다는 사실을 알고 있는 담임 선생님의 얼굴이 떠올랐다. 여름이 시작되던 어느 날, 담임 선생님의 전공인 국어 수업 시간이었다. 친구들에게 괴롭힘을 당하고 있던 그와 담임 선생님의 눈이 서로 마주쳤다.

기억을 떠올려 보면, 당시의 선생님은 거의 무표정에 가까운 얼굴을 하고 있었다. 로하는 문득 그 표정의 의미가 궁금했다. 제자들을 보호해야 할 의무가 있는 교사가 왜 친구들에게 괴롭힘을 당하고 있는 나를 모른 척했던 걸까. 그리고 어째서 그런 표정을 했던 걸까. 불쌍해서? 아니다. 로하가 느낀 그 눈빛은 단순한 무관심으로밖에 보이지 않았다. 그 눈빛은 로하에게 이렇게 말하는 것 같았다.

'야, 쳐다보지 마. 귀찮으니까.'

2

목요일 밤, 로하는 여느 때와 다름없이 학교 수업을 마치고 집 근처 편의점에서 아르바이트를 하고 있었다. 한 시간 전만 해도 쉴 틈 없이 손님들이 몰아치더니 바깥에 짙은 어둠이 깔리자 약간의 휴식을 취할 수 있을 정도가 되었다.

로하는 주말을 포함해 매일같이 이 편의점에서 일을 하고 있다. 물건을 계산하거나 진열대를 정리하는 일이 주 업무였다. 학교를 마치고 집에서 잠깐 쉬었다가 17시 30분부터 일을 시작한다. 그리고 청소년 보호법의 제한 시간인 22시를 넘지 못하는 21시 30분까지가 그의 파트였다.

그 시간에 같은 반 애들은 학원에서 공부를 하거나 취미 활동을 할 것이다. 로하는 법적으로 아직 미성년자이기 때문에 국가에서 매달 100만 원가량의 보조금이 나오고, 아시아연합(AU)에서 6개월마다 50만 원씩 지원금이 나온다. 하지만 그 액수로는 생활비조차 감당하지 못하는 게 현실이다.

식비며 수도세, 가스 요금, 전기세, 월세는 아주 기본적인 것들이다. 적어도 두 달에 한 번은 해야 하는 이발 비용, 핸드폰 요금, 생필품 구입비 등등. 최소한의 인간다운 삶을 영위하기 위해 기본적으로 소비해야 하는 액수만 해도 어린 로하에게는 너무나도 벅찬 짐이었다. 심지어 얼굴에 바르는 로션 하나조차 로하에게는 사치였다. 그나마 몇 푼 안 되는 아르바이트 월급이 근근하게나마 생활을 할 수 있게 해 주는 동아줄인 셈이다.

로하 역시 다른 애들처럼 학원도 다니고 놀고 싶은 마음이 굴뚝같았다. 자신은 무엇 하나 할 수 있는 게 없고, 가질 수 있는 게 없다는 것이 슬펐다. 하지만 그렇다고 너무 비관하진 않았으며, 나름대로 현실을 인정하고 받아들이려 노력하면서 살아왔다.

로하는 밑바닥부터 시작해 현재는 자수성가로 성공을 이뤄 낸 사람들의 이야기를 좋아했다. 그런 이야기들처럼 자신도 견디고 노력하면 언젠가 좋은 날이 올 거라는 희망을 갖고 싶었다. 견뎌낼 수 있을 때까지는 죽을힘을 다해서 견뎌 보리라 수없이 다짐했다.

“여기 제로타르 담배는 안 팔아요?”

“예? 아…… 그거 새로 나온 지 얼마 안 된 거라서…… 저희 가게는 아직 물건을 받지 못했네요.”

로하가 멍한 얼굴로 상념에 젖어 있을 때였다. 대학생쯤으로 보이는 한 남자가 편의점 문을 박차고 들어왔다. 그는 다짜고짜 시비 거는 말투로 담배를 달라고 했다. 해롱해롱한 눈, 얼얼한 말투, 힘이 풀린 듯한 다리. 술에 취한 것이 틀림없었다.

“옆 동네 편의점에는 팔던데? 같은 체인점인데 어디는 팔고 어디는 안 팔고, 이거 줏대가 없잖아.”

“죄송합니다.”

남자는 짜증 난 얼굴로 불만 가득한 말들을 퍼붓고는 거칠게 편의점 문을 열고 나가 버렸다. 로하는 이런 진상 손님들을 하루에도 여럿 만나서 크게 신경 쓰지 않았다. 그는 익숙한 태도로 “안녕히 가세요.” 하며 손님의 뒤에 대고 인사를 했다.

“로하야, 저런 애새끼들한테는 인사도 하지 마라. 버르장머리 없는 개잡놈 같으니라고…….”

창고 정리를 끝마치고 나온 편의점 사장이 때마침 그 손님이 하는 말을 들은 것이다. 그는 못마땅한 표정으로 뒤에다 대고 악담을 흘렸다.

땅딸막한 키에 하체가 짧은 육중한 몸, 통통하고 비교적 얼굴 골격이 큰 편의점 사장 철호. 그는 가끔 저런 터프한 말을 내뱉곤 했다. 하지만 은근히 겁이 많아서 늘 손님이 나간 후에야 욕지거리를 해 댔다. 그는 심술궂은 표정으로 사투리 섞인 유머러스한 말을 곧잘 하는 30대 후반의 남자였다. 로하와는 외모적으로나 성향으로나 맞는 점이 없었지만, 두 사람은 어느새 꽤 살가운 사이가 되어 있었다. 철호는 늘 따뜻하게 로하를 대해 주었고, 로하 또한 철호에게 깍듯했다.

“확 마, 점마 저거 다음에 여기 또 오거들랑 와사바리를 고마 쌔리 팅가분다. 에라잇 퉤. 이거나 처먹어라. 아, 바닥 청소한 지 얼마 안 됐는데…….”

로하는 코믹한 철호의 말과 행동에 피식 웃었다.

"사장님, 실제로는 그렇게 못 하시잖아요."

철호가 슬며시 입술 끝을 올리며 말했다.

"당연하지. 실제로는 그리 모하지. 그랬다가는 큰일이 난다. 그냥 말이 그렇다는 거지."

철호는 로하의 말에 헛헛한 미소를 지어 보였다.

"근데 지금이 몇 시고, 로하야."

"지금이…… 9시 5분이요."

"벌써 그리됐나? 그라면 그 비닐 봉다리 하나 가와 봐라."

로하는 철호가 시키는 대로 카운터 밑 칸에 있는 비닐 봉투 한 장을 꺼내서 건넸다. 철호는 거기에다 과자, 삼각 김밥, 도시락, 빵 그리고 맥주까지, 나름대로 골고루 먹을 것을 넣어서 로하에게 내밀었다.

로하가 눈을 깜빡거리며 "가져가라고요?" 하고 물었다. 서로가 잘 모르는 사이였다면 다소 건방져 보일 수도 있는 눈 신호였다. 하지만 철호는 전혀 개의치 않았다. 비닐 봉투를 건넨 철호는 자신의 지갑을 열어서 10만 원짜리 지폐 한 장을 로하의 손에 쥐여 주었다. 이어서 그가 후덕한 미소를 지으며 말했다.

"니 오늘 생일이지? 생일 선물이라고 생각해라. 혼자 산다고 귀찮다고 끼니 거르고 그라지 말고, 뭐라도 제때 잘 챙겨 묵어라. 원래 그럴수록 더더욱 자신을 잘 챙겨야 되는 거다. 한창 무럭무럭 자랄 때 끼니 넘기고 그라면 내처럼 짜리몽땅해지는 수가 있다."

"고맙습니다, 사장님. 용돈 감사히 쓰겠습니다."

로하가 고개를 꾸벅이며 감사를 표했다.

"그래, 오늘은 생일이니까 일찍 퇴근하고 이만 가 봐라. 어차피 손님도 별로 없으니까. 창고 정리하면서 내가 카운터 보면 된다. 욕봤다."

아직 근무 교대 시간 전이었지만 철호의 배려로 로하는 다른 날보다 일찍 퇴근할 수 있게 됐다. 주민 등록 번호상 오늘이 생일이지만 로하에게 큰 의미는 없었다. 어쨌든 로하는 생일을 챙겨 준 철호에게 진심으로 감사했다.

로하는 평소에 지각 한번 하지 않을 정도로 성실히 아르바이트를 했다. 철호는 그런 그의 성실함을 마음에 들어했고, 고마움의 표시로 오늘처럼 특별한 날이 아니더라도 가끔 조기 퇴근을 시켜 주곤 했다. 어떻게 보면 철호가 로하를 대하는 태도의 밑바탕에는 불쌍한 청소년에게 베푸는 동정이 깔려 있었다. 그리고 다른 가난한 사람들처럼 로하 또한 남에게 동정받는 것이 달갑지는 않았다.

하지만 로하가 철호의 동정을 거부한 적은 없었다. 가식적인 동정과는 다른 인간적인 그의 동정이 싫지 않았기 때문이다. 가끔 로하는 그런 생각을 한다. 만약에 아르바이트하는 곳에서조차 환영받지 못했더라면 정말로 숨 쉴 공간이 없었을 거라고. 굳이 표현을 하지는 않았지만, 로하의 가슴 한구석에는 철호에 대한 고마움이 자리하고 있었다.

로하가 가벼운 발걸음으로 편의점을 나오고 있을 때였다. 누군가가 말을 걸어 왔다.

"오늘은 일찍 마쳤네?"

익숙한 여자 목소리였다. 목소리의 주인공은 10분 전쯤부터 편의점 야외 테라스에 앉아서 핸드폰을 만지작거리던 여자였다. 여자는 검은색과 분홍색이 혼합된 상하의 트레이닝복에 검은색 모자를 푹 눌러쓰고 있었다. 로하는 그런 여자의 옷차림새를 보고 운동하다가 잠시 쉬는가 보다, 하고 생각했다.

'나한테 하는 소리인 줄 알았네. 전화 통화하고 있나 보네.'

그는 계속해서 제 갈 길을 가려 했다.

"오늘은 일찍 마쳤네?"

다시 한번 여자의 목소리가 들려왔다. 이번에는 여자가 빠른 걸음으로 걸어오더니 로하의 앞을 막아섰다. 여자의 키는 로하보다 한 뼘 정도 더 컸다. 여자가 내리깔려 있던 커브캡 모자챙을 살짝 들어 올렸다. 미소 짓는 여자의 눈을 본 로하는 깜짝 놀랐다.

"어?"

로하의 앞길을 막아선 여자의 정체는 로하가 동경하는 같은 반의 아영이었다. 좋아하는 연예인이라도 만난 듯 로하의 얼굴이 화끈거렸다.

"저번에는 정확히 30분에 나오더니?"

당황한 로하와는 달리 아영의 태도는 자연스러웠다.

"어, 그게…… 오늘은 사장님이 일찍 보내……. 아니, 근데 네가 그걸 어떻게?"

전혀 생각지도 못했던 아영과의 만남에 잔뜩 긴장한 로하는 말을 더듬었다.

"어떻게 알았냐고?"

로하가 중얼거리듯 작게 말해서 못 알아들었는지 아영이 확인하듯 되물었다.

"나 평소에 운동하러 이 길로 다니거든. 저번에 운동 끝내고 집으로 돌아가는 길에 보니까, 네가 편의점에서 인사하며 나오더라. 그래서 여기서 일하는구나 싶었지."

두 사람 사이에 짧은 정적의 시간이 흘렀다. 어색함이 맴도는 분위기를 전환하기 위해서 느릿하게나마 로하가 다시 입을 열었다.

"……그런데, 혹시 나 기다린 거야? 무슨 일로?"

"참, 빨리도 물어본다."

아영이 살짝 못마땅한 표정을 짓더니 진지한 말투로 물었다.

"너 지금 할 일 없지?"

"어? 그…… 그게 그러니까……."

로하는 말끝을 길게 흘렸다.

"그럼 우리 커피나 한잔……이 아니라 야식이나 먹으러 갈까?"

아영은 얼마 전, 커피를 뒤집어썼던 로하의 모습이 떠올랐는지 재빨리 말을 바꾸었다.

"야식?"

로하는 예상 못 했던 아영의 권유에 대답을 못 하고 우물쭈물했다. 아영이 다시 말하기 귀찮다는 듯 한쪽 눈썹을 치켜올리면서 되묻는 표정을 짓자 로하는 할 말을 잃고 입맛만 다셨다. 로하는 여자애들에게 늘 관심 밖의 인간이었다. 여자와 단둘이 있어 본 기억조차 거의 없을 정도였다. 그런데 여자랑 같이 밥을 먹는다고? 그것도 나 같은 건 상대할 리 없는 아영이 같은 학교 킹카랑?

다른 건 몰라도 건호가 이 사실을 알면 비 오는 날 먼지 나도록 얻어맞을 것이 뻔했다. 그리고 아영과 단둘이 대화를 한다는 건 역시 로하에겐 적지 않은 부담이었다. 게다가 무언가 찜찜한 기분도 들었다. 늘 애들에게 괴롭힘을 당해서인지 몰라도, 아영에게 어떤 꿍꿍이속이 있을 것만 같은 불안감이 들었다.

"갈 거야, 말 거야? 예스, 노. 딱딱 대답을 해."

아영이 묵묵부답인 로하가 답답했는지 인상을 쓰며 다시 물었다. 그런 아영에게 기가 눌린 로하는 거절할 수 없었다.

"그럼, 간단하게 뭐 좀 먹을까."

얼떨결에 대답은 했지만, 여전히 마음 한편에 있는 불안감은 지워지지 않았다.

"그래, 당연히 그렇게 나와야지. 저 밑에 초밥집 어때? 내가 먹자고 했으니까 내가 살게."

"난 아무거나 상관없어."

"그래? 그럼 거기로 가자."

그런데 갑자기 아영이 취한 행동 때문에 로하의 눈이 번뜩 커졌다. 아영이 로하의 팔짱을 낀 것이다. 놀라서 경직된 로하의 모습은 마치 경찰에게 끌려가는 범죄자 같았다.

저녁 식사 시간이 지나서 그런지 일식 식당 안은 테이블이 군데군데 비어 있었다. 두 사람은 창가 쪽 자리에 앉아 메뉴판에 있는 2인분짜리 세트를 주문했다. 20분쯤 지나자 음식이 나왔다. 주문한 초밥들이 가지런히 줄지어 있었다.

"맛있겠네."

종류별로 초밥 맛을 음미하는 아영과는 달리 로하의 표정은 자못 진지했다. 여전히 자신에게 일어나고 있는 일들이 믿기지 않는 눈치였다. 그리고 떨쳐 내지 못한 불안감도 아직 남아 있었다. 가끔 만화 같은 거 보면 소위 '찐따 같은 남자'를 선호하는 여자가 등장한다. 로하는 '혹시 아영이 그러한 특이 취향인가?' 하고 생각했다. 만약 아영이 그런 취향을 가졌다고 가정한다면 이거야말로 횡재가 아닐 수 없었다.

'하지만 그런 게 아니라면 도대체 무슨 이유로?'

로하는 잡다한 생각에 머릿속이 점점 복잡해졌다. 망상의 나래를 펼치고 있는 로하와는 달리 아영은 초밥을 먹는 일에 열중이었다. 로하도 겉으로는 먹는 데 집중하는 듯했지만, 딴 곳에 정신이 팔려서 무슨 초밥을 먹었는지조차 기억하지 못했다.

"좀 팍팍 먹어. 어떻게 남자가 여자인 나보다 더 못 먹냐."

"잠깐 뭐 좀 생각하느라."

두 사람은 절반 이상의 초밥을 먹을 때까지 가벼운 대화를 이어 갔다. 서로 자기가 좋아하는 것들에 대해서 이야기를 했는데, 어쩌다가 해외 프로 축구 얘기까지 나왔다. 로하는 어렸을 때부터 축구를 좋아해서 경기 보는 것을 즐겼다.

"축구에 대해서 잘 아네?"

"왜? 여자는 축구 보면 안 돼?"

아영이 말하길, 아빠가 영국 프리미어리그 팬이라고 했다. 어렸을 때 아빠 따라 곧잘 축구 경기를 봐서 해외 축구에 대해 잘 아는 거라고.

로하는 아영의 부연 설명을 듣고 고개를 끄덕였다. 하지만 아영의 말이 좀 이상하다고 생각했다. 현재 잉글랜드 챔피언십리그 10위권에서 오락가락하고 있는 팀인 허더스필드 타운(Huddersfield Town)이 몇십 년 뒤에는 프리미어리그에서 우승하고 유럽 챔피언십 우승까지 할 것 같다니. 도대체 어떤 식으로 계산해야 그런 예측이 나오는 건지 이해할 수 없었다. 하지만 로하는 감히 그 말에 반발할 수 없었다. 그래서 그녀의 말에 공감해 주는 척하며 다소 가식적인 미소를 지었다.

"『반지의 제왕』! 당연히 읽어 봤지. 아빠가 좋아하던 작품인데."

아영이 환한 표정으로 대답했다. 로하는 아영이 아빠의 영향을 많이 받은 것 같다고 생각했다. 영화라면 모를까, 아무리 유명한 작품이라도 적지 않은 분량의 소설을 읽은 사람은 많지 않을 것이다. 특히 아영의 경우는 평소에 로맨스 웹 소설을 더 좋아할 것 같은데.

"그럼 『호빗』이나 『실마릴리온』은?"

"오래전에 독파했지."

식당으로 들어오기 직전까지만 하더라도 로하는 '대체 아영이랑 무슨 대화를 나눠야 하지?' 하고 막연히 고민했다. 하지만 다행히도 로하가 자존심상 학교생활에 대해 말하는 것을 꺼려 한다는 걸 눈치챈 아영은 학교 얘기는 한마디도 하지 않았다. 대신에 로하가 좋아하는 축구 경기와 판타지 소설에 대해서 잘 알고 있었기 때문에 둘의 대화는 술술 이어졌다.

잠시 후, 두 사람은 더 이상 할 얘기가 없어지자 차를 홀짝이면서 창밖을 바라봤다. 그러다 아영이 먼저 입을 열었다.

"로하야, 나 사실 오늘 너한테 할 얘기가 있어."

로하의 차가 반쯤 남았을 때 아영이 진지한 표정으로 말을 걸어 왔다.

"뭔데?"

"부탁할 게 있어서."

"부탁할 거?"

로하는 반문과 동시에 아쉬움의 신음 소리를 낼 뻔했다. 부탁이 무엇이든 흔쾌히 들어 주고 싶은 마음도 있었지만, 아영이 자신에게 이성으로서 호감을 가지고 접근한 것이 아니라는 생각이 들었다. 이미 짐작은 하고 있었지만…….

"다른 건 아니고, 혹시 내일 학교…… 결석해 줄 수 있어?"

아영은 그렇게 말하고는 콧바람을 길게 늘어뜨렸다. 그녀는 로하의 입을 주시했다. 그의 입에서 'OK'가 떨어지기를 바라는 눈치였다.

"그게 무슨 소리야?"

로하가 의아한 표정을 지었다.

"음……."

무언가가 켕기는 듯 의미를 알 수 없는 비음을 내는 아영. 설명할 말을 머릿속으로 조합하고 있는 듯했다.

"그게…… 이유를 설명하기가 좀 어렵네. 그냥 아무것도 묻지 말고 부탁 좀 들어 주면 안 될까?"

다짜고짜 결석하라는 아영의 말에 로하는 그저 혼란스러울 따름이었다.

"그러니까…… 아니, 그냥 학교 하루 빠지는 거야 뭐…… 별 큰 문제는 아니긴 한데……. 몸이 아프다고 하면 되는 거니까. 그건 둘째 치고, 이유라도 알고 싶어서. 그거 혹시…… 건호와 관련된 거야?"

"아니야, 그런 건."

건호 이름이 나오자 아영의 표정이 바삭하게 굳었다.

"그 이유는 내일이 되면 알 거야. 그러니까 그냥 더 묻지 말고 내 부탁 좀 들어 줬으면 좋겠어."

로하는 이유를 알고 싶었지만, 곰곰이 고민하던 끝에 입을 열었다.

"무엇 때문인지는 모르겠지만 일단 알겠어. 그렇게 할게."

"정말? 고마워, 로하야."

로하의 대답을 들은 아영은 입 안 가득 초밥을 집어넣었을 때처럼 밝은 표정을 지어 보였다.

"뭐…… 선생님한테는 감기 걸렸다고 하면 되는 거니까. 그리고 너도 알다시피, 나도 딱히 학교가 좋아서 가는 건 아니라서."

로하는 애써 별것 아니니 신경 쓰지 말라는 식으로 말했다. 하지만 거대한 무언가에 짓눌리는 느낌을 지울 수는 없었다. 마음이 심란하고 머릿속은 어수선했으며, 의심과 궁금증이 증폭됐다.

로하는 마음에도 없는 말을 한 자신을 발견하고, 그 이질감에 자조적인 웃음을 지었다. 그는 그동안 애들에게 온갖 괴롭힘을 당하는 치욕스러운 모습을 아영에게 적나라하게 보여 왔다. 하지만 단 한순간만이라도 남자다운 모습을 보여 주고 싶었다. 어차피 남몰래 좋아하다 끝나 버릴 처량한 신세일 게 뻔했지만 그건 아무래도 상관없었다.

"약속하자."

"약속?"

아영이 로하의 앞으로 오른쪽 새끼손가락을 내밀었다. 로하는 어색한 미소를 지으며 새끼손가락을 걸었다.

차를 다 마신 두 사람은 식당을 나왔다. 어느새 시간은 밤 10시가 훌쩍 넘어 있었다. 밖은 제각각 다른 색깔로 꾸며진 간판에서 번쩍이는 LED 조명 빛들이 거리를 화려하게 색칠하고 있었다. 그 알록달록한 빛들이 두 사람을 비추고 있었다. 아영과 나란히 걷고 있던 로하가 슬쩍 아영을 훔쳐보았다. 밤 조명을 받은 그녀의 옆모습은 무대 위의 아이돌 여가수를 떠올리게 했다. 로하가 넋을 잃고 보는 시선을 느꼈는지 아영이 고개를 돌렸다.

"왜? 무슨 할 얘기 있어?"

"어? 아…… 아무것도 아냐. 그냥…… 솔직히 네가 나한테 왜 이러는 건지 알 수가 없어서."

"그건 내일이 지나면 알게 될 거라고 했잖아. 아무튼, 약속이다. 알겠지?"

"알았어, 그렇게 할게."

다시 두 사람 사이엔 정적이 흘렀다. 그런데 한참을 걷다가 아영이 문득 물었다.

"너는 인간의 이기심에 대해 어떻게 생각해?"

뜬금없는 아영의 물음에 로하는 대답을 하지 못했다. 아영이 갑자기 무슨 의도로 이런 말을 하는 건지 감이 잡히지 않았다. 로하가 할 말을 못 찾고 눈만 깜빡거리자 아영이 다시 말을 이었다.

"내가 너무 뜬금없이 이상한 걸 물었지? 그럼 딴 걸 물어볼게. 그냥 개인적으로 네 생각이 궁금해서 그래. 네가 느끼기엔 어때? 인간의 죽음은 신만이 결정할 수 있다고 생각해?"

역시 이번에도 로하는 아무런 답을 못 하고 30초 정도의 시간을 흘려보냈다. 로하가 대답을 생각하는 동안 아영은 재촉하지 않았다. 단지 옅은 미소를 지으며 장난기 어린 눈으로 로하를 주시했다. 그러다 로하가 입을 열려던 찰나였다.

"어! 아영아."

불현듯 어디선가 여자 목소리가 들렸다. 두 사람은 그 목소리가 들려온 곳으로 시선을 돌렸다. 목소리의 출처는 어느 정도 거리가 있는 곳이었다. 저 멀리서 여자 두 명이 손을 흔드는 모습이 보였다. 이어서 그들은 빠른 걸음으로 이쪽으로 다가왔다.

둘은 머리를 노랗게 염색하고 화려한 디자인의 트레이닝복을 입고 있었다. 무슨 힙합 가수 뮤직비디오에 나오는 여자 모델들 같은 느낌이었다. 로하는 그들의 정체를 금방 알 수 있었다. 학교에서 매일같이 아영과 붙어 다니는 같은 반 친구인 미울과 서연이었다. 두 사람의 외모적인 개성 역시 독특해서 쉽게 알아볼 수 있었다. 두 사람은 단박에 로하와 아영의 앞까지 왔다.

"아영아, 너 여기서 뭐 해? 오늘 중요한 일 있다며?"

로하의 존재 자체를 무시하려는 의도인지 미울은 아영에게만 시선을 주며 말했다.

"그래, 중요하게 만나야 할 사람이 있어서. 그러는 너희들은 이 시간까지 회사에서 연습한 거야?"

"당연하지. 아주 열심히 했지."

미울이 손으로 자신의 허리춤을 잡고 허벅지를 튕기며 몸매 자랑을 해 보였다. 미울과 서연이 아이돌 연습생이라는 사실은 같은 반 아이들은 모두 알고 있었다. 그만큼 두 사람은 개성적이고 빼어난 외모를 가지고 있었다. 하지만 아영은 그런 두 사람에게까지 질투와 부러움을 살 만큼 뛰어난 얼굴과 몸매의 소유자였다. 그래서 그들은 아영과 같이 어울리고 싶은 마음을 내비치는 데 한 치의 망설임도 없었다. 하지만 아영은 그들에게 친구라기보다는 리더의 느낌이 강했다. 아영이 가소롭다는 듯이 씩 웃었다.

"근데 만나야 할 사람이 누군데? 혹시 우리 몰래 남자 친구 사귀는 거 아니야?"

서연의 질문에 로하는 당황해서 안절부절못했다. 정작 당사자인 아영은 여유로운 표정을 짓고 있었지만. 아영은 질문에 대답하는 대신 시선을 로하에게로 보내며 그 상대의 정체를 밝혔다. 미울과 서연의 눈이 휘둥그레졌다. 미울은 이내 믿기지 않는다는 듯 헛기침을 하면서 "뭐? 누구랑?" 하고 되물었다. 하지만 아영의 태도는 전혀 흔들림이 없었다. "얘랑?" 하고 이번에는 서연이 되물었다.

"왜? 로하랑 만나면 안 되는 이유라도 있어?"

아영은 두 사람의 물음에 심기가 불편해졌는지 미간을 찡그리며 목소리에 힘을 주었다.

"아니, 그게 아니라……."

기죽은 서연이 시선을 떨어뜨렸다.

"그게 아니면 뭐?"

하지만 아영의 표정은 바뀌지 않았다.

"그냥 좀……그렇지 않아?"

옆에 있던 미울이 불만스러운 표정으로 한마디 했다. 그러자 아영의 표정이 로하로서는 처음 보는 것으로 바뀌었다. 한쪽 눈썹을 치켜올린 채 일그러진 얼굴, 강한 분노를 꾹 참고 있는 느낌이었다. 하지만 다음 순간 그 표정은 거두어졌다.

"야 이년아, 로하가 빙신 같은 그 새끼보다는 훨씬 나아."

"뭐?"

미울이 어리둥절한 표정을 지었다.

"그저께 남친이 그 새끼가 술 처먹고 나랑 만나고 싶다고 메시지 보냈던데. 어디서 주제도 모르고……. 아 참, 미안. 너 그 며르치 같은 새끼랑 사귀는 사이지?”

미울은 당황스러운 표정을 감추지 못했다.

“그…… 그럴 리가 없어.”

“문자 보여 줄까?”

미울은 결국 울음을 터뜨렸다. 닭똥 같은 눈물을 뚝뚝 흘리더니 엉엉 소리를 내며 저쪽으로 도망가듯 뛰어가 버렸다. 옆에서 잔뜩 기죽어 있던 서연도 잠깐 망설이다 아영의 눈치를 보더니 미울을 좇아 뛰어갔다.

“병신같은 년들, 하여튼 지랄하는 거 말고는 특기가 없어요. 허파에 바람만 쳐들어가지고. 로하야, 걔네 그냥 무시해 버려.”

“어? 어……. 그래, 알겠어.”

로하는 너무 당황한 나머지 그렇게 대답하고 말았다. 아영은 “그럼 먼저 갈게.” 하고 그 자리를 떴다. 로하는 멀어져 가는 아영을 바라보며 힘없이 손을 흔들었다.

학교에서 아영의 이미지는 언제나 밝은 표정에 눈웃음을 자주 짓는 예쁘고 공부 잘하는 여학생이었다. 상냥하지만 때로는 도도한 느낌이었던 그녀. 그랬던 그녀가 오늘 보여 준 모습은 로하가 한 번도 상상해 보지 못한 것이었다. 분명히 같은 사람이기는 한데, 지킬과 하이드처럼 완전히 다른 사람을 보는 것 같았다.

그동안 남의 시선이 신경 쓰여서 착한 척 연기라도 해 왔던 것일까. 여태껏 교실에서 봐 왔던 그녀는 친구들에게 싫은 소리 한 번 하지 않고 사이좋게 어울려 지내는 모습뿐이었다. 특히 매일같이 붙어 다니던 미울과 서연에게는 항상 친절한 얼굴로 대했었다. 그래서 오늘 본 아영의 모습은 로하에게 적지 않은 충격을 주었다.

로하는 원룸에 도착할 때까지 몇 번이고 고개를 갸우뚱했다. 도저히 이유를 찾을 수 없는 아영과의 약속에 대해서도 강한 의구심을 품었다.

"도대체 이게 무슨 일이지?"

로하는 그렇게 혼잣말을 했다.

다음 날 아침, 로하는 이른 시간에 자동으로 눈이 떠졌다. 어젯밤엔 복잡해진 머릿속 때문에 고민하다 늦게 잠이 들었다. 수면 부족임에도 불구하고 신경이 잔뜩 예민해진 탓에 제대로 잠을 이룰 수 없었던 것이다. 곧장 화장실로 가서 간단하게 세수를 하고 다시 방으로 돌아온 그는 멍하니 이불 위에 앉아 습관적으로 핸드폰을 만지작거렸다.

'아, 맞다. 전화.'

아무 생각 없이 인터넷에 접속해서 스포츠 뉴스를 읽던 중, 문득 담임 선생님께 전화를 해야겠다는 생각이 들었다. 로하는 감기에 걸린 척하느라 일부러 목 긁는 소리를 내며 담임 선생님에게 전화를 걸었다. 골골거리는 음성으로 심한 독감에 걸렸다고 했다. 로하의 어설픈 연기에 속아 넘어간 담임 선생님은 “약 잘 챙겨 먹고, 알겠니?” 하며 병가 처리를 하겠다고 말했다.

담임 선생님과의 통화를 마친 로하는 수신을 부재중으로 넘기기로 설정한 후 어렴풋이 떠오르는 일련의 단서들을 되짚어 보았다. 아영과의 반강제적인 약속에 대해서도 다시 한번 추리해 봤다. 하지만 여전히 감이 잡히지 않아서 포기하고 말았다.

로하는 복잡해진 머리를 식히기 위해 이불을 뒤집어 쓰고 태블릿 PC로 읽다 만 판타지 소설을 읽기로 했다. 그렇게 한동안 독서에 집중하고 있을 때였다. 핸드폰의 알람음이 울렸다. 확인해 보니 메시지 함에 건호의 메시지가 남겨져 있었다.

야, 너 왜 안 오냐? 전화도 안 받고.

- 건호

오늘 몸이 좀 안 좋아서.

- 로하

로하는 건호의 메시지를 씹어 버리고 싶었지만 후에 돌아올 보복이 두려웠다. 전에 한번 돈을 가져오라는 건호의 메시지를 무시했다가 신발을 혀로 핥아야 하는 벌칙을 당했다. 그때 이후로 건호가 보낸 메시지는 거부할 수 없었다.

시계를 확인하니 오전 11시가 조금 넘어 있었다. 로하는 아침 겸 점심 식사를 위해 철호에게 받았던 편의점 도시락을 꺼냈다. 오늘은 학교를 가지 않았으니 급식을 먹을 수 없다. 이 도시락이 아니었더라면 인스턴트 라면으로 하루 두 끼니를 모두 때울 뻔했다.

예능 프로그램을 시청하면서 한창 도시락을 먹고 있던 중이었다. 얇은 유리판이 얹어진 책상 위에서 유리와 맞부딪칠 때 나는 투닥 소리가 났다. 핸드폰 진동 소리였다. 로하는 움직이던 젓가락을 멈췄다. 뭔가 불길한 느낌에 갑자기 식욕이 사라져 버려 젓가락을 던지다시피 내려놓고 메시지 함을 확인했다.

친구야, 너 없으니까 심심해서

도저히 안 되겠다. 학교 좀

와 줘야겠다.

- 건호

메시지를 확인하자마자 로하는 속이 메스꺼워지기 시작했다. 사실 건호로부터 다른 문자가 안 와서 조만간 다시 연락이 올 것 같은 불안감은 있었다. 하지만 막상 문자를 확인하고 나니 건호의 집요함과 악랄함에 극도의 혐오감을 느낄 수밖에 없었다. 로하는 생각 끝에 다시 답장을 했다.

나 감기가 심하게 걸려서

오늘은 학교 못 가.

– 로하

죽을래? 미쳤구나, 니가? 주인님이

부르시는데 설령 다리가 잘렸다 하더라도

기어서라도 와야 하는 거 아니냐?

처빠져 가지고. 긴말 안 한다.

안 오면 알지?

– 건호

나 진짜 아픈데…….

– 로하

—,.— 말 많네. 그냥 오라면 와.

내가 약 먹여 줄게. ㅋㅋㅋㅋ

이 개 같은 씨팔 새끼야.

아, 미안. 친구끼리 욕하고

그러면 안 되는 건데 실수를

해 버렸네. ㅎㅎ凸

– 건호

로하는 깊은 한숨을 내쉬었다. 이제 와서 등교를 하자니 아영과 새끼손가락까지 걸고 한 약속이 마음에 걸렸다. 그렇다고 건호의 메시지를 무시하자니 또 어떤 꼴을 당할지 몰라 두려웠다. 한심스러운 자신의 처지에 답답해하던 것도 잠시, 결국 고민 끝에 로하는 등교를 준비하기 시작했다. 아무리 아영과 새끼손가락을 걸고 약속을 했다고 해도, 건호의 요구를 무시할 용기는 없었다.

로하가 원룸 밖을 나서자 또 한 번 메시지가 왔다.

야, 너 알바비 나왔지?

올 때 좀 가져와 봐라.

– 건호

교실 앞에 도착한 로하는 학년과 반이 적혀 있는 자그마한 푯말 앞에 우두커니 서서 숨을 골랐다. 그는 심호흡을 한 번 하고 나서 푹 파인 문손잡이를 향해 서서히 손을 뻗었다.

미닫이문을 밀어젖힌 후 교실 뒤편에 보이는 시계를 살폈다. 시곗바늘이 13시 10분을 가리키고 있었다. 12시부터 13시 20분까지는 점심시간이다. 반 애들은 대부분 식사를 마치고 교실로 돌아와 수다를 떨며 다음 시간인 'VR과 AR의 기술' 수업을 준비하고 있었다. 한편에는 건호와 민수를 포함한 다섯 명의 패거리도 보였다. 그들은 건호의 책상 근처에 옹기종기 모여서 큰 소리로 웃으며 대화를 나누고 있었다.

로하는 가방을 가져다 놓기 위해 자신의 자리로 이동했다. 건호는 그제야 로하의 존재를 알아차렸다.

"왔어?"

"어."

로하는 대답을 하고 아픈 척 마른기침 소리를 냈다.

"안색이 많이 안 좋아 보이네. 어디 아프냐?"

"어? 감기 걸렸다고 했잖아, 아까 문자로……."

"감기 걸렸었어? 네 답장을 안 봐서 몰랐네. 근데 학교를 왔어? 미친 새끼야, 설마 친구들한테 일부러 감기 옮기려고 온 건 아니겠지?"

로하는 할 말을 잃었다. 건호가 그가 보낸 메시지를 확인 못 했을 리가 없다. 일부러 연기를 하고 있는 것이 뻔했다. 로하가 아픈 척하는 것을 눈치챘는지는 모르겠지만, 건호가 가소롭다는 눈빛으로 노려봤다.

"야! 너 왜 왔어!"

갑자기 카랑카랑한 목소리가 교실을 울렸다. 순간, 수많은 시선이 아영에게로 집중됐다. 조금 전까지만 해도 아영은 자신의 자리에 앉아 이어폰을 귀에 꽂고 음악을 듣고 있었다. 로하가 교실에 들어온 것을 뒤늦게 알아차린 아영이 자리를 박차고 일어났다. 그녀는 잔뜩 상기된 얼굴로 이어폰을 아무렇게나 내팽개치고 로하에게로 성큼성큼 다가왔다.

"너, 안 오기로 약속했잖아! 그런데 대체 왜 왔어!"

아영은 한달음에 로하의 얼굴 바로 앞까지 와 섰다. 그러고는 붉게 달아오른 얼굴로 버럭 소리를 질러 댔다. 로하는 어떻게 대답을 해야 할지 몰라 그냥 우두커니 서 있었다. 이 상황을 호기심에 찬 얼굴로 지켜보던 건호가 이내, "워, 워, 침착하세요. 우리 아영 님께서 왜 이렇게 화가 나셨을까?" 하고 장난스럽게 말을 걸어 왔다.

"왜 왔냐고!"

아영은 건호의 말 따위는 안중에도 없어 보였다. 그녀는 오로지 로하에게만 시선을 집중하고 있었다.

3

"지금이라도 늦지 않았어. 교실에서 나가 얼른, 제발 좀……."

아영이 내리깔린 목소리로 로하에게 말했다. 그러면서도 애써 침착한 말투를 쓰고 있었다.

"아영아……."

아영의 간절한 부탁과도 같은 말에 로하는 미안해서 어쩔 줄을 몰랐다. 마음 같아서는 당장이라도 교실 밖으로 뛰쳐나가고 싶었다. 하지만 성난 호랑이 같은 표정으로 자신을 노려보고 있는 건호의 얼굴을 보니 도저히 발이 떨어지지 않았다. 아영의 말대로 했다가는 핏덩이가 되도록 얻어터질 게 뻔했다.

아영도 그러한 로하의 사정을 어느 정도 이해하고 있는 눈치였다. 하지만 벌겋게 달아오른 얼굴을 거두지는 않았다. 그녀는 잠시 뭔가 생각하는 듯하더니 심각한 얼굴빛을 드러내며 또박또박 힘주어 말했다.

"그냥 내 말 들어. 지금 네가 하고 있는 그 고민, 그게 뭔지 나도 잘 알아. 근데, 지금은 그런 고민 하고 있을 때가 아니야. 곧 그따위 고민 같은 건 할 필요가 없어질 거라고. 그러니까……."

"미안해."

로하를 어떻게든 설득해 보려는 건지 아영은 억지스러운 미소까지 지어 보였다. 그러나 그녀의 노력에도 불구하고 건호가 눈에 힘을 주자 로하는 고개를 떨어뜨리곤 힘없이 흔들었다.

"거 참, 아영아. 갑자기 로하한테 왜 그런 말을 하는지 모르겠지만, 네가 아무리 그래도 로하는……."

"이제 정말 마지막 경고야. 안 갈 거야?"

아영은 건호의 말을 식칼로 무 썰듯 잘라 버리고는 로하에게 다그치듯 말했다. 하지만 로하는 고개를 떨군 채 침묵을 지킬 뿐이었다.

그때였다.

“이 시발 년이! 보자 보자 하니까!”

자신이 무시당했다는 사실에 열받은 건호가 욱하는 마음에 아영의 어깨를 잡아챘다. 그녀의 얼굴 크기만 한 건호의 손바닥이 오른쪽 어깨를 잡아끌자 아영은 순간 몸의 균형을 잃고 휘청거렸다. 하지만 즉시 왼팔로 건호의 몸을 힘껏 밀치고는 세차게 등을 돌렸다. 갑작스러운 아영의 이상 행동으로 반 전체가 술렁거렸다. 난데없이 교실 뒷문 쪽으로 뚜벅뚜벅 걸어가는 아영. 그녀는 미닫이문을 자물쇠로 걸어 잠그고 열쇠를 자신의 가슴팍 호주머니에 넣었다.

“너 지금 뭐 하냐? 그 열쇠는 어디서 났어?”

건호의 물음에도 묵묵부답. 아영은 마치 ‘넌 실컷 짖어라.’ 하는 기세로 여전히 무시하는 태도를 보였다. 그녀는 교실 앞문도 마찬가지로 은색 고리에 자물쇠를 걸어서 열쇠를 돌려 버렸다. 교실에 정적이 흘렀다. 반 애들은 모두 불안한 눈으로 아영의 돌발 행동을 지켜보고 있었다. 그리고 아영이 로하에게로 다시 다가가자 교실 안은 웅성거림으로 어수선한 분위기가 되었다.

“이리 와, 어서!”

아영이 로하에게 오른쪽 팔을 뻗어서 손바닥을 펼쳐 보였다. 자신의 손을 잡으라는 의미였다. 하지만 로하는 멀뚱히 서 있기만 할 뿐이었다.

“거참 답답하네. 오라고!”

아영이 로하의 팔목을 강하게 잡아당겼다. 그러고는 어쩔 줄 몰라 하는 그를 자신의 자리가 있는 곳까지 끌고 가다시피 데려갔다.

"뭐냐, 쟤네?"

"둘이 사귀는 사이였어? 대~박."

"아영이 쟤, 남친이랑도 그렇고 그런 사이라며?"

건호의 패거리에서 이런저런 말들이 튀어나왔다.

"저년 저거 갑자기 미친 거 아냐?"

반 애들 중 일부는 아영의 이상 행동이 대수롭지 않은 듯 헛웃음을 날렸다.

"내 등 뒤에 바짝 붙어 있어."

"뭐?"

아영의 말뜻을 이해하지 못한 로하가 되물었다. 로하는 정말로 아영이 왜 이런 행동을 하는 건지 도통 이해할 수가 없었다. 아영은 깊은 숨을 내쉬고는 로하의 몸을 자신의 등 뒤로 힘껏 끌어당겼다.

"이제, 움직이지 마. 그대로 가만히 있어. 차려 자세로 밀착해 있으란 말이야, 알았어? 난 분명히 기회를 줬어. 네가 멍청해서 여기를 온 거지."

알 수 없는 말만을 늘어놓은 아영은 뜬금없이 의자 뒤에 세워 놓은 첼로 케이스를 열었다. 평소에 그녀가 음대 입시 학원 가는 날마다 가지고 오던 건데, 로하는 이런 상황에서 갑자기 첼로 연주라도 하려는 건가, 하고 생각했다.

"아, 씨발 진짜. 보자 보자 하니까 짜증 나게 하네. 야! 이 미친 년아, 얼굴 좀 예쁘다고 내가 잘해 주니깐 아주 만만해 보이지?"

어이없는 표정으로 이들의 행동을 지켜보던 건호가 끝내 폭발하여 아영에게 고함을 쳤다.

"공부도 잘해서 머리가 좋은 줄 알았는데 상황 파악을 전혀 못 하네. 네가 뭔데 끼어들어? 네가 뭔데 날 개무시하냔 말이야!"

"지랄하네, 병신 새끼가……."

"뭐?"

아영이 약 올리듯 한마디 하자 건호는 잡아먹을 기세로 그녀를 향해 다가갔다. 씩씩대며 빠르게 걸음을 옮긴 건호가 아영에게 가까이 왔을 때였다. 그녀가 케이스에서 꺼낸 무언가로 건호의 이마를 겨냥했다.

"어라? 뭐냐, 이게? 지금 뭐, 나랑 장난감 놀이라도 하자는 거냐?"

건호가 코웃음을 쳤다.

"너 설마, 나 겁주려고 약 파는 거냐? 실화냐, 이거? 대한민국에서는 조폭들도 총이 없어요. 이거 치워. 당장 못 치워!"

건호가 자신의 이마 쪽으로 아영이 들이민 것을 툭툭 건드리며 에둘러 장난 섞인 말을 했다. 하지만 표정은 여전히 좋지 않았다.

"이걸 확! 그냥 쥐패 버리기 전에 안 치워! 이런 장난 그만하고, 저 새끼나 내놔. 내 장난감 가져오라고!"

"가져갈 테면 가져가 보시든가."

아영의 도발에 열이 뻗친 건호가 그녀의 뒤에서 벌벌 떨고 있는 로하를 강제로 잡아채려 손을 뻗었다. 그때였다, 아영이 들고 있던 것에서 '철컥' 소리가 난 건.

턱!

둔탁하면서 단조로운 소리가 교실 전체에 울려 퍼졌다. 아영이 들고 있던 것은 장난감 총이 아니었다. 진짜 총이었다. 그것도 일반적으로 떠올리는 단순한 권총 타입이 아닌 기다란 소총이었다. 총구에는 소음기가 달려 있었기 때문에 커다란 소리가 나진 않았다. 그래서인지 반 아이들은 방금 무슨 일이 벌어졌는지 바로 알아차리지 못했다.

하지만 그 자리에서 힘없이 뒤로 자빠지는 건호를 보자 여기저기서 경악하는 비명이 터져 나왔다. 건호 근처의 책상과 바닥에는 떨어져 나간 핏덩이와 살덩이들이 널브러져 있었다. 이마에 커다란 구멍이 뚫려 버린 건호의 시체는 놀란 표정 그대로 굳어 있었다.

뒤늦게 사태를 파악한 교실 안의 아이들은 비명 섞인 고함을 마구 질러 댔다. 그들은 누가 먼저랄 것도 없이 잠겨 있는 교실 문 쪽으로 모여들었다. 겁에 질린 애들이 우왕좌왕하는 광경을 가만히 지켜보던 아영은 회심의 미소를 지었다. 그리고 이어서 무자비한 난사를 시작했다.

먼저, 가까운 곳에 있던 세 명이 첫 번째 표적이 되었다. 그리고 창문을 열고 도망치려는 건호 패거리와 몇몇 다른 친구들이 두 번째 표적이 되었다. 이런 상황도 모르고 두뇌 향상을 위한 장치를 머리에 쓰고 있던 아이는 영문도 모른 채 총알에 심장이 뚫려 그 자리에서 즉사했다. 맨 앞자리에서 헤드셋을 끼고 있던 여자애는 시끌벅적한 소리에 놀라 고개를 돌리는 순간, 머리에 구멍이 뚫려 버렸다.

벽에 밀착한 채로 눈도 깜짝 못 하고 그대로 얼어 버린 한위는 두려움의 눈물을 흘릴 새도 없이 명치에 총을 맞고 죽었다. 교실 밖으로 나가기 위해 출입문에 모여든 애들은 문을 발로 차거나 몸으로 밀치며 살기 위한 발악을 했다. 하지만 아영의 총구는 그들에게 조금의 여유도 주지 않았다.

차례대로 죽어 나가는 반 아이들. 로하는 자신이 지금 무슨 장면을 목격하고 있는 건지 제대로 인식조차 할 수 없었다. 그저 멍한 얼굴로 그냥 서 있었다. 죽어 가는 아이들과 남은 아이들을 하나씩 정리해 가는 아영을 번갈아 보면서.

무릎 꿇고 두 손 모아 싹싹 빌며 살려 달라고 애원하던 소영. 하지만 그녀 역시 무자비한 총알에 가슴팍이 뚫려 버린 채로 쓰러져 그대로 숨을 거두고 말았다. 아영에게 의자를 집어 던진 후 책상을 집어 들고 고함을 지르며 달려들던 재석은 아영에게 다다르기도 전에 무릎에 총을 맞고 앞으로 꼬꾸라졌다. 그리고 아영의 능숙한 확인 사살로 심장에 총알이 박히며 최후를 맞이했다.

옆에 있던 친구를 방패 삼아서 살려고 발버둥 치던 진원은 두 사람 정도는 가볍게 관통하는 총탄의 위력에 결국 죽음을 피하지 못했다. 건호와 유일하게 싸워서 비긴 장래 희망이 군인인 도겸은 재빨리 책상 밑으로 몸을 숨겼지만 허벅지와 척추, 허리 등에 여섯 발의 총을 맞고는 그 자리에서 숨을 거두었다. 책상 밑에 숨어서 112에 전화를 걸던 다영은 경찰에게 한마디의 말을 꺼내기도 전에 생명 줄이 끊겨 버렸다.

"나…… 나는 아무 잘못 없어. 로하를 괴롭힌 적도 없잖아. 도대체 나한테 왜 이러는 건데? 나도…… 나도! 중학생 때까지 왕따였다고! 이제 막…… 친구도 처음으로 사귀고 했는데…… 왜 이러는 건데, 나한테!"

궁지에 몰려 억울하다며 울부짖는 경환에게도 일말의 자비는 없었다. 그는 죽는 순간까지 억울한 표정을 풀지 못했다. 아영의 무정한 총알은 얼음처럼 냉정했으며, 공평했다. 순식간에 벌어진 아비규환의 참극. 얼마 지나지 않아 교실에는 로하와 아영을 제외하고는 움직이는 사람이 아무도 없었다. 그렇게, 무참한 학살의 시간이 겨우 마침표를 찍은 듯했다.

"이제 떨어져 있어도 돼."

5분 전만 해도 활기찬 아이들로 가득했던 교실. 그러나 지금은 핏빛으로 물든 침묵만이 흐르고 있었다. 로하는 당장이라도 도망치고 싶은 마음이 굴뚝같았지만, 그러지 못했다. 나약한 정신력, 온몸을 잠식한 두려움, 찌릿한 긴장감, 팽창한 공포심에 휩싸여 제어 불능 상태가 되어 버린 것이다. 게다가 함부로 도발적인 행동을 했다가는 다른 애들처럼 개죽음을 당할 것 같았다. 눈물을 글썽이던 로하는 다리에 힘이 풀려 그 자리에 풀썩 주저앉고 말았다.

아영이 무슨 의도에서인지 교실을 넓게 훑었다. 그녀의 입에서 떨리는 호흡이 새어 나오고 있었다. 무차별 난사로 튄 핏방울을 뒤집어쓴 그녀였지만, 눈빛도 또렷했고 정신도 멀쩡해 보였다. 그녀의 표정에서 당황함이라든지 분노라든지, 이렇다 할 감정의 기복은 티끌만큼도 찾아볼 수 없었다. 로하는 예전에 봤던 〈터미네이터〉라는 SF 영화를 떠올리며 아영이 혹시 로봇은 아닌가 하는 생각을 했다.

검붉은 핏물이 그녀의 인중과 새초롬한 입술을 가로질러서 흘러내리고 있었다. 그녀가 입김을 불어 내자 인중에 고여 있던 핏물이 마치 물방울이 튀는 것 같은 궤적을 그리며 바닥으로 흩어졌다. 그녀는 자신의 눈가에 묻은 피를 교복 와이셔츠 앞섶으로 훑어 내면서 한 걸음씩 움직이기 시작했다. 아영은 교실 안 구석구석을 살피며 어슬렁거렸다. 피의 숨바꼭질을 시작한 것이다.

첫 번째 타깃은 그녀의 '베스트 프렌드'였던 서연이었다. 그녀는 총 맞은 팔꿈치를 움켜잡은 채 필사적으로 고통을 참으며 죽은 척하고 있었다. 그런 서연을 발견한 아영은 사정없이 머리통을 쏴 버렸다. 그리고 그 총소리에 놀라서 움직인 태수가 다음 타깃이 되었다. 총소리를 들은 그는 죽은 척하며 엎드려 있는 것을 포기하고 도망치기 위해 일어섰는데, 아영이 이 순간을 놓치지 않고 후두부를 쏴 버렸다.

그 후로 아영은 소총의 개머리판을 접어서 오른쪽 겨드랑이에 총구가 하늘로 향하도록 끼워 맞췄다. 그 동작들을 신속 정확하고 아주 절제 있게 순서대로 취하는 그녀의 모습은 로하의 눈에 마치 확인 사살까지 모든 임무를 완수한 군인처럼 보였다. 여유로운 발걸음으로 천천히 로하에게 다가오는 아영.

"오지 않기로 약속했으면 오지 말아야지, 대체 왜 왔어? 네가 안 왔으면 고통을 줄일 수 있게 좀 더 빨리 애들을 보낼 수도 있었을 텐데……. 수류탄은 괜히 들고 왔잖아. 그리고 너, 도대체 정체가 뭐야?"

자신이 묻고 싶은 말을 아영이 하자 어이가 없는 로하는 아무 말도 하지 못했다.

"이상하게 너만 보면 머리가 지끈지끈하단 말이야. 참, 이런 별 볼 일 없는 놈이 뭐라고 꼭 살리라는 건지. 정말 의문이네, 의문."

"그…… 그게 무슨 소리야? 나를 꼭 살려? 누가?"

"그 얘긴 됐고, 너 나한테 다른 할 말은 없지? 어? 대답 없으면 없는 걸로 안다?"

"그러니까, 그……."

"거참 답답하네, 진짜. 그럼 없는 걸로 알고 난 이만 간다. 난 할 만큼 했어. 다음은 네가 알아서 하는 거야. 무슨 말인지 알겠어? 그래 봤자 뭐 얼마 버티지도 못할 것 같긴 하지만……. 그래도 잘 버텨 봐."

아영은 주저앉아 있는 로하를 내려다보며 여전히 알 수 없는 말만 해 댔다. 자기가 하고 싶은 말만 한 그녀는 곧바로 창문을 열고 바깥으로 홀연히 사라졌다. 로하는 서서히 고개를 돌려 아영의 뒷모습을 바라봤다. 아영은 여고생이라고는 도저히 믿기 힘들 정도의 속도로 운동장을 가로질러 달려갔다. 로하는 아영의 모습이 완전히 시야에서 사라질 때까지 그대로 서 있었다.

그녀가 사라지자 로하는 고개를 돌렸다. 온 사방이 피로 물들어 있었다. 여기저기 보이는 피와 살점들, 누구의 것인지조차 분간하기 어려울 정도로 마구잡이로 뜯겨 나간 신체 부위, 잿빛으로 변해 버린 얼굴들, 초점이 사라져 버린 생기 잃은 눈들이 교실 안에 흩어져 있었다. 더 이상 이곳은 평범한 고등학교 교실의 모습이 아니었다. 지금 이곳은 갈기갈기 찢긴 신체 부위가 온 사방에 널려 있고 피비린내가 진동하는 밀폐된 공간에 지나지 않았다.

로하는 아영이 자리를 뜨기 전에 마지막으로 자신과 시선을 맞췄을 때를 떠올렸다. 분명히 살짝 미소 짓는 얼굴이었지만 그녀의 표정에서는 그 어떤 것도 읽어 낼 수 없었다. 숨겨 둔 송곳니를 드러낸 난폭한 짐승의 표정일까? 아니면 나를 동정하는 표정일까? 도대체 무슨 표정인지 알 수 없었지만, 아영의 얼굴을 보면서 로하가 또렷하게 느낀 게 하나 있었다. 자신을 찾아왔을 그때도 그렇고, 조금 전에 교실을 피바다로 만들어 놓고 자리를 뜰 때도 그렇고 그녀의 얼굴은 변함없이 예뻤다는 것이었다.

로하는 자신이 감당할 수 있는 충격의 범위를 훨씬 넘어 버리자 자기방어적으로 현실감을 상실했다. 이 참상의 현장은 그저 악몽 속일 뿐이라고 생각했다. 그는 마치 몽유병 환자처럼 눈을 뜬 채 멍하니 앉아 있었다.

잠시 후, 밖에서 요란한 사이렌 소리가 들리더니 구급대원이 교실 문을 부수고 들어왔다.

"여기! 살아 있는 사람 있어!"

사람의 목소리를 들은 로하는 그 자리에서 기절해 버렸다.

*

의식을 되찾은 로하는 게슴츠레한 눈으로 주위를 둘러보았다. 다행히도 그가 있는 곳은 정신을 잃기 전에 있었던 그 피비린내

나는 교실이 아니었다. 10평가량 되는 깨끗한 1인용 병실이었다. 로하가 환자복을 입고 침대에 누워 있는 자신의 모습을 훑어보았다.

"저기…… 지금 몇 시죠?"

로하는 링거를 살펴보고 있는 간호사에게 말을 걸었다.

"예?"

깜짝 놀란 간호사가 눈을 깜빡거리며 로하의 얼굴을 살폈다.

"정신이 좀 드세요?"

"예……. 그런데 제가 어떻게……."

간호사는 바로 호출 버튼을 누르며 말했다.

"잠시만요. 의사 선생님 곧 오실 거예요."

그로부터 1분이 채 지나기도 전에 의사가 후다닥 달려왔다. 그는 이동식 의자를 로하가 누워 있는 침대 옆으로 가져와서 앉았다.

"몸은 좀 어떠세요. 기분은 좀 괜찮으세요?"

의사의 다소 형식적인 질문에 로하는 가볍게 고개를 끄덕이는 것으로 대답을 대신했다.

"그럼 등을 한번 곧게 세워 보시겠어요?"

40대 초중반쯤으로 보이는 남자 의사가 쓰고 있는 안경을 만지작거리며 침대에 걸터앉아 있는 로하의 몸 구석구석을 살피기 시작했다. 그는 마치 신기한 생물체를 관찰하듯 요리조리 유심히 살폈다. 이윽고 확인을 마친 의사는 왼손에 들고 있던 태블릿 PC를 켜더니 뭔가 열심히 입력했다.

"근데…… 대체 어떻게 된 거죠? 같은 반 애들은……."

의사는 곤란한 표정으로 한동안 입을 떼지 못했다. 하지만 곧 마음을 다잡은 듯 짧게 입맛을 다시고는 말을 시작했다.

"총상을 입은 대부분의 학생들은 이미 사망한 상태였고, 숨이 붙어 있던 학생들도 병원으로 이송되기 전이나 이송되던 중에 숨을 거뒀습니다. 아쉽게도 저희가 살릴 수 있었던 사람은 아무런 외상 없이 기절해 있던 로하 학생뿐이네요."

"살아남은 사람이…… 저뿐이라는 말씀이시죠? 그렇군요……. 근데 지금 몇 시죠?"

"예?"

같은 반 친구들이 모두 죽었다는 소식을 듣고도 태연한 로하의 반응을 보고 당황한 의사는 얼른 표정을 숨기고 애써 아무렇지 않은 척 헛기침을 했다. 그리고 무언가 이해 불가인 듯궁금증이 도진 얼굴로 잠시 생각에 빠진 것 같았다. 아마도 로하의 심리 상태를 추측해 보려는 듯했다. 의사는 끔찍한 상황을 겪은 이 고등학생이 충격을 받아 정신적으로 문제가 생긴 것이 아닐까 의심하는 눈초리였다. 하지만 그는 대놓고 티를 내지는 않고 분위기를 전환하려는 듯 물었다.

"저기 혹시, 죽이라도 좀 드시겠습니까?"

"아니요, 그냥 물만 좀 주실래요?"

"학생은 현재까지 약 26시간을 기절해 있었습니다. 영양제 링거를 투여하긴 했지만 당연히 심한 공복감을 느낄 텐데, 정말로 괜찮겠어요?"

"예, 괜찮아요."

"그럼 일단, 식사는 잠시 뒤로 미루겠습니다."

의사는 또다시 무언가를 입력하더니 시선을 돌려 간호사에게 물을 부탁했다. 간호사가 물을 가지러 나가자 의사가 "혹시 아픈 곳 있어요?", "기억은 나요?", "머리가 아프거나 하진 않아요?" 하며 일방적으로 질문을 퍼부었다. 로하는 당시의 모든 것이 기억나고 아픈 곳은 하나도 없다고 대답했다. 실제로도 아픈 곳도 없고 기억을 잃어버리지도 않았다.

잠시 후, 의사와 간호사가 병실을 나가자 로하는 혼자가 되었다. 그는 침대에 걸터앉은 채로 그때의 기억을 되짚어 보려고 노력했다. 기억이 애매한 부분이 있어서 그런 것은 아니었다. 너무도 큰일을 겪었기에, 자신을 추스르기 위해 그래야만 했다. 하지만 그다지 특별한 기억은 떠오르지 않았다.

자신은 그저 지옥 같았던 현장에 있었고, 아영이 저지른 무차별 살인으로부터 운 좋게 살아남았다는 사실을 인지할 뿐이었다. 그리고 아영과의 약속이 뜻하는 바가 무엇인지, 이제야 조금은 궁금증이 풀리는 듯했다. '내일 학교, 결석해 줄 수 있어?'라고 했던 아영의 목소리가 머릿속에서 재생되었다.

하지만 아직도 교실에서 벌어진 참극은 마치 충격적인 영화의 한 장면을 본 것처럼 현실감이 나지 않았다. 같은 반 애들이 모두 죽었다는 의사의 말도 믿기지 않았다. 평범한 고등학생이 이런 일을 겪으면 정신 붕괴에 가까운 상태가 돼야 하는 거 아닌가? 인간이란 대개 자신의 심리조차 잘 파악하지 못한다는 말을 어디선가 들은 적이 있었던 로하는 그 말을 절실히 통감했다. 현재 자신의 모습이 극도로 낯설게 느껴지고 있었기 때문이었다.

로하는 병원에서 세 시간에 걸쳐 진행된 4단계의 심리 검사를 받았다. 그 검사를 모두 완료한 후 정상 판정이 나와야 퇴원이 가능했다. 검사 결과는 '심적인 안정을 요하는 정상'이었다. 심적으로 미약의 문제가 있기는 하지만 병원에 머물 정도는 아니라는 뜻이다.

원래대로라면 미성년자인 로하는 보호자의 허락이 있어야 퇴원할 수 있었다. 하지만 로하는 고아이기 때문에 보호자라고 할 만한 사람이 주변에 없었다. 그 역할을 해 주었던 고아원의 담당자도 로하가 고등학생이 되었을 시점부터는 보호자의 자격을 잃었다.

의사는 학교 담임 선생님을 비롯해서 몇 군데 전화를 한 뒤 불안한 기색을 보였다. 잠시 고민하던 그가 스마트폰을 켜고는 '미성년자, 보호자 없음, 강제 입원, 보호관찰법, 의료법 위반, 처벌'이라는 단어들을 말했다.

그의 말이 끝나자 핸드폰에서 무어라 설명하는 기계 음성이 들려왔다. 그렇게 근 10분 정도를 떠들어 대던 스마트폰 목소리는 "……동의를 얻은 녹취록이 필요합니다."라는 말로 끝을 맺었다. 핸드폰을 통해 인공 지능과 상담을 한 것이다.

쯥 하고 입술 튕기는 소리를 낸 의사가 로하에게 스마트폰 화면을 들춰 보이며 침착한 목소리로 말했다.

"로하 학생, 아주 잠깐인데 대화 내용을 녹음해도 괜찮겠어요?"

"예. 뭐, 저야 상관없습니다."

"그래요, 고마워요."

로하가 얼떨결에 수락하자 의사는 머리를 긁적이면서 시간을 지체하더니 다음과 같이 말을 이었다.

"이로하 학생에게 동의를 받아야 할 보호자가 존재하거나, 14세 이하거나, 정신적으로나 신체적으로 미약한 상태거나, 심리 테스트에서 문제가 발견됐다면 제가 퇴원을 막았을 겁니다. 하지만 해당하는 것이 없으시네요. 2028년부로 의료법이 개정되어 환자가 만 14세 이상인 경우에는 퇴원을 요구할 수 있으며, 병원 측에서는 심신 미약의 의심만으로 환자의 퇴원 요구를 거절할 수 없습니다. 만약에 임의 보호자의 반대가 있었다 하더라도……. 하지만 담당 의사인 저의 입장에서는 몇 주간 더 입원 치료를 하시는 것을 권해 드리는 바입니다."

의사는 지정된 항목을 구구절절 읊으며 로하의 퇴원 조건에 대해 설명했다.

“그래도 굳이 퇴원을 원하신다면, 로하 학생이 자진 퇴원을 하는 것이기에 차후 어떤 문제가 발생했을 시에 병원 측이나 담당 의사에게 법적인 책임을 물으실 수 없으십니다. 그리고 병원에서 입원 치료를 받은 과정이나 담당 의사에 관해서 거짓된 정보나 과장된 이야기로 매체와 인터뷰를 하신다면 병원 측에서 로하 학생에게 법적인 책임을 물을 수도 있습니다. 이해하셨습니까?”

“아…… 예, 대충…….”

“이해가 안 되시는 부분이 있으시면 얼마든지 물어보셔도 됩니다.”

“아닙니다. 다 이해했습니다.”

의사가 가식적인 미소와 함께 A4 용지 한 장을 로하에게 내밀었다. 병원이나 담당 의사에게 어떠한 책임도 묻지 않겠다는 내용의 확인서인 듯했다. 로하는 그 내용을 제대로 읽어 보지도 않고 서명을 했다. 로하의 서명을 확인한 의사는 “보호자용은 제가 따로 받겠습니다.”라며 뿌듯한 표정을 지었다.

로하는 힘없는 목소리로 “그런데 병원비를 낼 돈이 없는데 어떻게 하죠?”라고 물었다. 의사는 사회 복지 단체에서 모든 병원비를 책임지기로 결정이 났다며, 걱정할 필요 없다고 일러 줬다. 로하는 그때야 퇴원을 준비했다.

의사의 조언을 듣고 병원 뒷문으로 나간 덕분에 무사히 벗어날 수 있었다. 하마터면 개떼처럼 병원 입구로 몰려든 기자들에게 붙들릴 뻔했다. 하지만 어떻게 알고 찾아왔는지 원룸 앞에 모여 있던 기자들에게 결국 붙잡히고 말았다. 그 덕분에 20분가량의 인터뷰를 억지로 하게 되었다. 비록 인터뷰에서 로하가 한 말은 '예, 아니오, 잘 모르겠습니다, 기억 안 납니다'가 다였지만, 계속되는 질문 공세 때문에 "더 이상은 말씀드릴 게 없습니다." 하고 도망치듯 원룸 안으로 들어갔다.

이후로도 몇몇 기자들은 포기하지 않고 끈질기게 원룸 문을 두드리며 로하를 불렀지만 한 시간 정도 지나자 잠잠해졌다. 로하는 그제야 안도의 숨을 내쉬며 이불 위에 몸을 뉘었다. 잠시 후 집주인이 와서 문을 두드리며 불렀지만 로하는 무시했다. 집주인도 병원에서 갓 퇴원한 로하를 추궁하는 것은 무리라고 판단했는지 이내 포기하고 돌아갔다.

로하의 온몸은 피로에 잠식되어 있었다. 그것은 단순히 육체적인 노동을 해서 피로를 느끼는 것과는 달랐다. 혼란스러운 머릿속이 정리되지 않는 데서 오는 불쾌감이 피곤함으로 몰려왔다.

로하는 눈을 지그시 감고 억지로 잠을 청해 보았지만 마음먹은 대로 되지 않았다. 피곤하지만 잠들 수 없는 상태로 눈을 감은 채 정지된 검은 화면을 바라보고 있노라면 어김없이 교실에서의 일들이 주마등처럼 스쳐 지나갔다. 고통 속에서 몸부림치던 아이들의 처참한 모습, 사방이 피로 얼룩진 교실의 광경, 죽음의 문턱 앞에서 두려움에 벌벌 떨며 목숨을 구걸하던 아이들의 절규.

로하는 예전에 본 〈전기톱 살인마〉라는 영화가 떠올랐다. 당시에는 '저게 말이 돼?' 하며 비현실적인 장면에 괜한 트집을 잡고 거드름을 피워 댔었다. 그때는 미래의 자신이 그와 비슷한 상황을 직접 겪게 될 거라고는 상상조차 하지 못했다. 그래서인지 로하는 살아남았다는 안도감이나 친구들을 구해 주지 못했다는 자책감보다 강한 궁금증이 앞섰다.

'아영인 도대체 왜 그런 잔인한 일을 저지른 걸까? 그 애는 누구보다 학교생활에 착실했고 자타가 공인할 정도로 우월한 외모로 인기도 많았는데. 그렇게 모든 여자애들이 부러워하는 학교생활을 누리고 있었던 아영이가 도대체 왜? 무엇 때문에 그런 말도 안 되는 짓을 저지른 걸까? 도대체 총은 어디서 구한 거지? 그리고 왜 나만 살려 준 거야?'

아영에 대해서 생각을 하면 할수록 머리가 복잡해진 로하는 어느새 모든 기력을 소진해 버리고 자기도 모르게 기절하듯 잠이 들었다.

21시 24분. 잠에서 깬 로하가 전자시계에 표시된 시간을 확인했다. 세 시간 정도 잔 것 같았다. 비몽사몽인 상태로 자리에서 일어나 이불을 개고 있는데 불현듯 핸드폰에서 진동음이 울렸다. 로하는 교실 사건 이후 처음으로 핸드폰을 들여다보았다.

"누구지?"

모르는 번호로 걸려온 전화를 받을까 말까 망설이며 핸드폰을 만지작거렸다. 곧이어 진동음이 꺼지자 로하는 화들짝 놀랐다. 부재중 전화가 155건이나 와 있었기 때문이었다. 전화 목록을 살펴보니 걸려온 전화의 대부분이 모르는 번호였다. 유일하게 아는 연락처는 '담임 선생님'이라고 표시된 것뿐이었다.

"보나 마나 기자들이겠지."

다른 메시지 또한 많이 와 있었는데 역시 거의가 기자들의 인터뷰 요청이었다. 로하는 쌓여 있는 메시지 중에 확인이 필요한 메시지를 겨우 찾아서 열어 보았다.

로하야, 병원에 물어봤는데 집으로 가기로 했다며?

몸은 좀 어때? 괜찮니?

네가 전화를 하도 안 받아서 이렇게 문자를 남긴다.

학교에 관한 일들은 선생님이 다 조치해 놨으니까

걱정 말고 한 달 동안은 학교 나오지 말고 푹 쉬렴.

몸 관리 잘하고. 다시 연락할게.

- 담임 선생님

안녕하세요. 서울강남경찰서 경위 김태구입니다.

현재 정신적인 후유증으로 힘드신 건 압니다만,

수사에 협조해 주셨으면 하는 바람에서 이렇게 연락드렸습니다.

로하 군은 이 사건의 유일한 목격자이자 유일한 생존자이시고,

또한 피해자입니다.

수사를 진행하는 데 있어서 아주 중요한 증인이시기도 하고요.

전화도 드리고 학교 측을 통해 협조 공문도 수차례 보냈지만

답이 없으셔서 이렇게 문자를 남깁니다.

경찰서로 출두하셔도 좋지만 여의치 않으시다면

저희가 직접 찾아뵐 수도 있고 전화 통화도 가능하오니

다시 한번 수사 협조를 부탁드리는 바입니다.

수많은 메시지 중 그나마 확인할 만한 메시지는 이렇게 두 통 정도였다. 하나는 담임 선생님의 메시지였고, 또 하나는 경찰서에서 보내온 수사 협조 요청의 메시지였다.

"시간이 늦었지."

로하는 경찰이 보내온 메시지에 있는 전화번호로 전화를 하려다 관뒀다. 시간도 늦었지만, 오늘은 누구와도 대화를 하고 싶지 않은 기분이었다. 로하는 내일 연락하기로 하고 핸드폰을 내려놓았다. 로하는 경찰로부터 온 수사 협조 메시지보다 담임 선생님으로부터 온 메시지가 더 마음에 걸렸다.

"학교에 관한 일들은 선생님이 다 조치해 놨으니까 걱정 말고 한 달 동안은 학교 나오지 말고 푹 쉬라고?"

그 사건이 있기 전까지만 해도 담임 선생님에게 로하의 존재는 철저히 무시당하고 있었다. 학교 폭력을 당하고 있는 학생이 있다는 걸 뻔히 알면서도 지켜보기만 하던 담임 선생님은 상담은커녕 따뜻한 위로의 말 한마디조차 없었다.

"학교에서 그렇게 부당한 모욕, 핍박, 멸시를 당하고 자살을 하고 싶을 만큼 괴로워할 때는 모른 척하더니, 이제 와서 뭐?"

로하는 혼잣말을 하면서 쓴웃음을 지었다.

새벽 1시까지 이런저런 잡생각에 빠져 있다 보니 조금씩 배가 고파 왔다. 로하는 일전에 편의점 사장님이 준 삼각김밥 두 개와 캔 맥주를 가져와서 TV를 켜고 바닥에 자리 잡고 앉았다. 로하는 어두컴컴한 방 안에 홀로 있는 스스로를 머릿속에 그려 보았다. 유통 기한이 지난 삼각김밥으로 배를 채우면서 낡은 TV 화면을 보고 있는 자신의 모습을. 이 얼마나 처량하고 볼품없는가.

더욱 비참한 것은, 그렇게 큰일을 경험했음에도 누구 하나 생각나는 사람이 없다는 것이었다. 그런데 아이러니하게도 마음 한편으로는 평온함을 느끼고 있었다. 내일부터 학교를 가지 않아도 된다는 홀가분함과 더는 애들에게 괴롭힘을 당하지 않아도 된다는 안도감이 겹쳐졌다.

로하는 늦게나마 편의점 사장님께 메시지를 보냈다. 오늘 출근하지 못해서 죄송하고, 개인적인 상황으로 인해서 아르바이트를 그만둬야 할 것 같다는 내용이었다. '왜?'라는 사장님의 답장이 왔다. 그는 뉴스에 난 사건의 생존자가 로하인지 모르고 있었다. 로하는 사고가 나서 다치는 바람에 일하는 게 불가능해졌다는 메시지를 보냈다. 그랬더니 사장님은 'ㅠㅠ'와 같은 나이에 어울리지 않는 이모티콘까지 붙여 가며, '그동안 고마웠고, 몸조리 잘해라.'는 걱정의 메시지를 보내 주었다.

로하는 편의점 사장님과의 작별 인사 때문에 쓸쓸해지는 마음을 외면하려 애써 TV 화면에 시선을 집중했다. 어느 정도 예상은 하고 있었지만 사건의 파장은 강력했다. 대부분의 뉴스 프로그램에서 아영이 저지른 총기 난사 사건과 관련된 화면을 비추고 있었다. 총기 관련 전문가부터 군인까지, 각계의 전문가를 게스트로 출연시켜 사건을 분석하는 곳도 있었고, 아영의 지인들을 게스트로 초청한 방송사도 있었다. 로하는 TV로부터 멀찍이 떨어져서 벽에 등을 기댄 채 화면에 시선을 고정시켰다.

[이번 사건의 용의자, 이아영 양은 범행을 저지른 직후 도주하여 종적을 감추었습니다. 최초의 사건 신고가 접수된 이래로 경찰이 출동하여 지금까지 대대적으로 검거 작전을 벌이고 있지만, 아직까지 용의자의 행방을 찾지 못한 상황이며, 계속해서 추적 중에 있다고 합니다. 경찰에서는 용의자가 총기를 어떻게 입

수했는지조차 아직 밝혀 내지 못하고 있습니다. 이번 사건의 유일한 생존자인 L모 군은 현재 기자들과 간단한 인터뷰를 마치고 집으로 귀가한 상태입니다. 정신적인 충격이 컸던 모양일까요. 그 이후로는 어떤 인터뷰에도 응하지 않고 있습니다. 이어서 피해자의 유가족들은…….]

로하는 뉴스를 보며 이 사건에 얼마나 세상의 이목이 집중되고 있는지 실감할 수 있었다. 그리고 비록 실명은 아니었지만 자신을 지목하는 말이 뉴스에서 나온 것이 신기했다.

로하는 TV에 나오는 유가족들의 모습을 보고 '고통'이라는 단어가 떠올랐다. 로하는 학교에서 괴롭힘을 당하며 느꼈던 고통은 철저하게 외면당했다. 담임 선생님을 포함해서 무관심으로 일관했던 아이들까지 아무도 그의 고통에 공감하려 하지 않았다.

물론, 사람이 죽었고 많은 사람들이 가족을 잃었다. 하지만 고통의 경중을 따지기에 앞서서 저들이 느끼는 고통은 방송을 통해 전파되고 많은 사람들의 동정과 관심을 모으고 있었다. 로하는 자신이 더욱 초라하게 느껴졌다. 그리고 동시에 애도를 표하는 사람들의 말과 표정들이 가식적으로 보였다.

2장 은둔

최악의 외로움은 자기 자신이 불편하게 느껴지는 것이다.

- 마크 트웨인 -

1

[6일 전 오전 08시경부터 시작된 피해자 유가족들의 시위가 아직까지도 계속되고 있습니다. 한 피해 학생의 아버지인 김모 씨는 오늘 오전 11시까지 3일째 단식 투쟁을 하다가 결국 쓰러져 병원으로 이송되기도 했습니다. 피해자 유가족 모임은 어젯밤, 시위의 목적에 대해 처음으로 입장을 밝혔는데요. 유가족 모임의 회장인 박모 씨가 대표로 입을 열었습니다. 그는 경찰에게 초동 대응의 실패에 대한 책임을 묻는 한편, 현재까지의 수사 방향에 대해서 제대로 설명하지 않고 아직까지도 비공개 수사를 진행하고 있는 수사 당국을 질타하려는 것이 시위의 궁극적인 목적이라고 밝혔습니다. 자신의 소중한 자녀가 살해당한 사건인 만큼 부모의 입장에서 수사 진행 과정에 관해 알 권리가 있다는 주장입니다만, 경찰의 입장은 다릅니다. 경찰은 수사 과정이 국민들에게 공개된다면 각종 언론사들의 개입으로 수사 진행에 난항을 겪게 될 것을 우려하고 있습니다. 또한, 용의자의 검거에도 영향을 미칠 수 있어 당분간 입장을 바꾸지 않을 것으로 보입니다.]

흰 머리카락이 머리 위를 덮고 있는 중년의 남자 아나운서가 열심히 떠들어 대고 있었다. 로하는 별다른 표정 없이 미지근한 눈으로 뉴스를 시청하다, 이내 싫증이 나 리모컨을 집어 들었다.

다른 방송에서는 예쁘장하게 생긴 젊은 여자 아나운서가 소식을 전하고 있었다.

[현재까지 용의자의 위치는 전혀 파악되지 않고 있습니다. 목격자는 늘어나고 있지만, 경찰은 대부분 신빙성 없는 진술이라고 밝혔습니다. 사건이 일어난 학교와 그 주변 지역, 그리고 도주 경로로 추측되는 위치에 경찰과 군부대가 투입되어 수색 작전을 펼치고 있습니다. 지금 이 방송을 시청하고 계시는 국민 여러분 중 누구라도 용의자로 의심되는 여성을 목격하신다면 곧바로 112, 경찰서로 신고해 주시기 바랍니다. 다음 소식입니다. 이번 사건의 유일한 생존자인 L모 군은 학교에서 집단 따돌림을 당하고 있었다는 사실이 밝혀졌습니다. 다른 반 학생들의 증언에 따르면…….]

"언제는 투명인간 취급하더니……. 신상 공개는 시간문제일 텐데, 이제 밖에 나가면 다들 날 보고 수군거릴 거 아냐."

로하는 얼굴을 찡그리며 TV를 꺼 버렸다.

*

오늘로 로하가 은둔 생활을 한 지 11일째. 이 기간에 그가 집 밖을 나선 건 딱 한 번뿐이었다. 그때 로하는 '음식'이라기보다 '식량'이라 표현하는 게 적절한 단조로운 먹을거리와 생필품들을 잔뜩 사 왔다. 그리고소주 세 병도. 심부름이라며 속였다.

로하는 편의점에서 알바를 할 때 가끔 철호가 맥주를 사 주기도 했고, 직접 술을 사 와서 혼자 마시기도 했다. 그렇다고 어른들처럼 술을 자주 마신 건 아니었다. 특히나 소주는 로하에게 그리 익숙한 술이 아니었다. 그럼에도 로하가 소주를 세 병이나 사들고 온 이유는, 한번 어지러울 만큼 제대로 취해서 머리를 비워 보고 싶었기 때문이었다.

현재 로하는 외로움이나 고독을 느낄 수 없는 상태까지 와 있었다. 너무도 익숙해져서 일상화되어 버린 것이다. 교실에서 그 참혹한 일을 겪은 후, 로하를 대하는 사람들의 태도는 급격히 달라졌다. 그동안 무관심으로 일관했던 그들의 과도한 관심은 로하에게 또 다른 폭력이 되었다.

로하는 인터넷이나 언론에서 자신에 대해 떠들어 대는 내용을 보고 있자니 치가 떨릴 정도로 수치스러웠다. 집단 따돌림을 당했던 사실은, 이 사건의 본질과 무관한 단순한 화젯거리일 뿐이었다. 겉으로는 공감하는 듯했지만, 전부 자신의 이미지를 포장하기 위한 가식임이 뻔히 보였다. 로하가 겪은 고통을 진심으로 공감하여 흘리는 눈물과 위로의 말이 아니라는 것쯤은 쉽게 알 수 있었다.

가식으로 가득 찬 세상에 강한 혐오감을 느낀 로하는 결국 하나의 '구경거리'가 되어 버린 자신을 위해 외부와의 접촉을 끊는 방법을 선택했다.

*

숨 쉴 새 없이 몰아치는 전화와 메시지 때문에 핸드폰을 꺼 놓은 지도 한참 되었다. 집 안에만 틀어박혀 있어도 이 지경인데 밖으로 나가면 얼마나 더하겠는가. 덕분에 큰마음 먹고 경찰서로 직접 찾아가려던 생각도 싹 사라지고 말았다.

로하는 경찰에 전화를 걸어 현재 외출은 물론이고 누군가와 직접 대화를 할 수 있는 상태가 아니라며 유선 진술을 요청했다. 이 요청은 받아들여졌으며, 기본적인 진술은 병원에 있을 때 했기 때문에 특별히 새로운 내용은 없었다.

그런데 통화 도중 형사로부터 이상한 소문에 대한 얘기를 들었다. 그건 다 사람들이 지어낸 얘기라고 주장한 로하는 통화가 끝난 후 일부러 피해 왔던 인터넷에 접속해 보았다.

인터넷의 글들을 확인하니 사건이 터지기 전날 아영과 만났었던 일을 근거로 만들어진 이야기들과 그에 대한 댓글들이 있었다. 두 사람은 연인 사이였다는 둥, 사건을 같이 계획한 공범이라는 둥 억지스런 소문들이 퍼져 있었다. 그리고 그 말도 안 되는 헛소문들에 동조하는 사람들이 기하급수적으로 늘더니, 방송국에서조차 이 내용을 다루기 시작했다.

어떤 프로그램의 진행자는 "공범의 가능성을 두고 철저히 조사해야 합니다."라며 로하를 의심했고, 또 어떤 프로그램의 진행자는 '합리적인 회의감'이 든다는 둥, 어려운 문장까지 써 가면서 로하에게 손가락질을 해 댔다. 그들이 이러는 이유는 간단했다. 대중들에게 화젯거리를 던져 주고 그 대가로 시청률을 올리고 싶은 것이다.

로하는 억장이 무너지고 기가 찼다. 정작 그가 이 사건에 대해서 가졌던 의문들은 방송에서 언급조차 되지 않았다.

'그냥 나를 좀 내버려 두란 말이야!'

로하는 세상 사람 모두가 들을 수 있게 온 힘을 다해 소리치고 싶었다. 하지만 세상은 로하를 가만두지 않았다. 학교에서의 집단 따돌림과 로하의 공범설이 자극제가 되어 인터넷상에 개인 정보가 노출되어 버린 것이다. 유명 커뮤니티 게시판과 SNS 등을 통해 빠르게 전파되어 버린 링크를 클릭했더니 죽은 반 아이들의 신상 정보는 말할 것도 없고, 로하의 개인 정보가 그대로 노출되어 있었다. 로하는 벌거벗겨진 채로 통나무에 묶여 매달려 있는 기분이 들었다.

그런데 이상한 점이 하나 있었다. 이 정도 되었으면 사이버 수사 기관이나 정의감에 불타는 해커들이 찾아냈을 만한 아영의 과거 행적에 관한 정보가 하나도 없는 것이다. 로하는 관련 정보를 검색하던 중 자칭 '일지매 해커'라는 사람이 쓴 익명의 제보

글을 발견했는데, 내용은 이러했다.

저는 서울의 OO고등학교에서 벌어진 사건 소식을 듣고 참을 수 없는 궁금증이 생겼습니다. 어떻게 대한민국에서 여고생 한 명이 반 전체를 몰살하는 사건이 발생할 수 있는지 믿기지 않았습니다. 그래서 저는 지명 수배 중인 이아영의 개인 생활 기록이나 진료 기록, 전입 신고 등의 전산 기록을 해킹해서 훔쳐보기도 했고, 그녀의 과거를 알고 있을 만한 사람들을 찾아서 만나러 다녔습니다. 그런데 전산상에 있는 이아영의 가족은 실종 상태가 아닌 애초부터 존재하지 않았던 것으로 보입니다. 고도의 해킹 기술과 신분 위조를 이용한 것 같습니다만, 정확한 방법은 해외의 전문가들도 알 수 없다고 합니다. 저는 이아영의 행적을 조사하면서 그녀를 알고 있다는 사람을 만나지 못했으며, 이아영이 다니던 학교의 기록도 전부 위조였다는 것을 확인할 수 있었습니다. 도대체 이아영은 누구일까요? 같은 반의 학생 수십 명을 학살하고 유령처럼 사라진 그녀가 무슨 목적으로 그런 짓을 했는지 아무리 조사를 해 봐도 짐작을 할 수 없었습니다. 관련해서 제보를 해 주실 분은 제 메일로 연락주시면 대단히 감사하겠습니다.

*

"어디서 교통사고라도 났나?"

어디선가 들려오는 정체불명의 소리 때문에 로하는 잠에서 깼다. 그 소리는 꽤 묵직했다. 건물이 내려앉는 소리 같기도 하고 지진 같기도 했다. 하지만 그랬다면 로하 역시 진동을 느꼈을 것이다. 그는 이 부근 어딘가에서 대형 트럭끼리 충돌하는 사고라도 난 모양이라고 생각했다. 정확하게 무슨 일이 벌어졌는지는 모르지만, 로하에게는 자신과 관련 없는 일에 지나지 않았다.

로하는 문득 반년 전의 일이 생각났다. 집에 있는데 갑자기 문을 두드리는 소리가 나서 나가 봤더니 초등학생으로 보이는 애들이 후다닥 달아났다. 그런데 그런 일이 한 번으로 그친 것이 아니었다. 자꾸만 그런 일이 반복되자 로하는 한계를 느끼고 도망치는 아이들 중 한 명을 쫓아가서 잡았다. 그런데 붙잡힌 그 아이가 비명을 지르며 이상한 소리를 했다.

"사, 사람이었어요? 저는 유령인 줄 알고……. 죄송합니다."

"유령? 갑자기 그게 무슨 소리야?"

"그곳에 유령이 산다고 소문이 나서 애들이 담력 테스트를 하러 많이 간다고 들었거든요. 저는 이번이 처음이에요. 정말이에요."

"담력 테스트?"

로하는 가벼운 현기증을 느꼈다. 어쩌다가 내가 유령이 되었을까, 하고 생각했다. 자신이 사는 원룸 층의 복도 청소는 직접 하든지 아니면 비용을 지불하고 청소를 해야 했다. 하지만 매일같이 학교생활과 아르바이트에 시달렸던 그는 청소할 시간도 지불할 돈도 없었다. 결과적으로 그곳은 부랑자들이 버린 쓰레기나 오물, 벌레들의 시체로 엉망진창이 되어 버렸다. 도저히 사람이 사는 곳으로 보이지 않게 된 것이다. 어두운 밤에만 어슬렁거리며 다니던 그를 누군가 보고 유령이라고 착각한 것도 무리는 아니었다.

로하는 탁한 웃음을 지었지만, 그 상황을 바꿔 보겠다는 의지는 없었다. 학교에서 그 일이 발생하고 취재를 위해 이곳에 몰려왔던 기자들이 감히 안까지 들어올 생각을 못 했던 것도 이런 환경이 큰 몫 했을 것이다.

"그래, 누가 또 담력 테스트라도 하러 왔나 보네."

로하는 그렇게 넘기려 했지만, 혹시 누가 이 집 안까지 침입하는 게 아닌가 하는 불안감은 떨치지 못했다.

성가신 표정으로 덮고 있던 이불을 걷어찬 로하가 꾸역꾸역 상체를 일으켜 세웠다. 전자시계가 가리키는 시각은 01시 32분이었다. 낮과 밤을 알 수 없는 지하의 음침한 방 안 풍경이 눈에 들어왔다. 집에 틀어박혀 있는 동안 익숙하다 못해 지겨울 정도인 이 공간에서 알 수 없는 이질감이 느껴졌다. 뭐 하나 달라진 것이 없는데도 느껴지는 정체불명의 낯섦에 로하는 고개를 갸우뚱했다. 그리고 새삼스러운 기분으로 집 안을 주욱 둘러보았다.

로하는 왜 이런 느낌이 드는 건지 곰곰이 생각해 봤지만 전혀 감이 잡히지 않았다. 너무 오랫동안 혼자 있어서 그런 게 아닐까 하는 생각도 해 봤으나 확신할 수 없었다. 어쩌면 이유가 너무 많아서 콕 집어내지 못하는 것일 수도 있었다. 감정은 앙상하게 메말라 있었고, 머릿속에는 뚜렷함이 사라진 기분이었다. 마치 퍼즐을 거의 다 맞췄는데 마지막 한 조각이 사라져서 찾지 못하고 있는, 그런 불편한 기분이 스며들었다.

다행히도 시간이 지나자 정체불명의 소리는 더 이상 나지 않았다. 밖에서 누군가 침입하려는 소리나 움직임도 느껴지지 않았다. 로하는 복잡해진 머리를 쉬게 하려고 다시 잠을 청해 보았다. 하지만 뒤척이기만 할 뿐 잠을 이룰 수는 없었다. 그러다 갑자기 찾아온 공복감. 그는 인상을 쓰며 벌떡 일어나 싱크대 위 서랍장을 열었다. 거기서 선을 잡아당기면 발열이 되어 끓여 먹을 수 있는 '즉석 라면'을 꺼냈다.

"라면 지겨운데……."

계속해서 라면으로만 끼니를 때워 온 로하의 입장에서는 당연한 기분이었다. 로하는 라면을 제자리에 돌려놓았다. 심심함을 달래 주던 판타지 소설도 이제 슬슬 지겨워지고 있었다.

6일 전, 로하는 다 떨어진 두루마리 휴지와 치약을 사러 잠깐 편의점에 갔었다. 그것들만 사서 집에 돌아온 것이 전부였다. 간만의 외출이니 사야 할 것들도 더 둘러보고 산책도 한 시간쯤 하고 싶었지만 그럴 수가 없었다. 사람들의 따가운 시선이 느껴졌기 때문이었다. 그들이 정말 따가운 시선으로 자신을 구경하고 있는 건지 직접 확인하진 못했지만, 보나 마나 뻔할 거라 생각했다. 로하는 그저 빨리 집으로 돌아가고 싶었다.

로하가 집에서만 생활한 지도 벌써 20일째가 되었다. 생필품을 사러 잠시 외출했었던 6일 전을 마지막으로 이제는 그런 것들을 사러 나가는 것조차 강한 거부감을 느끼고 있었다. 안 그래도 소심한 성격의 소유자인데, 세상 사람들의 지나친 관심은 그를 은둔형 외톨이로 몰아 가고 있었다.

한동안 못마땅한 눈으로 라면을 쳐다보고 있던 로하의 입에서 순간적으로, "이젠 더 이상 못 참겠어. 내가 무슨 죄를 지었어?" 하고 울분 섞인 말이 튀어나왔다. 로하는 즉시 부산스레 옷을 챙겨 입기 시작했다. 트레이닝복을 벗고 처박아 두었던 청바지와 오랫동안 빨지 않아서 냄새나는 검은색 카디건을 걸쳤다. 현금 카드도 챙기고 검은색 무지 볼 캡과 하얀색 마스크를 썼다.

현관에서 운동화를 신은 후 결심하고 문손잡이를 움켜잡은 순간이었다. 별안간 손아귀에서 힘이 쭉 빠졌다. 이어서 풍선에서 바람이 빠지는 것처럼 온몸의 기가 분출되는 듯한 이상한 느낌이 들었다.

"왜 이러지?"

로하는 고개를 갸우뚱하며 다시 한번 현관문 손잡이를 움켜잡았다. 손아귀에서 힘이 빠져나갔다. 어떻게든 돌려서 문을 열어 보려 했지만 힘이 없어서 중간에 놓고 말았다. 머릿속에서부터 스멀스멀 현기증이 올라왔다. 벌레 소리 같은 정체불명의 이명이 귓속에 퍼졌다. 갑작스레 몰려오는 이상 증상들에 로하는 뒷걸음치며 현관문에서 물러났다.

"뭐지? 이건 그냥 평범한 문이잖아."

로하는 눈앞에 있는 이 문을 열지 못하면 영원히 밖으로 못 나갈 것 같은 기분이 들었다. 그래서 기를 쓰고 몇 번을 더 시도해 봤지만 결국 포기해야 했다. 이 알 수 없는 기운에 반발할수록 점점 더 끓어오르는 구토감을 참을 수 없었기 때문이었다. 로하는 급히 입을 틀어막고 화장실로 달려갔다. 마스크를 재빠르게 벗어 버리고 변기통에 머리를 조아려 박은 채 역한 소리를 내면서 구토를 해 댔다.

'도대체 왜 이러는 거지?'

구토를 하는 내내 로하의 머릿속에는 자신의 심리 상태에 대한 수많은 의문들이 뒤엉켰다.

'그날의 충격 때문인가?'

'세상 사람들의 이목이 쏠리는 것에 대한 부담 때문인가?'

'오랫동안 맡지 못한 바깥 공기에 대한 거부 반응인가?'

'전에는 아무 이상 없었는데 이제 와서 왜…….'

로하는 쉽사리 멎지 않는 토악질에 호흡이 곤란해지면서 앞이 흐릿해졌다. 원인은 확실치 않았지만, 한 가지 분명한 건 신체적으로 심각한 문제가 생겼다는 것이다. 갑자기 심장이 쿵쾅거리며 요란스럽게 뛰었다. 가슴이 빠개지는 통증이 찾아왔다. 몸속의 모든 장기가 한꺼번에 위축되었다가 다시 헐거워지는 속 쓰림이 느껴졌다. 보이지 않는 올가미가 목에 걸려 있는 기분이었다. 그리고 벗어나려 할수록 그 올가미는 더 세차게 조여 왔다. 로하는 떨리는 손을 바라보며 중얼거렸다.

"도대체 왜 이러는 거야?"

현기증이 느껴져 머리를 움켜잡고 그대로 마룻바닥에 웅크리고 누웠다. 이마에는 굵직한 핏발이 서렸다. 그는 초점을 잃은 눈으로 그 자리에서 고통이 가라앉길 기다렸다. 그렇게 30분 정도가 흘렀다. 그동안 로하는 침묵에 몸을 담그고 있었다. 마음을 진정시키면서 조용히 기다렸다. 그 결과, 심장 박동이 안정되면서 온몸을 조여 오던 증상들도 하나둘씩 사라지기 시작했다.

로하는 그때야 자신이 병에 걸렸다는 것을 깨달았다. 어떤 병이라고 단정 지을 수는 없지만, 아마도 대인 기피증의 일종이 아닐까 하는 생각이 들었다. 그는 언젠가 봤던, 알 수 없는 바이러스 때문에 햇빛에 노출되면 죽는 이야기를 그린 영화가 떠올랐다. 물론 그런 건 아니겠지만, 로하의 몸이 밖으로 나가는 것을 강하게 거부하고 있는 것은 확실했다.

로하는 완전히 진정되고 나서야 본격적으로 몸을 움직이기 시작했다. 그가 처음으로 한 건, 꺼 두었던 핸드폰 전원 버튼을 누르는 것이었다. 로하는 세상과 자신을 단절시킨 후부터 점점 자신에 대한 괴소문만 증폭시키는 언론 매체와 인터넷 여론에 극도의 혐오감을 느꼈다. 세상 사람들에게 로하는 눈 깜빡할 새에 죽일 놈이 되어 있었다. 가해자가 아닌데 가해자가 되어 있었다. 실제로 잘못한 게 없어도 그들은 상관없었다.

결국 외부 소식을 끊어 버린 그는 여러 날 동안 핸드폰을 꺼 놓고 다시 켤 생각조차 하지 않았다. 물론 TV도 시청하지 않았다. 그렇게 로하는 자신과 세상 사이에 커다란 벽을 쌓고 지냈다. 그것이 결국 로하를 '은둔형 외톨이'의 극단적 상태까지 몰고 간 것이다. 그는 이러다가 다시는 예전으로 돌아갈 수 없을 것만 같아서 불안했다. 너무 멀리 와 버려서 길을 잃어버린 기분이 들었다.

로하는 이제 스스로를 속박하는 자학적인 행위를 멈추고 싶었다. 그동안 어두웠던 자신의 흔적으로부터 도망치긴커녕 그것에 묶여 버렸다는 것을 깨달은 것이다. 그래서 로하는 용기를 내기로 했다. 그런 그가 첫 번째로 생각한 건 핸드폰이었다. 핸드폰을 켜기 전까진 망설였지만, 막상 전원 버튼을 누르고 나니 개운함이 느껴졌다.

그는 자신을 괴롭혀 왔던 악플러들과 다시 대면할 용기를 다지고 인터넷에 들어가는 어플의 아이콘을 터치했다. 그리고 인터넷 브라우저가 열리기를 기다렸다.

"어? 왜 이러지?"

그런데 인터넷 브라우저 안에는 아무런 내용도 나오지 않았다. 오랜만에 켜서 그런가 하고 좀 더 기다려 봤지만 여전히 아무것도 없는 상태였다. 로하는 바로 와이파이 표시를 확인했다. 와이파이는 물론이고 데이터 통신망도 뜨지 않았다. 가끔씩 뜨던 주변의 와이파이도 전혀 안 보였다.

"드디어 끊긴 건가?"

통신비가 체납인 상태라 예상은 했다. 하지만 생각보다 빨리 끊겼다는 생각에 로하는 세상의 비정함을 다시 한번 느꼈다. 로하는 무선 공유기 등의 장비를 확인해 보았다. 그런데 기기의 깜빡거리는 파란색 빛도 보이지 않았다. 접속 불량인가 해서 플러그도 다시 꽂아 보고 인터넷 연결선도 만져 봤지만 아무런 변화가 없었다. 혹시 하는 생각에 TV를 켜 보았는데 TV 역시 켜지지 않았다. 다른 전원 기기를 확인해 봐도 역시 마찬가지였다.

"뭐야, 전기까지 끊긴 거야?"

로하는 외출을 못 하게 된 상황에서 설상가상으로 전기와 통신까지 끊긴 사실에 기가 막혔다. 그나마 다행이라고 할 수 있는 건, 그의 방은 채광이 안 되는 지하라 특별한 조명 시설의 혜택을 받고 있다는 것이다.

방 안을 비추는 조명의 출처는 천장 사각지대의 모서리에 설치된 주먹만 한 정원등 같은 것으로, 형광등 빛처럼 눈부신 백색은 아니지만 방 안은 충분히 밝혀 주었다. 로하가 듣기로, 10여 년 전에 특별법이 생겨서 채광이 안 되는 이런 곳에 사람이 거주

할 시 이 등을 의무적으로 설치하게 되었다.

이 조명은 채광의 부재로 일조량이 부족한 사람들의 건강 유지를 위한 복지 정책의 일환으로 국가에서 무상으로 설치해 준 것이다. 인간이 햇빛을 받아야만 생성되는 영양분을 만들고 건강을 유지할 수 있게 하는 특수 조명이 국내 모 회사에서 개발되어 해외로도 수출되고 있다고 들었다. 게다가 이 조명의 전원은 해당 건물 옥상에 설치된 태양광에 의해 공급된다. 외부 전원과는 독립되었기 때문에 별도의 전기 비용이 발생하지 않았다. 로하가 장기간 이런 공간에서 살 수 있었던 것도 그 조명의 도움이 컸다고 할 수 있다.

로하는 자신이 느꼈던 이질감의 실체를 그제야 깨달았다. 집 안에서 끊임없이 미세한 소리를 내던 전자 제품들이 꺼져 있었던 것이다. 냉장고나 보일러, 환풍기 등의 생활 소음들이 사라지면서 마치 방음방에 있는 듯한 고요함을 느꼈다. 깊은 침묵에 잠겨 버린 지하의 공간 속에 로하만 덩그러니 남겨졌다.

"어제까지만 해도 괜찮았던 것 같은데 무슨 일이지? 전기세가 밀렸다고 이러나?"

로하는 습관이 되어 버린 혼잣말을 했다. 그리고 두 달 치의 전기세를 내지 않았다는 사실을 깨달았다. 로하는 다시 한번 세상의 비정함에 씁쓸함을 느꼈다. 온몸에서 기운이 빠져나가는 무력감에 피로를 느낀 그는 이불 위에 무너지듯 쓰러졌다.

한밤중에 들려오는 소음에 로하는 깜짝 놀랐다. 여러 가지 소음이 뒤섞인 요란한 소리가 들렸다. 벽에 귀를 가져다 대 보니 일부는 사람 목소리인 것 같기도 했고 기계 소리 같기도 했다. 이윽고 잠시 조용해지는가 싶더니 정체불명의 진동이 들이닥쳤다. 지진이라도 난 것처럼 건물을 통째로 흔들어 댔다. 천둥이 마구 내리치는 언덕 바로 아래에 있는 기분이었다.

로하는 "오, 오." 하고 소리를 냈다. 스케이트보드를 타듯이 신이 나 발장난을 했다. 로하는 술에 취해 있었다. 어디가 하늘이고 어디가 땅인지 구별할 수 없어서 물구나무를 섰다가 까무러지기를 반복했다. 로하가 이 정도로 취한 건 이번이 처음이다. 썩 나쁘지만은 않은 기분이었다. 바닥에는 빈 소주병들과 즉석라면 은박지 용기가 아무렇게나 나뒹굴고 있었다.

로하는 답답한 마음에 처박아 두었던 술을 마시다가 잠이 들었다. 얼마나 잤는지는 알 수 없었지만, 갑자기 밖이 시끄러워서 깬 것이다. 지진 같은 진동이 일어났고 천둥소리도 들렸다. 실제로 지진이 발생한 것일 수도 있지만, 술에 취한 로하에게는 건물을 흔드는 진동마저 신나는 클럽 음악처럼 들렸다. 클럽에 직접 가 본 적은 없지만 영화에서 본 것으로 분위기는 대충 알고 있었다.

로하는 휘청거리며 출구 쪽으로 다가갔다. 갑자기 바깥으로 나가고 싶어졌다. 바깥의 모습을 상상하니 원룸 안은 이토록 어둡고 심심한데 바깥은 즐거울 것 같았다. 술에 취해 이성을 잃은 로하는 현실감을 잃고 밖에서 신나는 음악을 들으며 사람들과 같이 놀고 싶었다. 그토록 혐오하던 사람들과 미치도록 어울리고 싶었다.

하지만 힘있게 문을 향해 가던 로하의 발걸음이 곧 멈췄다. 낮에 겪었던 이상한 신체 반응이 재발한 것이다. 몸에서 힘이 빠져나가고 심장이 빠르게 뛰었다. 로하는 반사적으로 뒷걸음질을 했다. 이렇게 취한 상황에서도 로하의 몸은 외출을 강하게 거부하고 있었다.

로하는 할 수 없이 돌아와서 벽에다 귀를 댔다. 신나게 노는 소리라도 듣고 싶었다. 사이렌 소리 비슷한 울림이 전해졌다. 이어서 사람들의 날카로운 음성이 함께 들려왔다. 로하의 얼굴에는 눈물 머금은 웃음기가 번져 있었다.

"얼마나 신이 나면 저리도 비명을 질러 댈까. 저것도 음악 소리일까? 아, 아니다. 저건 분명히 폭죽 소리일 거야."

고개를 절레절레 흔들던 로하가 벽에서 귀를 떼고 쪼그려 앉았다. 문득 저런 세상과 동떨어진 자신이 처량하게 느껴졌다. 태어나서 지금까지 외톨이의 외로움은 그의 삶 자체였는데, 새삼스럽게 그런 자신의 현실 때문에 우울해진 것이다.

술이 사람의 기분을 증폭시킨다더니, 한없이 기분이 좋았다가 한없이 나빠지는 자신이 마치 조현병 환자 같다는 생각을 했다. 흥이 깨져 버린 로하는 벌러덩 드러누워 "아~!" 하고 불쾌한 탄

식을 내질렀다. 그러다 곧장 일어나서 양반다리를 하고 앉았다. 술을 마셔서 그런지 온몸이 쑤셔 와서 도저히 잠을 이룰 수가 없었다. 답답한 마음에 머리를 긁적이고 있는데 바깥세상에서 소음이 들려왔다.

"또 시작이구나."

로하는 벽에다 귀를 바짝 댔다. 그런데 이번엔 아까와 달랐다.

"비 오는 건가?"

미세하게 빗소리 비슷한 소리가 들려왔다. 그리고 뭔가를 두드리는 듯한 단조로운 소리가 연속적으로 들렸다. 기계음 같았다. 공사장에서 사용하는 묵직하고 시끄러운 기계 장비들이 떠올랐다.

"비 오는 날에도 무슨 공사를 한다고 저 난리야. 짜증 나게!"

로하는 불쾌한 표정을 지으며 다시 누워 버렸다.

*

어느덧 은둔 생활 28일째가 되었다. 그동안 외부와는 철저히 차단되어 있었다. 그저께부터는 물까지 끊기는 바람에 샤워도 하지 못하는 지경에 이르렀다. 그나마 반 통가량 남아 있는 정수기 물로 고양이 세수는 할 수 있었지만 찝찝함이 영 가시질 않았다. 그리고 태양광 발전의 전등 빛도 점차 약해지는 게 느껴졌다.

로하가 집에서 하루 종일 하는 일이라고는 판타지 소설을 읽는 게 전부였다. 하지만 이제는 그것조차 녹록지 않았다. 다운받아 놓은 소설을 다 읽어서 이미 봤던 작품들을 되풀이해서 읽을 수밖에 없었다. 게다가 태블릿 PC만 쳐다봤더니 눈까지 침침해졌다. 그나마 한 달은 간다는 비상용 보조 배터리로 버텨 왔던 태블릿 PC의 배터리도 10%밖에 안 남았다.

왜 집 밖으로 나가지 못하는지 누가 묻는다면, 로하는 그 이유를 논리적으로 설명할 수 없었다. 그 역시 이런 비정상적인 생활을 그만두지 못하는 자신이 이해되지 않았다. 하지만 문손잡이를 잡으면 갑자기 발작이 시작되는데 어쩌란 말인가. 그저 답답할 따름이었다. 로하는 자신이 쉽게 치료할 수 없는 정신병에 걸렸다는 것을 자각하면서 동시에 인내심도 점점 고갈되고 있음을 느꼈다.

로하는 고파 오는 배의 신호를 듣고 싱크대 위 서랍장을 열었다. 그리고 그 안에 남아 있는 라면 봉지 하나를 유감스러운 듯이 바라봤다. 그는 아쉬운 마음에 '조금 더 배가 고파지면 먹을까?' 하고 고민하다가 결국 그 라면을 집었다.

그때였다. 집 밖에서 요란한 소리가 들려왔다. 지난번, 며칠 동안 들려왔던 둔탁한 굉음과는 사뭇 다른 가벼운 느낌의 소리였다. 연이어서 대여섯 번 정도 난 그 소리는 언뜻 총소리처럼 들리기도 했다. 생각해 보니 엊그제도 잠결에 이와 비슷한 소리를 들은 것 같았다. 그 소리도 '다, 다다, 다다다, 다' 하고 들린 것 같았다.

로하는 이 정체 모를 소리도 궁금했지만, 통신과 방송까지 끊겨 단절돼 버린 바깥세상이 갑자기 궁금해졌다. 학교에서는 다들 어떻게 지내고 있는지 알고 싶어졌다. 편의점 사장님이 평소 그렇게 노래를 부르던 여자 직원을 구했는지도 궁금했다. 그리고 아영이 붙잡혔는지, 피해자 유가족들은 아직도 시위를 하고 있는지, 해외 축구는 어떻게 흘러가고 있는지 등등이.

쿠궁!

"뭐야!"

바깥세상에 대한 궁금증으로 갈팡질팡하고 있는데 갑자기 밖에서 큰 소리가 울렸다. 깜짝 놀란 로하는 자기도 모르게 소리를 질렀다. 혹시 근처에서 공사 중인 중장비 소리인가 했지만, 이건 기계음이라기보다는 무언가 커다란 것이 부서지거나 폭발하는 소리에 가까웠다.

"지진인가? 아니면 누가 원룸을 차로 냅다 들이박았나? 설마 전쟁이라도 난 건 아니겠지?"

로하는 불안한 표정으로 중얼거리더니 바닥에 널브러져 있던 옷을 주워서 주섬주섬 입기 시작했다.

"이대로 있다가는 이 원룸이 무너져서 깔려 죽을지도 몰라. 도저히 안 되겠어."

그는 외출복을 차려입고 마스크를 착용했다. 그때 또 밖에서 총소리가 들리는 듯했다. 아까는 긴가민가했지만 이번엔 총소리 외에 생각할 수 있는 것이 없었다.

로하는 무언가 상황이 잘못되어 가고 있다는 느낌에 휩싸였다. 그리고 그 느낌을 확인이라도 해 주듯 날카로운 여자의 비명이 들렸다. 그 소리는 단순히 놀란 게 아닌 공포에 질린 소리였다. 생각해 보니 로하는 그 소리를 공포 영화가 아닌 실제 상황에서 들은 적이 있었다. 아영이 교실을 피바다로 만들었던 바로 그날.

2

로하는 오랫동안 빨지 않아서 퀴퀴한 냄새가 배어 있는 카디건, 트레이닝복 바지, 마스크, 모자, 백팩에 열 번 정도 섬유 탈취제를 뿌렸다. 그리고 체크 카드 등을 챙기고 신발 끈을 다시 묶었다. 외출을 위한 '완전 무장'을 마친 그는 한동안 침묵을 지켰다. 겉모습은 잠잠해 보였지만 속은 달랐다. 마음속으로 '기필코 밖으로 나간다'는 다짐을 수십 번 되새기고 있었던 것이다. 마음의 준비가 끝나자 로하는 크게 숨을 몰아쉬고 천천히 현관문 앞으로 다가섰다.

그는 침착하게 들숨 날숨을 반복해 쉬었다. 그러고는 마치 슬로 모션처럼 느리게 문손잡이를 잡았다. 예상했던 대로 심장이 요동치기 시작했고 손도 후들거렸다. 하지만 다행스럽게도 지난번만큼 육체적으로 심각한 특이 증상은 나타나지 않았다.

"그래, 여기서 죽을 수는 없지."

로하는 지금의 무난한 심적 상태를 최대한으로 유지하는 데 집중했다. 천천히 현관문을 열고 한 발자국씩 나아갔다. 몸을 움직일 때마다 심장이 무너질 듯 아려 왔지만 어금니를 꽉 깨물며 참았다. 그리고 마침내 문밖으로 나가는 데 성공했다.

막상 나오고 나니 조금 전까지만 해도 자신을 압박했던 증상들이 언제 그랬냐는 듯 사라져 버렸다. 머리에서 느껴지는 찌릿찌릿함 때문에 휘청거리기는 했지만, 그 현상도 5초 정도 지나자 자취를 감췄다. 마치 손이 닿지 않던 가려운 부위를 시원하게 긁은 것 같은 개운한 기분마저 들었다.

로하는 은근한 미소를 지으며 잠시 개운함을 만끽하다 곧장 수첩을 꺼내 들고 자신이 필기해 놓은 내용들을 살폈다. 원룸을 나서기 전에 처리해야 될 일들을 순서대로 적어 놓은 수첩이었다.

첫 번째로 할 일은 원룸 건물 4층에 있는 주인집에 들르는 것이었다. 오늘 안으로 월세와 관리비를 내겠으니 끊긴 수돗물을 다시 나오게 해 달라는 말을 전해야 했다. 전기 요금은 원룸 주인과 별개의 문제라 상관없지만 수도 요금은 달랐다. 원룸 전체로 나오는 수도 요금을 원룸 입주자 수대로 나누어서 내고 있었다. 로하는 자신이 수도 요금을 내지 않아서 집주인이 수돗물을 끊어 버렸다고 생각하고 있었다.

하지만 감옥 같았던 지하 원룸에서 벗어난 기쁨도 잠시, 사람을 만나게 되면 또다시 좋지 않은 증상이 발생하지 않을까 두려워졌다. 그동안 집 밖으로 나가지 못했던 이유도 궁극적으로는 인간에 대한 트라우마 때문이었을 테니.

"그래, 눈만 마주치지 않으면 괜찮을 거야."

로하는 애써 스스로를 타이르면서 한 발 한 발 내딛었다. 그리고 지상으로 향하는 직선형 계단을 밟고 오르기 시작했다.

"겁나 힘드네……."

지하 2층에서 지상 4층까지 힘겹게 올라간 로하가 가쁜 숨을 몰아쉬었다. 꽤 오랫동안 운동이라고 할 만한 활동을 못 했기 때문에 근력이 약해진 몸으로는 당연히 숨이 찰 수밖에 없었다. 이윽고 호흡의 안정을 되찾은 로하가 주인댁의 초인종을 눌렀다.

"아무도 없나?"

몇 번이고 초인종을 눌렀지만 안에선 아무런 반응이 없었다.

"어르신!"

힘들게 올라온 것이 헛수고가 아니길 바라면서 문을 두드리고 소리도 질러 봤지만 결과는 마찬가지였다. 결국 로하는 여섯 층의 계단을 애쓰며 올라온 보람도 없이 원룸 밖으로 나가기 위해 다시 1층으로 발걸음을 옮겼다.

이게 얼마 만에 맞이하는 훤한 대낮의 햇빛인가. 원룸 밖으로 나온 로하는 한동안 입구 근처에서 서성거렸다. 그는 마치 광합성을 하는 식물처럼 고개를 쳐들고 태양과 정면으로 마주했다. 오랜만에 느껴 보는 햇살의 포근함이 차가워진 심장에 온기를 불어 넣어 주고 있었다. 무감각해져 있던 후각을 되살려 주려는 듯 흩날리는 바람이 그의 코끝을 간질였다.

"저건 뭐지?"

오랜만에 바깥 공기를 만끽하던 로하의 눈에 이상한 것이 하나 들어왔다. 원룸 입구에서 2m 정도 떨어진 위치에 검은색 래커로 그려진 커다란 엑스 자였다.

"집주인이 보면 한 소리 하겠네."

로하는 던지듯 한마디 하고는 목적했던 방향으로 발걸음을 재촉했다. 로하는 먼저 지저분해진 머리카락을 손보고 싶었다. 그는 미용실로 향하는 오르막길을 올라 길모퉁이를 돌았다. 그런데 이상하게 오늘따라 길거리에 왠지 모를 음산한 기운이 도는 것 같았다.

"워낙 오랜만에 나와서 그런가?"

그렇게 100m쯤 더 걸었을까. 로하는 FPS 게임에서나 나올 법한 가상 공간에 와 있는 것 같은 기분이 들었다. 이 거리는 원래 원룸의 지하 입구까지 간간이 잡음이 들려올 정도로 시끌벅적했다. 그런데 지금은 휑한 느낌이 드는 것은 물론이고, 길 한

복판에는 종류를 셀 수 없을 만큼 많은 쓰레기들이 나뒹굴고 있었다. 그리고 무엇보다 이상한 점은 원룸 밖을 나선 후부터 지금까지 단 한 명의 사람도 보지 못했다는 것이었다.

"서울의 길거리에서, 그것도 낮 시간인데 단 한 사람도 보이지 않다니, 이럴 수가 있는 건가? 아니면 내가 환각이라도……."

로하는 은둔 생활을 했던 자신에게 무슨 문제가 생긴 건 아닐까 의심했지만, 미용실에 다다랐을 때쯤 자신의 문제가 아니라는 것을 깨달았다. 미용실 문이 열려 있어서 무심코 들어가 미용사를 불렀는데 아무런 인기척이 느껴지지 않았다. 그래서 다시 미용실 밖으로 나왔을 때, 저만치 보이는 번화가의 거리가 한눈에 들어왔다. 로하는 놀라서 순간 정지 화면처럼 움직임을 멈추었다.

질서라는 단어는 찾아볼 수 없을 만큼 어지럽혀져 있는 거리, 길거리를 메우던 수많은 사람들이 갑자기 모두 피난이라도 간 것처럼 인적이라고는 찾아볼 수 없는 낯선 광경, 길 한복판에 아무렇게나 세워진 자동차들, 흉하게 널브러져 있는 쓰레기들.

가장 충격적인 건 전기차 충전소의 모습이었다. 로하의 정면으로 곧게 이어진 좁은 길이 끝나고 큰길이 나오는 지점, 번화가의 인도가 시작되는 코너 안쪽에 위치한 전기차 충전소가 멀쩡한 부분이 거의 보이지 않을 정도로 온통 거무죽죽하게 그을려 있었다. 천장과 간판을 지탱하고 있던 기둥은 산산조각이 난 채로 내려앉았고 충전소 주차장에는 열 대가량의 자동차들이 완전히 박살이 난 모습으로 몇 대는 뒤집혀 있었다.

이것은 SF 영화에나 나오는 전쟁으로 폐허가 된 도시의 풍경이었다. 믿을 수 없는 광경들을 목격한 로하는 그 자리에서 얼어버렸다.

삐~~~~

갑자기 귀를 자극하는 전파음 같은 소리가 들렸다. 다른 소리도 야트막하게 들려왔지만, 그 정체를 알 수 없었다. 멀리서 누군가가 고함치는 소리 같기도 하고, 자동차 엔진 소리 같기도 했다. 로하는 느닷없이 자신의 앞에 들이닥친 상황에 정신이 팔려서 그 소리가 무엇인지 신경 쓸 겨를조차 없었다. 도로 위에 있는 두 마리의 비둘기가 쿡쿡거리면서 로하의 멍한 모습을 비웃는 것처럼 보였다.

"이게 대체 어떻게 된 거야?"

로하는 혹시 꿈이 아닌가 싶어 몇 번이고 눈을 떴다 감았다 했지만, 경악스러운 도시의 광경은 그대로였다. 순간적으로 그의 머릿속에 '전쟁'이라는 단어가 떠올랐다. 로하는 눈앞에 벌어진 현실이 도저히 믿기질 않아서 망부석처럼 한참을 멍하니 서 있었다. 애써 마음을 추스르며 지금부터 무엇을 해야 할지 생각해보았지만 아무것도 떠오르지 않았다.

로하는 그 광경을 보면서 뒷걸음질을 하다가, 어딘가 안전한 곳에 숨어야겠다는 생각에 왔던 길을 따라서 무작정 내달리기 시작했다. 그렇게 오던 길을 거슬러 문구점쯤을 지나갈 때였다.

"살려 주세요!"

어디선가 들려오는 여자의 목소리에 달리기를 멈췄다.

'사람이다!'

로하는 목소리가 들려왔던 곳으로 되돌아가서 그 주변을 살폈다. 문구점의 문은 닫혀 있었다. 그 오른쪽에 있는 도시락 가게도 문만 열려 있을 뿐 아무런 인기척도 느껴지지 않았다. 로하는 문구점 왼쪽의 창고로 보이는 간판 없는 격자무늬 출입문을 밀어서 열었다. 순간 그는 그대로 멈춰 섰다. 그 안 구석에 누군가 앉아 있었다. 옆에 골판지들이 넓게 깔려 있는 것으로 보아 그 자리에서 자다가 깬 모양이었다. 아까 그 소리는 악몽이라도 꾸다가 지른 비명 같았다.

간만에 사람이라는 생명체를 만나니 로하는 나사못 하나가 심장에 콕 박힌 것 같은 찌릿함을 느꼈다. 하지만 공교롭게도 오랜만에 만난 사람은 상태가 그리 좋아 보이지는 않았다. 여자는 얼굴이 잘 안 보일 정도로 머리카락이 너저분하게 흐트러져 있고 손에는 찌든 때가 묻어 있었다. 붉은색의 굳은 무언가가 잔뜩 묻어 있는 흰색 후드 티에 약간 두꺼워 보이는 긴 회색 진을 입고 있었다.

겁에 질린 듯 잔뜩 오그라든 맨발과 사시나무처럼 온몸을 떨고 있는 모습이 확실히 정상과는 거리가 멀어 보였다. 그녀는 웅크린 채 자신의 양쪽 귀를 두 손으로 틀어막고 시선은 바닥을 향해 내리깔고 있었다. 도대체 이 여자는 무슨 사연을 가지고 있는 걸까.

"저기요."

여자에게 천천히 다가간 로하는 몸을 굽혀 엉거주춤한 자세로 눈높이를 맞췄다. 그녀에게 말을 걸어 볼 생각이었다.

"저기……."

그러나 여자는 로하와는 달리 상대방의 존재가 그리 반갑지 않은 듯했다. 그녀는 온몸을 후들후들 떨기만 할 뿐 말 한마디 하지 않았다.

그동안 무슨 일이 있었는지는 모르지만, 그녀의 모습을 보니 로하는 과거에 친구들에게 괴롭힘을 당하던 첫날이 떠올랐다. 수업을 마치고 집으로 돌아와 홀로 화장실 구석에 웅크리고 앉아서 눈물 콧물을 다 빼냈던 그때, 떠올리고 싶지 않았던 그 기억 속의 비참하고 한심했었던 자신의 모습이 눈앞의 그녀와 겹쳐 보였다. 로하는 답답한 마음에, 겁에 질려 신음을 흘리는 그녀의 어깨에 오른손을 살짝 가져다 댔다.

"저기요."

"제발, 살려 주세요!"

로하는 손이 어깨에 닿자마자 발작하듯 몸을 움찔하는 그녀

때문에 놀라서 뒤로 자빠질 뻔했다. 그리고 멋쩍음에 "음, 음." 하고 목을 푸는 소리를 냈다. 하지만 그것도 잠시, 무릎을 꿇고 두 손바닥을 비비며 "살려 주세요! 살려 주세요!" 하고 같은 말만 반복하는 그녀의 모습에 이 여자는 분명히 상당한 정신적 충격을 받은 게 틀림없다는 확신이 들었다. 로하는 앉아 있는 그녀와의 높이를 최대한으로 맞추기 위해 무릎을 꿇고 느릿느릿 조심스레 다가갔다.

"저기요, 아가……씨?"

로하는 그녀의 몸집과 풍기는 느낌을 봤을 때 저보다는 연장자일 것 같다는 생각이 들었다. 로하는 최대한 조심스럽게 말을 걸었지만, 그녀는 이미 겁에 질릴 대로 질려 있는 눈치였다. 어느 순간부터는 살려 달라는 말도 하지 않고 떨면서 뒷걸음질만 했다.

"저기……, 저 나쁜 사람 아니에요. 도대체 무슨 일이 있었나요?"

로하의 물음에도 그녀의 꾹 다문 입은 좀처럼 열릴 기미가 보이지 않았다.

"저 정말……, 그냥 이 근처 원룸에 살고 있는 평범한 고등학생이거든요?"

여전히 여자는 대답이 없었지만 로하는 "혹시 핸드폰 있어요? 경찰에 신고해야 될 것 같아요. 참, 이 동네 사세요? 누가 이렇게 한 거죠?" 하고 연거푸 질문을 던졌다.

그러던 중 마침내 그녀의 얼굴을 볼 수 있었다. 여자가 고개를 살짝 치켜들자 흐트러진 머리카락 사이로 얼굴이 살짝 보였다. 그녀의 얼굴엔 노숙자처럼 고생의 흔적이 고스란히 드러나 있었다. 괴로운 표정으로 눈물을 흘리는 그녀의 오른쪽 콧구멍에서 진득해진 콧물이 흘러내렸다. 불그스름하게 달아오른 두 뺨이 그녀의 격해진 감정을 드러내고 있었다.

"괜찮아요? 무슨 일이에요, 대체……? 일단, 경찰에 먼저 전화를……."

"살려 주세요."

로하가 말을 끝내기도 전에 여자가 떨리는 목소리로 애원했다.

"예? 저기…… 그러니까…… 말씀대로 살고 싶으시면 일단 경찰한테 연락을……."

"살려 주세요, 제발."

여자가 울먹이는 목소리로 말했다.

"도대체 무슨 일이……."

로하는 같은 말만 반복하는 그녀에게 더 이상 무슨 말을 해야 할지 판단이 서지 않았다. 그녀는 비록 반쯤 넋이 나간 사람처럼 행동하고 있었지만 경계의 끈을 절대 풀지 않았다. 오히려 필사적으로 더 집요하게 그 끈을 잡고 있으려는 것 같았다.

로하는 무척 당황스러웠지만 그렇다고 해서 그녀를 이대로 내버려 두고 싶지는 않았다. 일단은 여자의 상태가 안정되면 다시 말을 걸어 볼 생각으로 1m쯤 떨어져서 양반다리를 하고 앉았다. 그렇게 약 5분 정도 흘렀을까. 문득 로하의 입에서 "어!" 하는 소리가 나왔다.

"너 혹시……."

로하는 극도로 자신을 경계하는 여자의 얼굴을 유심히 보면서 조심스럽게 다가갔다. 갑자기 다가오는 로하의 행동에 여자는 화들짝 놀랐다. 그녀는 벽에 등을 붙인 채 공포에 질린 표정으로 그를 올려다보았다.

"너…… 너 효정이 맞지? 그치?"

"그…… 그걸 어떻게……."

여자는 당황한 눈치였다.

"맞네, 효정이. 나 누군지 모르겠어?"

"……."

"나, 로하야."

여자는 눈썹을 치켜올리면서 눈알을 이리저리 굴렸다.

"중학교 때 같은 반. 기억 안 나?"

"로…… 로하? 이로하?"

여자가 놀라는 표정으로 반문했다.

"그래. 나야, 나."

로하는 일단 그녀를 안심시켜야만 한다는 생각에 억지로 환한 표정을 지었다.

“저…… 정말 로하야?”

“그래, 나라니깐. 보면 모르겠어?”

여자는 믿기지 않는 듯 놀란 표정으로 로하를 보기만 했다.

“도대체 어떻게 된 거야?”

로하의 물음에 그녀는 어두운 얼굴로 고개를 떨궜다.

“마…… 말하자면 기…… 길어.”

효정은 더듬거리며 말을 아꼈다. 기억을 되살리기 싫은 듯했다.

“그렇구나……. 그 얘기는 천천히 듣기로 하고, 효정아, 너 핸드폰 있어? 있으면 줘 봐. 내 핸드폰이 지금 안 돼서…….”

“없는데……. 핸드폰은 왜?”

“왜긴, 경찰을 불러야 할 것 아니야.”

“경찰을 부른다니, 지금 무슨 소리 하는 거야?”

효정이 미간을 찌푸리며 이상하다는 눈으로 로하를 쳐다봤다.

“이 난리가 났는데 당연히……. 혹시 그럼, 정말로 전쟁이 난 거야?”

“로하야, 너 지금 어떻게 된 건지 몰라? 전쟁이라니…… 네가 말하는 전쟁이라는 게 혹시 2차 세계 대전 같은…… 뭐 그런 전쟁을 말하는 거야?”

로하는 효정의 이런 반응이 이해가 안 돼서 고개를 오르쪽으로 까딱거렸다.

“어…… 역사 시간에 배운 한국 전쟁 뭐 그런 거 말하는 거 맞는데……. 전쟁 난 거 아니야?"

로하의 말에 효정은 어이없는 표정을 지었다.

"아니, 그동안 대체 어디 있었던 거야? 전쟁은 아니야. 아니지, 전쟁이…… 있었던 건 맞는데. 어쨌든, 너 정말 지금이 어떤 상황인지 전혀 모르는 거야?"

"응, 사실은…… 무척 오랜만에 집 밖으로 나온 거라서……."

"……."

얼떨결에 은둔형 외톨이로 살았다는 것을 고백해 버린 로하. 그는 부끄러움에 뒷머리를 긁적거렸다. 하지만 효정은 계속해서 어이없다는 표정만 지었다.

"어떻게 그럴 수가 있지?"

"어? 뭐가?"

"어떻게 그럴 수가 있느냐고. 아무리 집에만 있었다고 해도 세상이 이렇게 뒤집혔는데 어떻게 모를 수 있지?"

"효정아, 나는 도통 무슨 말인지 모르겠어."

그때 밖에서 자동차 소리가 들려왔다.

"사람이 또 있나 봐. 어서 도움을 요청하자."

로하가 벌떡 일어나서 밖으로 나가려 하자 효정이 갑자기 미식축구 선수처럼 빠르게 몸을 던져 로하를 덮치며 그의 입을 손으로 틀어막았다. 로하가 몸부림을 치는데도 효정은 필사적으로 그 자세를 유지하다가 자동차 소리가 완전히 멀어지자 손의 힘을 풀었다.

"야! 너 지금 뭐 하는……."

"쉿! 조용히 말해."

"이게…… 뭐 하는 짓이야."

갑작스러운 효정과의 신체 접촉에 로하는 얼굴이 얼얼하게 달아올랐다.

"방금 지나간 차에 있는 저 사람들의 눈에 띄면 절대 안 돼."

"뭐라고?"

"저 사람들 때문이야. 저 인간 같지 않은 괴물들 때문에……."

효정이 말을 하다 말고 울컥하면서 눈물을 흘리기 시작했다. 당황한 로하는 어찌할 바를 몰랐다.

"저…… 저기…… 울지만 말고……."

로하가 한동안 등을 토닥거리면서 달래 준 후에야 효정은 비로소 울음을 그쳤다.

"내가 숨어 있었던 것도 저 사람들에게 들키지 않으려고 그랬던 거야."

"그게 무슨 소리야?"

로하가 달래는 말투로 효정에게 되물었다.

"너 만나기 전까지 저 사람들한테 쫓기고 있었거든. 그렇게 쫓기다가 이곳에 숨게 됐는데, 자다가 일어나 보니 누가 뛰어오는 소리가 들리지 뭐야. 그래서 들킨 줄 알고 무작정 살려 달라고

빌었던 거야. 그게 넌 줄 몰랐으니까."

"대체…… 그게 무슨? 그러니까 네 말은……. 아니지, 그보다 우선 왜 저 사람들이 널 잡으려고 한다는 거야? 이유가 있을 거 아니야?"

"……몰라, 이유 같은 거."

"뭐? 이유를 모른다고?"

로하는 더욱 혼란스러웠다. 도대체 지금 무슨 일이 벌어지고 있는 건지, 효정은 무슨 말을 하는 건지, 전혀 이해할 수 없었다.

"로하야."

"어?"

로하는 머릿속으로 상황을 정리해 보느라 오만상을 찌푸리고 있다가 반사적으로 대답했다.

"너 은둔해 있었던 곳 있지?"

"어. 은둔……이라고 하기에는 좀 그렇고…… 그냥 지금 살고 있는 원룸은 있지, 내 집."

"지금도 안전해?"

"그게 무슨 소리야?"

로하는 두서없는 효정의 말에 슬그머니 짜증이 올라왔다.

"들킨 적 없냐고."

로하는 잠시 침묵하며 효정의 말뜻을 헤아려 보려고 했지만, 여전히 무슨 의도로 하는 말인지 알 수 없었다. 로하가 천천히 다시 입을 열었다.

“네 말이 무슨 뜻인지 잘 모르겠지만, 안전한 건 맞아. 아니, 안전한 것 같아, 아마도……. 조금 전까지 거기에 있다가 나온 거니까.”

로하의 대답을 들은 효정이 짧은 한숨을 내쉬었다. 안도의 한숨 같기도 했고, 고달픔의 한숨 같기도 했다.

“그럼 일단 거기로 가자.”

“어? 원룸으로 가자고? 너 여기저기 많이 다친 거 같은데 우선은 어디서 치료를 해야…….”

“여기에 오래 있을수록 더 위험해지니까, 일단은 거기로 가자고.”

“그럼 뭐…… 일단 그…… 그러자, 그럼.”

로하는 효정에게 묻고 싶은 말이 아직 남아 있었지만 그녀의 재촉에 어쩔 수 없이 잠시 미뤄 두기로 했다. 둘은 조심스럽게 문밖을 살피고는 자리를 이동했다.

잠시 후 원룸에 도착한 로하와 효정은 주변을 확인한 후 안으로 들어갔다. 로하는 쭈뼛하게 서 있는 효정에게 편히 앉아 있으라고 한 뒤 곧장 화장실로 들어가 발바닥을 닦았다. 오는 길에 효정의 맨발이 보기 안쓰러워 자신의 신발을 벗어 줬기 때문에 발이 잔뜩 더럽혀져 있었다. 마음 같아서는 효정에게도 발을 닦으라고 말하고 싶었지만 정신적으로나 육체적으로 기진맥진해 있는 그녀를 보니 차마 말이 나오지 않았다.

수돗물이 끊긴 관계로 로하는 물티슈로 발바닥을 대충 닦은 다음 다시 방으로 돌아왔다. 로하는 측은한 눈으로 효정을 쳐다봤다. 그녀는 겁먹은 강아지마냥 온몸을 후르르 떨고 있었다.

"효정아, 너 밥은 먹었니?"

"……아니."

"그러면 라면이라도 먹을래?"

"있어, 라면?"

효정의 표정에 미묘한 변화가 보였다.

"어, 있어. 하나밖에 안 남았지만."

"그래? 그럼 혹시 반만 좀 줄 수 있어? 3일 전부터 아무것도 못 먹었거든."

"3일 전부터?"

효정의 말을 듣고 놀란 로하가 말을 이었다.

"난 괜찮으니 너 다 먹어."

로하는 곧바로 싱크대 위 서랍장을 열어서 즉석 라면을 꺼내주고 수저와 함께 유리컵에 물도 가득 채워서 건네주었다. 효정은 고양이 같은 눈으로 로하를 바라보면서 머뭇거리더니, 이윽고 즉석 라면에 줄을 당겨 발열을 시켰다. 그녀는 즉석 라면이 익을 동안 그것에서 눈을 떼지 못했다.

원래라면 3분 정도 기다려야 완전히 익지만 효정은 2분이 채 지나기도 전에 개봉해서 젓가락을 쑤셔 넣었다. 그러고는 덜 익은 라면을 와그작와그작 씹어 먹기 시작했다. 그런 그녀의 모습은 게걸스럽다기보다는 애처롭다는 표현이 적당했다.

그동안 극한의 생활을 해 왔던 로하에게조차 효정은 무척 불쌍해 보였다. 원룸으로 오는 길에도 살금살금 걸으면서 주위를 경계하는 모습이 마치 야생에 풀어 놓은 애완동물을 보는 것 같았다.

효정과 같은 동네에 살았던 로하는 중학교 2학년 때는 같은 반이기도 했다. 그냥 가끔씩 말을 섞곤 하는, 친하지는 않지만 그렇다고 그다지 불편하지도 않은 그런 사이였다. 그러다 중학교 3학년 때는 다른 반이 되어 '안녕' 정도의 인사만 나누는 사이로 변했고, 고등학교는 학교까지 달라져서 어쩌다 길에서 마주치더라도 서로 못 본 체하게 되었다.

하지만 같은 동네에 살기 때문에 가게에 들르거나 등하교를 하다가 얼굴을 마주친 적이 많았다. 그 정도로 서로 자주 볼 기회가 있어서인지 로하는 언젠가는 인사말이라도 주고받을 때가 있겠지 하고 가볍게 넘겨 왔었다. 로하가 기억하고 있는 중학생 때의 효정은 내성적인 로하 자신 못지 않게 사교적이지 못하고 조용한 성격의 소유자였다. 그런 동질감을 느껴서인지, 효정과는 비교적 편하게 대화를 할 수 있었다.

그녀는 집안 형편이 좋아서 늘 깔끔한 옷매무새에 번들거리는 비싼 가방을 메고 다녔었다. 그래서 주로 '있는 집 애들'의 그룹에 속해 있었지만, 남에게 무례한 말이나 행동을 하는 성격은 아니었다. 때문에 효정을 싫어하는 애들도 별로 없었다. 그 점에서는 로하도 마찬가지였다. 간혹 소심한 성격의 효정이 풀이 죽어 급격히 말수가 적어질 때도 있었지만, 매일같이 붙어 다니던 두 명의 여자애들이 마치 보호자처럼 그녀를 잘 보듬어 줬다.

로하는 지금의 효정을 보고 있자니 문득 떠오르는 것이 있었다. 기억 속의 효정은 늘 친절한 미소를 짓고 있었다. 그 미소가 내성적인 성격을 감추고 친구들의 분위기에 맞추려는 가식적인 것임은 알고 있었지만, 지금처럼 겁에 질린 표정보다는 보기 좋았다.

로하는 효정과 조금 떨어진 곳에서 양반다리를 하고 앉아 라면을 정신없이 먹고 있는 그녀를 멍하니 바라봤다. 그러다 효정이 국물 한 방울 안 남기고 라면을 다 먹자 가까이 다가가서 앉았다.

"배가 많이 고팠나 봐?"

효정은 자신의 입가에 묻어 있는 라면 국물을 옷소매로 닦으며 당혹스러운 표정으로 눈알을 굴렸다.

"어……. 미안, 하나밖에 없는 건데 내가 다 먹어 버렸네."

"괜찮아, 괜찮아. 다 먹어도 돼."

로하가 상관없다는 듯 손사래를 쳤다.

"그보다, 도대체 어떤 일이 있었는지 혹시 말해 줄 수 있어?"

로하의 물음에 뜸을 들이던 효정은 물을 한 모금 마신 후 결심한 듯한 표정으로 다음과 같은 말을 쏟아냈다.

“한…… 열흘 정도 전의 일이야. 그날 나는 학교를 마치고 곧장 집으로 왔어. 집에서 엄마가 만들어 주신 도넛을 먹으면서 TV를 보고 있었지. 그런데 웬일로 아빠가 이른 시간에 귀가를 하신 거야. 아빠는 집에 들어오자마자 우리에게 무작정 필요한 짐만 빨리 챙기라고 하셨어. 엄마가 아직 퇴근 시간도 안 됐는데 벌써 왔냐고 물었지만, 이상하게도 아빠는 고래고래 고함을 치시면서 일단 짐부터 챙기라고 했어. 그래서 엄마랑 나는 얼떨결에 정신없이 짐을 챙기기 시작했지. 엄마는 안방으로 가서 옷이랑 귀중품을 챙기셨고, 나는 내 방으로 가서 필요한 물건이랑 옷들을 가방에 구겨 넣고 있었지. 그때 아빠는 아마도 부엌에서 비상식량을 챙기셨던 것 같아. 그렇게 내 짐을 다 챙겨서 거실로 나왔을 때였어. 우리 집으로 검은색 티셔츠를 입은 남자 세 명이 들이닥친 거야. 나이대는 중년 정도 돼 보였는데…… 놀란 아빠가 어서 도망치라고 우리에게 소리를 치더라고. 아빠는 나와 엄마에게 도망갈 시간을 벌어 주려고 남자들에게 달려들었지만, 한순간에 제압을 당했어. 나는 창문으로 겨우 빠져나왔는데 아빠랑 엄마는 그들에게 잡히고 말았어. 그러고 나서…….”

효정의 얼굴이 일그러지면서 울음을 터뜨릴 것 같았다. 눈물을 참으며 이어진 그녀의 얘기는 로하는 도저히 믿을 수 없는 충격적인 것이었다.

"남자들 중 한 명이 칼로 아빠의 배를 사정없이 찔렀어. 그 사람들 손에는 총도 있었어. 그 사람들은 칼로 사람을 찌르는 걸 즐기는 것 같았어. 창문을 통해서 그들의 표정을 똑똑히 봤어. 마치 놀이를 즐기는 애들 같은…… 그런 표정이었다고. 그렇게 아빠를 살해한 남자들은 엄마를 강제로…… 겁탈하기 시작했어. 그 모습을 보고 난…… 무서워서 소리도 못 지르고…… 엄마를 도와주지 못하고…… 너무 무서워서 아무것도 하지 못했어. 그들이 나를 발견하면 똑같은 짓을 할 거라는 생각에…… 나는 그렇게 엄마가 강간당하고 살해당하는 것을 지켜볼 수밖에……."

효정의 얼굴이 복받쳐 오르는 감정으로 일그러졌다. 그녀는 여기서 울음을 터뜨리면 얘기를 계속하지 못할 것 같았는지, 애써 마음을 추스르려는 듯 손으로 입을 틀어막았다. 그리고 이어지는 침묵의 시간이 겨우 끝난 뒤에야 그녀의 입이 다시 열렸다.

"난 그렇게…… 엄마를 버리고…… 도망친 거야. 곧바로 경찰서로 정신없이 뛰어갔는데…… 경찰서 안은 이미 피바다가 돼 있었고, 경찰들의 시체가 널브러져 있었어. 그제야 나는 정신 차리고 주위를 유심히 살펴봤어. 살인, 방화, 약탈…… 길거리가 지옥으로 변해 있더라고. 그렇게 난 갑자기 부모 잃은 도망자 신세가 돼 버린 거야. 가다가 차를 타고 피난 가는 친구의 가족과 마주친 적이 있었어. 난 손을 흔들었지. 하지만 그 사람들은 나를 도와주지 않았어. 도와주기는커녕 비키라고 욕을 퍼붓더니 그냥 지나가 버리더라고."

잠시 말을 멈춘 효정이 깊은 한숨을 내쉬었다.

"그렇게 몇 날 며칠 동안을 건물 지하실, 창고, 산속 같은 곳을 전전하면서 혼자서 숨어 지냈어. 그러다 마치 전쟁이라도 난 것처럼 여기저기서 건물이 내려앉는 파열음과 진동이 느껴졌지. 커다란 건물들을 폭탄 같은 걸로 무너뜨리는 것 같았어. 그래서 나도 숨어 지낼 곳을 고를 때는 항상 주위에 큰 건물이 있는지부터 확인했지. 건물이 무너져 내릴 때마다 귀가 먹먹해질 만큼 큰 소리가 났고, 지진처럼 길바닥 전체가 들썩거리는 진동을 느꼈어. 그렇게 건물이 무너지면 사방에 시멘트 먼지가 깔렸어. 높은 건물 근처에 있던 사람들은 건물에 깔려 죽든가 파편에 맞아서 죽었을 것 같아. 그나마 중간에 비가 와서 다행이었지, 비가 늦게 왔더라면 시멘트 가루를 너무 마셔서 호흡기나 폐에 병이 생겼을 것 같아. 그뿐 아니야. 사정없이 쏘아 대는 총소리도 들렸고, 사람들의 비명, 애원하는 소리, 까만 옷을 입은 사람들의 웃음소리와 조롱 섞인 말도 들려왔지. 그때마다 난 어두운 구석에 처박혀서 귀를 막을 뿐이었어. 난…… 수많은 사람들이 처참하게 죽는 것을 봐왔어. 지금까지 들키지 않고 살아 있는 것만으로도 기적이라고 생각해."

그 말을 하며 천장을 응시하는 효정의 눈은 텅 비어 버린 듯

공허해 보였다.

"그렇게 혼자서 이리저리 옮겨 다니면서 길거리에서 간간이 사람들을 봤는데, 대부분은 식량을 구하기 위해 나온 젊은 남자들이었어. 어린아이나 나이 든 사람, 혹은 평범한 여자들이었다면 까만 옷의 사람들에게 발각됐을 때 아무런 반격도 못 하고 봉변을 당할 테니까. 그렇게 숨어 있다가 가끔 먹을 걸 구하러 밖으로 나갈 때면 눈에 띄게 사람들이 줄어 있는 것이 느껴졌어. 확연하게 말이야. 그 일이 벌어지고 한 일주일쯤 지났을 때였나. 한동안 은신하고 있던 공중화장실 창고의 창문으로 밖을 바라봤는데, 사람 자체를 구경하기가 힘든 지경까지 와 있더라고. 몇 시간을 둘러봤는지 몰라. 한 사람이라도 찾아내려고 말이야. 그러고 싶었거든. 혼자가 아니라고 생각하고 싶었어. 하지만 결국 아무도 보지 못하고 배고픔에 지쳐서 포기해 버렸지. 내 생각이지만, 이 동네 사람들은 이미 거의 죽거나 잡혀갔을 거야. 겨우 살아남은 사람들은 아마도 다른 곳으로 도망을 갔거나 나처럼 어딘가에 숨어 있을 테고."

너무나도 충격적인 얘기에 로하는 아무런 말도 못 하고 효정을 바라보기만 했다.

"그러다 겨우 사람들을 찾아내긴 했는데, 그들은 죽어 가고 있었어. 엎친 데 덮친 격으로 질병까지 생긴 것 같아. 전염병일 수도 있고. 병에 걸린 사람들은 피를 있는 대로 다 토해 내고 그 자리에서 거품을 물고 죽어 버리더라고. 숨어서 봤는데, 죽은 시체는 까만 옷의 사람들이 와서 처리했어. 그들은 마스크로 코와 입을 막고 그 자리에서 시체들을 불태워 버렸어. 그런 와중에 네가 살아 있는 건 정말 운이 좋은 거야. 이곳이 지하 2층에다가 가까운 곳에 큰 건물이 없어서 폭음이나 진동도 잘 느끼지 못했을 테고. 운 좋게도 까만 옷의 사람들의 수색 범위에서도 벗어난 것 같고……. 저 옆에 보험사 빌딩이 무너졌을 때는 정말 엄청나게 진동이 컸었거든."

"그래? 그런데 왜 나는……. 그러고 보니…… 혹시 그 소리가……."

"왜, 뭔가 짚이는 게 있어?"

"전에 며칠 동안 이상한 소음이 계속 들려왔었거든. 그럼, 그것들이 건물이 무너지는 소리였다는 거야? 사람들이 죽어 나가는 소리였고?"

"아마도."

"……."

로하가 믿지 못하겠다는 표정으로 효정을 바라보았다. 그는 잠시 뭔가 생각하는 듯하더니 말을 이었다.

"그러면…… 까만 옷의 사람? 맞나? 까만 옷의 사람이라니, 그 사람들은 도대체 뭔데 그렇게 끔찍한 짓을 저지르고 다니지?"

로하가 따지듯이 효정에게 물었다.

"그 사람들은…… 사실 나도 뭔지는 잘 모르겠어. 내가 아는 건, 서슴없이 약탈하고 사람들을 죽이는 범죄 집단이라는 거야. 나쁜 짓을 하는 데에 어떠한 양심의 가책도 느끼지 않는 잔인한 인간들. 아니, 아까 말했듯이 살인을 게임하듯이 즐기며 돌아다녔어. 경찰도 군인도 아무도 그들을 막을 수 없었어. 민간인이 대들었다가 그 자리에서 총살당하는 것도 여러 번 봤거든. 그 사람들은 자기들끼리 무슨 유니폼 같은 것으로 생각하는지 검은색 옷을 위아래 맞춰 입고 다니더라. 그래서 까만 옷의 사람들이라고 한 거야."

로하는 진지하게 말하는 효정의 말에 고개만 끄덕였다.

"보통 서너 명씩 무리 지어 다니면서 악행을 저질러. 녀석들이 살인을 저지르는 걸 한두 번 본 게 아니야. 당연히 건물들을 폭파한 것도 그 녀석들 짓일 테고. 나도 몇 번이고 걸릴 뻔했어. 처음 며칠간은 애, 어른 할 것 없이 보이는 대로 사람들을 학살했었어. 그러다가 점차 길거리에 사람들이 줄어드니까 가려서 죽이더라고. 보통 40대가 넘은 사람들은 그냥 죽이는 것 같은데, 젊은 여자 그리고 어린애들은 어디론가 끌려갔어. 너도 조심해. 아까처럼 도움을 요청하는 행동은 죽고 싶다고 소리치는 거랑 다를 바 없으니까."

"아니, 그럼 그동안 경찰이나 군인들은 죄다 어디에서 뭘 하고 있었던 건데? 그런 미친놈들이 활개를 치는데 가만히 있을 리가 없잖아.”

로하가 살짝 언성을 높이며 묻자 효정이 허탈한 표정을 지었다.

“하루는 그런 광경을 본 적 있어. 몇십 명 정도 되는 군인들끼리 서로 싸우더라고. 근데 한쪽 편은 그 검은 옷의 녀석들과 같은 편이었어.”

“그 검은 옷의 녀석들과 군인들이? 네가 잘못 본 거 아니야? 군인들이 그럴 리가 없잖아.”

“나도 확실한 건 잘 몰라. 어느 아파트 후미진 곳에서 졸고 있다가 총소리에 깨서 슬쩍 아래를 내려다봤는데, 그때 잠깐 목격한 거야. 그걸 보자마자 무서워서 몰래 빠져나왔어. 쿠데타 같은 게 일어난 게 아닌가 해. 경찰이고 군인이고 이미 내부에서부터 점령당한 거지. 대항한 건 그나마 멀쩡했던 소수였을 거야. 군인이나 경찰이 안 보인 지도 한참 되었거든. 아무튼, 세상은 지옥이 돼 버렸어.”

효정이 떨리는 목소리로 말을 끝내더니 참아 왔던 눈물을 흘렸다. 로하는 효정의 메마른 표정과 생기를 잃어버린 눈이 왠지 거슬렸다. 잿빛으로 변해 버린 효정의 눈동자, 그 눈동자는 로하로 하여금 그날의 기억을 되살리게 했다. 교실에서 죽은 아이들의 생기 없는 눈을 보게 된 그날의 기억을.

3

효정은 어제 먹은 라면 덕분에 아직 버틸 만했지만 로하는 지금까지 계속 굶어서 배고픔이 극에 달해 있었다. 만약에 통증을 느끼지 못하는 몸이라면 자신의 허벅지까지 물어뜯었을지 모르겠다는 생각을 할 정도로. 로하는 빨리 먹을 것을 구해야 한다는 생각에 안절부절못했지만 효정은 그와 반대로 지극히 태연한 모습이었다. 기운 없이 앉아 있는 그녀는 마치 모든 것을 포기한 사람 같았다.

어제까지 두 사람은 갑자기 뒤집혀 버린 세상에 대해 온갖 추측을 하며 이런저런 얘기를 나누었다. 하지만 지금 그들의 모습에서는 전혀 생기를 찾아볼 수 없었다. 둘 다 원래 말이 많은 성격도 아니고 굶주린 상태라 기운이 없는 것은 당연한 것이지만, 효정에게서 뿜어져 나오는 지독한 무기력함은 로하까지 지치게 만들었다. 무기력함에 대해서는 로하도 어느 정도 알고 있었다. 아니, 사실은 꽤 잘 알고 있는 편이었다. 하지만 효정의 무기력함은 분명히 다른 것이었다.

어젯밤에 같이 대화를 나눌 때만 해도 다소 혼란스러운 것 같긴 했지만 그녀의 정신 상태를 의심할 정도는 아니었다. 적어도 로하가 보기에는 그랬다. 그러나 대화가 끝난 후 잠잘 시간이 되자 점점 그 기미가 보이기 시작했다. 악몽이라도 꿨는지, 겨우 잠이 든 그녀는 끓는 신음 소리를 내다가 비명을 지르며 깨어나더니 울기 시작했다. 아마도 자신이 겪었던 끔찍한 기억들이 되살아나 반복되는 악몽을 꾸는 모양이었다. 해 줄 수 있는 것이 아무것도 없었던 로하는 그저 조용히 지켜보았다. 괜히 어설픈 위로를 했다간 효정의 심리 상태를 더 악화시킬 것 같았다.

그렇게 시간이 흘렀다. 효정은 마치 사형 선고를 받은 죄수 같은 분위기였다. 삶의 의욕이라고는 조금도 보이지 않았다. 이러다 굶어 죽어도 이상하지 않을 판국에 웅크리고 미동도 하지 않는 효정을 보고 있자니 로하는 여간 속 터지는 게 아니었다.

"효정아, 우리 먹을 거 구하러 나가 봐야 할 것 같은데."

로하가 짙게 깔린 목소리로 말하자 효정은 흐물흐물 힘없이 고개를 돌려서 로하를 쳐다보았다.

"지금?"

처음 효정을 이곳으로 데려왔을 때에 비하면 많이 침착해진 목소리였다. 하지만 이런 상황에서 태연스럽게 되물어 오는 그녀를 보고 있으니 로하는 갑자기 화가 치밀었다.

"어제 나랑 얘기한 거 다 잊었어? 우린 당장 먹을 음식이 없다고. 어제 분명히 날이 밝으면 같이 먹을 거 구하러 가기로 했었잖아."

"그렇지만…… 나갔다가 붙잡히면 어떡해?"

"그렇게 말하면 답이 없어. 이대로는 굶어 죽고 말 거야. 그러니까 안 잡히게 조심하면서 먹을 걸 찾아봐야지. 설령 무사히 돌아올 확률이 낮다고 해도, 지금 상황에서는 어쩔 수 없는 거라고. 네가 말했었잖아, 경찰이건 군대건 우릴 구해 줄 사람은 아무도 없다고. 이대로 굶어 죽을 생각이 아니라면 우린 나가는 수밖에 없어."

로하의 얘기에 토를 달 만한 부분이 없어서일까. 효정은 입을 벌려서 무언가 말을 하려다 말더니 입술을 삐죽 내민 채 잠시 고민하다 다시 입을 열었다.

"로하야."

"왜? 으흠, 어…… 그래, 말해 봐."

로하는 자신도 모르게 억양이 약간 격해진 것을 깨닫고 작게 기침을 하며 자세를 추슬렀다.

"네 말이 맞긴 한데…… 우리에게 아직 물은 있잖아."

"그렇지."

"어디서 들었는데, 사람은 물만 있어도 3일은 더 살 수 있다고 하더라. 우리 아직 하루밖에 안 지났으니까 이틀만 더 참아 보는 건 어떨까? 혹시 알아? 그사이에 어디서 구세주라도 나타나서 상황이 좋아질지. 배고픔을 참기 힘들겠지만, 괜히 급하게 나갔다가 걸려서 봉변이라도 당하는 것보다 낫지 않을까?"

로하는 어이가 없었다. 그에게는 그 말이 밖으로 나가는 것이 두려운 효정의 핑계로밖에 들리지 않았다. 효정의 말대로 했다간 굶어 죽고 말 것이다. 로하는 그런 그녀에게 소리 지르며 화를 내고 싶었지만 지금은 참기로 했다.

"그래도 내가 너보다는 바깥 상황에 대해서 더 잘 알잖아. 그동안 많은 사람들이 음식을 구하러 돌아다니다가 잡혀서 죽는 것을 숨어서 지켜봤어. 그들이 얼마나 잔인한지 넌 모를 거야. 그러니 우린 좀 더 신중할 필요가 있어. 냉정하게 판단해야 돼. 목숨은 하나뿐이잖아."

효정의 말을 듣고 있던 로하는 배고픔에 신경이 날카로워졌는지 순간적으로 욱하는 기분이 들었다.

"그래, 네 말대로 밖이 그 정도로 위험하다고 치자. 그럼 너는 도대체 그동안 뭘 먹으며 살아남은 건데? 계속 굶지는 않았을 거 아니야. 나는 솔직히 네가 한 말들이 전부 사실인지도 확신이 안 서."

로하의 돌발적인 물음에 효정은 살며시 고개를 떨어뜨렸다.

"처음에는 빈집에 남은 먹을 것들로 버텼지. 말라비틀어진 음식물 쓰레기까지 먹었어. 그러다가 한동안 계속 굶었어. 마실 물도 없어서……. 언제였는지 정확하게 기억나진 않지만, 빗물을 손으로 받아 마시기도 했어."

당시의 절망적이었던 순간들이 되살아난 탓일까. 말을 잇지 못하던 효정은 눈가가 촉촉해지고 나서야 다시 입을 열었다.

"사실…… 조금만 더 용기가 있었다면 먹을 걸 찾으러 나설 수도 있었을지 모르겠어. 하지만 도저히 나갈 수 없었지. 그래도 결과적으로 버티고 버텨서 지금 이렇게 살아 있잖아."

로하는 효정의 이야기에 고개를 끄덕였다. 한 달 전까지만 해도 그녀는 부유한 가정에서 곱게 자란 평범한 여자애였다. 그런데 어느 날 갑자기 부모를 잃고 혼자 살기 위해 무조건 도망치고 숨어 있어야 했다. 그런 그녀에게 살아남기 위한 최선의 방법은 계속 숨어 있는 것뿐이었다. 하지만 로하의 생각은 달랐다. 이대로 있으면 오히려 상황이 더욱 악화될 것 같았다.

"그래서 넌 갈 거야, 말 거야?"

"로하야, 너 지금까지 내 말을 듣기는 한 거니?"

"너를 무시한다거나 네가 거짓말을 했다고 생각하는 건 아니야. 아니, 솔직히 네 말이 사실이든 거짓말이든 상관없어, 난 이미 결심했거든. 그래서 넌 어떻게 할 거야?"

"난 도저히……. 로하야, 그러지 말고 우리 조금만 더 기다려 보자, 응?"

"미안하지만, 그렇게 못 할 거 같아."

"우리에게는 아직 물이 남아 있으니까, 참을 수 있을 때까지 한번 참아 보자, 응? 참아 보고……."

"아니, 난 가야겠어."

로하의 완강한 태도에 효정은 움찔했다.

"너, 정말 고집불통이다? 그냥 경험한 사람 말 좀 들어! 왜 그렇게 잡혀가고 싶어서 안달인 건데? 밖이 그렇게 만만한 줄 알아? 너 같은 애가 나가서 쉽게 음식을 구할 정도라면 여태껏 음식을 구하러 다니다 당한 사람들은 무슨 바본 줄 알아?"

효정이 언성을 높이자 로하도 질세라 맞받아쳤다.

"고집불통은 너겠지! 상식적으로 한번 생각을 해 봐! 오히려 하루라도 빨리 남아 있는 음식들을 챙겨 와야지. 안 그러면 나중에는 다 없어져서 아무것도 구하지 못할지도 모른다고!"

로하는 침착해지려 손으로 눈꺼풀을 눌렀다. 흥분을 가라앉힐 때 그가 자주 하는 동작이었다. 그리고 침착하게 또박또박 말을 이었다.

"잘 들어. 여태껏 바깥세상이 어떻게 흘러갔는지 모르고 있었지만, 나 또한 지금까지 살아남은 생존자야. 무조건 숨어서 사는 건 충분히 겪을 만큼 겪었어. 너는 다르다고 생각하겠지만 그렇지 않아. 그동안의 내 인생은 갖은 굴욕을 견디며 숨고 도망치는 것이 전부였어. 아무것도 하지 않는 건, 아니 아무것도 할 수 없는 건 절망일 뿐이야. 네 말대로 그냥 버티기만 하면 절망과 무기력 속에서 죽어 갈 뿐이라고."

"로하야, 며칠이라도……."

"며칠 지나면 나갈 수 있겠어?"

"응, 이틀 정도만 기다려 보자."

"아니, 난 네 말 못 믿어. 그때가 되면 넌 또 구실을 대며 나가길 거부하겠지. 그리고 그때는 기력이 더 떨어져 있을 텐데, 그 상태로 나가면 도망치지도 못하고 잡힐지도 몰라."

로하는 주섬주섬 가방을 챙기기 시작했다. 그러자 효정이 얼굴을 찡그리며 소리쳤다.

"너 진짜 나 버리고 갈 거야? 나가기만 해 봐! 난 목매고 죽을 거야!"

"효정아."

"어차피 네가 나갔다 걸리면 여기 와서 나도 잡아갈 거 아냐. 놈들한테 잡혀 괴롭힘당하다 죽느니 이 자리에서 죽어 버릴 거야."

그녀의 자살 협박에 로하는 일시 정지라도 된 것처럼 움직임을 멈췄다. 하지만 이내 미소를 지으며 말했다.

"효정아, 그래 봤자 소용없어. 난 네가 그렇게 쉽게 자살할 사람이 아니란 것을 알아. 그랬다면 진즉에 죽었겠지."

준비를 마친 후 백팩을 둘러멘 로하가 현관에서 신발을 신기 위해 허리를 굽히자 부리나케 달려온 효정이 그의 바짓가랑이를 붙잡았다.

"나 두고 가지 마. 이렇게 빌게. 부탁이야, 제발……."

로하는 자신을 올려다보며 애원하는 효정을 보자 마음이 약해졌지만 그렇다고 여기서 물러설 수는 없었다.

"뭐 하는 거야? 이런다고 달라질 건 없어. 이거 놔, 어서."

"싫어. 이 손 놓으면 너 그냥 가 버릴 거잖아. 난 혼자 있기 싫단 말이야."

"같이 가기도 싫다며. 도대체 어쩌자는 건데?"

로하가 완강하게 말하는데도 불구하고 효정은 그의 바짓가랑이를 더 세게 끌어안았다. 얼마나 필사적으로 끌어당겼는지 바지가 흘러 내려왔다. 당황한 로하가 급히 허릿단을 붙잡았지만 효정은 전혀 아랑곳하지 않았다. 그녀는 두 다리까지 휘감으며 매달렸다.

"아, 그것참……."

로하는 마음 같아서는 힘으로 효정을 떼어내고 싶었지만, 그의 의지와는 반대로 "정 그러면 내일은 꼭 가자."라고 말하고 씁쓸한 입맛을 다셨다.

"내일 말고, 그다음 날."

"그래그래, 알았다. 그러자. 대신 모레는 꼭 같이 가는 거야, 알았지?"

"알았어."

로하는 결국 효정의 뜻에 따르기로 한 자신의 우유부단함에 씁쓸한 기분이 들었다. 제가 원하는 대로 되었다고 생각한 효정은 붙잡고 있던 로하의 바지를 놓으며 안도한 표정을 지었다.

새벽 2시가 넘은 시각, 로하는 눈을 번쩍 떴다. 자정까지 버티다가 효정이 먼저 잠들었고 로하도 그에 맞춰 잠든 척했다. 처음부터 잠잘 생각이 없었던 것이다. 로하는 약 30분 동안을 코를 골면서 잠자는 시늉을 했다. 그러다 벌떡 일어나 효정의 감긴 눈 앞에서 손을 흔들며 그녀가 깊은 잠에 빠진 것을 확인했다.

발뒤꿈치를 들어 올려 살금살금 책상으로 다가간 로하는 그곳에 올려 두었던 가방을 둘러메고 식칼을 집어 들었다. 그리고 좀도둑처럼 어기적거리는 자세로 천천히 움직였다. 효정의 반응에 주의를 기울이며 현관으로 이동한 그는 신발을 신고 조심스럽게 현관문을 열고 밖으로 나섰다.

밤낮을 구분하지 못하는 곳에 있던 로하는 지난번에 만끽했던 햇빛이 그리웠지만, 건물 밖으로 나오자 짙게 깔린 어둠이 그를 맞이했다. 차가운 새벽 공기 속에 덩그러니 던져진 채 주위를 천천히 둘러보았다. 적어도 숨이 탁 막히는 지하 원룸에서 벗어났다는 사실이 약간은 위로가 되었다.

그 자리에서 바깥 공기를 크게 들이켠 로하는 얼굴을 찡그렸다. 이상한 악취가 코를 자극한 것이다. 냄새의 정체를 상상해 봤지만 전혀 짐작할 수 없었다. 알 수 없는 비린내와 뭔가 탄 듯한 냄새 등이 마구 섞여 있었다. 이 불쾌한 냄새에 거부감을 느낀 로하는 입으로만 숨을 쉬기로 했다.

잠시 고민하던 그는 자신이 아르바이트를 했던 편의점 방향으로 발길을 옮겼다. 마음 같아서는 편의점보다 훨씬 많은 물건이 있는 곳으로 가고 싶었다. 1km 정도 더 가면 대형 할인 마트가 있지만 거기까지 갔다간 효정이 말한 자들에게 붙잡힐 수도 있어 가장 가까운 편의점부터 확인하기로 했다.

잠시 후 로하는 원룸에서 걸어서 10분이 채 걸리지 않는 곳에 있는 편의점 부근까지 오게 되었다. 오는 동안 그 검은 옷의 사람들은 물론이고 개나 고양이 한 마리도 발견하지 못했다. 이상할 정도의 고요함과 적막함. 로하는 효정이 말했던 참혹한 광경을 목격하지는 않았지만 거리의 어둠과 스산한 분위기 때문에 다른 종류의 두려움을 느끼게 되었다.

로하는 일단 편의점 근처에 있는 자신의 몸 두 배만 한 다용도 플라스틱 쓰레기통 뒤에 몸을 숨겼다. 그러고는 눈만 쏙 내밀어서 편의점의 유리 벽 안을 물끄러미 관찰했다.

'아무도 없나?'

편의점 안은 캄캄했고 인기척조차 느껴지지 않았다. 유심히 살펴본 로하는 편의점 안으로 들어가도 괜찮겠다는 생각에 숨어 있던 쓰레기통 뒤에서 나와 편의점 입구로 다가갔다. 하지만 여전히 긴장을 놓지 못한 탓인지 어깨를 들썩이며 잔뜩 경직된 우스꽝스러운 자세가 되었다. 작동하지 않는 자동 유리문을 천천히 옆으로 밀어 한 발 안으로 들여놓았을 때.

부스럭.

정체불명의 소리가 스치듯 들렸다. 심상찮은 느낌에 로하는 서둘러 뒷걸음질을 해서 쓰레기통 뒤에 다시 몸을 숨겼다. 그렇게 5분 정도가 지났을까. 아무런 변화가 없는 편의점을 쳐다보며 '내가 뭘 잘못 들었나?' 생각했지만 조금 전처럼 쉽사리 발걸음이 옮겨지지 않았다.

로하는 이마에 송골송골 맺혀 있는 땀방울을 소맷부리로 훑어냈다. 이런저런 생각에 복잡한 기분이 들었다. 위험을 감수하면서 이곳까지 온 이상 포기할 순 없었지만 접착제라도 발라 놓은 듯 발이 떨어지지 않았다.

'분명히 무슨 소리를 듣긴 들었는데……. 그냥 다른 곳으로 갈까?'

갈팡질팡하는 자신의 모습이 답답했던 로하가 마침내 마음을 정하고 자리에서 벌떡 일어나 한 걸음 내딛었을 때였다. 편의점 안에서 빛이 번쩍였다. 로하는 재빨리 원래의 자리로 돌아왔다. 갑자기 나타난 그 빛은 편의점 안 창고에서 나왔다. 로하는 숨을 죽인 채 동태를 살폈다.

그 빛의 정체는 손전등이었다. 이제 중요한 것은 손전등을 들고 있는 사람이 누구냐 하는 것이었다. 어두워서 인상착의는 확실치 않았지만, 검은색 계통의 옷을 입은 두 사람의 모습을 확인할 수 있었다. 체격으로 봐서 남자들 같았다. 각자 손전등을 들고 검은색 야구 모자를 눌러쓴 이들은 등 뒤로 총을 메고 있었다. 로하는 '검은 옷'을 강조했던 효정의 말이 생각났다. 이들이 바로 그들이라는 느낌이 들었다.

이 검은 옷의 사람들이 어떤 짓을 하고 다녔는지는 효정의 목격담을 통해 알고 있었다. 로하는 이대로 도망칠까 했지만, 섣불리 움직였다가 금방 붙잡힐지도 모른다는 생각에 일단 조용히 그들을 관찰하기로 했다.

창고 밖으로 나온 한 남자가 손전등을 이리저리 비추며 살폈다. 그의 뒤에서 두 번째 남자가 모습을 드러냈는데, 그가 창고를 완전히 벗어나자 충격적인 것이 로하의 눈에 들어왔다. 어둠 속에서 손전등이 그곳을 정통으로 비추고 있었기 때문에 안 보려야 안 볼 수가 없었다. 두 번째 남자가 어떤 여자의 머리카락을 움켜잡은 채 질질 끌고 나오고 있었다. 그 뒤로 일곱 살 정도로 보이는 남자아이가 악을 쓰면서 울고 있는 모습이 보였다.

손아귀에서 벗어나려고 발버둥 치는 여자를 한 명의 남자가 억지로 끌고 나오다가 옆에 있던 남자까지 합세해서 여자의 어깨쯤 옷을 잡고 끌어당겼다. 로하는 두 손으로 입을 틀어막은 채 계속 지켜보았다. 남자들이 마구 욕을 하며 여자에게 주먹질을 하자 잠시 후 여자의 몸이 축 늘어졌다. 그들은 정신을 잃은 듯한 여자를 편의점 밖으로 끌어냈다. 로하는 들킬세라 몸을 쓰레기통 뒤 구석으로 완전히 숨겼다.

"엄마~~~!"

무리가 밖으로 나오자 아이의 고통스러운 울음소리가 더 크게 들렸다.

"아씨…… 되게 시끄럽네. 조용해!"

남자의 호통에 이어서 둔탁한 소리가 로하의 귓속에 꽂혔다. 그것은 학교에서 애들한테 얻어맞던 날이면 어김없이 그의 귓속에 울려 퍼졌던 그 소리와 닮아 있었다.

아이의 울음소리가 끊겼다. 로하는 궁금함을 이기지 못하고 눈을 슬쩍 내밀었다. 어둠 속에서 겨우 시야를 확보한 눈에 들어온 장면에 로하의 등줄기로 소름이 확 올라왔다. 얼굴에 피를 흘리며 쓰러져 있는 아이가 보였다. 로하가 들었던 그 소리는 검은색 옷의 남자 중 한 명이 아이를 때리는 소리였던 것이다. 불빛에 언뜻 비친 여자의 얼굴은 더했다. 살빛이라곤 거의 찾아볼 수 없을 만큼 피떡이 되어 있었고, 여기저기 퍼런 멍으로 얼룩져 있었다.

"야! 애는 왜 때리고 그러냐?"

"내가 좀 심했나? 애새끼가 너무 시끄럽잖아. 아니지, 아니지. 여자랑 애는 쥐어패야 제맛 아니냐?"

"적당히 해 둬. 그러다 나중에 저 애새끼 커서 너 죽이겠다고 찾아올라."

"그럼 그냥 여기서 죽여 버리지 뭐."

"죽이긴 뭘 죽여. 시체 처리는 네가 할래?"

"시체 처리? 까짓 거, 안 하면 그만 아닌가? 아, 그래. 저 쓰레기통에 처박아 놓으면 아마 모를걸?"

"모르긴 뭘 몰라."

"시체 처리반 애들한테 들키더라도 우리가 안 했다고 하면 그만이지."

"여기가 우리 구역인데 그 말을 믿어 줄 것 같아? 걔네가 바보 천치냐?"

"바보 천치겠지. 그리고 말이야, 지들끼리 먹을 거 차지하려고 싸우다가 서로 죽고 죽이던데, 지들끼리 싸우다가 죽었다 하면 되지. 지난번에 숨어 있던 놈들 찾아냈을 때 너도 봤잖아, 서로 칼부림하다가 죽어 있던 거."

"그때는 누가 봐도 알 정도니까 의심할 여지가 없었지. 지금이 그때랑 같아? 시체가 쓰레기통에 처박혀 있으면 당연히 의심받지. 게다가 요즘에는 전염병도 도는데 방치했다가 전염병이라도 퍼지면? 네가 책임질 거냐? 위에서 전염병 처리반까지 만들어서 돌리는 판국에 말이야. 함부로 행동하다 잘못되면 정말로 큰일이 날 수도 있어. 그러니까 생각을 좀 해라, 생각을. 우리뿐만 아니라 전국에 있는 우리 형제들도 지금 다 고생하고 있어, 이 사람아. 어떻게든 요령이나 피울 궁리 하지 말고 말이야."

"알았어, 알았어. 피곤해서 스트레스받았나 봐. 아, 피곤하다, 피곤해. 지켜야 할 건 많고. 시발, 이 짓거리 언제까지 해야 하는 거야?"

"조금만 더 참아. 나중에 노예들 좀 더 모이고 나면 그때부터 우린 편하게 뒤에서 통솔만 하고, 노예들 부려 먹으면서 살면 되는 거야. 저번에 간부들이 하는 말 살짝 엿들었는데, 나중에 우리 한 명당 노예 열다섯 명은 붙여 준대."

"리얼리?"

"그래, 내가 똑똑히 들었어. 그렇게 되면 이렇게 전염병 신경 쓰면서 싸돌아다니는 신세도 바이바이야. 노예 새끼들 일 시켜놓고 뒤에서 채찍질이나 하면서 맥주나 마셔야지."

두 남자는 뭐가 그렇게 좋은지 실실 웃기 시작했다. 로하는 그 잔혹한 광경을 더는 볼 자신이 없어 눈을 지그시 감고 쓰레기통에 등을 기댄 채 몸을 부르르 떨었다. 그는 효정이 밖으로 나가는 것을 그토록 두려워했던 이유를 조금은 알 수 있을 것 같았다.

로하 역시 약자의 입장에서 일방적인 폭력에 당할 수밖에 없었던 때가 있었다. 당시 느꼈던 무력감과 울분 등이 되살아나면서 뼈가 시릴 정도로 괴로웠다. 여자의 갈가리 찢기는 듯한 비명이 날카로운 흉기처럼 폐부를 파고들었다. 하지만 로하는 아무것도 할 수 없었다. 저들에게 발각되면 어떻게 될지 뻔했기 때문이었다. 그는 그저 어두운 구석에 꽁꽁 숨어서 들키지 않기를 바랄 뿐이었다. 인간의 생존 본능이란 그런 것이다.

잠시 후, 두 남자는 끔찍한 몰골로 정신을 잃은 여자를 등에 업고 아이의 머리채를 잡아끌며 어디론가 가 버렸다. 로하는 씁쓸히 안도의 숨을 내쉬었다. 학교에서 얻어맞을 때도 두려움에 온몸이 마비되었던 기억이 있지만, 조금 전에 본 광경에서 느낀 공포는 죽음의 냄새가 짙었다. 그 강도는 비교할 수 없을 정도였다. 때문에 그들이 사라진 뒤에도 공포에 질려 한동안 다리를 움직일 수 없었다.

로하는 그동안 지옥 같은 삶 속에 있었다. 하지만 이 세상이 진짜 지옥으로 바뀌어 버릴 줄은 상상도 못 했었다. 간절하게 밖으로 나가고 싶어도 못 나갔던 때를 생각하면 아이러니를 느낄 수밖에 없었다. 결국, 그 이상 증상이 지옥으로 변한 세상으로부터 그의 목숨을 구해 준 것이다. 머릿속에 그동안의 일들이 파노라마처럼 스쳐 지나가자 로하는 허탈한 표정으로 쓴웃음을 지었다.

로하가 생각에 빠져 있는 사이, 멀어져 가던 아이의 울음소리도 더 이상 들려오지 않았다. 주위는 다시 정적에 휩싸였다.

'어디로 간 걸까?'

로하는 문득 이대로 돌아가면 계속해서 악몽에 시달릴 것 같았다.

'결국 나도 내가 그토록 혐오하던 방관자일 뿐이었나? 남의 고통을 모르는 척하던 그들처럼?'

그는 머리를 세차게 저었다.

'아니야. 절대 아니야. 난 그들과는 달라. 그래, 아직 기회가 있을지도 몰라. 그 아이와 엄마를 구할 수 있을지도 모른다고.'

로하는 그들이 사라진 방향으로 가 보려고 황급히 자리에서 일어났다. 아까까지는 들킬까 봐 꼼짝도 못 하더니 이제 와서 어쩔 생각이지? 그들과 싸울 거야? 로하는 스스로에게 물었다. 바로 대답할 순 없었지만, 이내 쫓아가다 보면 여자와 어린아이를 구할 기회가 생길지도 모른다는 생각이 들었다.

한참을 정신없이 달렸더니, 느리게 이동하던 그들을 겨우 따라잡을 수 있었다. 네 사람의 그림자가 가까워지자 로하는 근처에 서 있는 자동차 뒤로 몸을 숨기고 길게 심호흡을 했다. 그러고는 가방에서 집에서 챙겨 온 식칼을 꺼내 손에 쥐고 서서히 그들의 뒤를 밟기 시작했다.

"힘들다. 힘들어. 야, 우리 조금만 쉬었다 가자. 그리고 이제 네가 업을 차례야."

"아, 나 힘쓰는 거 딱 질색인데."

두 남자가 걸음을 멈췄다. 한 남자가 업고 있던 여자를 내려놓더니 담배에 불을 붙였다. 축 늘어진 여자 옆으로 아이가 달려와 여자를 마구 흔들었다.

"엄마! 엄마! 일어나~ 어서 일어나~."

"야! 조용히 해! 또 시끄럽게 떠들면 확!"

아이는 울먹거렸지만 잔뜩 겁을 먹고 아무 소리도 내지 못했다.

로하는 두 남자의 뒤쪽으로 슬금슬금 다가갔다. 손전등 불빛 외에는 어둠에 묻힌 한밤중이었다. 담배를 피우며 잡담을 하는 그들은 로하의 존재를 전혀 눈치채지 못한 것 같았다. 로하는 들고 있던 식칼의 손잡이를 힘있게 쥐었다. 어디서 난 용기인지는 모르겠지만, 이대로 돌진해서 방심하고 있는 두 남자를 공격할 수 있을 것 같았다.

조금씩 좁혀 가다 그들과의 거리가 10m쯤 남았을 때였다. 한 남자가 갑자기 돌아섰다. 로하는 재빨리 오른쪽에 있던 전봇대에 몸을 숨겼다. 그리고 다시 그들에게 다가갈 기회를 기다리다 이때다 싶어 몸을 내밀었는데.

"끼야악!"

날 선 비명이 온 동네를 메웠다. 찢어지는 듯한 그 소리는 사람이 내는 소리 같지 않았다. 마치 이름 모를 야생 동물이 울부짖는 소리 같았다.

로하는 다시 몸을 숨긴 채 어두운 저 너머로 시선을 집중시켰다. 그리고 겨우 그 비명의 이유를 알게 됐다. 한 남자가 필사적으로 저항하는 여자의 목을 조르면서 겁탈을 시도하고 있었다. 다른 남자는 두려움에 떨고 있는 남자아이의 머리통을 양쪽으로 부여잡고 억지로 그 광경을 보게 만들고 있었다.

필사적인 여자의 비명이 로하의 귓속에 꽂혔다. 당장이라도 가서 그들을 구해 주고 싶었지만 한 남자가 이쪽을 향하고 있었기 때문에 기습 공격은 불가능했다. 어쩔 줄 몰라 우물쭈물하고 있는데 한 남자의 목소리가 들렸다.

"꼬맹아, 잘 봐 둬. 이것이 바로 현실이야. 세상은 절대 아름답지만은 않아. 세상은 말이지, 절대로, 절대로! 네가 생각했던 행복한 곳이 아니야. 수많은 사람이 힘 있는 사람들에게 짓밟혀 왔어. 우리 역시 그렇게 살아왔지. 짓밟히면서 말이야. 하지만 이제 세상은 바뀌었어. 우리가 세상을 짓밟을 차례라고. 이제 이 세상은 평등하고 평화롭고 깨끗한 곳으로 바뀔 거야. 그때가 올 때까지 우리가 할 일은 세상을 청소하는 거야."

남자가 말하며 유쾌한 웃음소리를 내자 여자를 겁탈하던 남자가 소리쳤다.

"야! 안 되겠다. 이년이 지 새끼 앞이라 그런지 필사적이라 못 하겠다. 와서 좀 도와주든지 아니면 그 애새끼 좀 치워 줘."

남자가 멈춘 사이 여자가 목이 터져라 외쳤다.

"야, 이 짐승 같은 새끼들아! 그냥 죽여! 날 죽이라고, 이 새끼들아!"

여자의 처절한 외침을 숨어서 듣던 로하는 충격에 빠져서 움직일 수 없었다. 그는 일시 정지한 채 멍한 상태가 되어 버렸다. 과부하에 걸린 뇌가 본래의 기능을 상실한 듯했다.

로하는 얼마 전 집에서 나오려 하자 갑자기 몸이 마비되었던 게 떠올랐다. 문의 손잡이를 잡았을 때 느꼈던 숨이 막히고 심장이 멎을 것 같은 기분이 되살아났다. 어둠 너머로 손전등 불빛에 비친 두 남자의 얼굴, 그것은 악마의 얼굴이었다.

로하는 들고 있던 식칼을 조용히 가방 속에 넣었다. 그리고 곧바로 등을 돌려서 집을 향해 뛰기 시작했다. 달리고 있는 로하의 머릿속에서 남자들의 얼굴과 자신을 괴롭혔던 건호의 얼굴이 겹쳤다. 약한 사람을 괴롭히면서 마냥 즐거워하는 그들의 표정은 크게 다르지 않았다. 그 얼굴에 나타나는 유쾌함만큼 느껴지는 공포는 컸다.

로하는 그 남자들이 자신이 대항조차 하지 못했던 건호보다도 더 무서운 악마들이라는 것을 깨달았다. 가까이 다가가면 안 된다는 것을 본능적으로 느낀 그는 무작정 도망쳐야 한다는 생각에 조금도 주저하지 않았다. 그것은 포식자인 육식 동물로부터 무조건 달아나는 초식 동물의 본능이었다.

넋이 나간 상태로 한참을 달리자 얼마 후 등굣길에 봤던 익숙한 빌딩이 눈에 들어왔다. 전에 봤던 높은 빌딩이 무너져 있었다. 그는 달리던 속도를 늦추며 주위를 찬찬히 살펴봤다. 골목길에 쓰러진 나무들, 시커먼 길바닥 위에 아무렇게나 서 있는 자동차들, 하수도와 맨홀 사이에 틈틈이 들어차 있는 시멘트 파편들, 무너진 건물의 석괴, 뾰족하게 날이 선 철근과 돌덩이들. 마치 세상의 종말을 그린 영화 속 장면들을 보는 것 같았다.

로하는 그제야 실감했다. 지금까지 살아온 세상은 더 이상 존재하지 않는다는 것을. 학교도, 편의점도, 미용실도, 자신을 괴롭혀 왔던 애들과 그토록 집요하던 기자와 경찰들도, 그동안 존재해 왔던 많은 것들이 사라졌다.

"이제 어떻게 살아야 하지?"

로하는 허탈한 표정으로 중얼거렸다.

잠시 후, 원룸에 도착한 그가 현관문을 열자 효정이 맨발로 뛰쳐나왔다. 그녀가 로하에게 달려들어 부둥켜안고 퉁퉁 부은 눈으로 울면서 외쳤다.

"말도 없이 어딜 갔었어? 나랑 했던 약속 어기고 혼자 나가면 어떻게 해. 놈들은 밤이 되면 몰래 돌아다니는 사람들을 잡으러 다닌단 말이야. 너도 붙잡힌 줄 알았잖아. 내가 얼마나 걱정했는데……."

"약속…… 어긴 거 미안해."

로하는 얼이 빠진 얼굴로 힘없이 대답했다. 그의 시선은 효정이 아닌 허공을 향하고 있었다.

"다시는 나 혼자 놔두고 가지 마, 알겠지? 어?"

로하가 자신의 가슴팍에 안겨서 흐느껴 우는 효정의 어깨를 잡고 천천히 떼어 냈다.

"알겠어. 다신 안 그럴게. 미안해."

효정은 로하를 쳐다보며 말없이 눈물을 흘렸다.

"아무튼, 이렇게 무사히 돌아왔으니까 진정하고…… 나 화장실 좀."

효정에게 양해를 구하고 화장실로 들어간 로하는 문부터 잠갔다. 다리에 힘이 풀려 변기 위에 풀썩 주저앉았다. 아직도 느껴지는 몸의 극심한 경련을 이겨 내기 위해 두 손으로 양어깨를 휘감아 움켜잡았지만 공포에 잠식된 몸의 떨림은 쉽게 멈춰지지 않았다. 한동안 그렇게 앉아 있던 로하의 시선이 화장실 안 선반의 어느 지점에 머물렀다. 그의 시야에 청산가리가 든 투명한 플라스틱 샘플 병이 들어왔다.

효정은 화장실에 들어간 다음 나올 생각을 안 하는 로하가 걱정되었다. 그래서 화장실로 다가가 문손잡이를 잡았다.

"으으윽."

놀란 효정이 손을 바로 떼었다. 로하의 묘한 신음 소리를 들었기 때문이었다. 로하가 무척 힘들어하고 있음을 느낀 효정은 일단 이대로 두는 게 좋겠다고 생각했다. 그녀는 고개를 숙인 채 발걸음을 돌렸다.

효정은 로하가 밖에서 무슨 일을 겪었는지는 알지 못했지만, 짐작은 할 수 있었다. 그녀의 머릿속에 부모님을 비롯한 많은 사람들이 잔혹하게 살해당하는 장면들이 플래시백으로 재현되었다. 떠올리지 않으려 할수록 더욱 생각나는 그 모습들에 그녀는 구석에 주저앉아 머리를 쥐어짰다.

3장 생존

나를 살게 하는 것은 충분한 음식이지, 훌륭한 말이 아니다.

- 하인리히 뮐러 -

1

로하가 돌아온 이후로 약 20시간이 지났다. 그동안 두 사람의 심신은 점점 더 악화되고 있었다. 로하와 효정은 병에 걸린 사람처럼 핼쑥해서 기력이 상당히 쇠약해졌음을 알 수 있었다. 중간에 로하가 두어 번 “다시 나가 볼까?”라고 물었지만 그때마다 효정은 그의 말을 단호하게 묵살했다. 로하 역시 나가는 것이 두려웠기 때문에 전처럼 고집을 부리지는 않았다.

“이대로 얼마나 버틸 수 있을까?”

로하는 자신의 몸도 문제였지만, 상태가 더 심각해 보이는 효정이 걱정스러웠다. 효정은 몸 상태 못지않게 정신 상태도 불안정해 보였다. 몇 시간 전에는 갑자기 미친 사람처럼 혼잣말을 중얼거렸고, “물이라도 좀 마셔.”라는 로하의 말에 “물도 무서워.”라는 이상한 소리까지 했다.

“효정아, 이제 물도 거의 다 떨어져 가고 있어.”

로하의 말에 효정이 고개를 끄덕였다.

“나도 알고 있어.”

“효정아, 우리 이대로 있으면 굶어 죽을 거야. 더 이상 움직이지도 못하는 상황이 오기 전에 한번 나가 보는 게 어떨까?”

“…….”

로하가 또다시 설득해 보려 했지만 효정은 여전히 침묵으로 반대의 뜻을 밝힐 뿐이었다.

"효정아, 너 지금 도대체 무슨 생각 하고 있니?"

"어떻게 할지 생각 중이야."

"뭐를?"

"그냥…… 쭉 생각해 왔던 거."

로하는 효정의 말이 계속 이어질 것 같아서 기다렸지만, 효정은 그렇게 말하곤 잠자코 있었다.

"효정아, 이러다가 우리 정말……."

"너는 어떻게 생각해?"

"무슨 말이야, 그게?"

로하가 고개를 갸우뚱거렸다.

"우리 이 정도면 잘 버틴 거잖아, 그렇지? 나는 사실 이렇게 변해 버린 세상에서 지금까지 살아남은 것도 대단하다고 생각해. 그동안 충분히 견뎠다고 생각해."

"도대체 무슨 말을 하는 거야?"

로하는 좋지 않은 느낌이 들었지만 일단 모르는 척했다.

"넌 정말 좋은 앤 것 같아. 왜 진즉에 너랑 친하게 지내지 않았는지 후회돼. 미안한 마음도 있고……. 그래서 말인데……."

"그래서 뭐?"

"로하야, 너도 몇 년 전에 존엄사가 합법화된 거 알지? 한동안 떠들썩했었잖아. 사실, 나 그때 존엄사에 찬성했었다? 누구든 한계라는 게 있는 법이잖아. 언젠가 뉴스에서 봤는데, 존엄사를 몇 명이 같이 할 때도 있다고 하더라. 외롭지 않게 말이야. 나…… 그동안 수없이 생각해 봤거든? 아무리 생각해 봐도 혼자는 무서워서 못 하겠더라고. 근데, 너랑 같이라면 할 수 있을 것 같아. 너만 좋다면 우리 이쯤에서 끝내는 건 어떨까? 너도 그랬잖아, 인간답게 살지 못할 바에야 스스로 그만두는 편이 차라리 나을 거라고."

"도대체 지금 무슨 소릴 하는 거야? 뭘 끝내고 뭘 그만둬!"

로하가 자리를 박차고 일어나 버럭 화를 냈지만 효정은 조금의 동요도 없었다. 그녀는 그저 떨리는 눈을 몇 차례 깜빡거릴 뿐이었다. 표정의 변화조차 없었다. 마치 로하의 이러한 반응을 예상이라도 했다는 듯이. 그녀가 차분한 목소리로 말했다.

"너도 무슨 말인지 알잖아. 사는 거 말이야, 포기하면 마음이 편해질 것 같지 않니?"

로하는 아무런 말도 못 하고 넋이 나간 표정으로 바닥만 보고 있었다. 로하는 효정의 말에 동의하고 싶지 않았다. 삶의 무의미함이라면 훨씬 전부터 느껴 왔던 그였지만 이제 할 만큼 했으니 그만 포기하자는 그 말은 도저히 받아들여지지 않았다.

"미안한데, 그건 안 될 말이다. 나한테 그런 거 기대하지 마. 그럴 바에야 밖에 나가서 잡혀 죽든지 굶어 죽든지 그러는 게 나아.

희박하더라도 살아남을 가능성은 있잖아. 난 이대로 포기 못 해."

"……."

로하는 나름대로 살고자 하는 의지를 담아서 힘주어 말했지만, 효정은 어린아이의 투정이라도 들은 사람처럼 한쪽 입꼬리를 올리며 미소를 지었다. 무척 온화한 표정이었지만 로하는 마치 그 모습이 '그래 봤자 아무 소용없어.'라고 말하는 듯해서 불쾌한 느낌이 들었다.

"알았어, 정 그렇다면……. 하지만 내 목숨은 내가 알아서 해도 되는 거지? 어차피 내 목숨이잖아."

"아니, 그것도 안 돼!"

"왜? 혼자 남는 게 싫어서?"

효정의 물음에 정곡을 찔려 버린 로하가 시치미를 떼며 침묵을 지켰다. 효정이 로하에게 다시 한번 물었다.

"대답해 봐, 너 혼자 남으면 외로울 것 같아?"

"그래, 네가 없으면 외로울 것 같아. 그리고……."

"그리고 뭐?"

"그리고……."

로하는 잠시 뜸을 들이다가 뭔가 결심한 표정으로 다시 입을 열었다.

"나는 어떤 이유에서든 네가 죽은 모습은 보고 싶지 않아, 절대로."

"……."

두 사람 사이에 한 시간가량 긴 정적이 흘렀다. 하지만 불편한 침묵의 시간은 아니었다. 죽든 살든 혼자 남고 싶지 않다는 생각만은 일치한 둘은 평행한 두 선이 이어지듯 결론을 내리지 못하고 있었다. 그러다 불현듯 정적이 깨지는 순간이 찾아왔다.

철컹. 철컹. 철컹.

누군가 거칠게 문의 손잡이를 잡아당기고 있었다. 효정은 경기를 일으키듯 놀라며 구석으로 뒷걸음질했다. 두 사람은 놀란 눈으로 서로를 마주 보다가 다시 현관문 쪽으로 시선을 옮기기를 반복했다. 그러다가 누가 먼저라고 할 것도 없이 동시에 자리를 박차고 일어났다. 두 사람은 서로의 눈치를 살피면서 인기척이 나지 않게 숨을 죽였다.

"뭐고, 이거. 드럽게 안 열리네."

현관문 밖에서 남자의 목소리가 들렸다. 놀란 표정의 로하와 효정은 천천히 신발장 쪽으로 다가갔다.

철컹. 철컹. 철컹.

손잡이를 돌리는 소리에 움찔한 효정은 로하의 오른쪽 팔을 감싸며 그의 등 뒤로 몸을 숨기곤 얼굴만 삐쭉 내밀었다.

"이거를…… 딱하면, 딱딱 될 줄 알았디마는…… 아, 거참."

현관문 밖의 남자가 혼잣말하듯 투덜거렸다.

"저 사람 문 따고 들어오려나 봐."

효정이 문 쪽을 노려보며 로하의 귓가에 대고 조심스럽게 속삭였다.

“어떡하지? 이제 우리 어떻게 해?”

로하는 서둘러 바닥에 있던 가방에서 식칼을 꺼내 들며 효정에게 작게 말했다.

“검은 옷이면 가만히 당할 수 없지.”

효정도 로하를 보며 고개를 끄덕였다.

“이긴가? 됐스, 좋았스…….”

남자는 쉬지 않고 무어라 중얼거리며 문을 여는 데 집중하는 것 같았다.

“어휴…… 이제 거의 다 돼 간다.”

“당…… 당신 누구야!”

“으악!”

로하가 돌연 소리치자 남자가 외마디 비명을 질렀다.

“다, 당신! 누구냐고!”

로하의 추궁에 그제야 남자가 입을 열었다.

“아…… 저…… 저기, 저는 이 동네 사는 사람입니다만…… 안에 누가 계신 줄은 몰랐네요. 아이고, 이것 참 죄송하게 됐십니더.”

“여…… 여긴 무슨 일로 왔지?”

“예? 그게, 고마…… 아시다시피, 바깥세상이 엉망이 돼 버려서리……. 어디 마땅히 잘 곳도 없고 해가서 이곳저곳 눈에 안 띄는 곳을 살펴보고 있는 중이었십니더. 이 건물 지하 1층까지는 깨끗해서 이미 놈들한테 다 털린 거 같은데 여기 내려오니 꼽등이 시체랑 먼지꾸댕이밖에 안 보이더라고예. 그래서 여기는 창고나 뭐 그런 곳인 줄 알았지예. 아, 그라고 원룸 건물 앞에 엑스 자도 그려져 있더라고요. 그래서 사람이 있을 줄은 상상도 못 했심더."

"여긴 엄연히 내 집이야! 자…… 잘 들어! 안으로 들어올 생각 따위는 하지 않는 게 좋을 거야! 우리에겐 총이 있어. 함부로 들어오려고 하면 바로 쏴 버릴 거야!"

잠시 침묵하던 남자가 낮은 목소리로 말했다.

"총이 있다고요? 총이라……. 그렇군요. 총이 다 있으시고 거 참, 예사 분이 아니시네. 근데 것보다…… 저기, 혹시…… 배는 안 고프십니꺼?"

"배고프……. 아니! 그…… 그건 당신이 신경 쓸 바가 아니고, 확실히 말해 두겠는데, 우린 두 사람이야! 두 사람! 게다가 내 옆에 있는 사람은 나와는 다르게 아무렇지 않게 사람 고기…… 아니, 인육까지 먹는 사람이야! 당신이 여기 들어왔다가는 잡아먹힐지도 몰라. 알았어?"

"저기요, 자꾸 그런 소리만 하지 말고…… 저한테 음식이 쪼매 있거든요. 필요하시면 제가 그걸 좀 나눠 드리겠십니더."

남자의 말에 로하는 힐끔거리며 효정의 반응을 살폈다. 그녀는 인상을 쓰며 고개를 절레절레 흔들고 있었다.

"안 돼! 어림없는 소리 하지 마! 어서 돌아가, 어서! 안 그러면 쏴 버릴 거야!"

"고마, 보소! 거참 팍팍하게 구시네예! 같이 좀 살자는데 뭐 이리 민감하더랍니꺼?"

의문의 남자는 계속되는 로하의 적대적인 태도에 빈정이 상한 것 같았다. 그런데 남자의 화난 목소리를 듣고 있던 로하의 표정이 어느 순간부터 멍하게 바뀌어 있었다.

"이상하다."

로하는 고개를 갸웃거리며 문 쪽을 유심히 바라보았다. 그런 로하에게 효정이 물었다.

"왜 그래? 무슨 일이라도 있어?"

"어? 그게……."

로하는 바로 대답을 하지 못하고 잠시 생각에 잠겼다. 그러다 문득 눈을 크게 뜨고 외쳤다.

"혹시, 사장님?"

"뭐라고요?"

"사장님 맞죠?"

"사장님? 사장님이라니……. 어? 니…… 혹시, 로하가?"

방금 전까지만 해도 잔뜩 얼어 있던 로하의 표정이 얼음 녹듯이 사르르 풀렸다. 입가에는 반가움의 웃음기가 번졌다. 로하가 바로 문으로 가 손잡이를 잡았다. 그때였다.

"안 돼! 너 지금 무슨 짓을 하는 거야?"

효정이 소리치며 로하의 팔을 붙잡았다.

"저분은 내가 아르바이트하던 곳 사장님이셔. 괜찮아, 걱정하지 마. 나쁜 사람 아니야. 게다가 먹을 것도 준다잖아."

"먹을 게 있다고? 아는 사람이라고 그 말을 곧이곧대로 믿는 거야? 여기에 들어오기 위해서 하는 거짓말이라곤 생각 안 해 봤어? 검은 옷하고 한패면 어떻게 해? 그리고 너도 알잖아, 먹을 거 구하는 게 얼마나 힘든 세상인데. 너 같으면 남에게 겨우 구한 식량을 선뜻 나눠 줄 수 있을 것 같아?"

"저⋯⋯ 저기, 거기 여자분이 계신 듯한데예, 저는 로하가 알바하던 편의점 주인이라예. 먹을 건 챙겨 놓은 게 여유가 좀 있거든예. 그리고 로하하고는 마음을 터놓고 지내는 사이라 괘안습니더."

효정의 말을 문밖에서 들은 남자가 조심스러운 말투로 설명했다. 하지만 효정은 그의 말은 무시하며 로하에게 말했다.

"로하야, 세상은 변했어. 네가 알고 있던 그 사람이 아닐 수도 있어. 내가 말했지? 전에 나한테 잘해 줬던 친구와 친구 부모님도 혼자 남은 나를 보고도 모른 척 그냥 지나갔었다고. 그런 세상이야, 지금이. 그러니까⋯⋯."

"상관없어."

효정의 간절한 만류에도 불구하고 로하는 문의 손잡이를 잡고 잠금 장치를 풀었다.

"엑스 자가 뭘 뜻하느냐면 말이데이, 내 생각인데…… 일종의 표식인 것 같단 말이지. 시커먼 옷 입은 놈들이 남기고 간 표식. 이 사달이 벌어지기 시작했을 때부터 본 거 같데이. 아무리 이런 저런 무기를 썼다고는 해도 서울에 사는 사람들이 좀 많은가 말야. 게다가 자기네들도 초반에는 조직력도 떨어지고 혼란스러웠을 기고. 저항 세력들이 모이기 전에 우째 해서든 사람들을 와해시켜야 했을 텐데…… 군부대와 경찰 등에 잠입해가 무력화하고 제압하는 데도 정신이 없었을 기야. 그래가, 처음에는 최대한 많은 사람들을 죽이는 것을 목표로 삼았겠제. 그럴라카모 바쁘게 움직여야 했을 기고. 이미 확인한 건물에 대한 정보를 일일이 공유할 수 없었을 테니 아마 저렇게 표시해 둔 걸 끼야. 그래서 당분간은 안전할 기야. 하지만 녀석들이 이곳에 다시 나타날 수는 있겠제. 아니데이, 그랄 필요도 없겠네. 굶주림에 지친 사람들이 알아서 밖으로 나오면 그때 잡으면 될 테니."

"사장님 말씀 들어 보니까 제가 혼자 틀어박혀 있는 동안 녀석들이 찾아오지 않은 이유도 이해가 되네요. 여긴 사람이 안 사는 곳인 줄 알았을 테니 말이죠. 근데, 그…… 그놈들이 군부대에까지 잠입해 있었다고요? 그걸 어떻게 아세요?"

철호가 로하를 지그시 한번 쳐다보더니 대답했다.

"그게 아니고서야 지들이 어떻게 군인들을 제압할 수 있었겠노. 몇 년 전에 아시아 평화 협정이다 뭐다 해 가꼬, 징병제 이런 거 싹 다 없어지고 군인들 숫자도 10분의 1 정도로 확 줄었다고는 하지만, 그캐도 군인은 군인 아니가. 아마 쿠데타를 일으켰을 것 같다. 녀석들 중에 군인 신분인 놈들이 일찍부터 쿠데타를 도모했겠제. 도대체 어떻게 세뇌를 시켰는지는 모르겠지만, 무슨 전염병 퍼지듯이 고위급에서 사병까지 최면 걸리듯이 회까닥하지 않았나 싶다. 그기 안 먹히는 경우는 죽여 버렸을 수도 있고……. 뭐, 그 칸다 해도 금마들이 군인들을 완전히 제압하기란 어려웠을 긴데……."

철호가 잠깐 말을 멈췄다가 이윽고 고개를 절레절레 흔들며 말을 이었다.

"어쨌든 간에, 지금으로 봐서는 우리를 도와줄 군인들은 눈 씻고 찾아봐도 없다 아이가. 역시 우리가 상상할 수 없는 어떤 방법을 썼겠지."

"그럼 경찰은요?"

로하의 물음에 철호가 모호한 웃음기를 만들었다.

"군인들도 잡아맥힌 마당에 경찰들이라고 별수 있겠나. 아마 같은 방법을 썼겠지만, 군인들보다 훨씬 수월했을 끼다."

"……."

철호의 말을 들은 로하는 꿀 먹은 벙어리처럼 아무런 대꾸도 하지 못했다.

"뭐 그란 건 알 수 없는 부분이 많지만 이미 벌어진 일이니까 냅두고, 이것들이 시간이 갈수록 점점 더 영악해지고 있단 말이데이……."

"영악이요?"

"니도 알다시피 전에는 사람들을 갖다가 마구잡이로 죽이드마는 언제부턴가는 슬슬 가려 가매 죽이데? 근데 인자는 또 죽이지 않고 생포할라꼬 안달이다."

"생포요?"

"응, 내가 여까지 오면서 잠깐 숨도 돌리고 한다꼬 어두운 지하실 같은 데에 자주 들렀었거든. 거서 본 덫만 해도 수십 개다. 그리고 과자봉지 같은 데에 뭐를 넣어 가가 그걸 먹게 유인하는 것도 봤다. 한 번은 어떤 남자가 과자봉지 앞에서 거품 물고 기절해 있더라꼬. 내가 용기를 내서 도와주려고 다가갔디만 놈들이 오는 소리가 들려가 결국 돌아설 수밖에 없었제. 그놈들이 어린아들이나 젊은 여자들은 어디 데려가서 살려 두는 것 같은데, 그 외의 사람들은 싹 다 죽이는가 싶다. 사람이 올라올 수 없는 구덩이를 파가, 거기에 사람 시체를 모아 둔 거를 내가 봤거든. 몸 여기저기에 총 맞은 자국이 있는 걸로 봐가 총살당한 것 같다. 아무튼, 옛날에 봤던 전쟁 났을 때의 끔찍한 사진들과 같은 광경이었데이. 나무에 묶인 시체도 봤는데, 칼로 마구 난도질되어 있었다 아이가. 근데 그 근처에서 이상한 흔적이 있더라카이. 그 미친 인간들이 사람들을 잡아가가 식량으로도 쓰지 않았겠나 싶데이."

철호의 말이 끝나자 로하는 넋이 나간 사람처럼 그를 쳐다보기만 했다. 하지만 효정은 계속해서 개걸스럽게 먹는 데 정신이 없었다. 철호의 말은 전혀 듣고 있는 거 같지 않았다.

"효정아, 천천히 좀 먹어. 그러다 체하겠다."

로하의 걱정에도 효정은 아랑곳하지 않았다. 효정은 철호가 가져온 음식들을 정신없이 먹으면서도 그를 향한 경계의 눈초리는 거두지 않고 있었다. 효정의 눈빛엔 경계를 넘어 적개심까지 담겨 있었다. 하지만 철호는 효정에게 흐뭇한 표정으로 미소를 지어 보였다. 괜스레 미안한 기분이 든 로하가 먹고 있던 빵을 내려놓으며 말했다.

"사장님도 좀 드시죠?"

"됐다. 내는 개안타. 그동안 아무것도 못 묵은 너들이나 실컷 묵어라."

로하는 철호의 상태를 곁눈질로 유심히 보았다. 한눈에 효정과 마찬가지로 그동안 온갖 고생을 해 왔다는 것을 알 수 있었다. 가장 먼저 눈에 띄는 부분은 전보다 훨씬 얄팍해진 뱃살이었다. 그리고 시선을 철호의 뒤통수로 옮기자 상처가 덜 아문 땜통

들이 군데군데 보였다. 포동포동한 살집과 후덕한 얼굴이 트레이드마크였던 철호의 이미지는 사라지고, 남은 것은 수척한 얼굴뿐이었다. 그리고 장시간 바깥에서 생활해서인지 얼굴 손 할 것 없이 피부가 상당히 거칠었으며, 여기저기에 붉으락푸르락한 피멍들이 있었다.

"사장님은 그동안 어디에 계셨어요?"

"그냥……, 너희들처럼 숨어 있었제."

"아…… 주로 어디에 계셨……."

"솔직하게 말해 주세요."

효정이 갑자기 두 사람의 대화에 끼어들었다.

"저는 아직 당신에 대해서 아무것도 모르잖아요. 검은색 옷을 입고 온갖 나쁜 짓을 하며 돌아다니던 자들 대부분이 당신과 비슷한 나이대였어요. 솔직히 아직도 당신을 믿지 못하겠어요."

"효정아!"

"아, 괘안타, 괘안타. 이해한데이."

화를 내야 할 당사자인 철호가 온화한 표정으로 로하를 진정시켰다.

"맞는 말이데이. 어떻게 보믄 그렇게 생각하는 게 당연하고. 저 밖에서는 정말 아무도 믿을 수 없데이. 그놈들뿐 아니라 많은 사람들이 자기만 살겠다고 나쁜 짓을 허기도 허니까 말이제. 그동안 어디 있었냐고 했나? 그러니까……."

철호는 잠시 말을 끊고는 미소를 지었다.

"갑자기 난리가 나고, 나도 살기 위해 여기저기 도망을 댕기다가 한 사흘째부터는 친구가 허는 세차장에 숨어 있었제."

"세차장이요?"

로하의 말에 철호는 고개를 끄덕였다.

"그렇데이, 세차장 바로 아래에 보면 물탱크 보관 겸해서 창고용으로 쓰는 지하실이 하나씩 있데이. 거서 친구랑 숨어 있었제. 세차장 바로 옆에 슈퍼가 있어 가가 묵을 거 잔뜩 챙겨 왔거든."

로하는 고개를 끄덕거렸지만 효정은 여전히 경계를 거두지 않았다.

"그럼, 같이 있었던 그 친구분은 지금 어디에 있어요?"

효정의 물음에 철호가 살며시 고개를 떨어뜨렸다.

"글쎄…… 그건 내도 잘 모르겠다. 한 열흘 같이 있다가 지 애인이 어떻게 됐는지 도저히 궁금해서 못 참겠다고, 잠시 나갔다 온다 카드만은 그 후로는 돌아오질 않더라꼬. 무사해야 할 텐데……."

"……."

로하와 효정은 철호의 감정에 공감했는지 음식을 먹던 손놀림을 잠시 멈추고 고개를 숙였다.

"참, 내가 뭘 가지고 있는지 보여 줄게. 그라믄 의심이 좀 풀리지 않겠나."

분위기가 우울해지는 게 싫었는지, 철호가 불쑥 자신의 가방을 앞으로 내밀었다. 그는 메고 있던 커다란 등산용 가방을 열고 가방 속에 있는 내용물들을 하나씩 꺼내서 늘어놓기 시작했다.

"우선은 라이터, 그리고 양초랑 랜턴 몇 개하고 건전지들, 또…… 이건 참치 캔이고, 이건 복숭아 통조림, 그리고 유통 기한 지난 빵도 조매 있고, 과자, 물, 라면, 초콜릿……."

철호는 하나씩 물건을 꺼낼 때마다 소리 내서 말했다.

"그리고 또…… 레디오."

"라디오요?"

"하모. 세차장에 숨어 있을 때는 별다른 전파가 잡히지는 않았는데 간혹 지지직거리긴 하더라고. 혹시 가지고 댕기다 보면 뭐라도 들을 수 있지 않을까 해서 말이데이."

"좋네요. 어디선가 우릴 구해 줄 사람들의 방송을 들을 수 있을지도 모르고. 나중에 한번 틀어 보죠."

"그라자."

"저기…… 그런데……."

효정이 불쑥 또 끼어들었다. 철호가 왜 그러느냐는 듯 눈을 크게 뜨고 효정을 쳐다봤다.

"궁금한 게 있어서요."

"뭐가?"

"굳이 그 세차장 지하실에서 나오신 이유가 뭐예요? 먹을 것도 충분했었다고 하셨잖아요. 저로선 이해하기가 어려워서요.

거기서 혼자 있었다면 지금 가지고 오신 이 음식들로 더 오래 숨어 있을 수 있었을 텐데."

몇 초간 대답을 하지 않던 철호가 진지한 표정으로 천천히 입을 열었다.

"그러니까…… 너희들도 알겠지만서도 그냥 외로워서 아니겠나. 아무래도 혼자만 계속 있는 건 힘들어서 말이데이. 그래서 친구를 찾아보기로 했지. 그 친구가 간다고 한 곳으로 가 봤는데, 가 보니 아무도 없더라꼬. 그래서 다시 돌아오는데 길에 그 노마들이 여기저기를 막고 있는 기야. 그래서 안전한 데를 찾다가 너희들을 만나게 된 기고."

식사가 대충 끝나고 대화도 끊긴 상태였다. 세 사람은 휴식을 취하기 위해 띄엄띄엄 자리를 잡고 앉아 있었다. 효정은 무언가 불쾌함이 역력히 드러난 표정을 한 채 힘없이 벽에 기대고 있었다. 그 옆에서 팔짱을 낀 채로 양반다리를 하고 앉아 있는 철호는 명상이라도 하는 것처럼 겸허한 모습이었다. 그리고 로하는 철호가 가져온 라디오를 만지고 있었다. 라디오에서는 계속해서 지지직거리는 소리만 들렸다.

"사장님, 뭔가 소리가 났었다는 채널이 어디였는지 기억나세요?"

"글쎄…… 기억이 잘 안 나는데. 그냥 막 돌리다 들은 거라서."

"그런가요."

아쉬워진 로하가 입맛 다시는 소리를 냈다.

"근데 둘은 무슨 사이고? 어쩌다 만났는고?"

명상 자세에서 다시 본래의 자세로 돌아온 철호가 로하와 효정을 번갈아 보며 물어 왔다.

"저희요? 저희는 중학교 때 같은 반이었던 친구 사이예요. 제가 밖으로 나갔다가 우연히 다시 만나게 됐어요."

"아, 맞나? 이런 상황에서 우째 우연히 아는 사람을 다 만나고. 운이 도왔네."

철호가 눈썹을 움직이며 알 수 없는 표정을 짓자 로하가 물었다.

"왜 그러세요?"

"그냥 신기해서 그란다. 너희 둘이 다시 만난 것도 그렇지만 내가 로하 너를 다시 만난 게 더 신기하단 말이제. 우리는 만나게 될 운명이었나 하는 생각도 들고."

"로하가 저를 구해 줬어요."

효정이 자연스럽게 대화에 동참했다.

"그래?"

"네, 그리고 하나 남은 라면도 주고, 이렇게 같이 지낼 수 있게도 해 줬어요. 고맙게 생각하고 있어요. 로하가 아니었음 벌써 죽었을 거예요."

효정의 말에 로하는 괜스레 쑥스러운 기분이 들었다. 그는 효정을 힐끔 쳐다보고는 다시 라디오로 시선을 옮겼다.

"그래, 맞데이. 내가 진즉에 알아봤는데 로하 저노마 맨날 세상 다 산 사람맨치로 무표정에 딱딱거리는 말투에다 시든 풀처럼 우울해 보이기는 해도 속마음은 꽤 괜찮은 녀석 같더라고. 성실하기도 하고, 인정도 있고 말이제."

철호의 느끼한 표정과 말투 때문에 효정의 얼굴에 난감함이 번졌다.

"니는 이름이 뭐라 캤더라?"

"효정이요, 김효정."

"그래, 효정아. 니는 로하 점마 어찌 생각하노?"

"예?"

순간, 효정의 눈이 휘둥그레졌다. 그녀는 곧장 로하에게 눈신호를 보냈다. 지원을 요청하는 사인이었다. 하지만 로하는 난감한 표정으로 그녀의 눈빛을 거부하고는 열심히 라디오만 만지작거렸다. 효정은 하는 수 없이 힘겹게 말을 이었다.

"그냥…… 좋은 친구죠. 네, 그렇게 생각해요."

"에이…… 내 말뜻은 그게 아닌데?"

난감해하는 효정과는 달리 철호는 재미있는 구경거리라도 생긴 듯 즐거워 보였다.

"남자로서의 로하가 어떠나 이 말이제, 내 말은."

철호의 짓궂은 물음에 효정의 얼굴이 빨갛게 달아올랐다.

"니 잘 말해야 된다. 저거, 은근히 성깔 있어가 뒤끝 작렬한데이."

"솔직히…… 로하가 저같이 심심한 사람이란 건 원래부터 알고 있었지만, 로하에 대해서 잘은 몰랐어요. 로하가 어떤 앤지, 어떤 성격을 가졌는지 하나도 몰랐었죠. 알아야 될 이유도 없었고, 알고 싶지도 않았고요. 그때의 저는 사람 관계가 어려웠거든요. 귀찮고 성가시고……. 이런 일이 벌어지고 나서야 느끼게 된 거지만, 사람 일이란 정말 알 수가 없더라고요. 내 인생과 전혀 상관이 없다고 생각했던 로하가 저를 기억해 주고, 도와줬으니까요. 당연히 고마운 마음도 들었죠. 오히려 전에는 친했던 친구가 혼자 남은 저를 외면했었거든요. 그랬는데…… 로하는 정말 좋은 친구인 것 같아요."

"이 친구 보소……. 남자로서 어떠냐니까 은근히 그럴듯하게 대답을 회피하네. 로하가……."

"사장님, 그만해요, 이제."

로하가 드디어 끼어들었다.

"로하야, 솔직히 함 말해 봐라. 니도 재 속이 궁금하제? 그제?"

"안 궁금해요."

로하는 성가신 표정으로 칼로 무 썰듯이 말을 잘라 버렸다.

"에라이, 말하기 싫으면 치아라. 그냥 여기 분위기가 하도 어둡고 입이 간지러워서 웃을 거리 좀 찾아본 기다."

그렇게 철호의 말이 끊기고 다시 찾아온 우울한 분위기가 방

안을 가득 메우자 더 이상 참지 못한 철호가 막 다시 입을 열 때였다.

"너거들 왜 이렇게 말주변이 없어. 그러니까 분위기가 더……."

"어!"

"왜? 뭔데?"

로하의 외침에 철호가 급히 표정을 바꾸었다.

"방금 전에 라디오에서 사람 목소리가 들렸던 거 같아요!"

"진짜가?"

"정말?"

철호와 효정이 앞다투어 라디오 앞으로 모여들었다. 중간중간 끊기기는 했지만 정말로 사람 목소리가 흘러나오고 있었다. 로하가 볼륨을 크게 올리자 말소리가 좀 더 잘 들렸다. 하지만 그 소리는 성별조차 구별할 수 없게끔 변조된 기계음이라 세 사람은 동시에 불쾌한 표정을 지었다. 그래도 중요한 내용일지 모른다는 생각에 숨죽이며 라디오에 집중했다.

[……우리는……다. ……이 56번째 방송…… 우리는…… 구원자다. …지구는 인간으로부터…… 더럽혀지고…… 너희들이 살아남아…… 더 나은 세상을 보게…… 하지만 그 전에 반드시…… 불가피…… 인구…… 생존을…….]

"뭐야, 자꾸 끊기잖아. 아무것도 못 알아……."

"쉿!"

로하가 불평하는 효정을 노려보며 집게손가락을 제 입술에 붙였다.

[……세 이후로는 모두…… 반항하는 자도 모두…… 그 외의 사람들은…… 와서 순순히 심판을 받고 죄 또한 씻으라. ……뒤 새로운 지도자들이…… 세상이 도래할지어니…… 쓸모없는 인간들을 많이…… 그에 맞는 직업이 지정될 것이…… 살해한 사람의 신체 일부분을…… 바치도록 하…… 또한 잊어서는 안…… 선지자들의 숭고한…… 다시 기억하…… 인숙…… 버트 게인…… 가오청…… 미하일 라…… 마크 길야드…… 미쉘 질 드…… 사가와 츠…… 프 바르취…… 루카 맥…… 데벤더 쿠마…… 지막으로…… 드 장. 그럼, 다들 새로운 세상에서………]

"뭐야."

라디오에선 더 이상 소리가 나오지 않았다. 로하와 효정은 무슨 말인지 도통 이해할 수 없다는 표정이었지만 철호는 두 사람과는 조금 달랐다. 심각한 표정의 그의 얼굴에선 알 수 없는 어두움이 느껴졌다.

"저게 대체 무슨 소릴까?"

"글쎄…… 소리가 계속 끊겨서……. 그런데 가끔 들리는 단어들이 좀 무서운 느낌이야."

"맞아. 무슨 외국어도 들렸던 것 같고."

"대체 누가 저런 방송을 내보내는 걸까?"

"야들아."

잠시 생각에 빠져 있던 철호가 불쑥 끼어들었다.

"예?"

"니들 생각이 궁금해서 한번 물어보는 긴데."

"네, 말씀하세요."

무슨 이유인지 철호의 목소리는 차분히 가라앉아 있었다.

"만약에 말이데이, 아주 만약에 지금 세상이 이렇게 된 게, 더 나은 미래로 가는 과정 속에 꼭 필요한 것이라믄 말이다. 마치 애벌레가 나비로 진화하기 위해서 본래 가가 있던 지 모습을 버리는 것처럼 말이제. 그라모 우리는 어떻게 하는 게 좋겠노? 본래의 모습을 지키는 게 좋겠노? 아니믄…… 아님, 새로운 변화를 받아들이는 게 좋겠노?"

"아저씨, 지금 무슨 소리 하시는 거예요? 애벌레가 나비가 돼서 뭘 버려요?"

철호의 뜬금없는 말에 효정이 짜증 섞인 반응을 보였다.

"사장님, 무슨 말씀이신지 알아듣게 설명해 주실 수 있으세요?"

로하가 효정에게 타이르는 눈빛을 보낸 후 차분한 목소리로 물었다.

"솔직히 함 말해 보자. 효정이는 우째 생각할지 모르지만, 로하 니는 차라리 지금 같은 세상이 왔으면 안 캤나? 확 그냥 전쟁이라도 일어나 버리길 바란 적이 없었느냔 말이다."

"제가요? 지금 같은 세상을요?"

"……."

효정은 미심쩍은 눈초리로 두 사람을 번갈아 쳐다보았다. 로하와 효정의 얼굴을 재밌다는 듯 바라보던 철호가 이어서 말을 쏟아 냈다.

"나를 포함해가 언제부턴가 세상 사람들이 옳은 생각을 하는 방법을 잊어뿌린 것 같다는 느낌이 든 적 있거든. 무언가 문제가 생겼을 때, 오로지 결과적으로다가 자신에게 이득이 될 만한 방법으로만 해결을 볼라 카지. 그라믄서 마치 그것이 옳은 생각인 양 착각하고 떠들어 대기 바쁘지. 국민의 삶을 책임져 주지도 못하면서 씨부린다는 말이 나라의 군사력과 경제력을 성장시키려면 아를 더 낳아야 한다, 고작 그런 식이다 이기야. 그런 것들이 어딜 봐서 모두를 위해 좋은 세상을 맹그는 방법이란 말이고? 개인의 자유를 조직에 바치는 방법이제. 아침 출근길에 서울 지하철 한번 안 타 본 새끼들이 그런 말에 동의하고 정책으로 잡아뿌리는 것도 문제고. 웃긴 거는 옳고 그름을 깊이 생각해가 판단허기도 전에 그냥 말이 그럴싸하니까, 그렇게 늘 배워 왔으니까, 지 자신 하나 생각하기도 바쁘니까, 대부분의 사람들이 그냥 고개를 끄덕여 버린다는 거지. 맨날 그렇게 듣기 좋은 말만 하고, 정작 지 생각만 하는 게 인간 아니가."

"사장님, 그게 지금 세상이 이렇게 된 거랑 관련 있는 건가요?"

"내 말 안 끝났데이. 더 들어 봐라. 내도 뒤늦게 깨달은 기지만, 이득이 되는 방법이라꼬 해서 그게 항상 옳은 방법이 되진 않더라. 잘 한번 생각해 봐라. 요즘 사람들? 시간을 들여서 문제를 해결할라꼬 고민하는 게 아니라, 인터넷의 정보에 의존해 고민을 회피하믄서 뭐든 쉽게 해결을 보려 하잖아. 그런 게 당연시되니까 어떤 현상이 일어났드노? 스스로의 생각에 대한 확실성이 사라져가 자의식이 약해지고, 경제나 정치의 노예가 되드만. 범죄에 대한 처벌도 말도 안 되게 하는 세상 아이가. 법이 신이가? 아무리 악법도 법이라꼬 하지만 극히 일부분의 사람들이 지 맘대로 해석하는 부조리한 심판을 받아들여야 하나? 그런 게 강제성을 띠는 게 잘못된 거라는 생각은 왜 안 하느냐꼬. '세상의 흐름에 맞춰서 살아간다'는 헛소리로 정당화하는 쓰레기 같은 인간들의 말을 들어야겠냐 이 말이다."

잠시 말을 멈춘 철호가 두 사람을 번갈아 보곤 말을 이었다.

"너희들 착각하면 안 된데이. 그동안 우리 위에 군림해 가가 강제로 옳고 그름의 기준을 그어 뿌린 법은 말이다, 모든 사람들의 동의로 만들어 낸 게 아니데이. 극히 일부의 사람들이 만들어서 모든 사람들에게 억지로 적용시킨 거데이. 그라기 땜에 법은 당연하게 불공평하고 불공정할 수밖에 없는 기라. 그럴 수밖에 없다고. 왜냐하면, 소수의 생각만을 반영해가 맨든 거니까. 그라고 더 큰 문제는 본인들이 전혀 문제를 인식 몬 하고 있다는 기다. 마치 세상의 정답을 알고 있는 것처럼 착각하믄서 자기최면을 걸어 버리는 게 더 큰 문제란 말이다. 물론 그기 무조건적으로 나쁘다고만 볼 수는 없다. 세상의 질서를 위해서는 규칙도 있어야 하고 법도 있어야겠재. 그란데 그걸 맨들고 집행하는 인간들이 악용하는 세상 아니가. 정치적 이념도 그렇데이. 모두 평등하게 사는 것을 추구하는 공산주의도 권력자들이 독재를 하지 않나. 또, 자본주의 사회도 자유 경쟁이라고 하지마는 결국 일부 기득권층만 지들 맘대로 주무르는 세상 아니가. 그런 인간의 이기심이 어디 인간들만의 문제냐 말이다. 지구가 병들어 가는 데 가장 큰 악영향을 미치는 존재가 뭐고? 바로 인간이재. 인간의 몸으로 치면 지구에게 인간은 병균이나 해충 같은 존재란 말이다. 뭔 말인지 알겠나?"

거기까지 말을 끝낸 철호가 턱을 치켜들었다.

"저……, 사장님?"

"와?"

"혹시, 술을 좀 드셨나요? 술 냄새는 안 나는데……."

"이노마가 지금 뭐라카노. 내는 지금 멀쩡하다."

로하의 말에 머쓱했는지 철호가 머리를 긁적거렸다. 그러다 한숨을 푹 내쉬고는 말했다.

"그래, 갑자기 뜬금없는 말들을 늘어놓아서 정신 나간 소리로 들릴 수도 있겠제. 억지처럼 들리기도 할 테고. 그래도 우짜겠노, 내가 이런 생각이 드는데. 근데 말이다, 결국은 같을 끼다. 아니, 더 심해질 끼다. 내 눈에는 그게 확실히 보인다. 이 방법은 담배를 끊을라고 인내와 노력을 하는 거이 아니라, 이건 마치…… 담배를 끊겠다고 매일같이 쇠주를 들이키는 꼴인 기라. 예전에 공산당이 왜 대중들에게 인기가 많았노? 그 세상이 지금의 세상보다 더 나을 것 같아서였재. 근데 결국 더 힘든 세상이 됐다 아이가. 그거랑 같을 거다. 저 검은 녀석들은 그런 공산당 같은 인간들을 믿었다가 결국 배신당할 운명인 거라."

철호가 잠시 말을 멈추고 쓴웃음을 지었다. 그리고 좌우로 고개를 살짝 흔들더니 말을 이었다.

"헌데 어쩌면, 지금 벌어진 이 사태로 인해서 미래의 사람들은 각성하게 될지도 모르겠데이. 공산주의를 직접 경험해 보고 나서야 그게 틀린 답이라는 것을 알게 된 지금의 세상 사람들처럼 말이다. 물론, 그건 세상 사람들이 이 사태를 잘 이겨 냈을 때 말이겠지만. 그래서 나는 기회가 된다면 온 힘을 다해 저 검은 옷의 녀석들과 맞설 작정이데이."

겸연쩍은 표정의 철호를 보며 효정은 어이없다는 듯 오만상을 찌푸렸다.

"아저씨, 도대체 무슨 말을 하고 싶으신 건지 모르겠어요. 검은 옷의 사람들이 공산당한테 배신을 당하다니…… 무슨 소리인지 잘 모르겠지만요, 왜 아저씨가 하는 얘기가 마치 세상이 이

꼴이 된 게 당연하다는 말로 들리죠? 이 세상이 나중에 어떻게 되든지 간에, 어쨌든 그럴 만한 이유가 있어서 세상이 지금 이 사달이 났다고 말하시는 것 같잖아요. 아저씨가 어떤 얘기를 하든 제가 그렇게 끔찍한 경험들을 한 것에 대한 정당한 이유는 될 수 없어요. 우리 아빠 엄마가 그렇게 살해당해야만 했던 이유! 그 이유가 뭔지 말해 줄 수 있어요? 말해 줄 수 있냐고요! 아저씨가 말한 게 그 이유라면 그건 개소리예요."

"내 말뜻은 그런 게 아니라……."

철호가 말꼬리를 흐리며 고개를 떨어뜨렸다. 로하는 철호의 얼굴을 무안한 표정으로 쳐다보고 있었으나, 그 역시 철호의 얘기가 이런 세상이 된 이유라는 데는 수긍할 수 없었다. 다만 로하는 철호가 뭔가를 알고 있는 것이 아닌가 하는 생각이 들었다. 자기들에게 차마 말하지 못했던 뭔가를.

2

철호와 재회한 지 닷새가 지난 날 새벽, 잠들지 못한 세 사람이 진지한 표정으로 앉아 있었다.

"여도 발각돼가 도망가야 하는 상황이 올 수 있으니까 나가서 좀 알아봐야 하지 않겠나? 먹을 것도 구해야 할 끼고……."

철호가 가지고 온 음식들도 거의 바닥이 난 상황이었다. 세 사람 모두 과자 부스러기 한 톨까지 아껴서 먹었지만, 역시 셋이서 먹다 보니 빨리 줄어들 수밖에 없었다. 하지만 효정은 비협조적인 태도로 일관하고 있었다.

"그러다 잡히면요? 아저씨가 책임질 거예요? 황천길로 가고 싶으면 혼자 가세요."

효정이 불만 섞인 말을 내뱉자 잠시 정적이 흘렀다. 로하는 큰 불행을 겪고 힘든 생활을 하며 자살까지 생각했던 효정이 밖으로 나가는 것을 두려워하는 건 이해할 수 있었다. 하지만 매번 사람의 신경을 건드리는 효정의 말투에는 이골이 날 지경이었다. 게다가 배고픔에 신경이 날카로워져서 자꾸 욱하고 치밀어 올랐다. 로하는 여전히 개인적인 감정을 추스르지 못하는 효정에게 실망감을 느낄 수밖에 없었다.

음식의 고갈로 자살까지 결심했던 때에 구세주처럼 나타난 철호였다. 효정은 감사하다는 말은커녕, 여전히 그에게 차가운 태도로 일관하고 있었다. 하지만 철호는 그런 그녀를 크게 신경 쓰지 않는 듯했다.

"근처 편의점은 이미 다 털렸겠제?"

"당연히 그렇겠죠. 생각해 볼 필요도 없는 거 아닌가?"

효정이 싸늘한 말투로 대답하자 로하가 그녀에게 말했다.

"효정아, 그만 좀 해라. 사장님이 음식 나눠 주신 걸 감사해야 하는 게 맞지 않겠어?"

"내가 뭘 어쨌는데……."

"사장님한테 꼭 그런 식으로 말해야겠냐고."

로하가 화난 표정으로 효정에게 따지자 철호가 급히 끼어들었다.

"난 괜안타. 효정이가 밖에서 어른들이 험악한 짓 하는 걸 많이 봐서 그렇다 안 카나. 날 보면 글마들 생각난다니 우짜겠나. 글마들 한 짓거리는 내가 생각해도 끔직하고마."

철호의 말에 효정과 로하는 고개를 숙인 채 아무 말도 하지 못했다.

"아무튼, 이 주변에는 더 이상 뭐 먹을 건 없을 것 같고, 내가 숨어 있었던 세차장은 금마들 본거지랑 가까워서 좀 위험할 것 같다. 그나마 뭔가 건질 만한 데는 대형 마트인데……."

말끝을 흐린 철호가 턱에 손을 괴고 생각에 잠겼다. 그런 그에게 로하가 말했다.

"이 주변은 굳이 위험을 감수하면서까지 가 볼 필요는 없을 것 같고, 그래도 스크린 골프장 옆에 있는 편의점은 꽤 큰 편이니까 뭐라도 남아 있을지 모르겠네요."

"그럴 수도 있겠네."

철호가 턱을 괴던 손을 내리더니 자연스럽게 말을 이었다.

"근데 거긴 마트랑 반대쪽 아닌가? 거리도 어느 정도 있고. 만약에 거서 성과가 미비하면 여로 다시 돌아오든가 아니면 마트로 가 보든가 둘 중 하나를 해야 하는데, 만약 마트로 가게 되면 거기까지 거리가 1.5km 정도는 될 기다."

"그렇죠……."

로하가 기운 빠진 목소리로 대답했다.

"근데 니 혹시 마트 가는 길에 있는 목욕탕 아나?"

"알죠."

"거기 주차장 뒤쪽에 있는 구멍가게 아나?"

"구멍가게요? 거긴 잘 모르겠는데요."

"맞제? 어딘지 모르겠제? 주인 할배 할매가 근 20년 동안을 거서 장사를 했거든? 그칸데 어둡진 골목길에 위치해 있어가 대부분이 모르더라고. 아는 사람이 많이 없으니까 물건이 좀 남아 있을 수도 않겠나 싶다. 그라고 거기가 마트 가는 길목쯤에 있거든."

"목욕탕 근처라면…… 그렇겠네요."

"그래. 그러니까 이러면 어떻겠노? 일단 거를 들렀다가 뭐 짜달시리 없으면 마트로 바로 직행하는 거다."

"솔직히 저는 별다른 방법이 생각 안 나네요. 사장님 말씀대로 하는 게 좋을 거 같아요."

로하가 고개를 끄덕였다.

"지금이 2시네."

시계를 쳐다보던 철호가 다시 로하에게로 시선을 옮겼다.

"내 생각에는 사람이 눈에 잘 띄는 낮보다는 새벽에 나가는 게 좋을 것 같은데."

"제 생각도 그래요."
"그람 마, 지금 가뿌자."
"……."
급작스러운 철호의 출발 제의를 듣고 잠깐 효정의 눈치를 살피던 로하가 이윽고 답했다.
"그렇게 하시죠."
말이 끝나자 두 남자는 바쁘게 움직이기 시작했다. 열심히 필요한 것들을 챙기고 옷을 입고 밖으로 나갈 준비를 했다.
"효정이는 집이나 지키고 있어라. 밖은 무서우니까 너도 그러는 게 좋겠제?"
"나 또 버리고 가려고? 싫어! 나도 따라갈래! 혼자 있는 게 더 무서워."
효정의 의외의 대답과 격앙된 목소리에 두 남자가 잠시 행동을 멈추고 그녀를 쳐다보았다.
"아니, 우리가 너를 버린다는 게 아이고…… 밖은 위험해가 무슨 일을 당할지도 모르니께, 그래서……."
"사장님, 그냥 효정이 데리고 가죠? 저번처럼 두고 가는 건 저도 마음이 놓이지 않네요. 죽는다 어쩐다 하는 애라……."
"알긋다, 알긋어. 어찌 될지는 모르겠지만 일단 같이 가 보자."
철호는 못마땅한 표정으로 혀를 찼다. 잠시 후, 현관문을 열어젖힌 철호가 앞장서서 걸어 나가자 로하와 효정도 그 뒤를 따랐다. 그들은 나름 위장을 위해 검은색 계통의 옷들로 맞춰 입고 호신용 식칼이나 가위 등을 들고 있었다. 잔뜩 겁을 먹은 효정은 로하의 오른쪽 팔을 꼭 움켜잡은 채였다.

세 사람은 나오기 전에 계획했던 목적지로 이동했다. 첫 번째 목적지는 목욕탕 근처, 평소에 인적이 드물었던 좁은 골목길에 위치한 구멍가게였다. 어두운 밤이었지만 발각되지 않기 위해 이동 중에 손전등은 켜지 않았다. 세 사람은 여기저기 폐허가 된 을씨년스러운 도시의 대로를 따라 걸어 나갔다.

잠시 후 세 사람은 무사히 목표 지점에 도달했다. 그들은 가게 안에 아무도 없는 것을 확인한 후 안으로 들어갔다. 가게 안은 난장판이 되어 있었다. 물건 진열대나 냉장고 등도 심하게 부서져 있었다. 먹을 것은 물론이고 쓸 만한 물건은 아무것도 없었다. 세 사람은 한곳에 모여서 쪼그려 앉았다.

"어느 정도 예상은 했지만 없어도 너무 없다. 누가 싹쓸이해 갔는갑다."

철호의 말에 로하가 고개를 끄덕였다.

"이렇게 된 거, 이제 마트로 가 보자. 위험 부담은 있지만, 지금 상황에서는 어쩔 수 없는 선택 같다."

로하는 고개를 끄덕였지만 효정은 땅만 쳐다보고 있었다. 잠깐 고민하던 철호가 말을 이었다.

"우선은 내 생각을 한번 말해 볼게. 일단 주차장 쪽 계단으로 올라가서 3층에 있는 출입구로 들어가는 기다. 마트 3층은 화장품 코너랑 서점 코너 같은 게 대부분이니 금마들이 종일 지키고 있지는 않을 끼다. 그라고 그 자동차 부품 파는 곳 근처에 있는 직원 전용실로 가는 기지."

"직원 전용실이요?"

로하의 물음에 철호가 고개를 끄덕였다.

"그래. 내 아는 사람이 거서 일했었거든. 그래서 안다. 거가 보통 직원들 옷 갈아입고 간식 먹고 뭐 그러는 곳이라 카던데, 듣자니 창고로도 쓰인다고 카더라. 아마도 거기라면 그 녀석들 눈에 띌 일도 없꼬 뭐라도 남아 있을 것 같은데."

"거기에 먹을 게 있긴 할까요?"

"나도 확신은 없다. 그렇게 믿고 함 가 보자는 거재. 먹을 게 많은 곳에 가는 건 잡힐 위험이 있으니까 말이데이."

"그럼 그렇게 해요."

"효정이 니는 어떻노?"

"……."

"얘는 그냥 나만 따라올 테니 같이 가는 걸로 아시면 될 거 같아요."

로하의 말에 철호는 효정을 힐끗 보더니 알겠다며 자리에서 일어났다. 그리고 로하도 철호를 따라 자리에서 일어섰다. 효정도 몸을 일으켜 세우려 할 때였다. 그녀가 순간 "아!" 하고 짧은 비명 소리를 내더니 그 자리에 주저앉았다.

“효정아, 왜 그래?”

로하가 재빠르게 효정의 곁으로 다가가 비틀거리는 어깨를 잡아 주었다.

“아무래도 발목을 삔 것 같아. 오는 길에 잠깐 삐끗했는데 통증이 없어서 괜찮을 줄 알았거든. 그런데 앉았다가 일어나니까 갑자기 엄청 아프네.”

“어떻게 아픈데? 막 쓰라리나? 아님, 타박상처럼 그런 기가?”

철호의 물음에 효정이 오른쪽 발목을 손으로 만져 보았다.

“그냥…… 욱신거리는 느낌이에요. 발목이 조금 부은 거 같아요. 그사이에 이렇게 부어오를 줄이야…….”

“인대를 다쳤는갑다. 부기가 심해지믄 위험해질 수도 있는데…….”

효정의 발목을 요리조리 살펴본 철호가 걱정스러운 표정을 지었다.

“어두워가 잘 안 보이네.”

철호는 손전등을 꺼내서 효정을 발목을 비쳤다.

“아, 꽤 부어 있네. 이 일을 우야꼬…….”

“걱정하지 마세요. 저 아직 걸을 수 있을 거 같아요.”

“안 되겠다. 이대로는 마트에 못 간데이. 효정이는 그냥 돌아가는 게 낫겠다.”

"저더러 이대로 그냥 돌아가라고요?"

"그래, 아무래도 그라는 게 나을 것 같데이. 혹시라도 마트 안에서 금마들한테 들키기라도 하는 날에는 니 우찌 도망갈 긴데? 괜히 무리하지 말고 돌아가 있어라. 내캉 로하캉 빨리 갔다 올게."

"그래, 효정아. 내가 보기에도 사장님 말씀이 맞는 것 같아."

"그건 절대 싫어, 절대로. 나 혼자 있기 싫어."

로하도 옆에서 맞장구를 쳤지만 효정은 고집을 부렸다.

"그러지 말고, 내 말 좀 들어 주면 안 돼?"

"다른 건 몰라도 혼자 있는 건 죽어도 싫단 말이야."

로하의 거듭되는 설득에도 불구하고 효정은 절대 돌아가려 하지 않았다.

"참 나……. 내도 모르겠다. 함 같이 가 보자. 그 대신에 중간에 쓰러지고 그러기만 해 봐라. 그때는 아주 그냥 냅다 버려 삐리고 가 버릴 끼다. 알겠제?"

"걱정 마세요. 걸을 순 있어요. 그리고 만약에 제가 붙잡히는 한이 있더라도 두 분은 그냥 도망가세요. 제가 자초한 일이니까요."

"지랄하고 있네. 니 말하는 꼬락서니가 그게 뭐고. 아직 객기 부릴 힘은 남아 있나 보네. 그래, 니 잘났다. 아주 잘났어."

철호가 전과 다르게 효정에게 화를 냈다. 로하는 철호가 그녀를 자극해서 기운을 차리게 할 생각이라는 것을 알 수 있었다. 두 사람은 효정을 부축해서 일으킨 후 그곳을 나와 마트로 발길을 옮겼다.

잠시 후, 그들은 목적지인 마트의 주차장에 도착했다. 도색된 선에 맞춰 바르게 주차된 수많은 자동차들이 그들을 맞이했다. 주차장 내부는 태양 전력 실내등이 고장 났는지 그리 밝지 않았다. 피난민의 짐 가방인지 아니면 식량을 구하러 왔다가 검은 옷의 무리들에게 붙잡혀 간 사람들의 것인지는 모르겠지만, 주인 없는 가방들이 여기저기에서 발견되었다. 바닥과 구석에 검붉게 말라붙은 혈흔들이 살벌한 광경을 상상하게 했다.

혹시 하는 마음에 그 가방들을 뒤져 봤지만 아쉽게도 먹을 건 발견되지 않았다. 쓸 만한 물건도 없었다. 남아 있는 거라곤 옷가지, 담요, 식기, 방전된 휴대용 충전기 같은 것들이 전부였다. 이미 다른 사람이 와서 음식과 쓸 만한 물건들을 쓸어 간 듯했다. 주차장에는 억대를 호가하는 주인을 잃은 고급 승용차들도 보였다.

"어? 저건 자율 주행 수퍼카잖아. 실물은 처음 보는데. 저…… 사장님, 우리 나갈 때 차 타면 안 될까요?"

"로하야, 그건 안 될 말이데이. 놈들한테 잡히기 딱 좋은 짓이라카이. 우리가 차 타고 가는 거 발견하면 글마들이 우리를 가만 두겠나? 아서라."

"그렇겠죠? 전에 TV에서 보고 타 보고 싶다는 생각을 해서 그만. 제가 상황 파악을 못 했네요."

로하는 바로 자신의 생각이 짧았음을 인정했지만, 얼굴에는 아쉬움이 남아 있었다.

“저기…… 잠깐만 쉬었다 가면 안 될까요?”

다리를 약간 절기는 했지만 잘 참아 왔던 효정이 떨리는 목소리로 말했다. 로하가 굳어 있는 효정의 얼굴을 보며 물었다.

“괜찮아?”

로하가 뒤돌아서 다가가려는데 효정이 옆쪽으로 주저앉으며 손을 흔들었다.

“괜찮으니까, 걱정 마. 그냥 조금만 쉬면 괜찮을 거야.”

“어디 좀 봐. 조금 전에는 괜찮다며? 그러게 먼저 집에 가 있으라니까…….”

로하가 신경질 섞인 말투로 효정을 나무랐다.

“이제 와서 우짜겠노. 자, 이거로 확인이나 해 봐라.”

로하의 어깨를 툭 치며 철호가 불쑥 손전등을 건넸다. 로하는 그 손전등으로 효정의 발목 상태를 확인했다. 딱 보기에도 오른쪽 발목이 심하게 부어오른 것을 알 수 있었다.

“이 지경이 되도록 왜 말을 안 했어?”

“이렇게 심해질 줄은 몰랐어. 아프다고 하면 혼자 두고 갈 것 같아서…….”

시무룩한 효정의 얼굴은 아파서 그런지 더 초췌하고 피곤해 보였다. 눈을 질끈 감았다 뜬 로하가 철호를 바라보았다.

"사장님, 이제 어떡하죠?"

"이리 계속 쉬고 있을 시간은 없다. 효정이 다리 상태로 다니는 건 무리고…… 글타고 이제 와가 돌아가기도 뭐하다. 로하야."

"예? 그럼 어떻게……."

"니캉 내캉 번갈아 가면서 업고 다니자. 최대한 빨리 식량을 구해 가가 나오는 수밖에, 다른 방법이 없지 않겠나."

"아…… 예."

"미안해요……."

효정이 기운 없는 목소리로 말하고 고개를 떨구었다.

"고마 됐다. 지금에 와가 누구 잘잘못 따질 생각은 없다. 그런다고 상황이 나아질 끼도 아닌데 뭐 한다고 힘을 빼나. 맞제, 로하야?"

"……예."

로하는 대답과 동시에 등에 메고 있던 가방을 앞으로 돌려 멨다. 효정을 업을 준비를 한 것이다.

"팔 힘은 아직 남아 있지? 꽉 잡고 있어."

세 사람은 다시 발걸음을 재촉했다. 지하 주차장 3층으로 곧장 올라간 후 마트 입구로 들어섰다. 그리고 정지된 에스컬레이터로 반 층을 내려가서 매장 안으로 들어갔다. 매장 안은 우중충한 어둠이 깔려 있었다. 하지만 다행스럽게도 세 사람은 이미 어둠에 충분히 익숙해져 있었다. 매장 안에서 움직이는 동안 불빛을 켜는 건 자제했다. 덕분에 검은 옷들에게 들킬 확률은 줄어들었지만 조금은 힘들게 움직여야만 했다.

쉴 새 없이 전진하던 철호가 어느 지점에서 문득 멈춰 섰다. 그의 뒤만 계속 쫓아오던 로하도 덩달아 걸음을 멈췄다.

"내 기억이 맞는다면 아마 여길 기다. 순호 행님한테 사인 받으러 왔었더랬지……."

자동차 부품 판매 매장 옆, 구석진 곳에 위치한 두꺼운 철문을 철호가 집게손가락으로 가리켰다.

"사인이요?"

"설명하려면 길다. 아무튼 그건 나중에 얘기하고, 일단 드가자. 아, 혹시 모르니까 저 안에 아무도 없는 게 확실해질 때까지 인기척 내지 않도록 조심하레이."

문을 열고 들어서니 널찍하고 바람이 잘 통하는 공간이 나왔다. 바닥에는 노르스름한 장판이 깔려 있었다. 여기저기 빈 박스들이 흩어져 있어서 다소 너저분해 보이기는 했지만 개인 물품 보관용 캐비닛이 가지런히 배치되어 있는 것을 보니 진열대만 늘어서 있는 마트 안의 기계적인 모습과는 사뭇 다른 느낌이 들었다. 눈빛을 교환한 두 남자는 신속하게 흩어져서 이곳저곳을 뒤졌다. 그리고 10분 후 처음 장소에 모여 수확물을 확인했다.

"물 조금하고 초코 과자, 요거트 몇 개 찾았어요. 라면 박스랑 과자 박스들이 보이긴 하던데, 누가 싹쓸이해 갔는지 안은 텅텅 비어 있더라고요."

로하가 먼저 자신이 구해 온 것을 보였다.

"그러게……. 박스 안은 눈 씻고 찾아봐도 뭐시기가 없더라. 내는 와인 반병하고, 불고기 양념 소스 이거 몇 개가 다다."

철호의 수확은 더 보잘것없었다.

"그럼 이쯤 하고, 일단 빨리 빠져나가자."

"예."

세 사람은 서둘러 이동했다. 올 때의 경로대로 정지된 에스컬레이터를 걸어 올라간 다음 주차장으로 통하는 출입구로 나왔다.

"로하야, 효정이는 이제 내가 업을 테니 교대해라."

걸음을 멈춘 철호가 거친 숨을 몰아쉬고 있는 로하의 어깨를 토닥이며 말했다.

"그럴까요?"

로하는 효정의 반응을 살폈다. 효정은 썩 내키지 않는 표정이었지만 로하에게 미안한 마음이라 마지못해 고개를 끄덕였다. 그렇게 효정을 등에 업은 철호가 천천히 출발하려던 때였다.

탕!

어디선가 총소리가 들렸다. 두 남자는 반사적으로 몸을 낮추곤 가까운 곳에 있는 커다란 SUV 전기 자동차 뒤로 몸을 숨겼다. 연이어서 두 번의 총성이 울려 퍼졌다. 소리의 크기로 봤을 때 주차장과 어느 정도 거리가 있는 곳에서 쏜 듯했다. 세 사람은 놀란 심장을 부여잡고 한동안 침묵을 지키며 마음을 진정시켰다.

"어디서 난 소리일까요?"

"글쎄……. 오른쪽에서 난 것 같은데."

로하의 물음에 철호가 오른쪽에 위치한 주차장 난간을 쳐다보면서 대답했다.

"역시 그 검은색 옷들 짓일까요?"

"그럴지도 모르제. 아니면 남아 있던 군인이나 경찰일 수도 있고."

"한번 가 봐요."

효정이 대뜸 말했다.

"어차피 멀리서 난 소리라면 저기 난간에 가서 살펴보는 건 상관없을 것 같은데요. 거리도 거리지만, 이 어둠 속에서 우리를 어떻게 발견하겠어요?"

"그래, 니 말이 틀린 말은 아닌 것 같다. 글킨 하지만……."

철호가 자신 없는 목소리로 말끝을 흐리더니 결심한 표정을 지었다.

"그라면 함 가 보자."

세 사람이 조심스레 총성이 들려온 쪽으로 걸어가서 난간 너머로 밖을 내다봤다.

"저건 뭐지?"

전방에 환하게 타오르고 있는 불빛이 보였다. 높게 쌓아 올린 장작 나무가 활활 타고 있었다.

"사장님, 저건 혹시……."

로하가 손가락으로 가리킨 방향으로 세 사람의 시선이 쏠렸다. 그곳엔 신체 부위 여기저기가 뒤틀려 버린 사람들이 있었다. 그들은 관절이 빠진 사람처럼 사지가 너덜거렸고 절뚝거렸다. 장작불을 중심으로 성한 곳이 없어 보이는 사람들이 둥그렇게 둘러싸고 있었다.

그들은 무언가에 묶여 있는 듯했고, 하나같이 고통스러운 소리를 내고 있었다. 무릎을 꿇은 채로 울부짖는 사람도 있었다. 그들의 괴상한 목소리는 마치 애통한 곡소리 같았다. 그리고 그들 주위에 장총을 든 사람들이 서 있었다. 그들은 유니폼처럼 전부 검은색 옷을 입고 있었으며, 무엇이 그리 즐거운지 웃는 얼굴로 건들건들 몸을 흔들어 대고 있었다. 그들에게는 지금 하는 짓이 무슨 놀이 같은 분위기였다.

그들의 웃음소리가 세 사람이 있는 곳까지 메아리로 들려왔다. 그 소리는 이 소름 돋는 광경의 분위기를 고조시켰다. 고통의 울음과 조롱의 웃음이 뒤섞인 소리들이 로하에게 학교에서 괴롭힘 당할 때를 떠올리게 했다.

그 검은 옷들 중 독보적으로 눈에 띄는 한 남자가 있었다. 그들 중 유일하게 상의를 벗어젖힌 사람이었다. 그가 비교적 작은 크기의 다발총을 공중을 향해 마구 난사해 댔다. 아마도 저 검은 옷들의 우두머리인 듯했다. 그들은 몇 분 동안 자기들끼리 무슨 얘기를 나누더니 하나둘씩 움직이기 시작했다. 일부는 묶여 있는 사람들 중 어린아이와 젊은 여자를 골라내 근처에 있는 교회 건물 안으로 끌고 갔다.

그러는 동안 우두머리로 보이는 남자는 하늘 위로 총을 갈겨 대면서 맹렬하게 괴성을 질러 댔다. 그 목소리는 마치 성악가의 노래 같기도 했고, 어떻게 들으면 짐승의 울부짖음 같기도 했다.

"우리의 106번째 형제!"

우두머리의 남자가 소리쳤다. 검은 옷들은 일제히 움직임을 멈추고 그의 목소리를 경청했다. 그러더니 마치 명령을 받드는 사형 집행관처럼 칼 같은 동작으로 묶여 있던 사람들을 향해 사격을 시작했다. 그들 중에는 절망감에 오열하는 사람도 있었고, 자비를 베풀어 달라며 신에게 기도하는 사람도 있었다. 그러나 총알은 모두에게 공평했다. 그들은 목숨을 빼앗겼고, 그 치열했던 몸부림은 아무런 소용이 없었다.

총알이 박히는 순간, 그들은 더 이상 살아 있는 생명체가 아니었다. 방전된 기계처럼 모든 움직임을 멈춰 버렸다. 이어지는 무자비한 처형과 활활 타오르는 불길, 그 모습은 마치 불타는 지옥을 연상시켰다. 검은 옷들은 "하나! 둘! 삼! 넷!" 하고 구호를 외치며 학살을 이어 갔다.

세 사람은 몇 초 단위로 생명의 불빛이 촛불처럼 꺼지는 것을 목도했다. 죽음을 기다리는 사람들의 처절한 비명이 그들의 가슴을 후벼 팠다. 그렇게 수많은 사람들의 생명을 빼앗는 데는 몇 분도 걸리지 않았다. 죽음이란 그렇게 간단한 것이었다.

무자비한 학살이 자행되는 가운데 문득 이상한 광경이 눈앞에 펼쳐졌다. 묶여 있던 사람들을 향해 순서대로 총을 발포할 때, 11번이라는 숫자를 호명한 검은 옷의 남자의 총살 타깃으로 지정된 사람은 죽지 않았다.

우두머리로 보이는 남자가 그 생존자에게 다가갔다. 그러고는 뭐라고 말을 하는가 싶더니 묶여 있던 그의 두 팔과 다리를 자유롭게 해 주었다. 그리고 자신이 들고 있던 총과 옆에 서 있던 부하에게서 건네받은 검은색 옷도 전해 주었다.

살아남은 남자가 얼떨결에 총과 옷을 받아 들자 우두머리를 제외한 검은 옷들 전체가 일제히 그를 향해서 어떤 자세를 취했다. 한쪽 무릎을 땅에 대고 고개를 숙인 채 두 손을 가지런히 모아서 다른 무릎에 올려놓은 그 모습은 기사가 왕을 받드는 자세를 연상시켰다.

로하는 그들의 말은 잘 들리지 않았지만, 일련의 행동으로 미루어 보건대 우두머리가 외친 '106번째 형제'가 바로 11번째에 앉아 있었던 저 남자를 뜻하는 게 아닐까 싶었다. 아마도 그가 '106번째 형제'로 선택된 것 같았다.

더욱더 거대해진 중앙의 불기둥은 용이 입김이라도 불어넣은 듯했다. 이제는 불이라는 단어보다 화염이라는 단어가 더 잘 어울렸다. 로하는 그것을 보면서 지옥의 불구덩이를 떠올렸다. 그리고 화염 속에 있는 무언가를 보고야 말았다. 그는 지금까지 몰랐었다. 아마도 효정과 철호도 몰랐을 것이다. 아니, 두 사람은 아직도 모르고 있는 듯했다. 알아차렸다면 효정의 입에서 비명이 터져 나왔을 테니까. 그녀가 교회 뒤에 있는 것이 무엇인지를 알게 된다면 말이다.

로하는 처음엔 무슨 언덕쯤으로 생각했었다. 하지만 자세히 보니 그건 산처럼 쌓아 올린 시체 더미였다. 로하는 방금 자신이 목격한 것을 부정하고 싶었지만 부정할 수도 잊어버릴 수도 없었다. 그런 끔찍한 시체 더미 옆에 10대 초반 정도의 남자 아이들 몇 명이 보였다. 그 애들은 모두 입에 담배를 문 채로 장난스럽게 사람의 시체 위에다 소변을 누고 있었다.

3

충격적인 광경을 연속으로 목도하며 할 말을 잃어버린 로하는 한동안 멍한 상태에 빠져 있었다.

'효정이와 사장님은 지금까지 밖에서 저런 걸 보고 지내 왔다는 말이야? 아니, 그보다 어쩌다가 겨우 살아남긴 했지만, 나도 곧 저렇게 개죽음을 당하는 거 아냐?'

눈앞에 펼쳐진 참혹한 현장은 로하를 정신 붕괴 직전까지 내몰았다.

'이건…… 지옥이야.'

로하는 극도의 패닉 속에서 무엇을 어떻게 생각하고 행동해야 할지 전혀 감을 잡을 수 없었다. 마치 광활한 바다 한가운데에 혼자 떠 있는 기분이었다. 물론 로하가 학살 현장을 목격한 건 이번이 처음은 아니었다. 그는 교실에서 반 아이들이 목숨을 잃는 것을 봤다. 하지만 그때의 경험과는 또 달랐다. 당시에 느꼈던 것이 아무것도 할 수 없는 자신에 대한 무기력함이었다면 지금은 압도적인 공포가 느껴졌다. 로하는 옆에 있는 효정을 보았다. 그녀 역시 비슷한 감정을 느끼고 있는지 몸서리치듯 가녀린 팔과 눈동자를 파르르 떨고 있었다.

"얘들아, 정신 챙기라."

두 사람의 상태를 파악한 철호가 한마디 했다. 로하와 효정은 그의 말 덕분에 그 광경들로부터 시선을 돌릴 수 있었다.

"방금 전, 니들 얼굴 보니까 신화에 나오는 메두사 알재? 보면 돌이 된다카는 그 메두사 말이다. 그 메두사 보고 돌이 된 사람 같았다. 정신들 바짝 챙겨야 한데이. 세상이 이렇게 된 이상, 이제는 이런 광경을 자주 보게 될 수도 있어. 효정이는 이미 비슷한 걸 봤을 테고, 로하 니도 앞으로 가끔씩 보게 될 기다. 인정하긴 싫겠지만 어쩔 수 없다 아이가. 세상에 이런 일이 벌어지고 있다는 현실을 받아들여야 한다. 무슨 말인지 알겠나?"

"……."

대답 대신 로하는 고개를 끄덕였고, 효정은 또 땅만 쳐다보고 있었다.

"우리도 잡혀서 저 꼴 당하기 전에 후딱 여길 빠져나가자. 효정이는 다시 나한테 업히라."

마트 건물을 빠져나온 세 사람은 검은 옷들에게 들키지 않기 위해 작은 건물들이 많은 길로 가고 싶었다. 하지만 효정의 상태 때문에 왔던 길을 따라서 최대한 빠른 길을 선택해야 했다.

그렇게 5분쯤 걸었을까, 올 때 한 번 건넌 적 있었던 대로변 건널목을 거의 다 건너왔을 때였다. 열심히 걷고 있던 두 사람은 돌처럼 그 자리에 굳어 버렸다. 왼쪽 골목에서 불빛과 함께 사람 그림자가 나타난 것이다. 그들은 놀라서 그쪽으로 시선을 돌렸다. 대충 봐도 확연히 키 차이가 나는 검은색 복장의 두 남자가 손전등의 불빛을 이쪽으로 향하고 있었다.

"어이, 형씨들! 거기서 뭐 해? 지금 다들 교회에서 단백질 보충 중인데!"

두 사람 중 키가 큰 남자가 굵직한 중저음의 목소리로 로하 일행에게 말을 걸어 왔다.

"도…… 도망……."

겁에 질린 로하가 당장이라도 뛸 태세를 갖추자 철호가 로하의 어깨를 붙들며 낮은 목소리로 말했다.

"침착해라. 점마들 지금 우리 옷 보고 같은 편인 줄 아는갑다."

"어이! 내 말 안 들려?"

로하는 주먹을 꽉 쥐었다. 떨리는 것을 감추기 위해 애써 마음을 다잡으려 했으나 쉽지 않았다. 그러는 사이 두 남자는 육안으로도 형체를 가늠할 수 있을 만큼 가까워져 있었다.

"인자 가야지. 그란데 너거들은 이 시간에 안 쉬고 왜 나와 있노?"

철호가 쩌렁쩌렁한 목소리로 대답했다. 옆에 있던 로하의 심장이 쿵쾅거리며 마구 요동치기 시작했다.

"우리는 제일 먼저 먹고 튀어나왔지. 먹고 나서 좀 움직여야지. 이것 봐, 이 출렁거리는 뱃살."

중저음 목소리의 남자가 담배를 입에 문 상태로 실실거리며 넉살을 부렸다. 그는 언뜻 보기에도 190cm는 훌쩍 넘는 장신이었다. 지금까지 얼마나 많은 사람을 죽였는지 모르지만 살기가 가득한 눈은 똑바로 쳐다보기가 힘들 정도였다. 40대 중후반으로 보이는 그의 얼굴은 거뭇거뭇 피어난 잡초 같은 수염이 뒤덮고 있었다. 흉측한 골격과 나무토막 같은 팔의 소유자로 푹 내려앉은 눈알에서 나오는 섬뜩한 분위기가 인상적이었다.

그리고 그 옆에 어정쩡하게 서 있는 남자는 평범한 키와 보통 체형이었다. 검은색 모자를 푹 눌러쓰고 있어서 모자챙의 그늘이 얼굴의 대부분을 가리고 있었다. 때문에 얼굴 생김새는 잘 알 수 없었으나 언뜻 보기에 20대 중후반 같았다.

"고마 재미 좀 보고 가려고 했디만은……. 음식 다 떨어지기 전에 얼른 가야겠네."

철호의 연기가 그럴듯했는지 다행히도 두 남자는 속아 넘어간 듯했다.

"이 사람 이거 큰일 날 소리를 하네."

키 큰 남자가 싱긋 웃으며 말했다.

"왜?"

"어린 여자애들은 함부로 다치게 해선 안 되는 거 몰라? 대장이 알면 어쩌려고 그래, 어? 근데 그 애 상태가 왜 그래?"

남자의 말을 들은 철호가 갑자기 자신의 등에 업혀 있던 효정을 내팽개치듯 길바닥에 떨어뜨리곤 머리채를 우악스럽게 잡아챘다. 옆에 있던 로하는 그저 놀란 표정을 지을 뿐이었다.

"이 당돌한 년이 자꾸 반항하잖아. 그래서 홧김에 발모가지를 밟았더니 아파서 못 걷겠다고 하지 뭔가. 그나저나 대장이 싫어할랑가?"

철호의 말을 들은 키 큰 남자가 효정의 발목 부위를 손전등으로 비추더니 혀를 찼다.

"어쩔 수 없지 뭐. 나도 그냥 기절만 시키려다 힘 조절을 못 해서 실수로 죽여 버린 게 한둘이 아니라서……. 그래도 앞으로 조심하는 게 좋을 거야. 일단 대장님한테 데리고 가 봐. 크게 상하지는 않은 것 같으니 뭐 그냥 오다가 넘어졌다고 하면 되지 않을까?"

"아하, 그거 좋은 생각이구만."

"그건 그렇고, 어서 식사나 하러 가. 좀 있으면 휴식 시간도 끝나니까 서두르는 게 좋을 거야. 이럴 때 단백질 공급을 미리 해 줘야지."

"그래? 그칸데, 무슨 고기고? 돼지고기가? 아니면 소고기? 닭고기?"

"지금 그런 것들이 어디 있어? 이 사람도 참. 지금은 바이러스 퍼뜨려서 씨가 싹 말랐고, 나중을 위해 위에서 특별히 격리해 둔 놈들밖에 없잖아. 이 일이 다 끝나야 고기 구경할 수 있다고 한 거 못 들었나?"

"아, 맞다. 그랬지. 깜박했네. 그럼 고기가 어디서 난 거야?"

남자가 당황한 표정으로 말하는 철호를 보며 가소롭다는 듯이 웃었다.

"그럼 그 고기밖엔 없지 뭐. 지금은 그것만으로도 감지덕지해야 돼, 이 사람아. 시체 처리반 애들이 전염병 안 걸린 놈들만 골라서 공급해 줬잖아. 일이 완전히 마무리되고 나면 가축 사육을 시작할 테니 그때까지는 참아야지. 그때부터는 진짜로 우리들 세상 아니겠어? 그때까지 한번 잘 버텨 보자고."

"그, 그래야지."

"그건 그렇고, 어서 가 보는 게 좋을 거야. 옆에 있는 녀석은 조카쯤 되는 것 같은데."

남자가 로하를 슬쩍 쳐다보며 말을 이었다.

"한창 자랄 땐데 잘 먹어야지."

"그…… 그래, 그럼 어서 가 봐야지."

남자가 한 말을 듣고 당황한 철호는 자신도 모르게 말을 더듬었다. 하지만 두 남자는 그것을 눈치채지 못한 것 같았다.

"그럼 같이 가자고. 운동 삼아 조금 더 돌까 했는데 소화도 다 된 거 같고, 낮에 많이 돌아다녔더니 피곤하네. 아참, 그리고 식사 끝나거든 우리를 찾아오게. 같이 한잔하드라고."

키 큰 남자가 손을 들어 술 마시는 시늉을 하며 씨익 웃었다.

"그래, 알았어."

"자, 이제 가자고."

말을 마친 남자와 옆에 있던 남자가 등을 돌려서 건널목을 걸어가기 시작했다.

"알았어. 로하야, 걔 좀 니가 업어라."

"아, 네."

로하가 효정을 업고 일어섰다. 철호는 곤혹스러운 표정이었다. 두 남자를 따돌리고 자연스럽게 원룸 쪽으로 가려 했던 계획이 수포로 돌아간 것이다. 지금에 와서 무작정 도망치자니 효정의 다리 상태 때문에 붙잡힐 게 뻔했다. 그렇다고 이대로 이들을 따라갔다간 금방 정체가 탄로 날 터였다.

철호는 건널목을 완전히 건너기 전까지는 어떻게 할지 결정을 해야만 했다. 철호는 심각한 표정으로 생각에 잠겨 있었다. 건널목을 완전히 건넌 남자들이 넓은 대로변으로 향하자 로하 일행이 참혹한 현장을 목격한 장소인 교회와 장작 불빛이 저 멀리서 그 모습을 드러내기 시작했다.

"로하야, 내가 점마들한테 달려들면 효정이 데리고 잽싸게 튀어라, 알겠나?"

"예?"

결의에 찬 목소리로 로하에게 이른 철호가 씁쓸한 미소를 지었다.

"효정아, 머리채 잡은 거 하나도 안 미안하데이. 로하야, 효정이랑 꼭 살아남아라, 알겠나? 내가 운 좋게 살게 되면 그때 또 보자. 쉽지는 않겠지만 말이다. 아, 씨발……."

철호는 말이 끝나자마자 가방에서 식칼을 꺼내 들고 두 남자를 향해 돌진했다. 그러더니 키 큰 남자의 등을 마구 찔렀다. 남자가 피를 토하고 쓰러지자 다른 남자에게 덤비는 철호. 하지만 보기보다 몸이 날렵한 남자가 철호의 두 팔을 붙잡았다. 그 자리에 쓰러진 두 남자는 서로 엉켜서 뒹굴기 시작했다.

"뭐 하노! 빨랑 안 가고!"

그 와중에 움직이지 않고 있는 로하를 향해 철호가 소리를 질렀다. 로하는 순간적으로 같이 싸워야 하나 이대로 도망가야 하나 고민했다.

"뭐 해?"

로하가 결정을 못 내리고 어쩔 줄 몰라 하는데, 업혀 있던 효정이 로하의 어깨를 잡고 세게 흔들었다. 그때야 로하는 겨우 정신을 차릴 수 있었다.

"미안해요, 사장님."

로하는 뒤돌아서 죽기 살기로 달리기 시작했다. 효정을 업은 상태라 전력 질주는 힘들었지만 죽을힘을 다해 밤거리를 달렸다. 로하는 철호의 희생을 헛되게 할 수 없었다. 그렇게 두 사람은 겨우 위기에서 벗어났다.

한참을 정신없이 달리던 로하는 잠시 숨을 고르기 위해 어느 골목길에 있는 빈집으로 들어갔다. 안에 아무도 없는 것을 확인하자 문을 닫고 업고 있던 효정을 내려놨다. 겨우 숨을 돌린 것도 잠시, 로하는 먼저 봤던 총살 장면들과 철호 덕분에 위기를 모면했던 때를 생각하니 심장이 터질 것만 같았다. 마음도 진정하고 효정을 업고 뛴 덕분에 지친 몸도 쉬고 싶어 그 자리에 벌러덩 누워서 눈을 감았다. 한참을 그렇게 있던 로하가 눈을 뜨고 고개를 들자 구석에 멍한 표정으로 앉아 있던 효정이 그에게 시선을 주었다.

"아저씨가 우리 때문에……."

효정이 말을 잇지 못하자 로하가 상체를 일으키며 말했다.

"그러니까 우리 말 들었으면 이런 일 없었잖아. 결국 너 때문에 사장님은 자신을 희생한 거라고."

효정이 넋 나간 표정으로 시선을 바닥으로 내렸다.

"나 때문에 아저씨가 희생한 거 잘 알고 있어. 그러니까…… 알고 있으니까…… 지금은 소리치지 마. 그들이 우리가 여기 있는 거 알면 안 되잖아."

"뭐라고? 너 지금 그걸 말이라고……."

로하는 어이가 없어서 끝까지 말을 잇지 못하고 고개를 돌려 버렸다.

"미안해……."

효정이 눈을 질끈 감고 조용한 목소리로 말을 이었다.

"내 고집 때문에 일이 이렇게 된 것도 미안하고, 아저씨한테 가시 돋친 말만 해 댄 것도 미안해. 아저씨가 우리를 위해서 그런 행동을 할지 몰랐어. 로하 너 빼고, 이제는 이 세상에 믿을 수 있는 사람이 아무도 없다고 생각했어. 특히, 끔찍한 짓을 아무렇지 않게 저지르는 어른들이 무섭고 싫었어. 그런데…… 철호 아저씨한테 너무 미안해. 너한테도 미안하고."

눈물을 글썽이는 효정을 본 로하는 한숨을 푹 내쉬었다.

"그래, 이제 와서 우리가 뭘 할 수 있겠니. 사장님이 무사히 잘 빠져나갔길 빌 수밖에. 사실 나 역시 후회돼. 사장님이 놈들하고 싸울 때 내가 도왔더라면 다 같이 도망칠 수 있지 않았을까 하는 생각이 들어서 괴롭다고.”

로하는 자기 자신이 원망스러웠다. 깊숙한 고독의 심연 속에 스스로를 가둬 두었을 때는 미처 알지 못했다. 자신 역시 타인의 고통을 보고도 모른 척하는 형편없는 인간이었다는 것을 말이다.

“따지고 보면 너를 데리고 가자고 말한 사람은 나잖아. 나 역시 너한테 뭐라고 할 처지가 아니었네.”

“살아 계실까?”

“…….”

불쑥 던진 효정의 물음에 무슨 말도 할 수 없었던 로하는 다시 드러누워 눈을 감았다.

두 사람은 그곳에서 10분가량 더 머물다가 슬금슬금 밖으로 나왔다. 효정은 다리를 절었지만 혼자 걸어가기로 했다. 다행히도 이번에는 밖에서 다른 사람의 그림자가 튀어나오진 않았다. 몸도 마음도 지쳐 버린 두 사람은 조용히 로하의 원룸 방향으로 걸었다.

가는 동안 서로 한마디도 주고받지 않았지만 머릿속은 여러 가지 생각으로 복잡했다. 로하는 이렇게 식량을 구하러 돌아다니다 언젠가는 그들에게 잡혀서 끔찍한 일을 당할지도 모른다는 생각이 들자 마음이 한층 무거워졌다. 한동안 이어지던 침묵을 깬 건 로하였다.

"다른 지역으로 옮겨 볼까?"

"그동안 내가 몇 군데 다녀봤는데 어딜 가든 마찬가지일 거야."

"그래?"

"응, 중간에 멀리까지 갔다가 돌아온 사람을 만난 적이 있는데, 거긴 더 심각한 수준이라고 하더라고."

"마찬가지라고?"

"괜히 장소를 옮기려다가 검은 옷들에게 붙잡히면 끝장이야."

효정의 말을 들은 로하가 더 막막해진 기분으로 걷다 보니 어느새 익숙한 원룸 건물이 눈에 들어왔다.

"거의 다 왔다."

"어……."

아직도 철호에 대한 죄책감에 사로잡혀 있는지 효정의 안색이 좋지 않았다.

"일단 들어가서 뭐 좀 먹고 쉬고서 다시 힘내자. 네 다리 치료도 하고."

그렇게 두 사람이 원룸 건물의 출입구 문을 열고 들어가려던 그때였다.

"야! 너희들!"

갑자기 그들을 부르는 소리가 들렸다. 두 사람은 목소리가 들린 쪽으로 동시에 고개를 돌렸다. 그곳에는 검은 옷을 입은 남자 한 명이 서 있었다. 그를 본 순간, 효정은 다리에 힘이 풀려 그 자리에 주저앉고 말았다. 로하는 재빨리 가방 주머니에서 식칼을 빼 들었다.

"내…… 내가 시간을 끌 테니 넌 도망가, 어서!"

"다 끝났어. 이 다리로 어딜 도망쳐."

"끝이긴 뭐가 끝이야! 죽어야 끝이지! 헛소리하지 말고! 어서 가라고, 어서!"

로하가 소리쳤지만 모든 의욕을 상실한 효정은 아무런 반응을 하지 않았다.

"어허, 이것들 봐라."

검은 옷의 남자가 로하와 효정을 향해 천천히 걸어왔다.

"가…… 가까이 오지 마!"

걸음을 멈춘 남자가 몸 뒤쪽에서 38구경 권총을 뽑아 들더니 두 사람을 향해 겨누었다.

"하…… 참, 너 지금 총 든 사람한테 칼로 위협하는 거냐?"

남자가 가소롭다는 듯이 입꼬리를 씩 올렸다.

"사…… 살려 주세요."

총을 보고 놀란 로하는 급히 무릎을 꿇고 식칼을 내려놓았다. 남자가 재미있다는 표정으로 로하와 효정을 번갈아 보더니 자지러지게 웃었다.

"거참, 너네 여기서 뭐 하냐. 둘이 커플이냐? 여자 친구는 맛이 간 거 같은데, 그래도 남자라고 안 도망가고 지켜 주겠다?"

한참을 웃던 남자는 진지한 표정으로 싹 바꾸더니 로하를 노려보며 말했다.

"갑자기 재미있는 생각이 하나 떠올랐는데 어때, 한번 해 볼래? 내 말대로 하면 둘 중 한 명은 살려 줄게. 이렇게 숨은 놈들 찾아다니는 게 얼마나 힘들고 지루한지 모르지? 개고생하는데 이 정도 여흥은 괜찮지 않겠어?"

"……."

로하와 효정은 겁먹은 얼굴로 바닥만 쳐다봤다. 남자는 혼자만 신나서 히죽거리다가 기다리던 대답이 없자 굳은 표정으로 소리쳤다.

"야! 이것들이 대답을 안 하네. 할 거야, 말 거야? 5초 안에 대답 안 하면 둘 다 그냥 죽인다. 오. 사. 삼. 이."

"할게요! 하겠습니다."

"그래? 그래야지. 진즉에 그렇게 나왔어야지."

로하가 급히 대답하자 남자는 뿌듯한 표정으로 가볍게 고개를 끄덕거렸다.

"그런데…… 저희가 뭘 해야……."

"아주 간단해. 너희들한테 생각할 시간을 딱 1분 주겠다. 그다음에 각자 둘 중에 누가 죽는 게 좋을지 말하는 거야. 어때, 간단하지? 만약에 똑같이 한 표씩 나오면 두 표가 나올 때까지 다섯 번 반복할 거야. 그런데 다섯 번째도 대답이 똑같다? 그러면 역시 둘 다 죽는 거지."

남자는 무슨 재미있는 게임이라도 하는 양 기대에 찬 표정을 하고 있었다.

"자, 그럼 시작해 볼까? 지금부터 1분 준다. 시작!"

로하와 효정의 얼굴이 창백해졌다. 이미 하겠다고 말해 버린 이상, 살려 달라고 비는 것조차 무의미해졌다. 남자가 숫자를 세고 있는데 갑자기 로하가 끼어들듯 말했다.

"대답할 테니 잠깐 말할 시간 좀 주세요."

"그래? 그럼 특별히 허락해 줄 테니 한마디씩만 해 봐. 끝나면 바로 다시 카운트 들어간다."

로하는 넋을 놓고 있는 효정의 두 어깨를 붙잡았다.

"효정아, 효정아, 정신 차려 봐. 꼭 해 주고 싶은 말이 있었어."

로하가 울먹이는 목소리로 말하자 효정은 그제야 그를 쳐다봤다.

"그래도 네가 있어서 지금까지 잘 버텨 온 것 같아. 네가 없었으면 아마도 난 이미 죽었을 거야."

가늘게 떨리는 로하의 목소리가 효정의 귀에 닿자 그녀도 울먹이는 목소리로 말했다.

"나도 친구가 되어 줘서 고마워. 사실 너랑 이렇게 친한 친구가 될 줄은 상상도 못 했는데 말이야. 친구 맞지, 우리?"

로하가 고개를 끄덕였다. 그리고 두 사람 모두 격해진 감정에 아무 말도 하지 못했다.

"자, 이제 다시 카운트 시작."

잠시 후 남자가 "이제 10초 남았다."고 하자 로하가 재빨리 효정에게 말했다.

"나는 네가 살아남았으면 좋겠어. 그러니까 물어보면 내 이름을 말해, 알겠지?"

"땡!"

로하의 말에 효정이 미처 대답하기도 전에 남자가 두 사람에게 다시 총구를 디밀었다.

"이제 한 명씩 대답해 봐. 우선 너부터."

남자가 총구를 까딱까딱거리며 로하를 지정했다.

"저는…… 저로 하겠습니다."

"오, 희생정신? 멋있어. 멋있어. 성격이 남자답네. 그럼 과연 여친은 뭐라고 할까?"

남자가 이번에는 효정을 향해 총구를 겨눴다.

"저도…… 저요."

"와우! 감동이다, 감동. 나는 반대의 대답을 예상했는데, 이거 생각보다 더 재미있는데?"

남자가 유쾌한 목소리로 웃더니 다시 두 사람을 총구로 가리키며 말했다.

"너희들…… 꽤나 가까운 사이였구나. 목숨을 바칠 정도라니…… 내가 다 부럽다야. 그런데 어떡하냐? 그렇다고 둘 다 살려 줄 생각은 없거든. 앞으로 네 번 남았는데, 이런 식이면 시간만 질질 끌 거 같아서 안 되겠는걸? 이제 기회는 한 번뿐이다. 잘 생각해서 대답해라."

"하…… 하지만."

"어허, 내가 만든 게임이니 내 마음대로 한다. 알겠냐? 잔말 말고 다시 1분 센다. 자! 시작!"

로하가 다시 효정의 두 어깨를 붙잡았다.

"효정아, 이번에는 그냥 내 이름 불러. 네 마음은 충분히 알겠으니까, 날 친구라고 생각하면 넌 꼭 살아. 알겠지? 어? 알겠어? 대답을 해."

"그래…… 알았어."

대답하는 효정의 목소리가 떨렸다. 로하는 효정의 두 볼을 살짝 어루만져 주면서 온화한 미소를 지었다.

"미안해하지 마. 어쩔 수 없는 상황이잖아. 네가 날 좋은 친구로 기억해 준다면 그걸로 충분해. 혼자 살다가 죽으면 아무도 기억 못 해 줄까 봐 두려웠는데 잘됐지 뭐."

효정에게 말한 로하가 대뜸 고개를 돌려 남자를 노려봤다.

"둘 중 한 명은 확실히 살려 주는 거, 맞죠?"

"그래, 그야 당연하지. 내가 괜히 이렇게 시간 낭비하겠어, 이 사람아?"

남자는 로하를 보며 씨익 웃더니 말을 이었다.

"내가 이래 봬도 법 공부하던 사람이야. 오로지 검사가 되겠다는 꿈 하나 가지고 쥐 죽은 듯이 공부만 하면서 살아왔지. 나한테는 부모 같은 것도 없었어. 도와주는 사람도 아무도 없었지. 그래서 내 인생에서도 희망이란 걸 가져 보고 싶어서 죽어라 공부만 했어. 명문대에 합격하고도 죽어라 법 공부만 했고, 올해는 사법고시 공부 중이었지. 근데…… 근데, 지금은 아무 소용 없어졌어. 검사? 이젠 더 이상 그딴 게 필요한 세상이 아니잖아. 이젠 총을 가진 사람의 말이 곧 법이 되는 세상이야. 나 역시 그들이 만든 알 수 없는 규칙 때문에 죽을 뻔했다가 선택되었거든. 그래서 세상이 비록 이렇게 됐어도 법을 지키며 살겠다는 내 신념만은 그대로야. 적어도 내가 한 말은 꼭 지키는 사람이란 말이야. 그러니까 내 말은 믿어도 돼. 아니, 내가 총을 들고 있는 한 내 말은 믿어야만 하는 거야. 내 말이 곧 법이야. 나는 법이다."

로하는 고개를 끄덕였지만 남자의 말을 이해할 순 없었다. 방금 전에도 자기가 말한 규칙을 바꿨으면서 갑자기 법 얘기를 왜 하는지 알 수 없었다. 다만, 로하에게는 남자의 말을 듣는 것 외에는 방법이 없었다. 적어도 당장 둘 다 죽는 것보단 나은 선택일 테니 말이다.

"아…… 알겠습니다. 믿어 볼게요. 그…… 그럼, 지금 바로 선택할게요."

"그래? 정 원한다면야. 어차피 시간도 거의 다 됐어."

남자가 총구를 로하와 효정을 향해 번갈아 겨누며 말했다.

“자, 그럼 이번에도 너부터 말해 봐.”

남자가 다시금 총구로 로하를 가리켰다. 로하는 살포시 두 눈을 감고 말했다.

“저요. 저를 죽여 주세요.”

“역시 너로 결정한 거냐? 좋아, 그럼 너는?”

“저도 저요.”

“효정아!”

예상외의 대답에 로하가 큰 목소리로 그녀를 불렀다.

“오호~ 그렇게 나온다?”

남자는 무슨 통쾌한 반전 드라마라도 시청하는 사람처럼 즐거운 표정이 되더니 큰 소리로 웃었다.

“아이고, 아이고, 너희들 정말 그 정도 사이냐?”

두 사람은 서로를 쳐다보고 있을 뿐 남자의 물음에는 대답하지 않았다.

“아니, 사실은…… 그냥 장난쳐 본 거야. 둘 다 죽일 생각 없었어. 너희 같은 애들은 우리 신인간들에겐 유용한 인력 자원이거든. 어저께도 너희들처럼 두 놈을 잡았는데, 남자 두 놈이라 힘 좀 세 보여서 똑같은 장난을 쳐 봤지. 싸워서 이기는 놈만 살려 주겠다고 말이야. 그랬더니 서로 피 터지게 싸우더라고. 근데, 이게 웬걸? 시발, 둘 다 죽어 버렸네? 안 걸리게 치우느라 힘들긴 했지만, 워낙 재밌어서 다시 한번 해 본 거야."

"……."

남자의 말을 듣고 할 말을 잃은 두 사람의 얼굴에는 허탈함과 안도감이 떠올랐다.

"근데 말이다, 감히 지시에 따르지 않을 때는 얘기가 달라지지. 심하게 반항할 때는 죽여도 상관없다고 했거든."

남자는 메고 있던 가방에서 수갑 두 개를 꺼내더니 두 사람 앞에 하나씩 던졌다.

"하나씩 차."

올라가 있던 남자의 입꼬리가 다시금 제자리로 와 있었다. 날카로운 남자의 눈빛으로 보아 여차하면 정말로 총을 쏠 것만 같은 기세였다. 두 사람은 일단 남자가 던져 준 수갑을 순순히 집어 들었다. 그리고 각자의 손목에 채우려고 할 때였다.

피익!

갑자기 모래주머니를 관통하는 소리가 들렸다. 놀란 로하가 다음 순간 발견한 것은 모자가 벗겨진 채로 쓰러져 있는 남자의 모습이었다. 가까이 가서 살펴보니 정확히 관자놀이에 총구멍이 뚫려 있었다. 곧이어 남자의 죽음을 본 효정이 비명을 질렀다. 로하는 그녀를 붙잡고 급히 몸을 낮추며 건물 안으로 피했다. 어디선가 다시 총알이 날아올 것 같았기 때문이었다.

원룸 지하 2층의 방으로 피신한 두 사람은 재빨리 안으로 들어가 문을 잠갔다. 로하는 불안감에 떨고 있는 효정을 끌어안은 채 숨을 죽였다. 숨바꼭질에서 술래 모르게 숨어 있는 것과 비슷한 상황이었지만 들킬 것에 대한 두려움은 비교할 수 없을 정도였다. 그저 잡히면 죽는다는 생각밖에 할 수 없었다.

쾅! 쾅! 쾅!

"거기에 있는 거 다 알아."

여자의 목소리가 들렸다. 로하는 심장이 멎을 것만 같았다. 효정 역시 로하를 보며 울먹였다.

"문 좀 열어 주지? 특별히 찾아온 손님한테 이러는 거 아니다, 너?"

"어? 이거 어디선가……."

어딘지 모르게 익숙한 목소리였다. 로하는 설마 하면서도 아무런 대답도 못 하고 있었다.

"정말로 안 열어 줄 거니? 그냥 좀 열어라, 응? 어쭈구리 이것 봐라? 당장 이 문 안 열어? 안 열면 문을 확 부숴 버린다?"

여자의 협박에 로하가 마지못해 현관문 앞으로 다가갔다.

"누…… 누구야, 당신?"

"하, 피곤하다. 긴말 안 할게. 일단 문부터 열어. 그럼 누군지 알 거야. 얼굴을 봐야 누군지 알지, 안 그래?"

로하가 슬금슬금 다가가서 현관문 구멍에 눈알을 디밀어 보았다. 하나 검은색 가죽옷을 입은 여성의 가슴 부위만 보일 뿐이었다.

"난 네가 누군지 모르겠어."

"슬슬 짜증 나려고 하네. 내가 너희들 살려 준 거 잊었어?"

"살려 준 건지, 죽이려다 놓친 건지 알 게 뭐야."

일단 큰소리를 쳐 보긴 했지만 사실 로하는 지금 고양이를 앞에 두고 궁지에 몰린 새끼 쥐처럼 겁에 질려 있었다.

"그렇게 나온다 이거지? 좋아, 그럼 어쩔 수 없지. 미안하지만 그냥 부수고 들어가는 수밖에."

"뭐?"

탕!

더 이상 설득하기 귀찮았는지, 여자는 바로 문을 향해 발포했다. 로하는 도망가듯 재빨리 안쪽으로 몸을 피했다. 그리고 방 안 구석에 효정을 몰아 놓고 자신은 방패처럼 그 앞을 막아섰다. 식칼을 든 그의 손이 떨리고 있었다.

총성이 몇 발 더 울렸다. 이윽고, 잠시 조용해지나 싶더니 현관문이 열리는 소리가 들렸다. 긴장감으로 인한 식은땀이 로하의 등줄기를 타고 흘러내렸다. 그는 제발 이대로 시간이 멈추기를 바랐다. 하지만 그의 바람은 허무하게 무너졌다.

눈앞에 나타난 여자는 머리카락을 완전히 뒤로 넘겨 묶은 채 광이 나는 검은색 가죽옷을 위아래로 입고, 스키장에서나 사용할 법한 큼지막한 고글을 착용하고 있었다. 그리고 한 손엔 자신의 상체 길이만 한 기다란 저격용 장총을 들고 있었다. 식칼을 들고 방어 자세를 취하고 있는 로하를 본 그녀가 들고 있던 총을 바닥에 내려놓고는 두 팔을 가볍게 올리고 손바닥을 펴서 싸울 의사가 없음을 보여 주었다.

"뭐…… 뭐야, 당신?"

하지만 로하는 여전히 상대방에 대한 경계를 늦출 수 없었다.

"정말 누군지 모르겠어?"

"몰라! 당신이 누군지 내가 어떻게 알아? 방금 그 남자…… 당신이 죽인 거지? 맞지?"

"음…… 맞아. 근데 너, 그새 내 목소리도 잊어버렸니? 나야, 나."

여자는 고개를 절레절레 흔들더니 쓰고 있던 고글을 당겨서 이마 위로 올렸다.

"너 때문에 결국 이렇게 다시 돌아왔어. 죽었다 살아난 소감이 어때? 그대로 뒀으면 그 미친놈이 널 쐈을 거야."

그녀의 얼굴을 본 로하는 화들짝 놀랐다. 온몸에 털이 곤두서며 심장이 찌릿해졌다. 어쩐지 익숙하게 느껴졌던 목소리, 그 목소리의 주인은 로하에게 지옥의 광경을 보여 줬던…….

"아…… 아영아."

4장 재회

실수는 받아들일 용기만 있다면 언제나 용서받을 수 있다.

- 브루스 리 -

1

“누군지 알았으면 이제 인사 한마디 정도는 해도 괜찮을 것 같은데? 아니면 뭐 고맙다든지…….”

아영이 로하를 노려보며 씨익 웃었다. 로하는 당혹스러운 기색을 감추지 못했다. 넋이 빠져나가는 기분이었다. 얼어붙은 듯 서서 그녀의 얼굴만 말똥말똥 쳐다보았다. 그런 로하 옆에서 두 사람을 지켜보던 효정이 궁금한 듯 두 눈썹을 치켜올렸다.

“누…… 누구야?”

효정의 말에 멈춰 있던 로하의 사고가 돌아왔다. 로하에게 있어서 아영은 한때 감히 넘볼 생각조차 할 수 없던 동경의 대상이었지만, 교실에서 벌어진 학살을 목격한 이후 씻을 수 없는 충격의 후유증에 빠지게 한 악몽 그 자체가 되어 있었다. 들고 있던 식칼을 꽉 움켜쥔 로하가 눈에 힘을 주고 아영을 노려봤다.

“뭐 해, 지금? 나랑 싸우겠다고 그러고 있는 거야? 나 좀 섭섭해지려 하는데? 내가 여길 어떻게 왔는데…….”

아영은 저를 향해 칼을 들어 올린 로하를 보며 약간 슬픈 표정을 지었다.

“설마, 네가 저질렀던 일들을 모두 잊어버린 거야? 나는 아직도 생생해. 살려 달라고 애걸복걸하는 애들을 마치 바퀴벌레 죽이듯이 쏴 죽이던 네 모습이 말이야. 나에게 그런 일을 겪게 해 놓고, 내가 아무렇지도 않게 널 맞이할 거라고 생각했던 거야?"

"야, 나는 너를 그 지옥에서 구해 준 거야, 네가 원하던 대로."

"계속 이상한 소리만 하는데, 나는 그런 거 원한 적 없어. 그리고 지옥을 보여 준 건 너야."

아영은 자신에게 적개심을 보이는 로하의 말에 당황한 모습이었다. 그녀는 씁쓸한 얼굴로 잠시 뭔가 생각하는 듯하더니 이윽고 의미를 알 수 없는 묘한 미소를 지었다.

"걔네들 때문에 네 인생이 엉망이 돼도 그런 소리 할 수 있을까? 네 목숨을 살려 준 나에게 고마워해야 하는 거 아닌가?"

"내 인생을 엉망으로 만든 건 너야. 그리고 뭐? 니가 내 목숨을 살려 줘?"

"그럼, 살려 줬고말고. 그것도 두 번씩이나. 방금 전에 한 번, 그리고 교실에서 한 번. 잊었어? 넌 그때 분명히 등교하지 않겠다고 약속까지 했잖아. 약속을 어긴 건 너야. 그렇게 약속을 어긴 널 끝까지 살려 준 게 나잖아."

"……."

로하는 아영의 궤변에 기가 막혀서 말이 나오지 않았다. 순간, 전부터 품고 있던 의문이 갑자기 증폭되는 느낌이 들었다.

"도대체 나한테 왜 이러는데? 왜 내 목숨을 구한다면서 사람을 그렇게 죽인 건데? 나 같은 존재감 없는 고아 새끼가 뭐라고 그런 끔찍한 짓을 한 거냐고!"

"……."

아영은 고개를 숙이고 뭔가 생각에 잠긴 듯했다.

"왜? 이번엔 그럴듯한 변명이 생각이 안 나니? 너 솔직히 말해 봐. 그냥 재미로 이러는 거지? 나 같은 건 그냥 죽이면 재미없으니까 가지고 놀려고 살려 뒀다가 나중에 죽이려는 거지?"

"그런 거 아냐."

"아니긴 뭐가 아냐! 이유 하나 제대로 설명도 못 하면서."

로하의 동공은 확장됐고 차가운 땀이 비 오듯 흘러내렸다. 흥분해서 화를 내긴 했지만, 아영이 언제든 쉽게 자신을 죽일 수 있는 살인마라는 사실을 상기하자 몸이 떨렸다.

"지금 얘기하면 나를 미쳤다고 생각할 거야. 나중에 증거를 보여 줄게."

"네가 미쳤다는 건 이미 알고 있어."

"로하야."

로하는 여러모로 이해하기 어려운 현재의 상황들을 어떻게든 조합해 보려고 머릿속으로 부단히 노력해 보았다. 하지만 생각하면 할수록 점점 더 미궁 속으로 빨려 들어가는 느낌이었다. 단순하게 아영이 정신병자라는 것만으로는 경찰에서조차 찾아내지 못한 그녀의 행적들이 전부 설명되지 않았기 때문이었다.

로하는 눈앞에 다시 나타난 변함없는 말투와 외모의 아영을 유심히 쳐다보았다. 머리 스타일이 바뀌고 가죽옷을 입고 있는 것 말고는 예전의 모습 그대로였다. 로하의 머릿속에 교복을 입고 달콤한 향기를 풍기고 다니던 예전 모습이 떠오르자 대조되는 이미지의 괴리감에 더욱 소름이 끼치고 기묘하게 느껴졌다.

"그나저나 잰 누구야? 새로 생긴 니 여친?"

아영의 무시하는 듯한 시선이 효정을 아래위로 훑더니 퉁퉁 부은 발목에서 멈췄다.

"너 다리는 왜 그래?"

"아, 밖에서 실수로 삐어서……요."

효정이 기죽은 목소리로 조심스레 대답했다. 낯을 심하게 가리고 말수도 없는 효정이 아영에게 대답한 건 순전히 그녀가 무서웠기 때문이었다.

"많이 아팠겠네. 우리 집에 구급약하고 붕대가 있는데, 가서 치료해 줄까? 심하게 다친 것만 아니면 내가 치료해 줄 수도 있을 것 같은데."

부드러운 말투로 선뜻 호의를 내보이는 아영에게 로하와 효정은 고마움보다는 의심이 먼저 들었다.

"너를 어떻게 믿고?"

로하가 툭 쏘듯이 말했다.

"믿고 말고 할 문제가 아닌 것 같은데? 너희도 들었잖아, 조금 전에 내가 쏜 총소리가 꽤나 컸어. 총소리를 들은 놈들이 입구에 있는 동료 시체를 발견하고 떼거지로 몰려오면 어떻게 될까? 아니, 이미 여기로 오고 있을지도 모르지. 그리고 저 여자애 발목, 빨리 치료해야 하지 않을까? 가만히 놔뒀다가는 다리 제대로 못 써서 금방 붙잡히고 말 거야."

"……."

로하가 머뭇거리며 슬며시 효정의 눈치를 살폈다. 두 사람의 눈이 마주쳤다. 효정이 로하의 귀에다 대고 속닥거렸다.

"근데, 학교에서 애들을 죽였다는 게 무슨 말이야?"

그러자 로하도 똑같이 효정의 귀에다 입을 대고 야트막하게 속삭였다. 두 사람은 오므린 손을 서로의 귀에다 대고 말을 주고받았지만, 그들의 시선은 여전히 아영에게 꽂혀 있었다.

"얼마 전에 뉴스에서 떠들썩했던 교실 학살 사건의 범인이 쟤야."

로하의 말을 들은 효정은 경악한 표정을 지으며 손으로 입을 가렸다.

"야야, 그래서 뭐? 갈 거야, 말 거야? 안 갈 거면 나만 간다. 한시라도 빨리 나라도 여기서 빠져나가야 돼. 나라고 목숨이 여러 개인 건 아니니까."

아영은 두 사람이 귓속말로 속닥거리는 것에 기분이 상했는지 약간 화난 목소리였다.

"이런 말 하는 건 좀 그렇지만…… 혹시, 거기 먹을 거 좀 있어?"

로하가 조심스럽게 묻자 아영이 환한 표정으로 대답했다.

"있어. 있으니까, 일단 따라와. 아무튼 난 더 이상 강요하지 않을 거야. 다만 이건 알아 둬. 운 좋게 지금까지 살아남았지만 그 운은 언제까지 지속되지 않아. 솔직히 내 도움 없이 앞으로 너희가 살아남기는 힘들다고 봐. 그러니까 그냥 따라오는 편이 좋을 거야."

아영은 그렇게 말하고는 바닥에 내려 둔 총을 집어 들고 뒤돌아서 걸어갔다. 잠시 주춤하던 로하도 조용히 가방을 들고 효정을 부축해서 같이 그녀의 뒤를 따라갔다. 아영을 따라가던 중 효정이 로하의 옷자락을 잡고 물었다.

"정말 괜찮을까?"

"어차피 먹을 것도, 갈 데도 없잖아. 우린 지금 선택권이 없어. 일단 따라가 보자."

로하의 말에 효정은 고개를 끄덕이며 다시 발길을 재촉했다. 한 5분 정도 걸었을까, 로하와 효정은 아영을 따라 어느 주택 안으로 들어갔다. 로하가 살던 원룸 건물에서 그리 멀지 않은 곳이었다. 범상치 않은 형태의 냉기 서린 철문과 날카로운 쇠창살이 뾰족하게 튀어나온 높은 담벼락. 로하는 이 집 근처를 몇 번이고 지나간 적 있었다. 철문에는 전에 봤던 큰 엑스 자가 눈에 띄었다.

"이건 놈들이 이미 확인한 곳이란 표시 아니야?"

갑작스러운 로하의 질문에 아영이 뒤를 돌아보며 고개를 끄덕였다.

"맞아. 그걸 용케 알고 있네."

"그런데 어떻게 들키지 않고 이 집에 계속 있었지?"

"이곳에는 아무도 찾을 수 없는 비밀 공간이 있지. 그때 학교에서 빠져나온 나를 아무도 못 찾은 이유이기도 해. 가 보면 알 거야."

이 커다란 집은 주위의 어떤 건물들보다도 이목이 집중될 만한 곳인데, 대체 어떻게 숨어서 살아왔는지 로하는 궁금했다.

마당을 지나 현관문을 열고 집 안으로 들어섰을 때 가장 먼저 눈에 들어온 것은 먼지가 자욱하게 깔려 있는 갈색 마룻바닥이었다. 안을 둘러보니 나무 재질로 만들어진 계단이 보였다. 회색으로 통일된 가죽 소파와 보석 모양이 그려진 쿠션도 보였다. 벽지는 전체적으로 베이지색이었고, 여기저기 도자기 같은 장식품들이 자리하고 있었다.

밖에서 본 인상처럼 부유한 집이라는 느낌은 있었지만, 이상하게 누군가 산다는 생활감이 느껴지진 않았다. 게다가 검은 옷들이 이미 와서 마구 뒤지고 어지럽혀 놓아서 사람이 살지 않는 폐가의 느낌이 들었다.

두리번거리며 아영의 뒤를 쫓아가던 두 사람은 그녀가 갑자기 걸음을 멈추자 놀라서 뒷걸음질을 했다.

"너희들 왜 그래? 내가 그렇게 무섭니?"

아영이 피식 웃으며 묻자 둘은 대답 없이 그녀의 얼굴만 빤히 쳐다보았다.

“자, 이제 내 아지트로 들어갈 테니 잘 봐 둬.”

“뭐?”

갑작스런 말에 로하가 어리둥절해서 물었지만 아영은 대답 대신 그를 힐끗 보더니 벽 쪽에 있는 석고 흉상 앞으로 다가갔다. 그리고 머리와 팔이 없는 흉상의 명치를 손가락으로 꾹 눌렀다. 석고로 만들어져서 표면이 딱딱할 거라 생각했는데, 누른 부위가 고무처럼 쑥 들어갔다. 그러자 눈앞에 마치 영화의 한 장면처럼 믿기지 않는 광경이 펼쳐졌다.

흉상이 놓여 있는 진열대와 그 밑의 마룻바닥이 동시에 살짝 들리는가 싶더니 바닥 긁는 소리와 함께 한 꼭짓점을 중심으로 원형을 그리며 옆으로 이동하는 것이다. 이윽고 그곳에 삼각형의 구멍이 모습을 드러냈다. 그 구멍은 웬만한 몸집의 어른도 충분히 들어갈 수 있을 만한 크기였다.

이 신기한 장면을 보고 있던 로하와 효정은 놀라서 눈이 휘둥그레졌다. 아영은 그런 그들을 보며 재밌다는 듯이 한쪽 입술 끝을 올리더니 바로 그 구멍 아래로 이어져 있는 나선형 계단을 밟고 내려가기 시작했다.

“뭐 하고 서 있어, 빨리 내려오지 않고?”

아영의 재촉에 로하와 효정도 그녀를 따라 구멍으로 들어갔다. 스무 계단 정도를 내려가자 영화에 나오는 시멘트 벽으로 둘러싸인 지하 벙커 같은 공간이 나왔다. 바닥을 긁는 소리가 들려서 위를 쳐다봤더니 들어왔던 구멍이 자동으로 닫히고 있었다. 다시 정면으로 시선을 돌리자 아영이 어디론가 걸어가고 있었다. 세 사람이 내려온 계단의 끝 지점에서 곧바로 보이는 오른쪽에 있는 반투명 유리문 앞에 선 그녀가 두 사람을 향해 돌아섰다.

"비밀번호는 2001이야. 기억해 둬."

아영이 문손잡이 바로 아래에 있는 도어 록 번호판에 2, 0, 0, 1을 차례대로 누르자 피식 하고 바람이 새어 나가는 소리와 함께 유리문이 열렸다. 로하와 효정은 여전히 당황스러운 얼굴로 아영의 뒤를 따랐다.

문 안으로 들어서자 로하의 지하 원룸을 밝혔던 태양광 조명보다 훨씬 환한 실내 조명이 켜지면서 마치 모델 하우스처럼 깔끔하게 정돈되어 있는 거실이 눈에 들어왔다. 고급 주상 복합 아파트처럼 전체적으로 여유로움이 느껴지는 공간이었다. 로하가 서 있는 곳에서 오른쪽과 맞은편 벽 쪽에는 각각 두 개씩 방문이 있었다. 세 명이 각자 불편함 없이 지낼 수 있을 만큼 적당한 크기의 가정집 같은 느낌이었다.

널찍한 천장에는 LED등 세 개가 줄지어 정갈하게 자리하고 있었고 15평 정도 넓이의 거실 한가운데에는 목재로 만들어진 6인용 테이블이 있었다. 한쪽 한구석에는 기역 자로 굽힐 수 있는 침대 소파가 있었는데, 지금은 침대처럼 펼쳐진 채 구릿빛과 연노란빛 체크무늬 커버가 씌워져 있었다. 벽 쪽에는 다소 기괴한 분위기를 풍기는 건축물 그림 액자와 3단 벽걸이 수납장 등이 있었다.

넋을 잃고 집 안을 구경하던 로하가 문득 아영을 쳐다봤다. 그의 눈이 '도대체 이런 공간을 언제, 어떻게 만든 거야?' 하고 묻고 있었다. 그 외에도 하고 싶은 질문이 한두 개가 아니었다.

"아, 피곤하다, 피곤해."

하지만 아영은 로하에게 질문할 틈을 주지 않았다. 그녀는 이제 막 야근을 끝내고 온 직장인처럼 펼쳐진 소파를 향해 몸을 던지더니 대자로 누웠다. 그리고 로하와 효정을 보며 네 개의 문들 중 하나를 손으로 가리켰다.

"저기가 욕실이야. 지금 너희들 꼴 좀 봐. 냄새도 장난 아니고. 가서 좀 씻고 오든지 해라."

아영의 말에 로하와 효정은 어색한 표정으로 서로의 얼굴을 살폈다.

"그런데 여기는 물이 나와? 아니, 그보다 대체 어떻게……. 아니다. 너 그때 도대체 왜 그런 짓을……. 아니, 지금은 그것보다……. 너무 물어볼 게 많아서 헷갈리네. 그러니까 내가 가장 궁금한 건……."

"로하야, 미안한데, 그런 얘기는 나중에 하면 안 될까? 지금은 너무 피곤해서 아무 말도 하기가 싫네. 일단 씻고 와서 좀 쉬자고. 그다음에 차근차근 설명해 줄게."

"……."

로하는 고개를 끄덕이곤 효정을 보았다.

"너 먼저 씻고 와."

효정은 로하와 아영을 번갈아 보고서 조용히 욕실로 들어갔다. 욕실 문이 닫히자 로하가 소파에 엎드려 누운 아영을 향해 말했다.

"그럼…… 이거 하나만 물어볼게."

"뭔데?"

몸을 뒤집더니 시선을 천장으로 향한 아영이 시선을 로하에게로 옮겼다.

"혹시 너…… 이런 날이 올 줄 알고 있었던 거야? 그래서 이런 곳까지……."

"뭐, 그렇다고 해야 하나……. 그래, 네 말대로 알고는 있었어."

로하의 진지한 물음에 비해 아영의 대답은 성의가 없었다.

"이런 날이 올 줄 알고 있었다고? 어…… 어떻게? 아니, 언제부터?"

"말하자면 길어. 그것도 나중에 얘기해 줄게."

아영은 귀찮다는 듯이 말하고는 하품을 했다.

"그렇지만…… 아영아."

"걱정 마, 때가 되면 다 알게 될 테니까. 그땐 알기 싫어도 알게 될 거야."

"……."

"그나저나 너 머리도 좀 어떻게 해야겠다. 욕실에 이발 기구들도 있으니까 좀 있다가 씻을 때 머리도 잘라."

로하는 말없이 고개를 끄덕였다.

잠시 후 씻고 나온 효정은 마치 다른 사람처럼 보였다. 조금 전까지만 해도 전형적인 노숙자의 행색이었던 그녀를 떠올리자 로하는 자신도 별반 다르지 않겠다는 생각이 들었다. 욕실로 들어간 로하는 먼저 이발 기구로 머리를 자르고 기분 좋은 샤워를 했다. 따뜻한 물로 씻는 동안 로하는 지금까지의 일들이 모두 꿈이 아닐까 하는 생각을 했다.

잠시 후, 욕실에서 나온 로하가 어색한 표정으로 말했다.

"갈아입을 옷이 이것밖에 없는 거야?"

그는 자신이 입은 핑크색 스웻 셔츠를 보며 겸연쩍은 표정을 지었다.

"여자 혼자 사는 집에서 뭘 바라냐? 그나마 오버핏 셔츠라 사이즈는 맞잖아."

아영의 목소리가 들리는 방향으로 고개를 돌린 로하가 놀란 얼굴로 눈을 크게 떴다. 티셔츠에 반바지를 입고 소파에 걸터앉아 있는 효정은 허벅지 살이 다 드러나도록 오른쪽 다리를 쭉 내밀고 있었다. 어느새 셔츠와 청바지로 옷을 갈아입은 아영이 그런 효정의 다리에 붕대를 감고 있었다.

"야?"

"어, 어?"

"너 지금 이상한 생각 했지?"

아영이 실눈을 뜨고 로하를 노려봤다.

"뭐? 내가 뭐? 이상한 생각 안 했거든."

"니 얼굴에 다 써 있어. 곧 죽어도 남자라고……. 하여튼 남자들이란, 여자 맨살만 보면 흥분해 가지고. 이제 좀 살 만한가 보지?"

"아니라니까, 그런 거!"

"괜히 찔리니까 목소리 커지는 거 좀 봐. 아무튼, 이리 와 앉아."

아영이 재밌다는 표정으로 말하자 얼굴을 붉힌 로하가 효정의 옆자리에 가서 앉았다.

"그런 거 아니라니까."

"알았어. 알았으니까, 이거 상처 난 곳에 붙여."

아영은 여러 가지 크기로 구성된 밴드 에이드가 들어 있는 종이 상자를 로하에게 던졌다. 밴드 에이드를 받은 로하는 조금 전 욕실 거울에 비친 자신의 몸 군데군데에 난 잔 상처들을 떠올렸다.

"어, 고마워."

로하는 제 앞에 있는 평범한 모습의 아영을 보며 교실에서 봤던 그 살인마가 맞나 하는 괴리감을 느꼈다. 기억을 되돌려 보면, 교실에서의 사건 이전의 아영은 지금의 모습과 다르지 않았다.

“고마워. 근데…….”

로하는 자신을 올려다보고 있는 아영 시선을 잠깐 피했다가 다시 눈을 마주치며 조심스레 말했다.

“그때…… 그때 말이야, 교실에서 네가…… 그랬던 이유를 혹시 말해 줄 수 있어? 솔직히 나는 그때의 너와 지금의 네가 같은 사람이라는 것이 믿기지가 않아.”

“…….”

잠시 침묵하던 아영이 입을 열었다.

“네가 나에 대해서 어떻게 생각하든 상관없어. 하지만 내가 사람 죽이는 것을 즐기는 사람은 아니라는 것만은 알아 둬.”

“아니, 그럼 왜 그런 짓을…….”

“자, 다 됐다. 너희들 배 안 고파?”

로하의 말을 끊고 화제를 돌린 아영이 효정의 발목에 붕대를 마저 감아 주고는 급히 자리에서 일어섰다.

“어? ……고프지.”

무안한 표정의 로하가 기죽은 목소리로 대답했다.

“그럼 조금만 기다려 봐. 내가 먹을 것 좀 가져올게.”

주방 문으로 들어간 아영이 잠시 후 먹을 것이 담긴 쟁반을 들고 거실로 돌아왔다. 그 쟁반 위에는 작은 생수병들과 파스타, 스튜, 건과일, 쿠키 같은 전투 식량과 장기 보관이 가능한 캔에 담긴 빵이 잔뜩 담겨 있었다.

"자, 어서 먹어."

음식들을 본 로하와 효정은 눈이 휘둥그레졌다. 두 사람은 음식이 테이블에 놓이자마자 잘 먹겠다는 짧은 말을 뱉곤 허겁지겁 먹기 시작했다.

"얘들아, 천천히 먹어. 그러다 탈 난다."

두 사람은 아영의 말이 귀에 들어오지 않는지 말 한마디 없이 정신없이 음식을 집어 삼켰다. 잠시 후, 겨우 배가 찼는지 그제야 로하가 물을 마시며 말을 했다.

"정말 잘 먹었어. 그동안 제대로 못 먹어서 위가 줄었는지 생각보다 금방 배부르네. 아무튼, 얼마 만에 느끼는 포만감인지 모르겠어."

배가 부른데도 아직 남아 있는 음식을 쳐다보며 아쉬워하는 로하의 모습이 웃겼는지 아영이 미지근한 웃음을 지었다.

"더 있으니까 나중에 배고프면 또 먹어. 병원도 못 가는데 괜히 탈 나지 말고."

"어…… 그래."

"예, 알겠어요."

로하와 효정이 어색한 말투로 대답했다.

"근데, 너 왜 존댓말이야?"

아영이 흘깃 효정을 노려봤다.

"예?"

아영은 농담투로 말했지만 효정은 그런 아영의 시선이 무서워 보였는지 잔뜩 주눅이 들었다.

"왜 존댓말을 쓰는 거냐고."

"아…… 그…… 그게, 나쁜 뜻이 아니라, 그냥…… 그래야 될 것 같아서요."

"뭐야, 그게?"

"기분 나쁘셨다면 죄송합니다. 기분 나쁘게 해 드릴 생각은 전혀 없었어요."

"얘 좀 봐. 자꾸 뭐라는 거야?"

아영이 어이없는 표정으로 킥킥거리며 웃었다.

"네가 그게 편하다면 계속 존댓말해도 상관없어. 그보다 너희들 여기서 지내려면 간단한 규칙 정도는 알아 둬야 할 것 같은데……. 엄밀히 따지면 여긴 내 집이고 너희들은 손님이니까, 서로 사이좋게 지내려면 지킬 건 지켜야겠지?"

로하와 효정은 동시에 고개를 끄덕였다.

"이 방이랑 저 방은 식량 창고랑 화장실이야. 배고프면 알아서 먹을 거 가져와서 먹어도 돼. 화장실과 욕실은 이미 가 봤으니 패스하고……."

아영이 현관 입구를 기준으로, 오른쪽 측면에 위치한 두 개의 방문을 차례대로 손가락으로 가리키며 설명했다.

"그리고 저 방……."

이번에는 출입구 맞은편에 있는 방문을 가리켰다.

"저 방은 뭐라고 해야 할까…… 외부와 관련된 곳이라고 하면 될 것 같은데, 라디오나 통신 기기도 있고 또…… CCTV 모니터도 있는데 괜히 만지다가 고장 내지만 않는다면 들어가도 돼."

"CCTV라니?"

로하가 물었다.

"그러니까…… 아, 몰라. 설명하기 귀찮아. 그냥 나중에 들어가 보면 알 거야. 그리고 저 방!"

아영이 가리키는 손가락 방향이 바로 옆방으로 바뀌었다.

"저 방은 내 개인 방이야. 그러니까 들어올 생각은 하지도 말고, 궁금해하지도 마. 알았어?"

그러고 보니 아영의 방만은 유달리 문이 튼튼해 보였다. 그리고 비밀번호를 눌러야 들어갈 수 있는 도어 록도 장착되어 있었다.

"그리고 궁금한 점? 질문 사항?"

아영이 로하와 효정을 번갈아 쳐다보았다. 이내 아무런 대답이 없자 의자에서 벌떡 일어섰다.

"방 설명도 마쳤겠다, 배도 부르겠다, 이제 슬슬 잠이나 자도록 해. 그동안 힘들게 고생했을 텐데 좀 쉬고 다른 얘기는 한숨 자고 나서 하자. 그럼 푹 쉬어."

"잠깐만, 그게……."

당황한 로하가 급히 아영을 불렀지만 그녀는 그의 말을 가볍게 무시하고 방 안으로 들어가 버렸다. 아영이 가 버리자 두 사람 사이에 어색한 기류가 흐르기 시작했다. 원룸에서 같이 지내는 동안은 이런 적이 없었다. 로하는 괜스레 이상한 기분이 들었다.

"효정아, 나 방 구경 좀 하고 올게. 먼저 자."

"어? 으, 응."

어색한 느낌을 잠시라도 피하고 싶었던 로하가 자리에서 벌떡 일어서더니 식량 창고로 쓰인다는 방으로 들어갔다.

"우와."

방에 들어간 로하는 자기도 모르게 탄성을 질렀다. 좌측에는 커다란 은색 냉장고 두 개가 나란히 서 있었고, 그 옆의 진열대에는 각종 통조림 캔들이 가득 채워져 있었다. 우측에도 진열대가 있었는데, 그곳엔 생수병들이 층층이 놓여 있었고 여러 종류의 비상식량도 있었다. 웬만한 편의점은 저리 가라 할 정도였다.

방 안에 빈틈없이 들어차 있는 음식들을 보고 감탄한 로하는 이번에는 냉장고 안이 궁금해졌다. 문을 열어 보니 냉동칸에는 각종 야채, 해산물, 육류 등을 재료로 한 냉동 음식이 들어차 있었다. 그리고 냉장칸에는 몇 가지 음료수와 와인 셀러까지 있었다. 그렇게 좌우엔 음식들이 있었고 정면 안쪽에는 컵, 그릇, 포크, 스푼 등의 식기들이 진열되어 있었다. 창고 입구 바로 오른쪽에는 따뜻한 물이 나오는 정수기와 전자레인지까지 있었다.

'도대체 언제부터 이런 준비를 한 거야?'

그런 생각이 들자 로하는 아영에 대한 궁금증이 더해졌다. 그는 방을 한 번 둘러본 다음 옆방으로 들어가 보았다. 방의 크기는 식량 창고에 비해 작았다. 각종 공구와 구급상자가 잘 정돈돼 놓여 있었고, 아영이 말했던 소형 라디오와 통신 기계 등이 있었다. 그리고 무엇보다 눈에 띄는 것은 전면을 가득 채운 여덟 대의 CCTV 모니터였다.

여덟 대의 화면 중에 세 대는 화면이 꺼져 있는 상태였다. 나머지 다섯 대 중 한 대는 현재 로하가 있는 지하 벙커 위에 위치한 집 안의 내부와 외부를 분할 화면으로 보여 주고 있었고, 또 다른 한 대는 어느 건물의 옥상쯤으로 보이는 곳에서 전경을 보여 주고 있었다. 그리고 나머지 모니터에는 동네 이곳저곳에 설치되어 있는 CCTV 카메라를 통해 보이는 영상들이 띄워져 있었다.

'아니, 어떻게 이걸 다 연결을 했지? 그리고 저 카메라들과 이곳의 전력은 어디서 공급되는 걸까?'

로하는 궁금증만 점점 커져 갈 뿐 속 시원하게 답을 알 수 없어 답답했다. 솔직히 이곳에서 볼 수 있는 CCTV의 양이 지나치게 많다는 생각이 들었다. 이 모니터들은 지금 있는 곳의 내부와 외부의 보안보다는 이 동네 전체를 지켜보기 위한 것으로 보였다.

로하는 아영이 자신을 구해 준 것도 이 모니터를 통해 찾아냈기 때문이라는 것을 짐작할 수 있었다. 그는 아영이 이런 곳을 만든 이유에 대해 혼자서 추측을 해 봤지만 전과 마찬가지로 도저히 짐작할 수 없어서 짜증만 났다.

방 구경을 마친 로하가 거실로 나오자 새우처럼 몸을 굽히고 곯아떨어져 있는 효정이 보였다. 로하는 소파 위에 있는 나머지 베개 한 개를 조심스레 집어 들고 그녀가 누워 있는 소파 옆 바닥에 몸을 뉘었다.

2

주위에는 온통 시커먼 어둠뿐이다. 로하는 저 멀리 유일하게 보이는 어떤 형체를 향해 앞으로 걸어 나갔다. 가까이 가서 보니 그 형체는 사람이었다. 그것도 무척이나 익숙한 사람. 그의 눈앞에 건호가 떡하니 서 있었다.

학교에서의 모습대로 교복을 입은 건호는 입에 담배를 꼬나문 채 자신의 발밑을 내려다보고 있었다. 로하는 그의 시선을 따라 발밑을 보았다. 그곳에는 사람이 한 명 쓰러져 있었다. 언뜻 보기에 꽃무늬 치마를 입은 중년의 여성 같았다. 여자는 죽었는지 살았는지 미동조차 없었고 아무런 소리도 내지 않았다.

"어이, 우리 싸우디 왔썹?"

건호가 고개를 들어 로하를 쳐다보며 한쪽 입 끝을 슬며시 올렸다.

“너…… 너! 분명히 죽었잖아. 어떻게…….”

로하가 떨리는 목소리를 겨우 쥐어짜 냈다.

“그래, 알아. 나 죽은 거. 어때? 나 죽으니까 아주 살맛 나지? 근데 말이지, 이거 미안해서 어쩌냐. 도저히 혼자서는 못 죽을 것 같거든. 니가 나 없이 편하게 사는 꼴은 절대 못 볼 거 같아. 그래서 잠깐 다시 왔어.”

“웃기지 마! 죽은 놈이 어떻게 다시 돌아와? 그건 말도 안…….”

“지금 네 눈앞에 있는 나를 보고도 못 믿어? 아아, 넌 원래 그런 녀석이었지……. 재수 없는 고아 새끼. 넌 말이야, 그래서 안 되는 거야. 넌 평생 가도 안 돼. 왠지 알아? 넌 당장 눈앞에 위험이 들이닥쳐도 결국 아무것도 못 하잖아? 아니, 안 하잖아? 네 녀석이 할 줄 아는 거라곤 눈앞에 벌어진 상황을 애써 모른 척하고 현실을 외면하기 위해 자기 최면을 거는 것뿐이지. 안 그래, 이 병신아?”

“그…… 그게 무슨 헛소리야. 난…… 나는 그렇지 않아.”

“잘 봐.”

건호가 로하의 말을 끊더니 담배를 든 손가락으로 바닥에 쓰러져 있는 여자를 가리켰다.

“이 여자를 저승에 데려가려고. 너 엿 좀 먹어 봐.”

“그…… 그 사람이 누군데?”

로하의 물음에 건호는 대답 없이 손가락을 튕겨서 담배꽁초를 아무렇게나 버리고는 로하를 바라보며 활짝 웃었다. 그건 건호가 로하를 괴롭힐 때 항상 짓던 표정이었다.

"누구냐니깐! 대체 누군데……."

"니네 엄마."

"뭐?"

순간, 로하는 일시 정지라도 된 듯 몸을 움직일 수 없었다.

"어때? 제대로 엿 먹였지?"

건호의 조롱 섞인 목소리를 들은 로하는 머리가 멍했지만 곧 이어 화산이 폭발하듯 극도의 분노가 터졌다.

"야, 이 개자식아!"

건호의 몸통을 휘어잡고 넘어뜨린 로하가 쉴 새 없이 주먹을 날리고 또 날렸다. 건호의 얼굴이 피범벅이 되었지만 멈추지 않았다. 이윽고 체력이 다한 로하가 옆으로 쓰러지며 바닥에 등을 대고 누웠다. 그는 가쁜 숨을 몰아쉬고 있었지만 시선만은 여전히 건호에게 고정돼 있었다. 로하가 남아 있는 힘으로 꾸역꾸역 몸을 일으켜 다시 주먹을 치켜올렸을 때였다.

"병신."

건호가 피범벅이 된 낯으로 웃으며 말했다. 로하가 눈에 힘을 주며 소리쳤다.

"네 녀석, 꼭 죽인다. 널 죽이고 사형을 당해도 상관없어. 나와 너는 이제 모든 걸 매듭짓는 거야. 아주 끝장을 보자고."

“아, 그래? 근데 너 혹시 그거 알아?”

“닥쳐, 새꺄. 또 이상한 소리 하려고 그러지?”

“멍청한 새끼, 내가 너 같은 좆밥한테 맞으면서 가만히 있는 게 이상하지도 않냐? 그러는 동안 네 엄마는 죽어 가고 있었어, 이 병신아.”

“그, 그게 무슨 개소리야.”

“지금이라도 확인해 보시든가.”

“뭐?”

로하가 쓰러져 있는 여자에게로 다가가 무릎을 꿇었다.

“어…… 엄마? 진짜 엄마야? 일어나 봐. 아직 살아 있지? 무슨 말이라도 해 보라고!”

여자의 몸을 잡고 흔들어 봤지만 아무런 반응이 없었다. 이대로는 안 되겠다 싶어 엎어져 있는 여자의 몸을 뒤집었다.

“악!”

뒤집힌 여자의 얼굴을 본 로하가 경악하며 비명을 질렀다. 여자의 얼굴에는 아무것도 없었다. 눈, 코, 입, 귀, 머리카락, 눈썹, 심지어 잔털 하나 찾아볼 수 없었다.

“또 속네, 이 병신 같은 새끼가.”

건호의 목소리를 들은 로하가 뒤를 돌아봤다. 어느새 몸을 일으킨 건호가 어디서 났는지 총으로 그의 머리를 겨냥하고 서 있었다. 로하는 그대로 눈을 감아 버렸다. 더 이상 살고 싶지 않았다. 건호의 손에 죽는 건 억울했지만, 삶의 의욕이 전부 사라져 버린 이상 아무래도 상관없었다.

“잘 가라.”

‘내 인생은 여기서 끝이구나. 결국 내 이럴 줄 알았지…….’

그렇게 생각한 순간, 갑자기 눈앞이 환해졌다. 꿈이었다. 로하는 악몽의 후유증으로 멍한 정신을 가다듬으려 허리를 구부정하게 굽힌 채 자리에 앉아 있었다. 고개를 들어 테이블 위에 있는 전자시계로 시선을 옮겼다. 아직 21시. 18시에 잠들었으니 세 시간 정도밖에 못 자고 깨 버린 것이다. 그는 다시 잠을 청하려 등을 대고 누웠지만 도저히 잘 수가 없었다. 머리만 지끈지끈 아팠다. 어쩔 수 없이 다시 몸을 일으켜 세웠다.

로하가 이 지하 벙커에 온 지도 어느새 일주일이라는 시간이 훌쩍 지났다. 그동안 이곳에 있으면서 청소 외에는 특별한 육체 노동을 하지 않고 지냈다. 배고프면 아무 때나 먹고 졸리면 아무 때나 잤다. 때로는 며칠씩 굶으며 길거리를 헤매던 과거가 남의 일처럼 느껴지기도 했다.

로하는 소파에서 자고 있는 효정을 슬쩍 바라봤다. 로하와는 다르게 그녀의 수면 시간은 그동안 하루 여덟 시간 이상, 때로는 열두 시간 가까이 이어졌다. 충분을 넘어서 과도할 정도였다. 가끔 악몽을 꾸는지 훌쩍거리기도 했지만, 이번엔 무얼 먹는 꿈이라도 꾸는지 잠자면서 쩝쩝거리며 입맛을 다셨다.

돌이켜 보면 효정과 지하 원룸에 있을 때는 한 번도 그녀가 웃는 걸 본 적이 없었다. 하지만 이곳에서 생활하면서부터는 가끔씩 효정이 웃는 모습을 볼 수 있게 되었다. 게다가 발목까지 완쾌하고 나서는 가끔 콧노래를 흥얼거리기도 했다. 한때는 삶을 포기하려 했던 것을 생각하면 로하는 효정의 그런 모습이 보기 좋았다.

"바깥 구경이나 해야겠다."

로하는 자리에서 일어나 CCTV 모니터가 있는 방으로 갔다. 요즘 들어 로하는 심심할 때 가끔 그곳에 가서 바깥 구경을 하곤 했다.

"어?"

방 안에서 아영을 발견한 그는 어깨를 움찔하며 놀랐다. 그녀는 CCTV 옆, 벽에 등을 기대고 길게 다리를 뻗은 자세로 앉아 있었다. 그녀의 손에는 소형 라디오가 들려 있었다. 그 라디오에서는 뭔가 알 수 없는 희미한 소리가 흘러나오고 있었다.

"잠 안 자고 뭐 해?"

로하는 아영의 옆에 천천히 앉았다.

"보면 몰라? 라디오 듣고 있잖아."

"이 방송은 왜 듣는 거야? 매일같이 똑같은 말만 해 대는 데다가 내용이 이상해서 나는 듣기 싫던데……."

"그래? 난 이 소리를 들을 때마다 가슴이 벅차는데. 역사가 바꿔는 걸 지켜보는 이 느낌, 넌 모를 거야."

"뭐? 역사가 바뀐다고? 난 도무지 무슨 뜻인지 모르겠던데. 그러니까 넌 이게 무슨 소린지 다 안다는 얘기야?"

"아는 것 이상이지."

'새로운 세상이다. 사람의 귀를 잘라라.'라는 등의 살벌한 얘기들, 그리고 라디오에서 나오는 이상한 소리는 어둠이 짙게 깔린 방 안 풍경과 묘한 조화를 이루며 으스스한 분위기를 자아내고 있었다. 로하는 진지한 얼굴로 알 수 없는 소리만 하는 아영에게서 묘한 이질감을 느꼈다. 수수께끼투성이인 그녀는 아무래도 이 세상 사람 같지 않았다.

'혹시 외계인?'

로하는 그런 황당한 생각까지 해 봤지만 그것도 그녀가 한 행동들에 대한 설명은 되지 못했다. 대신 다른 궁금증이 문득 떠올랐다.

"그런데 참, 신인간이 뭐야? 뭔지 알아?"

"그럼 알지. 알려 줄까?"

"어? 응."

로하는 예상 밖의 아영의 대답에 놀라 말을 살짝 더듬었다. 그동안 이리저리 대답을 회피해 왔던 아영이 이번에도 당연히 그럴 거라 예상했던 것이다. 로하의 얼굴을 물끄러미 보던 아영이 말했다.

"대신 조건이 있어."

"뭔데?"

"설명하는 도중에 하고 싶은 질문이 수백 개는 생길 거야."

"그런데?"

"그 질문들, 하지 마. 그냥 듣기만 해."

로하는 왜 그러냐고 묻고 싶었지만 일단 들어 보기로 했다.

"좋아, 네 말대로 할게."

아영은 무엇을 생각하는지 한동안 아무런 말 없이 눈만 껌벅거렸다. 머릿속으로 할 얘기를 정리하고 있는 듯했다. 로하는 조용히 기다렸고, 이어서 작게 헛기침을 한 아영이 얘기를 시작했다.

"그들에 대해 설명하자면 꽤 오래전까지 이야기가 거슬러 올라가야 돼. 정확한 기록이 없어서 모르겠지만, 몇십 년 전쯤 미국에 '에볼루션'이라는 작은 모임이 생겨난 게 시작이었지. 이름 그대로 그들은 인류의 진화를 추구했어. 처음에는 저명한 과학자들이나 사회학자들이 모여서 친목을 다지기 위해 만든, 그런 평범한 사모임의 형태였지. 하지만 시간이 지나면서 과학, 철학, 사상 등에 대해 토론하고 진리를 탐구하는 모임으로 변했어. 또 그러다 보니 그들이 찾아낸 해답을 실천하기 위한 조직으로 진화하게 되었지. 초창기의 에볼루션은 권력가나 재력가가 아닌, 어떤 분야건 간에 뛰어난 능력을 가진 사람들로만 구성되길 원했어. 그들 또한 에볼루션이 추구하는 순수한 의도를 존중했고,

이익 집단이 아닌 사회 공헌과 발전을 위해 활동해 왔지. 시간이 지날수록 더 많은 능력자들이 모여들었고, 여러 가지 연구와 토론을 통해 세상을 바꾸자는 뜻으로 '신세계 법칙'을 도출해 내기 시작했지. 그 '신세계 법칙'이란 오랜 세월 동안 인간이 구축해 온 시스템을 버리고 지구의 미래를 위해 모든 것을 통합하여 새롭게 구성하자는 게 목적이었어. 하지만 아직 불완전한 상태였던 초창기에는 핵심 인원들만 공유하고 철저하게 비공개를 유지했지. 그런데…….”

말을 멈춘 아영이 고개를 숙이며 한숨을 푹 내쉬었다.

“그런데 시간이 지나자 그 룰이 변경되기 시작했어. 이용 가치가 있고 재력과 권력이 있는 사람들을 구성원으로 받아들이기로 한 거지. 그들의 이상을 실현시키기 위해서는 세상을 움직일 수 있는 힘이 필요했던 거야. 그리고 그들의 생각은 적중했어. 어느 정도 시간이 흘러, 에볼루션은 미국뿐만 아니라 전 세계적으로도 주목받는 조직으로 성장하게 되었지. 그렇게 그들의 사상은 종교처럼 전파되었어.”

“아영아, 얘기 중에 진짜 미안한데, 그러니까 네 말은…….”

“내가 질문하지 말라고 했어, 안 했어? 왜, 얘기 듣기 싫어?”

“아…… 아니! 미안해. 하던 말 계속해.”

로하에게 인상을 쓴 아영은 눈을 감고 잠시 생각하더니 다시 입을 열었다.

"로하 너는 알지도 모르겠지만, 종교라는 게 사실 엄청난 힘을 가지고 있어. 교리를 통해 수많은 사람들을 모으고 또 행동하게 하잖아. 에볼루션의 신념은 마치 종교처럼 사람들을 단합시켰어. 그리고 그들에게 세상을 오염시키는 인간들의 잘못된 시스템을 정화하라고 임무를 부여했지. 그렇게 에볼루션은 법과 제도를 이상적으로 구축하는 데 공헌을 하게 되었어. 하지만 그런 활동은 공식적인 것은 아니었고 구성원에 의해 전파된 것인데, 철저하게 비밀을 유지했기 때문에 그 구성원이 누구인지는 알려지지 않았어. 그만큼 철저했기 때문에 조직에 대한 정보를 누설하거나 원칙에 반하는 행동을 하는 사람들은 반드시 그 대가를 치르도록 했다더라고. 다만 그런 움직임들에서 알 수 있는 건, 에볼루션을 따르는 자들은 권력이든 돈이든 확실히 큰 힘을 가지고 있었다는 거야. 그들이 원한다면 세상을 통째로 흔들 수 있을 만큼 큰 힘 말이야. 그렇게 시간이 지나면서 조직의 힘은 점점 더 커져 갔지. 조직에서 조직원들에게 요구하는 충성심은 더해 갔고, 조직원은 더 많은 대가를 원했겠지. 세상을 올바르게 바꾸겠다는 목적, 그 목적을 달성하려는 철저한 조직원들의 충성심, 그리고 그 충성심에 알맞게 높아지는 대가. 그래, 그건 기업이든 모임이든 나라든, 세력을 키울 수 있는 완벽한 조건이겠지. 마침내 계속해서 영향력 있는 인물들을 영입하고 세력을 확장시킨 에볼루션은 세계 최고의 비밀 조직으로 진화하게 된 거야. 그전에 '보헤미안 그로브'나 '일루미나티'라는 비슷한 조직이 있었지만, 에볼루션이 연구한 신세계 법칙에 빠져서 와해되거나 에볼루션에 흡수되었다고 하더라고. 뭐, 그 비밀 조직들이 모여서 만들어진 게 에볼루션이라는 설도 있긴 해."

아영은 잠시 말을 멈추고 숨을 크게 들이쉬었다.

"소문에는 당시 세계 최고 지성들은 전부 에볼루션 소속이란 말도 있을 정도야. 그들은 그렇게 모인 지성의 힘으로 세상의 시스템을 조금씩 바꿔 나갔지. 그런데 그들은 그것만으로는 만족할 수 없었던 것 같아. 에볼루션의 뛰어난 학자들이 20년 이내에 고령화와 의학 기술 발달로 인한 수명 연장 등으로 급격한 인구 증가와 심각한 환경 파괴가 불가피할 것이라는 결과를 도출해 냈지. 그건 지구가 인간이 살기 어려운 최악의 상태가 되고 말 거라는 얘기야. 지구가 황폐해지면 인류도 멸종되는 건 당연하겠지? 너도 굶주림으로 고통스러웠던 시간들이 있었잖아. 그때를 생각해 봐. 그럼 이해할 수 있을 거야."

아영은 고개를 끄덕이는 로하의 얼굴을 한번 보더니 얘기를 계속했다.

"아무리 제도를 정비해 봤자 환경이 그 모양이 되면 아무것도 소용없을 거라는 판단을 하게 된 거지. 결국 그들은 현재의 인구를 강제로 대폭 줄이는 것만이 인류의 미래를 지켜 낼 유일한 방법이라는 데 의견을 모으게 되었어. 그리고 이상적인 신세계를 위해서는 전 세계 인구를 11분의 1까지는 줄여야 한다는 그들의 연구와 컴퓨터 계산 결과를 따르기로 했지.”

“잠깐만 아영아, 아무래도 이건 계속 듣고 있기가 좀 그래서 말인데, 세상의 인구를 강제로 줄인다고? 지금 그게 말이 돼? 강제로 사람을 줄인다는 말은 수많은 사람들을 죽인다는 뜻이잖아.”

경악한 로하를 본 아영이 쓴웃음을 지었다.

“그런 말 나올 줄 알았어.”

“그렇지? 니가 그냥 장난으로 지어 낸 얘기지? 내 그럴 줄 알았어.”

굳어 있던 로하의 표정이 풀리면서 어색한 미소로 바뀌었다.

“미안한데 로하야, 이건 절대 장난으로 지어 낸 얘기가 아니야.”

“전부 진짜라고?”

“그래.”

“…….”

“못 믿겠지?”

“응, 솔직히 말해서 그래.”

“로하야, 너 나한테 물어보고 싶은 거 많지? 왜 내가 그런 짓을 했으며, 어떻게 세상이 이렇게 될 줄 알았는지 궁금하지?”

“어? 어……. 궁금하긴 하지. 그럼 너도 그들처럼 인구를 강제로 줄이려고…….”

“그렇게 궁금하면 내 얘기를 계속 들어 봐.”

"알았어."

아영의 말에 로하는 입을 다물고 고개를 끄덕였다.

"어디까지 얘기했더라. 그래, 인구가 늘어나고 인간의 수명이 늘어나는 것이 인류에게 직접적인 악영향을 끼치는 건 아니야. 하지만 너도 알다시피 인구가 늘어나면 그만큼 자연을 파괴하는 인간들도 늘어날 것이고, 얼마 못 가 지구는 본래의 모습을 잃고 말겠지. 누구나 예상은 할 수 있지만, 애써 모른 척하고 마는 불편한 진실이지. 명쾌한 해결책이 없으니 어쩔 수 없다고 넘어가 버리기도 하고 말이야. 하지만 에볼루션은 그 문제를 그대로 방치할 수 없다고 판단했어. 결국 인류가 자멸하는 길이라고 생각하고 그것을 막기 위해 분석과 연구를 거듭한 결과, 전 세계의 인구를 줄이는 방법밖에 없다는 결론이 나오게 된 거야. 그리고 가상 시뮬레이션과 인공 지능을 동원한 계산에 의해, 가장 이상적인 생존율이 11분의 1이라는 것을 알게 됐지."

아영은 거기까지 얘기하고 나서 옆에 있던 페트병을 들어 물을 한 모금 마셨다.

"자, 그럼 그다음엔 어떻게 해야 할 거 같아? 그 11분의 1이 될 사람을 정해야겠지? 에볼루션은 우선 에볼루션에 속해 있는 사람들을 포함하기로 했어. 처음부터 인재들만 모인 집단이라 높은 지적 능력은 당연히 우수한 인간이 살아남아야 한다는 기준에 부합하는 것이지. 그리고 추가로 정계나 군의 고위급 관계자, 유명 대기업 총수, 대학 교수, 그리고 일명 '셀럽'으로 불리는 유명 스포츠 선수나 배우나 가수 등 연예인들이 회원으로 선택되었지. 그들의 영향력과 유명세를 이용해서 사람들에게 조금씩 사상을 주입시킨 거야. 덕분에 조직원들도 자연스럽게 더 늘어났고. 하지만 어려운 부분은 희생되어야 할 11분의 10의 인구를 정하는 것과 그들을 제거할 사람들을 모으는 것이었지. 그렇게 에볼루션은 인구 조절 작전을 실행할 조직원들을 모집하면서 구체적인 계획을 세우기 시작했어. 그들은 몇 년에 걸쳐서 많은 전략들을 계획했고, 결국 그 작전을 실행에 옮기는 데까지 이르렀지. 그 작전은 먼저 테러의 형태로 시작되었어. 폭탄 테러 등으로 많은 사람을 죽였고, 사회적인 긴장 상태를 유도해서 군과 경찰들을 끌어모으게 만들었지. 하지만 그것은 일종의 덫이었어. 군과 경찰 등의 무장 집단까지 자신들의 조직원으로 교체하기 위한 수순이었던 거야."

로하는 뉴스를 통해 접했던 해외의 테러 사건들을 떠올렸다.

"조직원이 아닌 군인과 경찰들은 다양한 방법으로 제거되거나 세뇌되었고, 그렇게 해서 국가가 가진 무력을 장악한 그들은 민간인을 학살하기 시작했어. 수많은 사람이 죽어 나갔지. 말 그대로 세상은 공포의 도가니가 되었어. 그렇게 어느 정도 인류를 혼란에 빠뜨리는 데 성공한 그들은 다음 계획을 전개했지. 그건 바로 '신인간'이라고 불리는 사람들을 이용하는 거였어. 비밀리에 세계 각국에 있는 부랑인들을 잡아다 가둬 놓고 자기네들이 만들어 낸 신세계에 대해서 1년간 사상 교육을 하면서 그들을 세뇌시켰지. 조직에서 직접적으로 세뇌시킨 신인간 수는 그리 많지 않았지만 신인간들 스스로가 마치 사이비 종교를 퍼뜨리듯 신인간들의 수를 늘려 갔어. 물론, 조직에서 지원해 주는 돈과 권력의 힘이 있었기에 가능한 일이었지. 어쨌든 그렇게 해서 신인간들의 수는 단시간에 기하급수적으로 늘어났고 무정부 상태의 혼란스러운 시기를 틈타 세상을 정리하는 일을 하게 되었지. 에볼루션에게 세뇌된 그들은 '세상을 정화시킨다'는 목적을 위해 수단과 방법을 가리지 않았고, 살인과 약탈 행위를 아무런 거리낌 없이 하게 되었지. 일설이긴 하지만, 그 세뇌 교육이란 것이 일종의 최면술이라는 말도 있었어. 그들은 무서운 사람들이지만 한편으로는 불쌍한 사람들이기도 해. 정화라는 임무를 수행하기 위해 네가 본 것처럼 온갖 잔악한 행위를 했지만, 결국 그들은 조직의 청소 도구에 지나지 않았거든. 에볼루션은 그들을 '신인간'이라 불러 줬고, 그들도 자신들이 11분의 1인 생존 인류에 포함될 거라 생각하고 있었지만, 청소 도구는 더 이상 쓸 일이 없어지면 폐기 처분되는 거니까 말이야. 그게 네가 알고 싶었던 신인간의 정체야."

긴 설명을 마친 아영을 로하는 마치 희귀한 동물을 보는 듯 쳐다봤다.

"여전히 못 믿겠다는 표정이군."

로하의 얼굴에는 옅은 웃음기가 그려져 있었다.

"솔직히 그래. 네 얘기는 그냥 SF 소설 같아."

"그래, 그렇겠지."

잠시 말을 아끼던 로하가 다시 입을 열었다.

"우선, 군경을 장악한 과정이 쉽게 이해가 안 돼. 그 많은 군인과 경찰들을 전부 세뇌시켰단 말이야?"

"물론 전부 세뇌시키지는 못했지. 그들은 상대방을 무력화하기 위한 또 하나의 방법으로 전염병을 퍼뜨렸어."

"전염병?"

"응, 일종의 바이러스인데 아주 치명적인 놈이지. 그 바이러스는 백신을 맞지 않으면 그대로 몸 안의 장기가 녹아 버려서 죽게 되는 무서운 거야. 에볼루션에 속한 생물학자가 개발한 것으로 백신이 개발되자마자 세상에 퍼뜨렸어. 자신은 물론이고 가족까지 생명의 위협을 느끼게 되었으니 결국 투항할 수밖에 없었겠지. 아마 속수무책이었을 거야."

"아니, 그런 일들이 내가 지하 원룸에 갇혀 있는 동안 다 일어났다는 거야?"

"너는 몰랐겠지만, 이미 많은 과정이 앞서서 진행되고 있었어. 그리고 결국 세상이 뒤집히는 데는 열흘 정도의 시간밖에 소요되지 않았지. 넌 그 기간 동안 세상과 단절되어 있었고 말이야."

로하는 당황했지만, 여전히 그녀의 말을 믿을 수는 없었다.

"그런데…… 그 신인간들을 세뇌하고 조종하는 그 나쁜 사람들은 지금 어디에서 뭘 하고 있는 거야?"

"그 사람들은 돈이건 권력이건 다 가지고 있는 사람들이야. 세계를 상대로 이런 일을 벌이는 사람들이라면 그 전부터 미리 대비해 뒀겠지. 다른 사람들이 찾을 수 없는 곳에 미리 은신처를 만들어 놓고 거기서 세상이 정리되기를 기다리고 있을 거야. 근데 로하 너는 왜 그렇게 생각하는 거야?"

"뭐가?"

"왜 그 사람들을 나쁜 사람들로 단정 짓느냐고."

"그야……."

로하는 예상 못 했던 아영의 질문에 잠깐 당황했다.

"당연한 거 아냐? 사람들을 조종해서 폭탄 테러와 살인을 저지르게 하고, 그러고도 죄책감조차 느끼지 못하도록 세뇌시켰다면서. 심지어 인육도 먹게 만들었잖아?"

"인육?"

아영의 물음에 로하가 고개를 끄덕였다.

"그래, 그 신인간이라는 사람들 말이야. 완전히 미친 거 같아. 사람의 시신을 고기라고 했어. 그런 존재를 만들었으니 나쁜 사람들로 보는 게 당연한 거 아니야?"

"나는 그렇게 생각하지 않아."

"그게 무슨 소리야?"

"생각해 봐. 인류를 11분의 1로 줄여야 하는 상황이야. 이대로 뒀다가는 지구가 병들어서 인류 자체가 멸종할 수도 있다고. 그게 뭘 의미하는지 몰라? 많은 사람이 죽어야 한다는 얘기야. 아주 많은 사람들이 죽어야 달성할 수 있는 거라고. 그런 상황과 환경에서 살인을 한다고 해서 무조건 나쁜 사람이라고, 과연 그렇게 단순하게 단정 지어도 되는 걸까?"

"솔직히 난 잘 모르겠어. 지구를 살리고 인류를 멸종으로부터 구하기 위해 끔찍한 세상을 만들 수밖에 없다는 그 생각에 난 동의할 수 없을 것 같아. 만약 나에게 선택권이 주어졌다면 결코 이런 세상을 선택하지는 않았을 거야. 아영아, 넌 지금 이 세상이 맞는 거 같아? 목적을 위해서라면 과정은 어떻든지 간에 상관없는 거야?"

"나도 세상이 이렇게 된 건 유감이야. 하지만 이대로 두면 인류는 더 큰 고통을 겪게 될 거야. 에볼루션의 계획대로만 된다면 지구와 인류는 다시 건강을 되찾게 될 거야. 나는 그렇게 믿고 있어. 아니, 반드시 그렇게 돼야 해."

"그런데 말이야, 넌 어떻게 그런 걸 다 알아? 너 혹시 에볼루션의 일원인 거야?"

"아니, 그건 아니야."

조금의 망설임도 없는 아영의 대답에 로하는 혼란스러웠다.

“네가 애들을 죽이고 사라진 후부터 계속 궁금했던 건데, 넌 도대체 뭐야? 애들을 죽인 이유도 그렇고, 너의 신분이 전부 가짜였다는 것도 그렇고, 나에게 특별한 대우를 해 주는 것도 그렇고, 아무리 생각해도 뭐가 뭔지 모르겠어. 궁금하면 얘기를 들어보라고 했잖아. 도대체 네 말 어디에 그 답이 있다는 거지?”

로하의 단도직입적인 질문에 아영은 잠깐 당황한 듯하더니 이내 미소를 지었다.

“나 사실 미래에서 왔어.”

“뭐?”

아영의 말에 너무나도 어처구니가 없었던 로하는 허탈한 웃음을 지었다.

“혹시 너, 지금까지 한 말 전부 농담이었던 거야?”

“장난 아니라고 했을 텐데. 하긴 뭐…… 그런 반응이 나올 거라고 예상은 했어.”

“뭘 예상했다는 건데?”

“안 믿을 줄 알았다고. 내가 미래에서 왔다는 거 말이야.”

“당연하지. 누가 그걸 믿을 수 있겠어? 네가 정말 미래에서 온 사람이라면, 무슨 타임머신이라도 타고 왔다는 거야?”

“믿기 힘들겠지만 네 말이 맞아. 난 타임머신을 타고 왔어.”

피식 웃은 로하가 비꼬는 투로 물었다.

“아, 그래? 그게 사실이라면 도대체 무슨 목적으로 여기 온 건데? 그 얘기나 한번 들어 보자."

"주된 목적은 에볼루션의 계획을 성공시키기 위해서지. 조금 더 정확히 말하자면, 지구와 인류의 새로운 미래를 위해서라고 할까."

"뭐? 너 조금 전에 에볼루션의 일원이 아니라고 하지 않았어?"

"물론 나는 아니지. 하지만 난 그들을 도와야 해. 믿든 안 믿든 그건 네 자유지만, 지금은 정신 나간 생각이라고 여겨지는 에볼루션의 판단이…… 사실은 옳은 것이었어. 그들이 옳았던 거야. 그리고 미래의 인류는 뒤늦게나마 그걸 뼈저리게 깨닫게 되었고."

아영의 말투는 당당했지만 로하는 여전히 믿지 못하는 눈치였다.

"좋아. 그건 그렇다고 치고, 네가 미래에서 왔다면 네가 위조한 신분과 모든 개인적인 기록은 다 어디서 난 거야? 그런 것까지 미래에서 준비할 순 없을 텐데. 뭔가 안 맞지 않아?"

아영이 고개를 숙인 채로 희미한 미소를 짓더니 다시 말을 이었다.

"내 신분을 위조한 방법은 나도 잘 몰라. 나는 그저 주어진 임무를 수행하는 일개 병사일 뿐이니까. 나를 훈련시킨 곳에서 지침해 준 대로, 과거의 세상에 도착하자마자 지시에 따라 만난 사람으로부터 모든 것을 전달받은 거거든. 임무에 쓰인 총과 총알도 그 사람으로부터 받았지. 물론 그 사람도 나처럼 미래에서 온 사람이고. 나보다 앞선 시간대에 온 인물로 에볼루션의 일원이 되어 국제적으로 활동하는 것으로 알고 있어. 내가 여기서 지낼 수 있게 모든 것을 지원한 걸 보면 어느 정도 영향력이 있는 위치겠지? 하지만 서로 자세한 건 공유하지 않고 있어서 그가 누군지는 몰라. 각자 임무에 따라 움직일 뿐이야."

이거 무슨 미래를 배경으로 한 첩보 영화에나 나올 법한 얘기잖아? 그렇게 생각한 로하는 의심스러운 눈초리로 아영을 삐딱하게 노려봤다.

"내가 살던 미래의 세상에서는 에볼루션이라는 조직은 더 이상 존재하지 않아. 역사의 기록에만 남아 있을 뿐이지. 역사 속의 에볼루션의 이미지는 악마를 숭배하며 독일의 나치처럼 3차 세계대전을 일으킨 악당들로 묘사되어 있지. 나는 에볼루션의 작전이 실패한 미래의 세상에서 왔어. 에볼루션의 작전들이 이렇게 모두 성공할 수 있었던 건 나같이 미래에서 온 지원군이 있기 때문이야. 내가 아는 역사 기록에 따르면, 그들은 1차 작전이 실패하자 에볼루션 소속의 각국 정치인과 군 관계자들을 이용해서 3차 세계 대전을 일으켰어. 하지만 그 결과 세계의 인구가 3분의 1밖에 줄지 않았지. 게다가 미국 등이 나서서 평화 정책을 펴는 바람에 전쟁도 일찍 끝나 버렸어. 당연히 그런 상황에서 신인간들도 별 힘을 쓰지 못했겠지. 결국 에볼루션의 정체가 만천하에 드러나게 됐고, 조직원들은 전쟁의 주범으로 몰렸어. 이후 모든 나라들이 단합해서 에볼루션 소탕을 시작했고, 발각되어 붙잡힌 조직원들은 대부분 사형당했어."

"자…… 잠깐만, 조금 전에 에볼루션은 엄청난 파워를 가지고 있다고 하지 않았어? 아무도 함부로 건드리지 못한다고 했잖아. 근데 어떻게 그렇게 잡혀서 전부 처형당했다는 거지? 작전은 왜 실패했고?"

로하가 따지듯이 묻자 아영이 가벼운 미소를 지었다.

"그러게. 아무리 최고들로 이루어진 조직이라고 하지만 그들도 간과했던 것이 있었어."

"아무튼, 뭔가 말이 앞뒤가 안 맞……."

"우선 내 얘기 끝까지 한번 들어 봐. 나도 조금은 미스터리하게 생각하는 부분이기도 하니까."

"알았어."

"그렇게 전쟁이 끝나고 각 나라의 대표 지도자들이 한곳에 모여서 평화 선언을 하게 됐어. 이로써 세계엔 다시 평화가 찾아온 거야. 악을 물리쳤다며 자기네들이 정의고, 정의가 승리한 것처럼 떠들어 댔지. 하지만 시간이 지나서 그게 아니란 것을 깨달은 거야. 에볼루션의 예상대로 시간이 지날수록 의학의 발전과 불치병 치료 방법 개발, 늘어난 기대 수명 등으로 인해 인구가 기하급수적으로 늘어난 거야. 그것이 원인이 되어 자연 생태계는 점점 더 심하게 망가졌고, 지구의 자원 또한 바닥을 보이기 시작했지. 당연히 이 나라 저 나라 할 것 없이 국가 경제는 박살이 났고, 설상가상으로 오존층의 파괴와 지구 온난화로 인해 지구 전체의 온도가 엄청나게 올라가기 시작했어. 그러던 중 세계 각국 정부는 성난 국민들의 반란을 막을 힘이 없어서 하는 수 없이 대국민 성명을 발표하게 되었지. 그 당시 세계가 얼마나 엉망이었냐면, 군인과 경찰들이 정부에 대한 시위를 한답시고 총을 들고 길거리로 나와서 사람들을 쏴 죽이는 일이 절반 이상의 나라에서 유행처럼 번질 정도였어. 각국 정부는 그때야 부리나케 산아 제한과 자연 환경 관련 법안들을 만들어 실행에 옮겼지. 하지만 그런 것들로는 별 도움이 안 됐어. 너무 늦은 감도 있었고 말이야. 시간이 흘러 결국 인류는 식량이 심각할 정도로 부족해졌고, 굶주림으로 고통받는 나라도 더 늘어났지. 그때부터 세상은 말 그대로 혼돈의 세상이 되어 버렸어. 누군가 시체를 발견하고 신고를 해도 한참 후에 경찰이 와서 사진 한 장 찍고 그냥 돌아갈 정도였으니 무정부 상태나 마찬가지였어. 세계 각지에서 무력 쿠데타와 약탈 등이 발생하면서 연합군은 이들을 막기 위해 파병을 했는데, 나도 그때 군인으로 참전했어. 그리고 동료들을 포함한 수많은 죽음들을 보게 됐지."

아영은 목이 메는지 잠시 말을 멈추곤 물을 마셨다. 그녀의 눈가엔 눈물이 맺혀 있었다.

"결국 궁지에 몰린 각국의 정상들은 과거를 바꿔 보자는 데 동의했고, 아직 실험 단계인 시간 이동 장치로 도박을 해 보기로 한 거야. 개발된 장치의 수량이 제한적이었기 때문에 각국에서 군인 한 명씩을 차출해 시간 이동 장치에 태워서 과거로 보내기로 합의를 하게 되었고 한국에서는 내가 지원해서 뽑혔지. 과거로 보내진 군인들의 임무는 에볼루션이 계획을 진행하는 동안 테러를 발생시켜서 사회적 관심을 돌리는 것과 계획에 방해되는 요인들을 제거하는 거였어. 혹시 뉴스에서 봤는지 모르겠지만, 폭탄 테러나 대통령 암살 사건 등이 그것과 관련되어 있어. 미래에서 에볼루션의 작전이 실패한 요인을 분석했는데, 온 세상 사람들의 관심을 에볼루션 쪽으로 쏠리게 하고 관련 정보를 찾아내서 1차 작전을 사전에 차단하게 만든 사람들이 있었기 때문이라는 결과가 나왔거든. 그들을 찾아서 제거하는 것도 우리의 임무 중 하나야. 내가 반 애들을 모두 죽였던 그날, 너에겐 그냥 총기 테러 학살의 광경을 목격한 날이었겠지만, 나는 달라. 나는 모든 인류의 미래를 위해 어쩔 수 없이 과거의 희생자들을 만들어야만 하는 내 자신과 마주한 첫날이었어. 적어도 그때는 그렇다고 생각했지."

"그건 또 무슨 소리야, 그때는 그랬다니?"

아영이 눈을 크게 뜨고 로하의 얼굴을 들여다보며 말했다.

"너, 내가 왜 너에게 특별 대우를 했는지 궁금하다고 했지?"

"어? 그랬지."

"사실 우리가 과거의 세상으로 올 때 필요한 정보 외의 기억은

삭제, 아니 봉인이라고 할까, 개인적인 기억은 임무를 완수하고 미래로 돌아올 때까지 잠가 놓게 되어 있거든. 그런데…….”

아영은 뭔가 생각난 듯한 표정으로 말을 끊었다가 다시 입을 열었다.

“아, 이 얘기는 나중에 해 줄게. 지금까지 한 얘기만으로도 충분히 벅찰 테니까.”

“에볼루션이나 인류의 미래에 대한 얘기는 그렇다 치고, 네가 미래에서 왔다는 것이 사실이라면 뭐든 좋으니 증거를 보여 줄 수 있어? 그런 엄청난 얘기를 아무런 증거도 없이 믿기는 힘들 거 같아.”

“증거? 일단 이런 곳을 내가 미리 준비해 두었다는 게 증거 아닐까?”

“그렇긴 한데…… 이걸로는 네가 미래에서 왔다는 것을 증명할 수 없잖아.”

“뭐 솔직히 네가 내 말을 믿든 안 믿든 상관은 없어. 난 내가 할 일을 하고 있는 것뿐이니까. 난 네가 궁금하다고 해서 얘기해 줬을 뿐이고, 믿든 말든 그건 네 몫이야.”

“…….”

이후 두 사람 사이에 한동안 어색한 정적이 흘렀다. 한참 고민을 하던 아영이 결심한 표정으로 입을 열었다.

“로하야, 나 따라와 봐.”

아영이 일어나서 방을 나가자 로하도 무언가에 홀린 듯 그녀의 뒤를 따라갔다. 로하가 따라간 곳은 아영이 한 번도 공개한 적 없었던 그녀의 방이었다. 방 안에 들어서자 하얀색의 침대와 하늘색 커버의 베개가 보였다. 그리고 벽에는 커다란 깃발이 붙어 있었는데 그 위에 크게 XI라고 적혀 있었다. 한쪽에는 실내에서 체력 단련을 할 수 있는 운동 기구들이 가지런히 놓여 있었고 책장에는 여러 나라 말로 되어 있는 알 수 없는 제목의 책들이 꽂혀 있었다.

전반적으로 심플한 인테리어에 잘 정돈된 방이었는데, 유일하게 낯선 물건 하나가 한쪽 구석에 놓여 있었다. 로하는 언뜻 보고 최신형 안마 의자 같은 건가 하고 생각했지만, 그것은 의자라기보다는 관 같은 생김새였다. 플라스틱인지 금속인지 알 수 없는 푸른빛을 띤 케이스의 표면은 탁한 광택 처리가 되어 있었다.

로하는 궁금한 마음에 가까이 가서 자세히 들여다보았다. 비어 있는 안쪽이 보이는 것이 마치 SF 영화에 나오는 우주선 탈출용 캡슐 같았다. 반달 모양으로 위쪽을 향해 돌출되듯 덮혀 있는 투명한 덮개 안쪽으로 수많은 작동 버튼이 보였다.

"이게 바로 내가 여기로 올 때 사용했던 타임머신이야. 내가 사는 곳에선 '시간 이동 장치'라고 불러."

아영은 그렇게 말하고 나서 침대에 다리를 꼬고 앉았다. 로하는 그 기계를 멍한 눈으로 쳐다보다 혼잣말하듯 중얼거렸다.

"이게…… 시간 여행을 할 수 있는 기계야? 미래에서 이런 걸 만들었다고?"

"그래, 이 기계는 이 시대에서는 과학적으로 불가능하다고 여겨지는 과거로의 시간 여행이 가능하도록 만들어졌어. 그리고 무엇보다 중요한 건, 이 장치의 이용자는 과거가 바뀌면 발생할 수 있는 '타임패러독스'의 영향을 받지 않는다는 거야. 그러니까 시간 여행 전의 삶이 바뀐다든가 과거의 자신과 마주친다든가 하는 일은 없다는 얘기지. 그렇지 않으면 과거를 바꾸러 온 우리들의 존재에 모순이 생기니까 말이야. 자세한 원리는 나조차도 이해하기 어려운 거라 설명은 생략할게."

아영의 알 수 없는 설명을 들은 로하가 고개를 갸우뚱했다.

"난 그게 무슨 소린지 잘 모르겠어. 어쨌든 그러니까…… 이게 네가 미래에서 타고 온 타임머신이란 말이지?"

"그래, 난 미래에서 태어났어. 스물다섯 살 되던 해에 훈련 과정을 끝마치고 수색대 UDU에 소위로 입대를 했어. 그렇게 쭉 군 생활을 하다가 대위 때 해외에 파견되어 큰 작전에 성공하면서 진급도 하고 나라에서 인정받는 인재가 됐지. 그 후 국가 기밀 작전을 수행하는 요원으로 활동하다가 쉰 살부터 여든일곱 살까지는 중장의 계급으로 국제 합동 작전의 현장 지휘 책임자로 일했지. 그러다가 이번 작전을 위해 과거 파병에 지원했고……."

"자, 잠깐만, 그럼 네가 지금 아흔 살 정도 됐단 말이야? 거울을 한번 봐봐. 지금 그 말을 믿으라고 하는 거야?"

아영은 한쪽에 있는 전신 거울로 시선을 옮겼다. 10대라는 것을 절대 의심할 수 없는 자신의 얼굴을 힐끗 보더니 살짝 웃으며 말했다.

"미래에는 노화 방지에 관한 의학 기술이 지금보다 훨씬 발전해 있어. 내 경우는 운이 좋아서 일찍부터 그 기술의 혜택을 받을 수 있었지. 이렇게 어린 여자의 몸으로 중요한 비밀 작전을 수행한다고 생각하기 힘들 테니까 일종의 위장술로도 활용했지. 초기에는 시술을 하거나 주기적으로 약을 먹어야 했지만, 어느 시점부터 나노 기술이 적용되어서 반영구적으로 젊음을 유지할 수 있게 됐지."

로하는 수긍이 안 된다는 듯이 미간에 주름을 잡더니 진지한 표정으로 말했다.

"아영아, 솔직히 말하면 아까 말한 에볼루션에서부터 타임머신 그리고 지금 말한 노화 방지까지 뭐 하나 믿겨지는 게 없어. 세상이 이렇게 된 거랑 여기에 있는 모든 것들이 의문투성이인데, 네가 해 준 얘기로는 이해는커녕 의문만 더 드는 게 사실이야."

"그래, 그런 네 생각도 충분히 이해해. 그렇다고 거짓말을 할 수는 없잖아. 게다가 나중에 너에게 중요한 사실을 말해야 해서, 그전에 이 모든 사실을 있는 그대로 말할 수밖에 없어."

"중요한 사실이라니……."

"아, 그건 나중에 얘기해 줄게. 지금도 네 머릿속은 극도로 혼란스러울 테니 이 얘기는 여기까지만 하자. 이제 가서 좀 쉬어."

아영의 말에 로하는 조용히 고개를 떨구고는 방을 나왔다. 거실로 나오자 세상모르고 자고 있는 효정이 눈에 들어왔다. 로하는 그녀가 누워 있는 소파 바로 옆자리에 걸터앉았다. 그리고 아영에게 들은 이야기를 떠올리며 생각에 빠졌다. 꼬리에 꼬리를 물었던 의문의 가지들은 이제 걷잡을 수 없이 복잡한 모양이 되었다. 로하는 복잡해진 머리를 부여잡고 고개를 숙였다.

3

할 일도 없이 마음만 복잡한 로하는 거실에서 양반다리를 하고 앉아 있었다. 그는 이틀째 아영과 말 한마디 섞지 않았다. 견딜 수 없는 괴리감 때문에 쉽사리 입이 떨어지지 않았기 때문이었다.

아영이 한 이야기가 쉽게 믿을 수 없는 것임은 분명했지만, 그것이 사실이 아니라고 할 수 있는 증거가 없는 것도 사실이었다. 로하는 전에 봤던 TV 프로그램에서 이런 것을 '악마의 증명'이라고 한 것이 생각났다. 신이나 악마가 없다고 증명하는 것은 불가능하듯이, 그런 황당한 이야기를 부정할 근거를 찾을 길이 그 어디에도 없었다.

미래에서 왔다는 아영의 주장은 그녀의 말만 듣고 믿기는 힘들었다. 하지만 현재 겪고 있는 상황들을 보면 단순히 정신 나간 음모론자의 망상이라고 치부해 버릴 수도 없었다. 아니면 그녀가 어떤 목적을 갖고 사기를 치는 걸까? 로하는 그런 생각도 해 봤지만 아무리 생각해도 자신에게서 그만한 가치를 찾을 수 없었다. 한마디로 긍정도 부정도 못 하는 애매한 상황에 빠진 것이다.

로하는 복잡해지기만 하는 머릿속 생각을 분산시키기 위해 효정에게로 슬그머니 시선을 돌렸다. 그녀는 테이블 위에 책 한 권을 펼쳐 놓은 채 앉아 있는 의자를 움직이며 삐걱거리는 소리를 내고 있었다.

효정은 이곳에 온 후로 계속해서 먹고 자는 것만 반복하며 안락함을 만끽해 왔다. 로하와는 다르게, 아영과 이 지하 벙커에 대한 의심을 품는 말을 한 적도 없었다. 아니, 그런 의심을 하는 것 자체를 귀찮아하는 것 같았다. 로하는 그런 그녀의 잔잔한 호수 같은 평안함을 지켜 주고 싶었다.

효정이 읽고 있는 책은 『인생』이라는 제목의 책이었다. 로하도 책장에 있던 그 책을 슬쩍 훑어본 적이 있는데, 사람의 인생에 대해 결정론의 입장과 비결정론의 입장으로 해석한 내용을 다루면서 이렇다 할 결론 없이 독자가 선택하라는 식으로 끝을 맺고 있었다.

결정론의 입장에서는 상대성 이론 등을 언급하며 인생은 처음부터 모두 정해져 있다고 말하고, 비결정론의 입장에서는 보어와 양자 역학 등을 언급하며 인생은 선택에 의해 바뀔 수도 있다고 말하고 있었다. 현재 상황에 전혀 도움이 안 되는 혼란스러운 내용의 책, 로하는 『인생』을 그렇게 판단했다.

그런 책을 읽고 있는 효정을 보며, 로하는 새삼스럽게 자신의 상황에 대해 생각했다. 로하는 이 밀폐된 공간에서 두 명의 동갑내기 여자와 살고 있었다. 한 명은 한때 선망의 대상이었지만 지금은 가장 최악의 충격을 안겨 준 악몽 같은 존재이고, 다른 한 명은 그리 친했다고 할 수 없는 중학교 동창이다. 지금은 두 사람 모두에게 같은 공간을 공유하는 동거인 이상의 감정은 느껴지지 않았지만, 적어도 효정이 아영보다는 마음 편하게 대할 수 있는 상대임은 분명했다.

효정과 아영의 사이는 여전히 껄끄러웠다. 효정이 아영에게 존댓말을 쓰고 거리를 두고 있었는데, 그건 그녀가 아영이 조금도 주저하지 않고 살인을 할 수 있는 존재란 걸 인식하고 있기 때문인 듯했다. 로하의 시선을 눈치챈 효정이 고개를 들었다.

"로하야, 너 왕따당했었지?"

"뭐?"

효정의 기습적인 질문에 로하는 당황했다. 그의 시선이 갈피를 못 잡고 허공을 배회했다. 이윽고 다시 효정에게 시선을 고정시킨 로하는 대답 대신 질문을 던졌다.

"갑자기 그건 왜?"

"네가 총기 난사 사건 현장에서 혼자 살아남았다고 했잖아. 그때 뉴스에서 들었던 게 생각나서 말이야. 유일하게 생존한 남학생이 알고 보니 집단 따돌림을 당하고 있었다고 했어. 당시에는 그 남학생이 누군지 몰랐는데, 네 말을 듣고 놀랐어. 지금의 너를 보면 솔직히 전혀 상상이 안 가서 말이야. 그래서 물어본 거야."

효정은 괜한 말을 했나 싶었는지 어색하게 웃으며 미안한 표정을 보였다.

"응, 그 비슷한 일이 있긴 했지만…… 너도 알잖아, 방송사들 시청률 높이려고 자극적인 내용으로 방송하는 거. 사실을 부풀려서 얘기하는 경우도 많고 말이야."

로하는 대답을 얼버무리며 넘기려 했지만 얼굴에는 저도 모르게 불편함이 떠올랐다. 효정이 혼잣말하듯 나지막이 중얼거렸다.

"그렇구나. 하여간 방송사들이란……. 사실 나도 초등학생 때 친구들한테 왕따당했던 적이 있어. 다 그런 경험쯤 한 번씩은 있는 건데 그걸 부풀려서……. 나는 솔직히 말해서 그때 괴롭힘을 당했던 기억이 아직까지 트라우마로 남아 있거든. 그래서 내가 이렇게 소심한지도 몰라."

"그랬구나."

"응, 엄마가 그랬거든. 어릴 적에는 꽤 활발한 성격이었다고.

남자애들이랑도 막 치고 박고 싸우기도 했대. 혹시 너도 그런 경험이 있으면 같은 상처가 있는 사람끼리 위로의 말이라도 주고받으려고 물어봤어. 내가 괜한 생각을 했네."

"아, 그…… 그건. 그……."

로하가 할 말을 못 찾고 있는데 효정이 의자에서 벌떡 일어났다.

"아, 심심한데 CCTV로 바깥 구경이나 하러 가야겠다. 나, 갔다 올게."

"응? 으……응."

효정의 얘기를 듣자 로하는 잊고 싶었던 학교에서의 괴로웠던 날들이 떠올랐다. 건호가 죽고 세상이 뒤집혀 버린 지금, 그때의 자신을 기억과 함께 묻어 둔 줄 알았는데 그게 아니었다. 현재의 무방비하고 무능력하고 무기력한 모습이 그때의 자신과 다르지 않았다. 그때의 기억들이 그런 자신의 모습과 함께 낙인처럼 남아 있었던 것이다. 로하는 생각했다. '과연 그때와 지금 중 어느 쪽이 더 불행한 걸까?' 하고. 하지만 곧 이 질문 자체가 의미 없는 것임을 깨닫고 고개를 가로저었다.

"로…… 로하야!"

혼자 생각에 빠져 있던 로하는 CCTV 모니터가 있는 방에서 들려온 효정의 외침에 정신이 번쩍 들었다. 벌떡 몸을 일으킨 그는 잰걸음으로 거실을 가로질렀다.

"무슨 일이야?"

방으로 들어서자마자 효정의 시선이 꽂혀 있는 CCTV 모니터 화면을 보았다. 그 화면은 전원주택 입구 쪽을 비추고 있었다. 자세히 보니 열 살 정도로 보이는 어린 남자아이가 대문 앞에 쓰러져 있었다. 얼굴을 잔뜩 찌푸린 채 엉엉 울고 있는 아이의 무릎에서 피가 흐르고 있었다. 꼬질꼬질한 행색이 아이를 더욱더 불쌍해 보이게 했다.

그 아이 주변으로 세 명의 남자들이 서 있었다. 아이를 포위하듯 둘러싸고 있는 이들은 모두 검은색 옷을 입고 있었다. 화면 상태도 그리 좋지 않은 데다가 세 명 모두 검은색 야구 모자를 푹 눌러쓰고 있어서 확실한 나이대를 분간하긴 어려웠지만, 체격과 행동으로 보아 중고등학생 정도로 느껴졌다. 그들은 목 뒷부분에 XI자 모양의 큰 문신을 하고 있었고, 먹이를 둘러싼 야생동물처럼 어슬렁거리며 아이의 주위를 빙글빙글 돌고 있었다. 그러다 남자 중 한 명이 허리의 벨트를 풀어 헤치자 효정이 다급히 말했다.

"어? 어쩌려는 거지?"

그녀는 사시나무처럼 온몸을 부르르 떨었다.

"어떻게 좀 해 봐! 로하야, 어서!"

효정이 로하의 오른쪽 팔을 잡고 흔들었다. 로하 역시 강한 공포를 느꼈다. 어린 소년이 여러 명에게 폭행을 당하는 광경은 다시는 기억하고 싶지 않은 악몽을 되살아나게 했다. 차마 눈뜨고 볼 수 없었지만, 로하 역시 속수무책이었다. 검은 옷을 입은 사람들은 무기를 갖고 다닌다는 것을 경험을 통해 알고 있었다. 싸움으로는 애초부터 상대가 안 된다는 것쯤은 이미 알고 있는 터였다. 하지만 그렇다고 어린애가 당하는 것을 그냥 지켜보기만 할 순 없었다.

"어떻게 하지? 어떻게…… 그래, 아영…… 아영아!"

로하가 급하게 아영을 찾았다. 그녀라면 아이를 살려 줄 수 있을 것 같았다.

"왜? 무슨 일인데?"

로하의 급한 부름에 자신의 방에서 운동을 하고 있던 아영이 종종걸음으로 달려왔다.

"이…… 이것 좀 봐."

로하가 손으로 문제의 CCTV 화면을 가리켰다. 한동안 집중해서 화면을 살펴보던 아영은 얼마 지나지 않아서 상황의 심각성을 알아차린 듯 눈꺼풀을 가늘게 떨었다. 하지만 무슨 이유에서인지 남자들이 행동을 개시하는 시점까지도 별다른 조치를 취하지 않았다.

"야! 뭐 해! 저러다 정말 큰일 나겠어!"

"무슨 큰일?"

로하의 말투와 대조적으로 아영의 목소리는 침착하고 차가웠다.

"무슨 큰일이긴! 지금 저 아이를 보라고. 위험에 처했잖아! 도와줘야 할 것 아니야. 넌 무기도 있잖아. 총도 쏠 줄 알고."

"도와주다가…… 혹시 잘못되기라도 하면?"

"뭐라고?"

아영이 팔짱을 끼고 시선을 아래로 내리깔았다.

"괜히 도와주다가 잘못되기라도 하면 네가 책임질 거야? 정 그렇게 도와주고 싶으면 네가 가서 직접 도와주든지."

"……."

아영의 말에 로하는 아무런 반론도 할 수 없었다. 그는 자신이 얼마나 나약한 사람인지를 또 한 번 절감했다.

"너희 둘 다 현실을 좀 직시하도록 해. 여기서 편안하게 지내다 보니 현실 감각이 떨어졌나 본데, 우선순위의 첫 번째는 자기 자신의 생존이야. 남에 대한 동정은 접어 둬. 그리고……."

"그래, 알았어."

로하가 아영의 말을 잘랐다.

"갈게. 내가 간다."

그러고는 집 안을 돌아다니면서 무기가 될 만한 물건을 찾았다. 아영에게 총을 빌려 달라고 했지만 그녀는 냉정하게 거절했다. 결국 하는 수 없이 식칼 하나를 찾아서 들고 급히 나가려고 할 때였다.

"로하야, 잠깐만."

푹 가라앉은 효정의 목소리가 로하를 불러 세웠다. 그녀는 초

점이 흐려진 눈으로 알 수 없는 표정을 하고 있었다. 범상치 않은 분위기를 직감한 로하는 즉시 효정이 보고 있는 모니터를 확인했다.

"죽어 버렸어."

효정의 울음 섞인 말을 들은 로하는 온몸이 굳어 버렸다. 아이는 옷이 모두 벗겨진 상태로 나뭇가지처럼 널브러져서 미동조차 하지 않았다. 얼굴은 피범벅이 된 채로 흉측하게 일그러져 있었고 복부에는 총상이 선명하게 남아 있었다. 다리에 힘이 풀린 로하는 바닥에 주저앉아 버렸다. 그는 아무것도 하지 못한 자신에게 강한 혐오감을 느끼면서 그 자리를 떠나는 남자들을 힘없이 바라보았다.

참혹한 광경을 목격한 지 두 시간쯤 지났다. 세 사람은 꿀 먹은 벙어리처럼 단 한마디도 섞지 않고 있었다. 서로 주고받은 말은 없었지만, 보이지 않는 심적 갈등이 팽배한 분위기였다. 로하와 효정은 멍한 얼굴로 소파에 앉아 있었고, 아영은 자신의 방으로 들어가서 나오지 않고 있었다. 자신을 원망하는 로하와 효정을 마주하기 불편했기 때문이었다. 하지만 아영은 30분을 채 버티지 못하고 방에서 나왔다. 로하와 효정은 기다렸다는 듯이 칼날 같은 눈초리로 그녀를 쏘아봤다.

"이제 그만들 해. 다 끝난 일이야."

"너라면 살려 줄 수도 있었잖아?"

"모르지, 그건."

로하는 아영과 눈이 마주치자 참고 있던 분통을 터뜨렸다.

"모르긴 뭘 몰라! 넌 그 아이를 충분히 살릴 수 있었어."

"아니, 확실한 건 없……."

"변명하지 마! 넌 일부러 살리지 않은 거야. 뭐, 군인? 군인 좋아하시네. 무슨 군인이 이따위야. 사람이 죽어 가는 걸 구경이나 하는 주제에 이상한 궤변이나 늘어놓고……."

아영은 거침없이 쏘아 대는 로하를 바라보고만 있었다. 로하는 화가 치밀어 올라서 견딜 수가 없었다. 아영은 충분히 손을 쓸 수 있지 않았던가. 위험을 감수하기 싫어서 방관했다는 건 그녀가 피도 눈물도 없는 냉혈한이라는 뜻이고, 또한 그녀가 말했던 '인류를 위해서'라는 대의와도 전혀 어울리지 않았다.

"지금은 이해 못 하겠지만, 시간이 흘러 세상이 바뀌고 나면 이 선택이 옳았다는 것을 깨닫게 될 거야."

"뭘 깨닫는다고? 옳았다고? 그게 무슨 말도 안 되는 소리야!"

아영의 말을 들은 로하는 분노를 폭발시켰다.

"사람이 위험에 처했으면 당연히 도와야지. 그냥 묵인하는 게 뭐가 옳다는 건데? 네 사상이 그래? 네 믿음이 그런 거야? 도대체 어떤 미친 사람이 그딴 소리를 하는 건데? 야, 정신 차려! 그 앤 아직 어린애였다고!"

로하의 독기 어린 비판에 아영은 씁쓸한 표정을 지었다.

“그래, 네 말이 맞아, 다 옳고. 나 또한 사람들을 살리고 싶은 마음이야. 다만 나는 다수의 인류를 선택한 것뿐이야. 이해하기 힘들겠지만, 때로는 반드시 지켜져야 할 규칙 같은 게 있어. 나도 어린아이가 목숨을 잃는 모습을 보고 싶지는 않았어. 하지만 지금은 내게 무슨 일이 생기면 안 돼. 내 임무를 완수할 때까지는 절대로…….”

“그럼 나와 효정인 왜 구했는데?”

“그게……, 기분 좀 가라앉으면 천천히 설명해 줄게. 지금은…….”

“그게 무슨 헛소리야! 결국에는 자기만 살아남을 수 있으면 다른 사람은 죽어도 상관없다는 거잖아!”

“아니, 그런 뜻은 아니야. 저 아이의 죽음을 방관한 것이 잘한 짓이라는 얘기도 아니고. 로하야, 세상은 다시 안정을 되찾게 될 거야. 그때가 되면 얼마든지 지금의 내 죄를 물어도 돼. 난 단지 지금 필요한 선택을 했을 뿐이야.”

“그 인류를 위한 선택이라는 것이 이렇게 살인을 방관하고, 필요에 따라 사람들에게 가치를 매기면서 마구잡이로 죽이는 것을 말하는 거야?”

“믿고 싶지 않겠지만, 내 얘기를 들었다면 너도 이제는 알잖아.”

“아니, 난 모르겠어. 너는 자신을 무슨 세상을 위해 헌신하는 용맹스러운 전사쯤으로 생각하나 본데, 무고한 사람의 죽음을 용납하는 그런 말도 안 되는 사상에 너는 이용당하고 있는 거야. 제발 정신 좀 차려."

"로하야, 미래는 현실이야. 인류가 언젠가 처하게 될 상황이라고. 난 직접 경험하고 눈으로 확인했어. 불순한 사상에 속고 있는 게 아니란 말이야. 그럴 수 있는 게 아니라고. 이대로 두면 똑같은 실수를 반복할 테니까, 나는 그걸 막기 위해 온 거야."

"실수를 반복할지 안 할지, 네가 그걸 어떻게 아는데?"

"너희는 우리의 과거니까. 내가 직접 봤으니까."

"그건 네 생각이야. 미래는 정해져 있지 않아."

"아니야. 과거가 원인이고, 미래는 결과야. 과거가 같다면 미래도 같아. 내가 할 일은 인과율을 바꾸는 것뿐이야. 그래야지만 결과가, 미래가 바뀌니까."

"인과율? 그거 사이비 종교에서 사람들 세뇌시킬 때 쓰는 단어잖아. 변명이랍시고 그런 말이나 쓰고. 어린애가 죽어 가는 걸 구경만 한 인간이 희망을 찾아? 너 정말 정상이 아니로구나."

로하가 얼굴에 경련이 일 정도로 울분에 싸인 반면, 아영은 억지 쓰는 아이를 달래는 듯한 표정으로 쓴웃음을 지었다. 그는 자신의 입장에서 도저히 용납할 수 없는 변명만 해 대는 아영에게 가증스러움과 역겨움을 느꼈다. 더 이상의 대화는 무의미하다고 판단한 로하는 혐오에 찬 눈으로 아영을 한번 노려보곤 효정에게로 시선을 옮겼다.

"효정아, 여기서 나가자. 나가서 굶어 죽는 한이 있어도 여기 있으면 안 될 것 같아. 아무래도 쟤는 정상이 아닌 것 같아. 계속 여기 있으면 우리도 저렇게 미쳐 버릴지도 몰라."

"그러고 싶어?"

효정이 힘 빠진 목소리로 묻자 로하가 고개를 끄덕였다.

"그래, 저런 사람의 도움을 받으면서까지 목숨을 연명하고 싶지는 않잖아. 안 그래?"

"그건 그런데……."

효정이 말을 하다 말고 갑자기 눈물을 흘리며 울먹였다.

"그런데 밖은…… 밖은 너무 무서워. 나도…… 나도 결국 저 아이처럼 되고 말겠지?"

로하는 효정에게 아무 말도 못 하고 고개를 돌려 버렸다. 눈을 질끈 감은 채 잠시 분을 삭이던 그가 아영을 쏘아봤다.

"도대체 왜 우리를 이곳으로 데리고 온 거야? 왜 우리를 살려 준 거냐고."

"……."

로하의 물음에 아영은 침묵으로 버텼다. 로하가 말을 이었다.

"아직 어리지만, 나도 그 정도는 알고 있어. 선과 악은 생각하기 나름이라는 거. 하지만 최소한 사람답게 사는 것이 무엇인지는 알아. 그리고 이건 전혀 사람다운 게 아니야. 넌 도대체 앞으로 어떻게 그걸 안고 살아갈 건데? 앞으로 어떻게 네 자신이 사람이라고 생각할 거냐고. 너 역시 나와 똑같은 인간일 뿐이잖아.”

로하가 거칠게 아영을 몰아세웠다.

“최소한 사람답다는 게 뭔데?”

“인간으로서의 기본적인 양심이나 상식적인…… 뭐 그런 거 말이야. 누구나 가지고 있는 그런 최소한의 기본! 너는 그게 없냐고.”

로하가 오만상을 찌푸리며 외치자 아영이 한숨을 내쉬었다.

“내가 그랬지. 미래의 사람들은 멸망을 바라보고 있다고. 만약 내가 살던 세상에서 너처럼 말하는 사람이 있다면, 사람들에게 비웃음을 샀을걸? 미래의 사람들은 과거에 너같이 가식적인 생각을 하는 사람들 때문에 지구가 이 지경이 됐다고 믿고 있거든. 가난한 나라 사람들이 풍족한 나라 사람들 걱정해 주는 거 봤어? 내가 살다 온 세상은 너희들의 세상처럼 풍족하지 않아. 나는 망해 가는 세상에서 어린 시절과 청소년기의 대부분을 보냈어. 도둑질을 배워 가면서 배를 채웠어. 멸종돼 가는 미래의 인류를 위해서라면 나는 지금 이 세상이 더 무참하게 망가져도 상관없어. 그런 내 앞에서 네가 인간다움을 말하는 게 통한다고 생각해? 나는 그러니까, 아까 말했듯이 내가 해야 할 일을 마무리 지을 때까지는 그 어떤 이유에서도 위험을 감수할 생각이 없다는 걸 알아 둬.”

“그러니까 네 말은 미래의 인류를 위해 과거 사람들의 죽음은 아무런 동정의 가치도 없다는 뜻이지? 그렇지?”

“말했잖아, 11분의 1의 인류만 살아남아야 된다고. 지금은 겨우 그 시작일 뿐이야. 이건 동정의 문제가 아니…….”

“잠깐만!”

“왜 그래?”

“효정이 어디 갔어?”

“글쎄, 화장실이라도 갔나. 왜?”

“아까 챙겨 놓은 칼이 없어졌어.”

“뭐?”

가슴 깊숙한 곳에서부터 요동치기 시작하는 불쾌한 예감. 로하는 아영과의 말다툼을 멈추고 효정을 찾아 나섰다. 그리고 거실에서 한 손에 칼을 들고 있는 효정을 발견할 수 있었다.

“효정아, 너 지금 뭐 해? 그 칼로 어쩌려고 그래.”

칼을 쥐고 울먹이고 있는 효정을 진정시키기 위해 로하가 가까이 다가갔다.

“오지 마!”

효정이 갑자기 칼날을 자신의 목으로 가져갔다.

“지금, 뭐…… 뭐 하는 짓이야? 그거 내려놔, 어서!”

로하가 화난 얼굴로 크게 소리쳤다.

“그래, 네 말대로 저런 애의 도움을 받아 가면서까지 살고 싶은 마음은 없어. 그런데 다시 그 생지옥 같은 곳으로 되돌아가려니…… 그럴 용기도 없어. 나는 부모님이 그렇게 돌아가신 것을 본 후 매일같이 악몽을 꿔. 그동안 봐 왔던 많은 사람들처럼 끔찍한 고통을 겪으며 죽는 건 생각만 해도 너무 무서워."

"효정아, 진정해. 넌 그렇게 죽지 않을 거야. 사람답게 살 수……."

"로하야, 이 세상엔 더 이상 사람답게 살아갈 수 있는 방법은 존재하지 않아. 전에 너도 그랬잖아, 사람답게 살지 못할 바엔 그냥 죽어 버리는 편이 나을 거라고."

효정은 의미심장한 눈으로 아영을 힐끗 보았다. 그리고 로하에게 시선을 다시 옮겼을 때는 얼굴 가득 슬픈 표정이 떠올라 있었다. 그녀는 이내 시선을 바닥으로 떨어뜨렸다.

"로하야, 혼자 남겨 두고 가서 미안해."

"진정해! 세상은 다시 바뀔 거야! 다시 사람답게 살 수 있는 날이 올 거라고. 내가 알아. 걱정하지 마. 앞으로 내가 도와줄 테니까, 어? 나 믿지? 지금 네 마음 나도 충분히 이해해. 하지만 그냥 그렇게 끝내 버리면, 훗날 지금의 이 생각을 후회할 기회조차 사라져 버리게 돼. 그땐 돌이킬 수가 없게 된다고. 나도 죽고 싶었던 적이 한두 번이 아니었어. 그때마다 어떤 생각을 떠올려. 그거 생각하면 죽고 싶은 마음이 싹 가신다? 그게 뭔지 알려 줄게. 일단, 그거 내려놔. 내려놓고 나랑 얘기 좀 하자? 응?"

효정이 애원하듯 다그치며 자신을 달래는 로하를 향해 미소를 지었다.

"고마워, 로하야. 그리고 미안해, 내가 성격이 소극적이라……. 이럴 줄 알았으면 너랑 좀 더 가깝게 지낼걸. 아무튼, 난 이제 지쳤어. 엄마 아빠도 보고 싶고. 그래, 이제 가야겠어."

효정은 말을 끝냄과 동시에 자신의 목 오른쪽 부위를 기점으로, 성대를 지나서 왼쪽 부위까지 날카로운 칼로 훅 그어 버렸다. 그 자리에서 피를 토하며 쓰러진 그녀는 숨을 헐떡거리다 서서히 눈을 감았다.

"효정아!"

4

효정이 자살이라는 극단적인 행동으로 목숨을 끊은 후 이틀의 시간이 지났다. 로하와 아영의 사이는 여전히 냉전의 분위기였다. 하지만 로하의 모습은 아영의 예상과는 달리 상당히 침착했다. 정신적인 충격이 컸을 게 분명한데, 하루 세 끼를 꼬박 챙겨 먹는가 하면 제시간에 잠을 자는 등, 평소와 다를 것 없는 모습이었다.

효정의 시신은 지하 벙커 위, 주택 집 마당에 묻어 주었다. 하지만 장례 절차는 고사하고 고인을 위한 무덤조차 정성스레 만들어 주지 못했다. 셋이 있을 때는 존재감을 거의 느끼지 못했지만, 효정의 빈자리는 컸다. 그래서인지 휑하고 어둑한 분위기가 슬금슬금 기어 나와 똬리를 틀기 시작했다. 게다가 앙금이 아직 남아 있는 두 사람 사이의 냉랭한 분위기는 쉽사리 사라지지 않을 것 같았다.

두 사람은 한동안 서로 부딪치지 않았다. 밥을 먹고 잠을 자는 것 외에 가끔씩 청소를 하고 책을 읽거나 라디오를 듣는 단조로운 생활을 반복했다. 아영은 공허함과 심심함을 달래기 위해 로하에게 몇 번이고 말을 걸어 보려다 그만뒀다. 괜히 말을 걸었다가 도리어 참고 있던 불만이 터져 나올 것 같았기 때문이었다.

그렇게 의식적으로 서로를 피하며 각자의 삶을 산 지 며칠이 지난 어느 날, 로하는 CCTV 모니터가 있는 방 안 바닥에 벽에 등을 기대고 앉아 있었다. 그의 시선은 어린아이의 시신이 놓여 있던 자리를 비추는 모니터에 고정되어 있었다. 아이의 시신은 효정을 묻으면서 적당한 곳에 함께 묻어 주었다. 효정과 마찬가지로 장례의 절차나 제대로 된 무덤도 없이 나무 밑을 파 묻은 후 흔적을 없앴다. 로하는 아이가 숨진 자리를 바라보며 혼잣말을 했다.

"살려 주지 못해 미안해. 형이 너무 나약한 사람이라 그러질 못했어. 이 미안한 마음, 형이 평생 안고 갈게. 나는 너의 이름도 모르지만, 절대로 너를 잊지 않을 거야. 조금만 기다려. 내가 언젠가 제대로 된 무덤만은 꼭 만들어 줄게."

우두커니 모니터를 바라보던 로하가 자리에서 일어서려 할 때였다. 모니터에 검은 옷을 입은 사람의 모습이 비쳤다. 로하는 다시 자리에 앉아서 그 사람의 행동을 주시했다. 그 사람은 주변을 두리번거리더니 고개를 들어 하늘을 바라보았다. 그러다 땀을 닦으려고 쓰고 있던 검은색 야구 모자를 벗는 모습에 깜짝 놀란 로하가 더 자세히 보기 위해 모니터로 다가갔다.

"사장님? 사장님이잖아? 아니, 어떻게 사장님이 살아 계시지?"

로하는 넋이 나간 표정으로 모니터 안의 철호를 바라보았다. 그는 효정과 같이 검은 옷을 입은 사람들을 마주쳤을 때 그대로 검은색 옷을 입고 있었다. 그때, 철호는 키 큰 남자를 칼로 찌르고 다른 남자와 몸싸움을 했었다. 결국 두 사람을 처치하고 신인간들 사이에 섞이는 데 성공한 모양이었다. 그리고 저렇게 혼자 있는 것을 보니 적당한 시기를 봐서 몰래 빠져나온 것 같았다.

잠시 후, 철호는 모자를 다시 눌러 쓰고 다른 곳으로 이동했다. 로하는 서둘러 다른 모니터로 시선을 옮겼다. 아무래도 이 집 안에 뭔가 있는지 확인하기 위해 온 것 같았다. 현관 쪽 모니터에 모습을 나타내던 그는 곧이어 거실로 이동했다. 로하는 재빨리 아영의 방으로 달려가 문을 두드렸다.

"아영아, 할 말이 있어."

문을 열고 나온 아영이 어리둥절한 표정으로 물었다.

"왜? 갑자기 무슨 일이야?"

아영은 한동안 제게 말 한마디 안 하던 로하가 갑자기 자신을 찾자 뭔가 일이 발생했음을 감지했다.

"밖에 사람이 있는데……."

"사람?"

"응, 그런데 그 사람이 내가 전에 알던 사람이야."

"그래?"

아영은 로하가 말을 잇기도 전에 CCTV 모니터가 있는 방으로 들어갔다.

"근데, 저 사람 신인간 아냐? 검은 옷 입고……."

"아냐. 나랑 같이 검은 옷으로 위장하고 다녔거든. 효정이랑 날 구해 주신 분이야. 그러니까……."

"그걸 어떻게 확신하지?"

"뭐?"

"저 사람이 지금 신인간이 아니라는 걸 어떻게 확신하냐고."

"그야 우리를 도와주신 분이고……."

"너는 내가 저 사람을 여기로 들어오게 했으면 좋겠어?"

"응? 으, 응. 좋은 분이고, 생명의 은인이기도 하니까……."

"너 벌써 잊은 거야?"

"잊다니? 뭘?"

"그 어린아이가 능욕당하고 처참하게 죽어 가는데도 못 구한 거 말이야."

"아, 아니, 잊을 리가 없지."

"그런데 지금 저 사람을 불러들이자는 말이 나와?"

"아영아, 저분은 믿어도 돼."

"너는 저 사람이 지금 신인간이 아니라는 것을 증명할 수 있어?"

"그, 그건…… 못 하지. 하지만……."

"그럼, 더 이상 할 얘기는 없는 거 같은데. 난 내 방으로 갈게."

아영이 냉정하게 돌아서서 가는데도 로하는 아무런 말도 할 수 없었다. 모니터 안의 철호는 아무것도 발견하지 못했는지 집 밖으로 나가더니 정문을 지나가는 모습이 보였다. 이내 모니터에서는 더 이상 그를 찾아볼 수 없었다. 로하는 길게 한숨을 내쉬며 고개를 떨구었다.

"아영아."

그날 저녁, 여느 때와 다름없이 샤워를 마친 아영이 자신의 방으로 돌아가려 할 때였다. 소파에 앉아서 효정이 읽던 『인생』이라는 책을 읽고 있던 로하가 그녀를 불러 세웠다.

"이제 얘기해 줬으면 좋겠어."

"어? 뭘 얘기해?"

"네가 그렇게 위험한 일을 피하려고 하면서 나랑 효정이를 구해 준 이유 말이야."

아영은 로하의 얼굴을 빤히 보더니 잠시 생각에 잠겼다. 잠시 후 그녀가 결심한 듯 고개를 끄덕이곤 입을 열었다.

“사실은 너를 구한 거지 효정이까지 구할 생각은 없었어. 그곳에서 위기에 처해 있던 너를 도와주려다 보니 그렇게 된 거야.”

“그래? 그럼 나는 왜 구해 준 건데? 생각해 보니 네가 학교에 오지 말라고 한 것도 그렇고, 반 애들 다 죽이고 나만 살려 준 것도 그렇고, 그 이유를 난 아직 몰라. 전에 말했지? 다음에 말해준다고. 중요한 사실을 얘기해 준다고 말이야.”

아영이 피식 하고 애매모호한 미소를 띠었다.

“넌 아직도 내 얘기 못 믿지? 내가 미래에서 왔다는 것도 그렇고. 그렇지?”

“그야……, 누구라도 그런 얘기는 쉽게 믿을 수 없는 거잖아. 증거도…….”

“그걸 못 믿으면 방금 한 네 질문에 대한 답도 할 수 없어.”

“그걸 믿어야 하는 것이 전제 조건인 거야?”

“뭐, 그렇다고 할 수 있지. 그래서 전에도 바로 얘기해 주지 못한 거니까.”

“그렇구나. 알았어.”

로하는 단념한 듯 다시 책으로 시선을 돌렸다. 아영은 그런 그를 잠시 바라보더니 헛기침을 하고 말했다.

“넌 내가 존경하는 사람이랑 닮았대.”

"존경하는 사람? 근데 왜 본인 얘기를 남한테 들은 것처럼 해?"

"그래, 존경하는 사람. 나도 왠지는 모르지만 말이야. 그렇게 얘기한 건 현재 그 사람에 대한 기억이 없기 때문이야. 그나저나, 나도 너같이 꽉 막힌 성격이 뭐가 좋다고 존경까지 하는지 이해는 안 간다."

"너 혹시 지금 나 놀리는 거야?"

"놀리다니, 내가 존경하는 사람을 닮았다는 건 당연히 칭찬이지, 안 그래? 그리고 그건 남이 아니라 나 자신한테 들은 얘기야."

"자신한테 들어? 대체 무슨 소리를 하는 건지 모르겠네. 그나저나, 그게 날 구한 이유야? 존경하는 사람 닮아서?"

"뭐, 그렇다고 할 수 있지. 그분이 없었으면 지금의 난 없었거든."

"그럼, 내가 운이 엄청나게 좋은 거네? 네가 존경하는 사람을 닮지 않았으면 이미 저세상 사람이 됐을 테니까 말이야."

아영이 고개를 끄덕이며 웃었다.

"아영이 너는 정말 뭔가…… 이상해."

"이상하다고? 내가?"

"응, 네가 알바하는 나를 찾아왔을 때도 그렇고, 이렇게 얘기할 때도 그렇고, 딴사람 같아."

"그래?"

"무슨 다중인격 같다고 하면 기분 나쁘겠지만, 평소에 내가 알고 있던 너랑 그때 교실에서의 너는 같은 사람이라고 생각되지 않

아. 그날 이후로 내가 얼마나 혼란스러웠는지 너는 모를 거야."

"네 기분 이해해. 나 같았어도 그랬을 거야. 하지만 나는 신인간들처럼 살인을 즐기는 것도 아니고, 아무렇지 않게 사람을 죽이는 것도 아니야. 힘들고 괴로운 마음은 아마 너랑 다르지 않을 거야. 다만, 해야 하는 일이니까……."

"나 같았으면 해야 하는 일이라도 못 했을 거야."

로하의 말에 아영은 쓴웃음을 지었다.

"나도 처음엔 많이 무서웠어. 하지만 전쟁에서 살인은 군인에게 피할 수 없는 거잖아. 죽이지 않으면 죽을 수 있는 상황이니까 말이야."

로하가 고개를 끄덕였다.

"어쨌든, 나는 도저히 할 수 없을 거 같아. 그래서 만약에 전쟁에 나가면 제일 먼저 죽을 거 같아."

"아냐, 사람은 다 환경에 적응하게 되어 있어."

"그 얘기 하니까 생각난 건데, 이제 네가 원했던 대로 세상이 된 거지?"

"뭐…… 그렇다고 할 수 있지?"

로하의 뜻밖의 질문에 아영은 약간 놀란 표정을 지었다.

"그런데 너…… 내가 한 얘기 믿기로 한 거야?"

"글쎄…… 솔직히 믿는다고는 말 못 하지만, 노력은 해 볼 생각이야."

"그건 또 무슨 말이야. 믿으면 믿고 말면 마는 거지."

"그러게, 내가 알 수 없는 말만 하는 너를 닮아 가나 보다."

"야, 이로하!"

아영이 버럭 화를 내자 로하는 반사적으로 팔을 올려 방어 자세를 취했다. 그런 그의 행동이 재밌었는지 아영이 웃음을 터뜨렸다. 이런 분위기는 둘이 같이 저녁을 먹던 그날 이후 오랜만이었다.

"아, 왜 갑자기 소리를 질러. 놀랐잖아. 그런데 너…… 왜 미래로 돌아가지 않고 계속 남아 있는 거야? 아직 해야 할 일이 더 있어?"

로하의 물음에 아영이 웃음을 멈추었다.

"어, 임무 하나가 더 남아 있긴 해. 하지만……."

표정이 굳어진 아영이 잠시 머뭇거리다 말을 이었다.

"그 임무를 마쳐도 돌아가진 못해."

"그게 무슨 말이야? 다시 네 세상으로 돌아갈 수 없다는 말이야? 어째서?"

로하가 놀라서 묻자 아영이 고개를 끄덕였다.

"이곳, 그러니까 과거로 오기 위해 한 개, 그리고 미래로 다시 돌아가기 위해 한 개, 총 두 개의 소모형 중력 압축기를 사용하는데, 실수를 하는 바람에 남아 있던 하나를 써 버렸어. 그래서……."

"그게 뭐야? 중력 압축기? 압력기?"

"야구공만 한데, 동그랗게 생긴 일종의 장치야. 시간 이동의 핵심 기술이 들어 있지. 스위치를 누르면 중앙을 기점으로 엄청난 중력이 증폭돼. 그 거대한 중력으로 블랙홀 같은 걸 만들어 내서 시간과 공간을 관통할 수 있는 거야. 중력 압축기는 한 번 사용하면 재사용이 불가능해. 근데 한 개를 더 만들어 내기 위해선 근 1년이라는 시간이 걸린다고 하더라고. 나같이 임무 수행을 위해 과거로 파견된 사람들이 한둘이 아니라 모두에게 여분의 장치도 지급되지 못했어."

"그러니까 네 말은…… 돌아갈 때 사용해야 하는 기계 장치를 실수로 써 버리는 바람에 다시는 돌아가지 못한다?"

"응, 그렇게 됐어."

허탈한 표정을 짓는 아영에게 로하가 말했다.

"미래에서 널 기다리는 사람은 없어? 가족이라든가 애인이라든가."

"응, 다행이라고 해야 할지 모르겠지만 나를 기다리는 사람은 없는 것으로 알고 있어. 가족 같은 사람이 딱 한 명 있었는데 이미 오래전에 세상을 떠났대."

"그렇구나."

"뭐…… 이젠 상관없어. 이렇게 과거가 바뀌었으니 내가 살던 미래도 바뀌겠지. 그로 인해서 내가 알던 사람들도 전부 바뀌었을 수도 있고. 그런 건 여기 오기 전부터 각오했던 거니까."

"괜한 얘길 한 것 같네. 미안해."

로하가 힘없는 목소리로 말했다.

"난, 괜찮아. 신경 쓰지 마."

"그럼 마지막 임무까지 완수하면, 그 이후엔 어떻게 할 거야?"

"모르겠어. 아직 거기까진 생각해 보지 못했어. 일단은 할 수 있는 데까진 남아 있는 임무에 집중하려고. 지금은 그 임무를 완수할 수 있을지도 모르는 상황이라 이후를 생각할 여유가 없거든."

"그 마지막 임무란 게 뭔데?"

"남자 한 명을 제거하는 거야. 근데…… 완수할 수 있을지 아직 잘 모르겠어. 그 사람에 관한 정보가 턱없이 부족해서."

"미래에서 왔다며? 미래에서 왔으면 과거에 살았던 사람의 정보 정도는 확인하고 왔을 거 아냐."

"내가 살던 세상에서의 과거, 그러니까 현재 시점에서 한국에 있는 에볼루션 멤버들을 제거하고 다니던 남자가 있었어. 그 사람은 에볼루션이 실패하고 난 후 세상 사람들에게 전설로 남아서 추앙받게 되었지. 그런데 지금은 그때와는 다르게 일단 1차 계획이 성공해서 2차 계획으로 신인간들이 정리를 하는 시기라 그때랑은 사정이 달라졌어. 원래는 1차가 성공하면 안 해도 되는 임무이기도 하고, 에볼루션 핵심 멤버들은 이미 안전한 곳으로 옮겼으니 그자가 살아 있다고 해도 별로 문제가 안 될 것 같긴 한데…… 내가 이렇게 돌아갈 수 없는 처지가 되었으니 시간이 걸리더라도 해 보려고."

"자기 목숨 부지하기도 벅찬 마당에 그런 일을 벌이면서 돌아다니는 사람이 있다고?"

"그러게 말이야. 나중에는 다른 사람들까지 선동해서 에볼루션 조직원들과 그 관련 사람들을 처단하러 다녔다고 하더라고."

"대체 그 사람이 누군데?"

"사람들에게 '처단자'라 불렸던 남잔데, 이름이 최철호라던가…… 그래. 지금 나이가 한 30대 후반에서 40대 초중반 정도일 거야. 알고 있는 정보가 추정 연령하고 이름, 그리고 이 지역에 살았다는 정도밖에 없어. 에볼루션이 소멸되자 그도 같이 자취를 감췄다는데, 이상하게 그 사람에 대한 개인 정보를 찾을 수가 없었어."

"그렇구나……."

"로하야?"

"으, 응?"

"너 표정이 왜 그래? 혹시 아는 사람이야?"

"아, 아냐. 내가 그런 사람을 어떻게 알아."

로하를 보며 고개를 갸우뚱하던 아영이 말을 계속했다.

"이건 내 생각인데, 그 사람도 혹시 나처럼 미래에서 온 게 아닐까 해."

"미래에서?"

"응, 그 사람에 대한 개인 정보 기록을 찾지 못한 것도 그렇고, 마치 모든 것을 미리 알고 있었다는 듯이 움직이며 에볼루션이 소멸되게 만든 것도 그렇고, 우리랑 다른 목적으로 미래에서 온 사람일지도 모른다는 생각을 해 봤어."

"그럴 수가 있나?"

"생각해 봐, 내가 미래에서 왔잖아. 내가 살던 곳에서 시간 여행이 가능하다면 더 먼 미래에서도 못 할 리 없을 거 아냐."

"그런데 그렇게 정보가 없는 상황에서 애당초 어떻게 그 사람을 제거할 생각이었어?"

"사실은 그 사람이 첫 번째로 제거했던 에볼루션의 멤버가 있는데, 그 멤버가 신인간을 지휘하는 위치에 있거든. 그래서 가끔 신인간들을 모아 놓고 연설을 하나 봐. 일정은 이미 파악하고 있으니까 그때 그 사람이 나타나면 사살할 생각이야."

"그게 언젠데?"

"앞으로 보름 후로 알고 있어. 이번이 될지 다음이 될지 모르겠지만, 그때마다 가 보면 언젠간 찾아낼 수 있겠지."

아영의 입에서 철호라는 이름이 나온 순간, 로하는 CCTV 모니터를 통해 알게 된 사장님의 생존 사실이 떠올랐다. 그리고 그가 "나는 온 힘을 다해 저 검은 녀석들과 맞설 작정이다."라고 말했던 것도 생각났다. 과연 그가 동일 인물일까? 로하는 백 퍼센트 확신할 순 없었지만, 만약 그가 같은 사람이라면 조만간 아영의 손에 죽게 될 것이다.

“그렇구나. 그런데 아영아, 나 또 궁금한 게 있는데 물어봐도 돼?”

로하는 당황하고 있는 자신을 아영이 의심할 것 같아서 급히 화제를 돌렸다.

“궁금한 거? 뭔데?”

“신인간 얘기를 해서 생각난 건데 말이야. 네 방에서 벽에 붙어 있는 큰 깃발 같은 걸 봤는데, 영어로 X하고 I인가? 그렇게 써 있는 거 말이야.”

“아, 그거. 그건 로마자로 숫자 11을 뜻하는 거야. 그게 왜?”

“그렇구나……. 근데 말이야, 전에 신인간들 목덜미에서 그거랑 똑같은 문신을 본 적 있거든. 그게 무슨 의미인지 알려 줄 수 있어?”

“그럼 알려 줄 수 있지. 내가 따르는 건, 전에 말했던 신세계 법칙을 바탕으로 한 에볼루션의 열한 가지 규칙이야. 그래서 11이라는 숫자가 중요한 상징이 된 거지. 내가 살던 시대는 에볼루션의 이미지가 막 재평가받고 있던 시점이었어. 악에서 선구자로. 그들이 옳았다는 것을 알아차린 사람들이 그들의 이 규칙을 초국가적인 이념으로 삼기 시작했지. 11이라는 숫자는 에볼루션이 제시한 11분의 1이란 이상적 인류 생존율을 의미하는 건데, 사실은 신인간에게 사상 교육을 하기 위해 만들어진 거야. 그래서 성서의 10개명처럼 주로 상징적인 내용을 내포하고 있고, 에볼루션을 창시한 최초의 멤버들을 '11인의 선지자'라 일컫고 11개의 규칙을 만들어서 신인간들이 종교처럼 따르게 한 거지. 이 규칙에는 특히, 과업을 달성하기 위해 불가피한 살생을 하게 될 때는 11분의 1이란 확률을 지키라고 되어 있어."

"아, 그래서 그랬구나. 전에 밖에서 신인간들이 민간인을 학살하는 걸 봤거든. 그때 그들 중 한 명을 살려 줘서 왜 그런지 궁금했는데, 이제야 그 이유를 알겠네."

"그래, 맞아. 에볼루션은 과학적 연구에서 시작을 했지만 인류의 생존을 위해 종교적인 전파 방법을 적극 수용했지. 11분의 1이란 확률도 그렇고 모든 법칙과 규율의 기반은 신의 뜻이라는 것을 강조하고 있어."

"그런데 미래에서도 그런 걸 믿고 따른다는 거야?"

"미래에서는 오로지 죽어 가는 지구와 인류를 되살리는 것밖에 생각하지 못하는 상황이잖아. 뒤늦게 에볼루션이 옳았다는 걸 깨달았을 땐 이미 많이 늦은 상태였고, 그것이 내가 이렇게 과거로 온 이유이기도 하지. 아무튼, 늦게나마 전 세계 정상들이 에볼루션이 만들어 놓은 것은 무조건 따르기로 했기 때문에 그렇게 상징화할 수밖에 없었어. 따지고 보면 국기의 상징들도 비현실적이고 이상적인 거잖아. 그거랑 같은 개념이라고 보면 돼."

"그랬구나."

"이제 알겠니?"

"응. 그런데 참, 신인간들은 나중에 제거될 거라고 했잖아. 그 이유는 뭐야?"

아영이 로하의 얼굴을 힐끔 쳐다봤다.

"일단 너도 느꼈겠지만, 신인간들은 '필요악'의 존재야. 적어도 나는 폭력과 살인을 이성적인 판단에 의해 할 수 있어. 좋아서 하는 게 아니고 필요해서 하는 거야. 그것이 가능한 건 오랫동안 정신 훈련을 받으며 경력을 쌓아 온 군인이기 때문이지. 하지만 저들은 달라. 다른 때 같으면 그냥 큰 규모의 살인마 집단에 지나지 않는 존재지."

"그럼, 결국 저들은 소모품에 불과한 거네."

"그렇게도 말할 수 있지만, 어차피 그들은 받아들여질 수 없다고 생각하는 게 맞는 거 같아. 받아들인다고 해도 신인간들 스스로가 바뀐 세상을 받아들이지 못하겠지. 그들은 이미 너무 오래전부터 선을 넘어 버렸어. 그리고 지금의 이 혼란한 사태가 점차 수그러들 때쯤 에볼루션이 다시 힘을 가져와야 세상을 올바른 쪽으로 인도하는 게 가능할 텐데, 그때는 신인간들이 걸림돌이 될 수 있거든. 인간은 힘을 가지면 믿음이 변해 버리잖아. 역사에서도 수없이 반복되었지만, 무력을 소유한 군대 같은 집단이 쿠데타를 벌이고 권력을 장악하는 일이 많았어. 그러니 비정해 보일 수도 있지만 어쩔 수 없는 선택이라고 생각해."

"어려운 말은 잘 모르겠지만 듣고 보니 그런 거 같네."

"미안, 로하 네가 아직 고등학생 나이란 걸 깜박했네. 내가 너무 오래 살았나 봐."

아영이 어색한 미소를 지으며 그렇게 말하자 로하가 쑥스러운 표정을 지었다.

"어느 정도 정리가 되면 그때부턴 정말 아름다운 세상이 될 거야. 지금 너에게 이런 말 하는 게 맞는 건지는 모르겠지만 로하야, 넌 이후에 펼쳐질 세상이 기대되지 않아? 그 세상에서는 너에게도 좋은 일만 생길 거야."

"정말 그랬으면 좋겠네."

로하의 힘없는 목소리에 아영은 괜한 소리를 한 것 같은 기분이 들었다. 그녀는 잠시 로하의 눈치를 살피다 입을 열었다.

"로하야, 나도 궁금한 게 있는데 물어봐도 될까?"

"뭔데?"

"효정이한테 그랬잖아, 죽고 싶을 때마다 어떤 생각을 하면 그 죽고 싶던 마음이 싹 가신다고. 그 생각이 뭐야?"

아영의 물음에 로하가 쓴웃음을 지었다.

"별거 아니야. 네가 들으면 비웃을 거 같은데."

"아니야, 아니야. 정말 궁금해서 그래. 절대 비웃지 않을게."

로하는 몇 초간 뜸을 들이다 입을 열었다.

"못 해 본 걸 생각하면 돼."

"못 해 본 거? 그럼 더 슬퍼지지 않나?"

"나도 그렇게 생각했는데, 실제로 해 보니까 그렇지 않더라고. 학교에서 괴롭힘당할 때마다 매번 그런 생각을 했어. 죽고 싶을 때, 못 해 보고 죽으면 한이 될 만한 것들을 생각했지. 예를 들어서, 남들 다 하는 연애라도 한번 해 보고 죽자 같은 생각들. 그런 생각을 하면 못 해 본 게 억울해서라도 못 죽겠더라고."

"하, 멋진데?"

아영이 소리 내어 웃자 로하도 얼굴에 미소를 머금었다.

"로하야?"

"응?"

"나도 어차피 미래로 돌아가긴 틀렸으니 이렇게 된 거 너랑 연애하고 결혼이란 것도 해 볼까? 내가 비록 나이는 많지만 몸은 10대거든."

"너 지금 그 말 농담이지?"

로하가 얼굴을 붉히며 묻자 그 모습을 재밌다는 듯이 빤히 보던 아영이 말했다.

"글쎄다. 한번 맞혀 봐."

"……."

아무 말도 못 하고 곤란한 표정만 짓는 로하를 보며 아영은 큰 소리로 웃었다. 그리고 웃음이 그치자 어색한 침묵이 흘렀다. 그렇게 얼마간 아무런 대화 없이 각자 생각에 빠져 있었는데, 그 침묵을 먼저 깬 사람은 로하였다.

“나…… 솔직하게 말하고 싶은 게 있는데.”

“응? 그게 뭔데?”

“날 구해 주고 이렇게 편하게 지낼 수 있게 해 준 거 고맙게 생각하고 있어. 미안하기도 하고. 사실 처음에는 네가 나 같은 사람에게 관심을 가져 줘서 어떤 다른 목적이 있는 줄 알고 의심했었어. 무슨 안 좋은 일에 이용하려고 그러는 건 아닌가 하고 말이야. 그런데 비록 잘 이해가 되지 않는다고 해도 네가 말한 이유로 날 구해 주고 도와줬다고 하니까 어쨌든 고맙다는 생각이 들어.”

“그렇게 말해 주니까 나도 고맙네.”

로하가 다소 민망함이 느껴질 만한 말을 했지만 아영은 거부감 없이 받아 줬다.

“로하야, 사실은 너한테 중요한 얘기를 해야 하는데 네가 그걸 받아들일 수 있을지 모르겠어.”

“그거 혹시 내가 너의 고조할아버지라든가 그런 거 아냐? 넌 미래에서 온 내 손녀고.”

“그런 거 아냐. 그러니까…….”

“아 참, 우리 술이나 한잔할까? 나 태어나서 비싼 술은 한 번도 못 마셔 봤어. 끽해야 편의점에 있는 캔 맥주 정도랄까. 미성년자인 고등학생이 할 말은 아니지만, 솔직히 이제는 그런 거 상관없잖아? 와인 셀러에 있는 술, 꽤 좋은 것 같던데 괜찮다면 같이 한잔하면 안 될까? 한잔하면서 그 얘기를 듣는 것도 좋을 것 같은데.”

“술? 좋아, 마셔도 돼.”

로하의 갑작스런 술타령에 아영은 흔쾌히 허락해 줬다.

“내가 가져올게.”

“아니야, 내가 갈게.”

아영이 자리에서 일어나려 하자 로하가 먼저 벌떡 일어섰다. 로하는 가볍게 손사래를 치며 종종걸음으로 음식이 있는 방으로 향했다.

“오른쪽 맨 위에 있는 와인으로 가져와. 아, 그리고 내 방에 와인 오프너가 있는데 그 옆에 보면 은색 주사위같이 생긴 게 있을 거야. 그것도 좀 가져와.”

“알았어.”

로하는 방향을 바꿔 먼저 아영의 방에서 오프너와 아영이 말한 물건을 챙긴 다음 음식들을 저장해 두는 방으로 들어갔다. 잠시 후 그는 와인 잔과 함께 안주로 먹을 만한 치즈를 담은 쟁반을 들고 나왔다.

“마셔 본 적이 없다면서 와인 병 따는 법은 어떻게 알았어?”

두개의 잔에 와인을 따르면서 로하가 대답했다.

“예전에 인터넷에서 봤지, 뭐.”

로하와 아영은 가볍게 건배를 한 후 각자 한 모금을 마셨다.

"아영아, 넌 좋은 사람이야. 비록 네가 우리 세상 사람이 아닐지라도, 나와는 생각이 다를지라도. 그래서 참 고맙고 또 미안해."

"갑자기 그게 무슨 말이야? 너 한 모금 마시고 취했니?"

아영이 미심쩍은 눈초리로 로하를 쳐다봤다.

"넌 좋은 애지만 나와는 너무나도 달라. 원하는 세상도 다르고. 그래서…… 미안해."

"어? 너 왜 자꾸 미안하다는 거야."

로하의 안색이 갑자기 안 좋아졌다.

"잠깐만, 나 화장실 좀 다녀올게. 갑자기 속이 안 좋아. 좋은 술을 마셔서 그런가?"

"아, 어…… 그래. 갔다 와."

로하는 급히 화장실로 들어가 재빨리 문을 걸어 잠갔다. 그리고 변기에 얼굴을 파묻었다. 그는 마셨던 와인을 넘기지 않았는지 그대로 뱉어 냈다. 그리고 자신의 중지손가락을 입 안에 찔러 넣고 억지 구토를 했다. 더 이상 토해 낼 것이 없을 정도가 되자 로하는 세면대로 가서 입을 헹궜다.

그는 세면대의 거울을 통해 자신의 얼굴을 살펴봤다. 심한 구토로 인해 두 뺨이 핼쑥하게 파여 있었고, 핏빛 서린 충혈된 눈알은 튀어나올 기세로 돌출되어 있었다. 현기증을 느낀 로하는 핑핑 도는 머리통을 부여잡았다. 잠시 후, 겨우 정신이 들자 거친 동작으로 세수를 했다. 그리고는 침침해진 눈꺼풀을 끔뻑거리며 얼굴의 물기를 걷어 낸 다음, 결심하고 화장실 문을 열었다.

화장실에서 나온 로하의 눈앞에는 그가 예상했던 광경이 펼쳐져 있었다. 그는 그 광경을 눈을 부릅뜨고 주시했다. 조금 전, 같이 술을 마시던 자리에는 아영이 피를 토하며 쓰러져 있었다.

로하는 원룸에 있을 때 수없이 자살을 생각했고 샘플 병 속에 청산가리를 넣어 화장실에 보관하고 있었다. 그리고 효정과 아영을 따라 그곳을 나올 때 작은 비닐 봉투에 그것을 넣어 가지고 나왔다. 그는 조금 전 와인 병을 열고 그 가루를 전부 넣었다.

"변명은 하지 않을게. 나도 너처럼 어떤 선택을 했을 뿐이야. 효정이가 보던 『인생』이라는 책을 읽고 나 나름대로 내린 결론이야. 운명이라는 것에 대해서 생각을 좀 해 봤는데, 운명을 거스르는 것도 결국은 운명의 한 부분이지 않을까 싶어. 너도 네가 살던 세상을 살리려고 이토록 노력을 하는데, 나 역시 가만히 있을 수 없잖아. 네가 죽이려는 사람이 내가 아는 편의점 사장님인지 정확하게 알 수는 없지만, 이대로 내버려 둘 순 없는 것이 또 나의 입장이야. 네가 지키려는 미래 그리고 그 에볼루션의 세상, 내게는 그런 거보다 중요한 것이 나를 가족같이 대해 주는 사람이야. 부모 없이 혼자 자란 나를 대부분의 세상 사람들은 괴롭히기만 했거든. 그런 가운데 나를 따뜻하게 대해 준 사람은 사장님 정도밖에 없었어."

로하는 잠시 하던 말을 멈추고 눈물을 글썽였다.

“물론 너 역시 나를 인간적으로 대해 준 건 고맙게 생각해. 게다가 비록 농담이라도 너랑 연인이 된다는 건 생각만 해도 설레는 거였어. 하지만…… 하지만 나는 너를 막아야만 했어. 그러자니 이것밖에 방법이 없었고.”

혼잣말하듯 중얼거리는 로하 앞에서 아영은 포복 자세로 느릿느릿 어디론가 힘겹게 기어가고 있었다. 이내 아영은 얼마 가지 못하고 지쳐 버렸는지, 그대로 몸을 뒤집어서 바닥에 등을 대고 누웠다. 그리고 필사적으로 헐떡이며 로하의 얼굴을 응시했다. 로하 역시 시야를 잃어 가는 그녀의 검실거리는 눈을 피하지 않고 마주했다.

“아…… 너…… 은색…… 봐…….”

턱 근육까지 마비가 되었는지 아영은 말도 제대로 하지 못했다. 그렇게 알아들을 수 없는 말을 남긴 그녀는 거친 숨을 몰아쉬며 핏덩어리를 토해 내고 또 토해 냈다. 숨이 완전히 거둬질 때까지.

로하는 아영의 시체를 바라보며 한참을 테이블 의자에 앉아 있었다. 그의 머릿속에서 수많은 생각들이 무질서하게 스치듯 지나갔다. 매우 혼란스럽고 불안정한 상태였다. 그런 그가 무심코 시선을 테이블 위로 옮겼다.

“이건 뭐지?”

그의 눈이 닿은 건 아영이 와인 오프너와 같이 가져오라고 했던 주사위 모양의 금속성 물건이었다. 표면은 맨질맨질한 촉감이었는데 은색 빛을 띠고 있었다.

로하는 그 물건을 한동안 손에 들고 만지작거리다 아무 생각없이 테이블 위에 올려놨다. 바로 그때였다. 그 물건에서 녹색의 형광빛이 나왔다. 로하는 그것을 다시 집어 들고 눈을 게슴츠레 뜬 채 그 형광색의 빛을 확인했다. 신기하게도 그것은 글자였다. 그 글자는 이렇게 적혀 있었다.

'지문을 인식하시오.'

로하는 이것이 아영의 것임을 떠올리며 죽은 그녀의 손가락 지문을 가져다 댔다. 열 개의 손가락을 하나씩 대본 결과 오른손 엄지에 반응했다. 물건이 이상한 소리를 내더니 갑자기 반으로 쪼개졌다. 로하는 깜짝 놀라 그것을 바닥에 떨어뜨렸다. 바닥에서 반으로 갈라져 활짝 열린 그 물건에서 빛이 나오더니 거실의 공간을 거의 다 채울 만한 홀로그램 영상이 나타났다. 그 홀로그램 안에는 아영이 있었다.

[보고 있니? 나야. 아니지, 네가 나지. 이런 영상을 찍게 되다니…….]

로하는 입을 딱 벌린 채 홀로그램 영상에 나타난 아영이 하는 말을 끝까지 들었다. 영상이 꺼진 후에도 한참을 그 상태로 멍하니 있었다. 그리고 잠시 후 그의 눈에서 눈물이 주르르 흘렀다.

"대체 내가 무슨 짓을 한 거지……."

5장 악연

미래를 결정짓고 싶다면 과거를 공부하라.

\- 공자 -

1

2072년 8월 2일

– 에볼루션이 패배한 미래 –

로하는 조금 전에 다시는 보고 싶지 않았던 사람을 다시 보고야 말았다. 점심 식사를 끝마쳐 갈 무렵, 식당 내부에 배치된 홀로그램 TV에서 그 사람의 얼굴을 본 것이다.

뉴스 앵커가 그를 차기 대선감이라며 치켜세우고 있었다. AI 로봇이 운전해 주는 플라잉카를 타고 빈민가에 내린 그는 사람들을 향해 인자한 미소를 지으며 손을 흔들었다. 그곳에는 그를 지지하는 수백 명의 인파들이 몰려와 있었다.

그의 옆에는 경호원을 제외하고도 두 사람이 더 있었다. 고등학생쯤으로 보이는 여자애와 고급스러운 분위기의 중년의 여성이었다. 그의 딸로 보이는 여자애는 미소가 자연스러운 밝은 인상이었으며, 그의 아내로 보이는 중년 여성은 세련된 옷으로 감싼 매끈한 몸매를 지니고 있었다. 사람들에게 손을 흔들고서 어디론가 향하고 있는 그들 뒤를 AI 로봇이 따르며 시중을 들었다. 하나같이 온화한 표정의 그들은 마치 이 세상 모든 것을 다 가진 것처럼 보였다.

식사도 마무리 짓지 못하고 TV에 시선을 빼앗겨 버린 로하는 밀려오는 혐오감에 갑자기 속이 울렁거렸다. TV 속의 그는 허름한 집 주변을 배경 삼아 자리를 잡고 인터뷰에 응했다.

[이곳에 오신 이유에 대해 한 말씀 부탁드립니다.]

[예, 요즘 여러모로 모두들 정말 힘든 시기이지요. 저는 작게나마 이 동네 여러분들에게 도움이 되고자 봉사 활동을 하러 왔습니다. 여기, 저의 아내와 딸아이도 함께 말입니다.]

[듣기로는 의원님께서도 학창 시절 형편이 어려우셨다던데요, 그때의 경험이 이번 봉사 활동을 하시는 계기가 된 건가요?]

[그렇습니다. 저도 한때 힘든 시기가 있었지요. 하지만 저는 다시 일어났고, 그건 전부 국민 여러분들의 지지가 있었기에 가능한 일이었습니다. 그런 국민 여러분들이 힘든 시기를 겪고 있는데, 제가 어떻게 가만히 있겠습니까.]

[조금 외람된 질문을 드리고 싶은데, 괜찮겠습니까?]

[예, 어떤 질문이든 하셔도 좋습니다.]

[의원님께서 집필하신 『미래는 양심적인 리더가 만든다』라는 책에 나온 내용에 관해서인데요. 책에서, 어릴 적 돌아가신 친구분이 의원님께 많은 영향을 주었다고 하셨는데, 조금 더 구체적으로 말씀해 주실 수 있으신가요? 책에는 자세한 내용이 나와 있지가 않아서 많은 독자들이 궁금해하고 있습니다.]

그는 잠시 말을 멈추고 고개를 떨어뜨리더니 글썽거리는 목소리로 말을 이었다.

[정말 좋은 친구였습니다. 그 친구는 해외 유학을 다녀온 후로 학교생활에 적응하지 못하고 힘든 시기를 보내고 있던 저에게 항상 친절하게 도움을 주었습니다. 그 덕분에 좌절에서 벗어났고, 지금 이 자리에 설 수 있게 되었다고 생각합니다. 그런데 그 친구는 극심한 우울증을 앓고 있었고, 끝내…… 스스로 목숨을 끊고 말았습니다. 저는 그 친구가 세상을 뜨던 그날! 굳게 다짐했습니다. 그 친구가 제가 주었던 힘과 용기로 꼭 이 나라를 위해 도움이 되는 사람이 되겠다고 말입니다.]

말을 마친 그가 눈물 몇 방울을 떨어뜨렸다. 그러자 그의 비서로 보이는 정장 차림의 한 젊은 여자가 기자들의 질문 세례를 막았다.

[의원님께서 현재 인터뷰를 계속하시기에 심적으로 무리가 있어 보이십니다. 실례의 말씀이지만, 인터뷰는 여기까지만 하겠습니다. 의원님을 대신하여 이곳까지 걸음해 주신 모든 분들에게 감사의 말씀 전합니다. 모쪼록…….]

[마지막으로 여러분께 이 말씀을 꼭 드리고 싶습니다.]

그가 비서의 말을 가로막으며 호소하듯 외쳤다.

[여러분! 저는 의원이기 전에 이 나라의 국민입니다. 또한! 노동자 협회의 일원이며! 여성의 인권을 수호하는 여성 인권 운동가이며! 에볼루션 같은 미치광이 악한 세력을 막아 내는 스피릿

쉴드 모임의 임원입니다! 저는! 언제라도 국민 여러분을 위해 목숨을 걸 각오가 되어 있는 사람입니다. 여러분의 응원 한마디가 저에겐 아주 큰 힘이 됩니다. 사랑합니다, 국민 여러분!]

그의 마지막 말이 끝나자 환호성과 함께 큰 박수가 터져 나왔다. 그리고 화면이 아나운서의 얼굴로 바뀌었다.

로하는 파르르 떨리는 손을 진정시키기 위해 주먹을 꽉 쥐었다. 위산이 역류하는 것 같은 쓰라림이 느껴졌다. 어깨가 들썩거리며 요동치는 분노의 충동을 억눌러야만 했다. 그때 이후 평생 저 얼굴을 보고 싶지 않았다. 우연이라도 다시 마주치게 된다면 죽을 때까지 두들겨 패는 상상도 했었다. 그런데 이렇게 저 얼굴을 다시 보게 될 줄이야. 로하는 눈에 힘을 주고 뱉어 내듯이 읊조렸다.

"건호, 이 개자식."

로하는 아주 잘 알고 있었다. 방금 TV에서 건호가 입 밖으로 내놓았던 말은 전부 새빨간 거짓말이라는 것을. 로하는 저런 뻔뻔한 거짓말을 믿고 그를 지지하는 사람들이 불쌍하게 느껴졌다. 로하는 날조된 과거로 동정심을 사서 사람들의 순수한 믿음을 이용하는 건호가 가증스러웠다.

'차라리 그때 에볼루션이 성공했더라면 어땠을까? 건호 저 자식이 저렇게 가식적인 모습으로 정권을 차지할 야욕을 드러낼 수 있었을까? 물론 절대 그런 일은 없었겠지.'

로하는 고등학생 때의 일들을 떠올렸다. 건호의 집요한 괴롭힘이 있었고 유일했던 친구의 죽음이 있었다. 당시에 국제적인 테러 조직인 에볼루션이 이곳저곳에서 폭탄 테러와 총기 테러를 감행했었는데, 그로 인해 혼란스러운 국제 정세를 틈타 에볼루션이 전 세계의 전복을 계획했었다는 사실이 만천하에 드러났다.

그들은 국가와 정부라는 정치적 조직을 없애고 전 세계 인구를 대폭 줄이기 위해 역사상 유래가 없는 거대한 대량 학살까지 준비했던 것으로 알려졌으며, 당시 세계의 석학이라 불렸던 학자들이 핵심 멤버였다는 것이 밝혀지면서 전 세계가 큰 충격에 빠졌다. 로하는 생각했다.

'만약 그런 세상이 실현되었다면 건호 같은 인간은 그 어디에도 발붙일 곳이 없었을 거야.'

일을 마치고 귀가하는 로하는 마음이 무거웠다. 30년이 지난 지금까지도 가끔 악몽에 나타나는 건호를 실제로 다시 봤기 때문이었다. 그의 얼굴을 본 순간, 무기력하게 당하기만 했었던 그 시절의 기억들이 한꺼번에 떠올랐다. 그 기억들은 치욕과 고통의 감각들을 되살리면서 로하의 머리를 마구 짓밟았고, 숨통을 조이면서 이대로 삶을 끝내면 편해질 것이라고 유혹했다.

로하의 숨통을 조여 오는 일은 그게 다가 아니었다. 같은 날, 로하는 아내가 다른 남자와 외도하고 있다는 사실을 알게 되었다. 그동안 나름대로 최선을 다했던 가장으로서의 노력들이 모래성이 무너지듯 허무하게 사라진 느낌이었다. 로하는 비록 남들처럼 가족과 많은 시간을 보내지는 못했지만, 가정의 안정을 위해 열심히 일해 왔다. 그리고 지금까지 자신의 가족은 아무런 문제가 없다고 생각했다. 하지만 그것은 로하만의 착각이었던 것이다.

아내는 평소에도 '당신은 너무 일밖에 몰라.', '당신이란 사람 질리는 사람인 거 당신도 알지?', '미안한 말이지만 당신을 보고 있으면 숨이 턱턱 막혀 오는 것 같아.'와 같은 말들을 심심치 않게 했었다. 로하는 그런 말을 들을 때마다 아내에게 미안한 마음이었다. 일이 바쁘다거나 피곤하다는 이유로 가족에게 소홀했던 것이 사실이었지만, 그런 자신을 이해해 줄 거라고 멋대로 생각하며 살아왔던 것이다.

특히 자신과 다르게 활발하고 사교적인 아내와 시간을 자주 갖지 못했던 것이 늘 마음에 걸렸던 그는 그녀가 동창회를 간다든지 친구들과 모임이 있다고 하면 두말 않고 보내 주었다. 가끔은 늦은 시간까지도 귀가하지 않는 아내를 대신해서 퇴근 후에 집안일을 하면서도 불평 한마디 하지 않았다.

퇴근한 로하가 머릿속에 가증스러운 건호의 얼굴이 자꾸 떠올라서 부정적인 기운에 사로잡혀 있을 때 그의 아내는 친구를 만나러 나간다며 샤워를 하고 있었다. 갑자기 아내의 핸드폰에서 메시지가 왔다는 알람이 울렸다. 로하는 굳이 그 메시지를 훔쳐 볼 생각은 없었다. 화면에 자동으로 나타난 메시지를 무심코 보고 그 내용을 알게 됐을 뿐.

메시지를 보낸 사람은 '1학년 4반 진수'라고 되어 있었다. 하지만 메시지 내용은 상대가 단순한 동창이 아님을 알게 했다. 메시지에는 호텔 이름과 방 번호와 함께 좋은 술도 준비되었으니 즐거운 시간을 갖자고 적혀 있었다. 로하는 '혹시 잘못 온 메시지인가?' 하는 생각도 해 봤지만 도저히 의심을 떨쳐 낼 수 없었다. 그는 아내가 만나기로 했다는 친구에게 전화를 걸어 보기로 했다.

그 친구의 이름은 효정이었다. 로하가 대학생이 되기 전까지 같은 동네에 살았던 친구로 중학교 동창이기도 했다. 효정은 그에게 현재의 아내를 소개해 준 사람으로 로하는 결혼 전까지 효정과 자주 연락을 하며 지냈다. 하지만 결혼한 후로는 친구 사인데도 불구하고 보수적인 성격 때문인지 거의 연락을 하지 않고 살았다. 로하 역시 바쁜 직장생활 때문에 먼저 연락할 여유가 없었다. 그런데 아내가 오랜만에 효정을 만난다고 하길래 잘되었다며 안부를 전해 달라는 말까지 했었다.

로하는 바로 전화를 걸어 확인해 보았다. 제발 잘못 도착한 메시지이길 간절히 바라며. 하지만 그의 기대는 여지 없이 무너지고 말았다. 효정은 아내와 약속은커녕 최근 들어 연락조차 한 적이 없다고 했다. 로하가 그게 사실이냐고 몇 번이고 묻자 그녀는 재차 그렇다고 대답했다. 그녀의 말투에서 안쓰러움이 묻어났다. 하지만 어차피 효정에게는 남의 일에 지나지 않았다. 로하가 아무 말도 하지 못하고 있자 효정은 미안하지만 바빠서 더 통화를 못 하겠다며 짧은 인사말을 남기고 전화를 끊었다.

잠시 후 샤워를 마치고 거실로 나온 아내에게 로하는 아무런 말도 꺼내지 않았다. 그는 정신적으로 큰 충격을 받았고, 배신감에 화가 머리끝까지 났지만 아무런 말도 하지 못했다. 어려서부터 늘 그래 왔듯이 분노도 고통도 슬픔도 이를 악물고 참았다. 그 이유가 가까스로 유지해 온 가정을 지키고 싶어서인지 아니면 그동안 자신의 노력들이 물거품이 되는 것이 두려워서인지는 그도 알 수 없었다.

로하는 화를 내긴커녕 불륜을 저지르러 나가는 아내의 뒤에 대고 운전 조심하라는 속없는 말까지 해 버렸다. 그는 자연스럽게 그런 행동을 하는 자신의 모습에 속이 답답해지면서 머리가 터질 것 같았다.

그런데 시련은 거기서 끝나지 않았다. 아내가 나간 후 열다섯 살 된 아들이 학원을 마치고 귀가했다. 아들은 아버지에게 눈길 한번 주지 않은 채 투명인간 취급하며 그대로 방 안으로 들어가 버렸다. 학원에서 무슨 일이 있었던 것일까. 아니면 공부가 잘 안 되는 것일까. 로하는 기분이 안 좋아 보이는 아들이 걱정되었다.

그리고 두 시간 정도 더 지나자 열일곱 살 된 딸이 돌아왔다. 딸 역시 인사는 물론이고 눈길조차 제대로 주지 않았다. 순간, 그는 욱하는 마음에 한마디 해 버렸다.

"너는 집에 와서 아버지한테 인사도 안 하니?"

그 말을 들은 딸의 얼굴이 불편한 표정으로 바뀌었다.

"평소에는 신경도 안 쓰더니 꼰대같이 왜 그래?"

그때부터 언성이 높아지면서 부녀간에 말다툼이 시작됐다. 하지만 성격상 모진 말을 못 하는 로하는 누군가와 말다툼을 해서 이긴 적이 없었다. 상대가 자신의 딸이라 해도 예외는 아니었다. 딸은 로하의 내성적인 성향을 닮기도 했지만, 불같이 흥분하거나 참지 못하고 막말을 하는 건 아내의 성격 그대로였다. 결국 딸의 입에서 "그렇게 살면 좋아? 그동안 집에 있는 가족들이 무슨 생각을 하고 사는지 신경도 안 쓰더니 이제 와서 아빠 노릇을 하겠다고? 엄마가 불쌍하다."라는 말이 튀어나와 버렸다.

로하는 아무 말도 못 하고 입을 다물었다. 그는 이번에도 감정을 꾹 눌러 참았다. 딸이 학업이나 인간관계 문제로 힘든 일이 있어서 홧김에 한 말일 거라고 애써 자기변명을 했다. 로하는 그렇게 30분 동안 아무것도 하지 않고 소파에 앉아 기다렸다. 딸이 방문을 열고 나와서 사과를 하거나 진심이 아니었다고 말해 주기를 바랐다. 그러나 그런 일은 일어나지 않았다.

기다리다 지친 로하는 결국 자신이 먼저 딸아이의 방문을 두

드려 보기로 했다. 먼저 사과를 하는 한이 있더라도 딸의 진심을 확인하고 싶었다. 빈말이라도 상관없었다. 어떤 방식으로라도 그 뜻만 확인하면 된다고 생각했다. 그저 그것만 확인할 수 있다면 가장으로서의 체면과 권위는 상관없었다. 로하는 진지한 얼굴로 딸의 방문을 두드렸다.

"꺼져, 제발!"

방 안에서 딸이 짜증이 잔뜩 섞인 목소리로 외쳤다. 실낱같은 기대가 여지없이 무너지자 로하는 깨달았다. 이건 단순한 가족끼리의 불화가 아니라는 것을. 그리고 잘못은 오로지 자신에게 있으며, 지금까지 인생을 단단히 잘못 살았다는 것을. 로하는 문득 화목해 보이던 건호 가족의 모습이 떠올랐다. 그리고 피가 거꾸로 솟는 분노와 구토감이 동시에 몰려왔다.

'악한 자는 하늘이 벌을 내리고 착하고 성실하게 산 사람은 복을 받는다고? 그런 건 다 개소리였어!'

로하는 참고 버티며 성실하게 살다 보면 언젠가 보상을 받을 것이라고 기대했던 자신의 인생에게 철저하게 배신당한 기분이었다. 그는 쓰디쓴 패배감을 느끼며 방전되어 버린 폐건전지처럼 모든 의욕을 상실했다. 이제 남은 것은 절망뿐이었다.

날카로운 비가 쏟아지는 어두운 밤. 로하는 우산도 없이 비에 흠씬 두들겨 맞으며 어딘가를 향해 걷고 있었다. 그가 우산을 쓰지 않는 이유를 굳이 말하자면 그냥 우산을 들고 있기 귀찮아서였지만, 오히려 피부를 자극하는 차가운 비바람이 묘한 쾌감을 느끼게 했다.

로하는 그렇게 자학적으로 스스로의 처지를 비웃으며 어둑한 도시 속 비 내리는 거리를 무작정 걸었다. 그는 눈앞에 펼쳐진 불야성 같은 야경에 시선을 던졌다. 한 발 한 발 내딛는 길 위에는 여기저기 빗물이 고여 있었지만 젖든 말든 신경 쓰지 않았다. 발을 내딛을 때마다 물이 흩어지는 소리가 들려왔다.

그렇게 얼마를 걸었을까. 로하는 청각을 자극하는 어떤 소리에 발길을 멈추었다. 그리고 그 불협화음 같은 소리를 애써 무시하며 열 발자국쯤 더 나아갔지만 이내 무언가에 이끌리듯 되돌아오고 말았다.

평소의 로하였다면 분명 무시하고 그냥 지나쳤을 것이다. 하지만 지금은 그 소리가 나는 곳으로 모든 신경이 쏠렸다. 무언가에 홀려 이끌리듯 로하는 소리가 들려왔던 건물 사이로 시선을 집중시켰다. 그곳은 건물 사이에 있는 어두운 골목이었다. 바닥 여기저기에는 담배꽁초가 널브러져 있었다. 에어컨 실외기에서 나는 기계음과 출처 모를 악취 때문에 절로 얼굴이 찡그려졌다. 로하는 숨을 죽이고 소리가 나는 곳을 향해 조금씩 다가갔다.

가까이 다가가니 어떤 둔탁한 소리가 불규칙하게 들려왔다. 로하에겐 불편하지만 익숙한 소리였다. 그래서 그 소리가 어떨

때 발생하는 건지 어느 정도 추측할 수 있었다. 그가 한동안 잊고 살아왔던 소리, 사람의 신체끼리 부딪칠 때 나는 기분 나쁜 소리였다. 그리고 이어지는 욕지거리와 비명.

“아저씨 뭐야? 좋은 말할 때 갈 길이나 가셔.”

고등학생쯤으로 보이는 네 명의 여자애들 중 하나가 로하의 존재를 알아차리고 그를 노려보며 말했다.

그들은 각각 다른 색으로 염색한 머리를 하고 있었다. 로하는 아무런 말도 못 하고 당황한 표정으로 눈동자만 이리저리 굴렸다. 그가 찾아낸 건 건물 사이 으슥한 골목에서 여자애 셋이서 한 명의 여자애를 구타하는 현장이었다. 네 명 모두 옷이 흙탕물에 젖어 얼룩투성이였고 얼굴이나 몸 여기저기에 상처 자국이 있었다. 아마도 맞던 여자애가 반항할 때 생겨난 상처인 것 같았다.

그런데 이상하게도 때리던 애들의 표정은 모두 심각하게 일그러진 데 반해, 맞고 있던 애는 얼굴에 미소를 머금고 있었다. 그녀의 머리카락은 파란색이었고 때리던 여자애들 머리카락은 녹색, 빨간색, 오렌지색이었다.

‘혹시 애가 정신적으로 문제가 있나? 그렇게 맞으면서도 웃음이 나오다니.’

속으로 생각하며 멍하니 지켜보고만 있는 로하에게 오렌지색 머리 여자애가 인상을 쓰며 내뱉듯 말했다.

“아저씨, 지금 무슨 생각을 하고 있는지 모르겠지만, 가던 길이나 가. 어?"

그녀는 자신의 말에도 로하가 여전히 묵묵부답이자 다시 고개를 획 돌려 맞고 있던 여자애를 향해 손을 들어 올렸다. 바로 그때였다. 로하가 달려가 그 여자애의 팔목을 붙잡은 것은. 그가 어색한 미소를 지으며 말했다.

"이제, 그만하지."

"어? 당신 뭐야?"

"무슨 일 때문에 이러는 건지 설명 좀 해 줄 수 있니?"

"아, 이 아저씨가 약을 먹었나. 이거 안 놔?"

로하가 여자애의 팔목을 놔주자 세 명의 표정이 당장이라도 누군가 죽일 듯이 바뀌었다. 여자애들은 과도한 적개심을 보이고 있었다. 그들과 로하 사이에 싸늘한 정적이 흘렀다.

그러다 갑자기 빨간 머리 여자애가 슬그머니 손가방에서 작은 나이프를 꺼내 들었다. 위험을 감지한 로하의 목덜미에서 땀방울이 흘러내렸다. 그는 갑자기 나타난 흉기에 긴장했지만 이내 표정을 고치고 미소를 지었다. 그리고 별일 아니라는 듯이 목덜미에 배어 있는 땀을 손으로 훑어 내었다. 잘못돼도 죽기밖에 더하겠는가, 라고 생각한 로하가 침착한 목소리로 말했다.

"이 아저씨가 어렸을 때 정당한 이유도 없이 맞았던 기억이 있는데, 너희들 보니까 만약 그런 거라면 못 참을 것 같아서 그래. 저 애한테 정말 맞을 만한 이유가 있다면 아저씨는 그냥 가던 길

갈게. 그러니까…….”

“그게 무슨 소리야? 정말 이상한 아저씨네. 만약에 맞을 만한 이유가 없다면 어쩔 건데?”

“그럼 경찰에 신고해야지.”

로하가 말하자 여자애들이 일제히 웃음을 터뜨렸다. 때리던 애들은 물론이고 맞고 있던 애까지 깔깔 소리를 내며 웃었다. 그러다 리더처럼 보이는 빨간색 머리카락의 여자애가 다시 정색을 하며 같잖다는 듯 말했다.

“아저씨, 그러다가 진짜 죽어. 이 시간에, 신고를 한다고 경찰이 와 주기나 할 것 같아? 요즘 세상이 얼마나 엉망인지 모르는 모양인데, 우리 같은 애들은 맞아 죽어도 경찰은 신경도 안 써. 힘 있고 잘사는 사람들 아니면 관심 밖인 거 몰라? 딱 보니까 아저씨도 그렇게 있는 사람 같아 보이지는 않는데, 뭘 믿고 이러는 거지? 우리가 진짜로 못 찌를 것 같아? 어린년들이라고 우습다 이거야?”

듣고 있던 로하의 입꼬리가 올라갔다.

“거 참 말 많네. 이유 얘기 안 해 줄 거면 그냥 찌르든지.”

그가 단호하게 말하자 여자애들이 움찔하며 약간 기가 죽은 듯했다.

“이 아저씨 참 골 때리네.”

빨간 머리 여자애가 한숨을 내쉬더니 짜증 섞인 목소리로 말을 이었다.

"그럼 이유를 제대로 말해 주면 그냥 가는 거지?"

"그럼, 당연하지. 그 얘긴 이미 했잖아."

"그러니까 우리가 지금 비즈니스적인 관계가 약간 꼬여 있는 상태거든. 그래서……."

"비즈니스는 개뿔, 소매치기나 하는 것들이."

"이, 독사 같은 년이! 아가리 쳐 싸물어라!"

집단 구타를 당하면서도 알 수 없는 미소를 짓고 있던 파란 머리 여자애가 말하는 도중에 끼어들자 빨간 머리 여자애가 눈에 힘을 주고 잡아먹을 듯이 그녀를 노려봤다.

"딴소리 그만하고 하던 말이나 계속해 봐."

로하의 말에 험악해진 분위기가 조금은 풀어졌다. 빨간 머리 여자애가 피식 웃으며 말을 이었다.

"아무튼…… 다 같이 노력해서 번 돈을 저년이 혼자서 먹고 튀려는 걸 우리가 붙잡았다는 거 아냐. 우리 몫이라도 돌려주면 곱게 보내 주려고 했는데, 저 정신 나간 년이 어디다 돈을 숨겼는지 말을 안 하잖아. 그러니 어쩌겠어, 쥐어패서라도 불게 해야지."

가만히 얘기를 듣고 있던 로하가 입을 뗐다.

"그러니까, 같이 짜고 누군가의 지갑을 털었는데 저 애가 그 돈을 독식하려다가 붙잡힌 거다? 게다가 잡혀서 얻어맞는데도 돈을 돌려줄 생각을 안 한다?"

"비즈니스라니까……. 어쨌든 뭐, 대충 그런 얘기지. 그럼 이제 아저씨는 그냥 가던 길 가는 거지? 이 정도면 우리도 아저씨 체면 다 세워 준 거라고. 더 이상 귀찮게 마시고 어서 갈 길이나 가쇼."

빨간 머리 여자애가 말하자 맞고 있던 파란 머리 여자애도 "그래, 나도 시간 질질 끄는 거 싫으니까 아저씨는 빨리 가 줘."라며 로하에게 가라는 손짓을 했다.

"그럼 이렇게 하자."

"뭐야, 또! 그냥 간다면서. 그렇게 칼빵을 맞고 싶어? 어?"

로하가 다시 말하려 하자 빨간 머리 여자애가 버럭했다.

"일단 진정하고 내 얘기부터 들어 봐. 얼만지는 모르겠지만 내가 그 돈 줄 테니까 다들 이쯤에서 그만하면 어떨까?"

"대신해서 주시겠다? 아저씨 돈 많아? 비에 홀딱 젖은 꼬락서니가 어디서 노숙이나 하게 생겨 가지고."

빨간 머리 여자애의 말에 다른 두 명이 마치 약속이라도 한 듯 동시에 코웃음을 쳤다.

"그래서 그게 얼만데?"

로하는 그녀들의 비아냥거림에도 아랑곳하지 않고 진지한 얼굴로 물었다.

"진짜 주려고?"

"그래, 그 돈 내가 줄게. 비도 이렇게 오는데 내가 주는 돈 받고 너희들도 어서 집으로 돌아가.”

“…….”

여자애들의 표정이 갑자기 굳더니 슬금슬금 서로의 눈치를 살폈다. 이윽고 빨간 머리 여자애가 입을 열었다.

“이년이 가져간 액수가 한…… 천만 원 정도는 되는데, 그런 돈이 있어?”

“천만 원? 3백도 안 들어 있던데?”

“또 쥐어 터지고 싶지 않으면 입 좀 다물어, 이년아.”

파란 머리 여자애가 또 끼어들자 빨간 머리 여자애가 이번에도 욕을 하며 노려봤다. 옆에 있던 녹색 머리 여자애가 파란 머리 여자애의 입을 급히 손으로 틀어막자 파란 머리 여자애가 거칠게 반항하면서 뿌리쳤다. 그 광경을 지켜보던 로하가 조용히 지갑에서 현찰을 꺼내 내밀었다. 빨간 머리 여자애는 잽싸게 그 돈을 낚아채서 액수를 세기 시작했다.

“아저씨, 고맙긴 한데 3백이 비는데?”

“나머지는 현금 인출기에서 뽑아서 줄게. 그 돈은 집에 있는 거 들고 나온 건데, 내가 천만 원씩이나 되는 현금을 들고 다닐 일이 없어서 말이야. 너희들, 개인 계좌 같은 거 없지? 있으면 바로 쏴 줄 수도 있는데.”

“아니, 무슨 그런 섭섭한 소리를. 폰 이리 줘 봐. 내 계좌 번호 멋지게 찍어 드릴게.”

돈 얘기가 나오자 여자애들의 표정이 점점 밝아졌다. 표정만 바뀌었을 뿐인데, 로하는 그들이 완전히 다른 사람처럼 느껴졌다. 로하는 딸의 열 살 생일에 애완견 로봇을 선물해 준 적이 있었다. 그때 자신을 올려다보며 활짝 웃어 주던 딸아이의 귀여운 얼굴이 아른거렸다. 그 얼굴은 오래된 사진처럼 기억 속에 저장되어 있었다. 그리고 생각했다. 딸의 웃는 표정을 마지막으로 본 적이 언제던가, 하고.

"너희같이 가출한 미성년자가 은행 계좌를 어떻게 만들어."

"아는 오빠 계좌 번호이긴 한데, 다 같이 쓰는 거니깐 괜찮아. 빨리 돈이나 보내."

로하가 그 자리에서 스마트폰 지문 인증을 이용해서 여자애가 찍어 준 계좌 번호로 나머지 금액을 바로 입금시켜 주었다.

"아저씨."

빨간 머리 여자애가 싱글거리면서 로하를 불렀다.

"왜?"

"지금 보니까 돈 좀 있으신 거 같은데?"

"아까는 거지꼴이라며."

"에이, 아저씨도 참. 과거에 얽매이면 아무것도 못 해요. 기분 푸시고. 그나저나 아저씨, 혹시 스폰 같은 거 안 구해……요?"

빨간 머리 여자애가 갑자기 애교 섞인 목소리로 존댓말까지 쓰며 묻자 로하는 당황한 얼굴이 됐다.

"스폰?"

"그런 것도 몰라? 같이 맛있는 것도 먹고, 술도 마시고, 아주 건전하게 연애도 하고, 잠도 같이 자고?"

"누구랑?"

"나는 어때? 그러니까 딸내미한테 용돈 주는 것처럼 얼마씩 주……."

말을 채 끝내기도 전에 로하가 여자애의 뺨을 사정없이 후려갈겼다. 무방비 상태에서 얻어맞은 그녀는 뒤로 고꾸라졌다. 다른 여자애들은 상황 파악이 안 되는지 주춤거리며 휘둥그레진 눈알을 이리저리 굴렸다. 이내 오렌지색 머리 여자애가 품에서 나이프를 빼 들었다.

"얼씨구, 호구 새낀 줄 알았더니 성깔 있네. 싫으면 싫은 거지, 남의 귀하지 않은 자식 뺨은 왜 때려? 아저씨, 솔직히 말해. 세상 살기 싫은 거지? 아니면 어린년들이라 겁나서 못 찌를 것 같아서 그래?"

"아까 말했지, 그냥 찌르라고. 여기 찌르면 아무리 너라도 확실히 죽일 수 있을 거야. 자, 찔러 봐, 어서!"

로하의 도발에 당황했는지 여자애는 흥분에 찬 거친 숨을 내쉬며 울먹이는 표정만 지었다.

"때린 거 치료비로, 지금 그 계좌 번호로 100만 원 더 부쳐 줄 테니 이제 그만하고 꺼져."

로하는 말이 끝나자마자 다시 스마트폰으로 100만 원을 입금시켰다. 하지만 빰을 얻어맞은 여자애는 분을 삭이지 못했다. 그녀가 자리에서 벌떡 일어서더니 잔뜩 화난 얼굴로 토해 내듯 말했다.

"나, 당신 원조 교제로 신고할 거야. 이 돈은 그 대가로 받았다고 하면 증거로 충분하겠지."

"그러시든가."

"정말 할 거야! 당신 자식들이 알면 평생 당신 안 보려고 할걸?"

"그거 좋은 생각이네. 마누라랑 자식 연놈들 창피해서 얼굴도 못 들고 다닐 거 아냐."

"하! 미쳤네, 이 아저씨. 하긴 제정신이면 우리한테 시비 걸지도 않았겠지. 혹시 그 정신병 옮는 거 아니겠지? 아무튼, 일단 돈은 받았으니 이만 가겠지만 밤길 조심해. 오빠들이랑 같이 있을 때 우리 만나면 무조건 도망가라고. 알겠어? 애들아, 가자."

세 명의 여자애들은 로하를 흘겨보곤 어디론가 가 버렸다. 무슨 뜻인지 알아들을 수 없는 이상한 욕들을 중얼거리며. 이제 그곳엔 로하와 얻어맞던 파란 머리 여자애만 남았다. 여자애가 비틀거리며 벽을 잡고 일어서려 하자 로하가 가서 부축해 주었다.

"그렇게 맞으면서도 뭐가 좋다고 자꾸 웃어. 그러니까 더 맞지. 너 말이야, 뭐가 그렇게 배짱이 좋냐?"

"배짱 같은 게 어디 있어요. 우리 같은 애들은 얻어맞기도 하고 때리기도 하고 그러는 거죠. 그리고 쟤네들은 아직 어린 년들이라 맞아도 별로 아프지도 않아요."

"그래? 근데 너 왜 갑자기 존댓말하냐. 아까는 무슨 벌레 보듯이 하더니."

"그래도 그만 맞으라고 큰돈까지 주셨는데 어른 대접은 해야죠."

"그런데 왜 그렇게 돈 때문에 목숨을 걸었니? 아무리 애들 주먹이라고는 하지만 그래도 잘못 맞았다간 정말 죽을 수도 있을 텐데."

"몰라요. 시발, 사기꾼 새끼한테 걸려서. 돈 좀 불려 볼랬더니 그걸 가지고 날라서…… 생각할수록 기가 막혀서 맞으면서도 웃음이 나더라고요. 그래도 저년들하고 유일하게 가족같이 지냈는데 돈 잃고 사람 잃고, 기가 막혀서……."

"유일한 가족?"

"예, 우리는 고아 년들이에요. 아까 저년들도 애비 에미 없거나, 입양 갔다가 가정 폭력 못 이겨서 가출한 년들이에요. 빨간 머리 한 애 있죠? 그년 이름이 유경인데 입양 갔다가 아빠한테 어려서부터 성폭행을 당했대요. 엄마는 알면서도 모르는 척하고. 중학생이 되자마자 집에서 뛰쳐나왔다고 하더라고요. 알고 보면 불쌍한 년이죠. 저년들이 오빠라 부르는 새끼들도 다 비슷한 처지예요. 놀다가 만났는데, 보호해 준다는 명목으로 포주 짓이나 하고. 하나같이 쓰레기죠."

"그렇구나."

"갑자기 동정심이 막 생기시나요? 내가 고아라서? 비 오는 날 먼지 나도록 흠씬 두들겨 맞고 묵사발이 된 불쌍한 고아 년이라서?"

"고아라서 동정심? 아니, 그런 거 전혀 없어."

"전혀? 하긴, 아저씨는 우리처럼 비정상이 아닌 제대로 된 가정에서 살아왔을 테니 그런 삶을 잘 모르겠네."

"그런 뜻이 아냐. 네 말을 들으니까 갑자기 내가 대단하게 느껴졌거든."

"갑자기 그게 무슨 소리예요?"

"나도 가난한 고아였거든. 그런데 너희들처럼 이 지경이지는 않았어. 그렇게 힘든 상황에서도 백 원짜리 하나 훔친 적 없지. 힘들었지만, 그래도 나름 혼자 힘으로 잘 버티면서 살아왔다고 생각하니 왠지 내가 좀 대단하게 느껴지네."

"아…… 그렇구나. 사람의 인생이란 게 다양한 거니까 뭐. 그나저나 음…… 아저씨, 나는 어때?"

"뭐?"

"아까 그년들보다는 내가 좀 더 예쁘게 생기긴 했잖아. 대신 돈 주고 나 구해 준 것도 다 이유가……."

눈빛이 달라진 로하가 손을 들어 올렸다.

"알았어! 알았어! 미안, 미안."

파란 머리 여자애는 재빨리 뒤로 물러서며 두 손바닥을 들어

올리고 항복하는 제스처를 취했지만 로하는 그대로 손을 든 상태로 그녀에게 다가갔다.

"미안하다고!"

"이럴 때는 '죄송합니다'라고 하는 거야. '죄송합니다' 해 봐."

"죄송합니다. 이제 됐죠? 아저씨 완전 꼰대구나. 하긴, 꼰대라는 건 아까부터 눈치는 챘지만……."

로하는 그제야 손을 내리며 물었다.

"그나저나, 너희들이 말하는 스폰인가 뭔가 그거 돈 주면 밥도 같이 먹을 수 있는 거야?"

"뭐야, 아저씨 역시 내가 맘에 들어서 돈 쓴 거였잖아. 돈만 준다면 나야 뭐든지……."

"아니, 그 반대야. 애들한테 처맞고 있는 것도 그렇고, 부모 없는 고아라는 것도 그렇고, 나랑 너무 닮아서 너 맘에 안 들어. 하지만 왠지 너하고 같이 밥을 한번 먹고 싶어서 그래. 이대로는 그냥 못 죽을……."

"아저씨 죽어요? 시한부?"

"아…… 아니, 말이 그렇다는 거지. 아무튼, 내가 돈 줄 테니까 나랑 같이 어디 가서 밥이나 먹자."

"밥? 밥만 같이 먹으면 돈을 준다고?"

"그래."

"정말이지?"

"그렇다니까. 갈 거야, 말 거야?"

"당연히 가야지! 근데 혹시……."

"혹시?"

"아니, 같이 밥 먹고 얘기만 하자는 사람들이 더 무섭다는 말을 들어서. 혹시 그런 거 아니겠지? 요즘 그런 식으로 어린애들 데려다 파는 일 많다잖아. 장기 매매 같은……."

"내가 그런 일 하는 사람으로 보이니? 만약 그런 목적이면 아무도 없을 때 납치했겠지. 그리고 좀 더 쉬운 상대를 고르지 않았겠어? 아까 그 애들이 다 목격자인데 그렇게 돈까지 써 가면서 내가 그런 짓을 하겠어?"

"흠…… 그런가?"

"아무튼 평소에 잘 안 내던 화를 냈더니 배가 고프네. 그러니까 일단 어디 가서 밥이나 먹자."

"저야말로 신나게 얻어터졌더니 배가 고픈데요? 어서 가요."

"그래. 그런데 넌 이름이 뭐냐? 서로 통성명이나 하자. 이 아저씨 이름은 로하다, 이로하."

"갑자기 무슨 통성명?"

"한 끼라도 같이 밥을 먹는데 이름 정도는 알면 좋지 않을까 해서. 싫으면 말고."

로하가 등을 돌려서 앞장섰다.

"……아영."

로하를 따라 몇 걸음 걷던 여자애가 잠시 멈춰 서더니 말했다. 로하는 뒤돌아서 아영의 얼굴을 슬쩍 보곤 가벼운 미소를 머금었다.

"그래. 가자, 아영아."

두 사람은 한 초밥 전문 식당에 들어가서 자리를 잡고 앉았다. 원래는 육류를 먹으러 가려고 했지만, 그 부근에서 이 시간까지 영업하는 다른 식당이 없었다. 입구 쪽에 있는 화려한 간판의 느낌과는 달리 식당 내부는 꽤 어두운 분위기였다. 늦은 시간이라 그런지 손님도 거의 없었다. 식당 간판에는 '초밥 전문점'이라는 글씨가 쓰여 있었지만, 주문해서 나오는 초밥은 전문 요리사가 만든 초밥과는 거리가 멀어 보였다. 메뉴판을 보니 종류도 연어를 비롯해서 고작 여섯 가지가 전부였다.

그에 비해 술은 사케를 비롯한 일본 술부터 세계 각지에서 수입한 다양한 브랜드의 맥주 그리고 와인에 비싼 양주들까지 있었다. 비싼 양주 사진을 본 아영이 "아저씨 돈도 많으신 것 같은데 요거 한 잔씩 할까요?"라고 물었지만 로하는 단호하게 거절했다.

주문하고 얼마 후, 여섯 개가 한 줄인 연어 초밥 두 줄과 참치 초밥 두 줄이 나왔다. 음식이 나온 이후로 두 사람은 아무런 대화 없이 먹는 일에만 집중했다. 그렇게 5분 정도 흐르자 두 사람 사이에 어색한 기운이 불어나기 시작했다. 로하는 별로 신경 쓰지 않았지만 아영은 그런 분위기가 견딜 수 없었다.

"아저씨?"

"응?"

"이런 날씨에 밤늦게 비 맞고 다니는 것도 그렇고, 아저씨 오늘 뭐 안 좋은 일이라도 있으셨어요?"

아영의 돌직구 같은 질문에 당황한 로하는 이내 고개를 푹 숙였다.

"조금…… 힘든 하루였지."

"무슨 일이 있었는데요?"

"다시는 보고 싶지 않았던 인간이 유명인으로 나타나서 새빨간 거짓말을 씨불이는 것을 봤고, 바람난 와이프한테 잘 놀다 오라고 속없는 소리까지 했고, 아버지를 벌레 취급하는 자식에게 꺼지라는 소리를 들었지."

"듣기만 해도 기분 칙칙해지네요. 아줌마는 왜 그랬대요? 그리고 아저씨는 왜 바람피우러 가는 여자를 그냥 보내 줘요? 저 같으면 그 자리에서 한 대 풀스윙으로 쳐올리고, 연놈들 반 죽여놨을 거 같은데."

아영의 말에 인상을 쓴 로하가 곧바로 표정을 바꾸며 피식 웃었다.

"제가 무슨 말실수라도 했나요? 혹시 기분 상하셨다면 아무것도 모르는 어린년이 한 소리니까 이해해 주세요. 나쁜 뜻은 없었으니까. 제가 원래 생각나는 대로 말하는 성격이거든요. 사과를 원하신다면 할게요."

"아니야, 그럴 필요 없어. 초밥이나 마저 먹어라. 어서 먹고 일어나자. 약속한 돈은 지금 줄게."

로하는 오는 길에 현금 인출기에서 찾은 현금을 아영에게 내밀었다.

"그럼 이제 마저 먹자."

로하의 그 말을 끝으로, 두 사람은 식당 밖으로 나와 헤어질 때까지 어떤 소소한 대화도 나누지 않았다.

아영은 최대한 발소리를 숨겼다. 그녀는 로하를 미행하는 중이었다. 20m 정도의 거리를 유지한 상태로 그의 발걸음 속도에 맞춰 조용히 쫓아가고 있었다. 새벽의 어두운 밤거리와 단조로운 빗물 소리 때문에 로하는 누군가가 자신을 미행하고 있다는 것을 전혀 눈치채지 못하고 있었다.

아영은 밥 한번 같이 먹어 준 대가로 그토록 큰 금액의 돈을 준 로하를 이대로 보내 줄 수 없었다. 로하의 지갑을 훔쳐야겠다고 생각한 것이다. 방법은 간단했다. 로하가 인적 없는 곳에서 걸음을 멈추었을 때 기습 공격을 해 핸드폰과 지갑을 뺏어서 도망치는 것이었다.

조금 전 식당에서 로하가 돈을 줄 때 지갑안의 현금을 확인했다. 그리고 로하가 잠깐 화장실을 간 사이 그가 쓰던 유리잔에 가지고 있던 스티커를 붙였다 떼어서 지문도 확보해 두었다. 이런 수법으로 타인의 계좌를 터는 일은 이미 여러 번 해 본 경험이 있기 때문에 아영은 자신이 있었다. 게다가 체구가 별로 크지 않은 로하로부터 지갑을 빼내는 건 다른 때에 비하면 쉬울 것 같았다.

아영은 계속해서 로하의 뒤를 밟았다. 주위를 둘러보면서 틈틈이 기회를 엿봤다. 하지만 아직까지 그렇다 할 타이밍이 찾아오지 않았다. 로하는 빠른 걸음으로 어디론가 향하고 있었다. 그는 CCTV가 즐비한 번화가를 지나갔다. 승용차나 택시도 타지 않았다. 건물 안으로 들어가지도 않았다. 그러한 점이 아영에게 더욱 로하의 지갑을 뺏는 일을 포기할 수 없게 만들었다.

그렇게 10분 정도의 시간이 흘렀다. 로하의 발걸음은 자동차가 쌩쌩 다니는 어느 대교의 인도 부분을 향해서 가고 있었다. 대교 밑에는 강물이 일렁거리고 있었다. 빗물의 힘이 보태진 물살이 용암처럼 솟구쳐 올랐다. 점점 더 자신의 계획과 로하의 움직임이 맞아떨어지자 아영은 죄책감이라는 나약한 감정 따위는 잠시 접어 두기로 마음을 먹었다. 곧 절호의 기회가 올 거라는 느낌을 받은 그녀는 조심스레 로하가 향한 곳으로 걸음을 옮겼다.

로하의 발걸음이 어느새 대교의 중간 지점까지 이르렀다. 새벽 시간이라서 한산한 도로를 빠른 속도로 질주하는 차량 말고는 주위에 신경 쓸 만한 시선은 전혀 없었다. 그곳은 CCTV도 없는 사각지대였다. 중간에 발길을 멈춘 로하는 대교 밑으로 흐르는 강물을 내려다보고 있었다. 이 순간은 아영에게 놓칠 수 없는 타이밍이었다.

아영은 주변을 둘러보며 아무도 없는 것을 확인한 후 서서히 행동을 개시했다. 로하가 눈치채지 못하도록 최대한 조심스럽게 다가갔다. 그렇게 목표물을 향해서 걷다 보니 단시간에 그와 제법 가까워졌다. 심장 박동 소리가 본인의 귀에까지 닿을 만큼이나 강렬해졌다. 그녀는 핸드폰을 쥔 손에 힘을 꽉 주었다. 이윽고 그 손을 들어 핸드폰의 모서리를 로하의 뒤통수에 조준하고는 커다란 궤적을 그리며 팔을 휘둘러 후려치려 했다.

"어?"

하지만 다음에 벌어진 상황은 아영이 예상했던 것과 달랐다. 로하의 뒤통수를 가격하기 위해 휘둘렀던 팔이 허공을 가른 것이다. 있어야 할 자리에 로하의 머리가 없었다. 그 이유는 절묘한 타이밍에 로하가 그대로 강물에 몸을 던져 버렸기 때문이었다.

아영은 남아 있던 일말의 죄책감 때문에 팔을 휘두를 때 눈을 감아 버린 것을 후회했다. 게다가 팔을 휘두른 순간 디딤발로 버티고 있던 몸의 균형이 무너지면서 휘청거리다가 결국 그녀도 로하의 뒤를 따라 강물에 빠져 버렸다. 강으로 추락하는 그 짧은 순간, 두려움과 공포가 그녀를 덮쳤다. 그녀가 느꼈던 두려움의 정체는 죽음이 다가오는 순간에도 누구 하나 떠오르는 이름과 얼굴이 없는 것이었다.

강물에 풍덩 빠진 아영은 인사불성인 채로 차갑고 강한 물살에 이리저리 휩쓸렸다. 마치 거인의 손아귀에 붙들린 채 이리저리 사정없이 흔들리는 느낌이었다. 그녀는 이내 자신이 할 수 있는 것은 아무것도 없음을 깨닫고 포기해 버렸다. 모든 것을 그냥 놓아 버렸다. 자신의 육체와 정신의 무기력함을 받아들이며 모든 감각을 차단해 버렸다. 공간 지각 능력이 삽시간 상실된 탓에 일순간 공중에 붕 떠 있는 느낌이 들었다. 그리고 다음 순간, 정신을 잃었다.

얼마나 시간이 지났을까, 아영의 의식이 조금씩 돌아왔다. 의식이 돌아온 그녀가 처음으로 느낀 것은 피부로 스며드는 어떤 촉감이었다. 죽은 줄 알았던 자신이 아직 살아 있다는 걸 알려주기라도 하듯 그 촉감은 점점 더 분명해져 갔다. 곧이어 조금씩 선명해지는 의식 속에서 차가운 강물에 젖은 몸의 감각이 돌아왔다.

그런데 이상하게 춥지 않았다. 차가운 강물의 온도를 느끼지 못해서가 아니었다. 온갖 자극적인 상상으로 혼합된, 격한 감정에 빠진 의식이 피부로 느껴지는 고통을 통제하고 있기 때문이었다. 먼저 조금 전에 들었던 거센 강물 소리가 귀를 자극했고, 다음으로 얼굴과 온몸에 진흙의 진득거림이 느껴졌다. 그리고 블랙아웃 상태가 서서히 밝아지면서 희미하게 보이던 시야가 조금씩 선명해졌다.

빳빳한 목구멍으로 가쁘게 몰아쉬는 숨. 들이마시는 공기 속에 가득 들어차 있는 냉랭한 기운. 참을 수 없는 생존 본능은 그렇게 거친 들숨과 날숨을 반복시켰다. 아영의 그런 호흡 소리는 마치 사냥당한 짐승에게 아슬아슬하게 붙어 있는 숨결 같았다. 어떻게든 이어 가려고 있는 힘껏 내뿜는 숨소리.

이윽고 시야가 완전히 되살아나면서 눈에 들어온 것은 로하의 얼굴이었다. 펑펑 울고 있는 한 중년 남자의 얼굴. 아영은 저 중년 남자가 물에서 자신을 구하고 심폐 소생술로 살려 냈음을 알 수 있었다. 스스로 생을 마감하려 했던 계획을 그녀를 살리기 위해 포기한 것이다.

아영은 그렇게 현재의 상황을 어렴풋이 짐작할 수 있을 만큼 의식이 돌아왔다. 고갈되었던 체력도 천천히 회복되기 시작했다. 하지만 스스로 몸을 일으키기에는 아직 역부족이었다. 강물의 거센 물살 속에서 심하게 발버둥 친 탓에 그녀의 몸은 아직 탈진 상태를 벗어나지 못했다. 아영이 어떻게든 움직여 보려고 필사적으로 힘을 모으고 있을 때였다.

"너도 많이 힘들었구나."

울음 섞인 로하의 목소리가 그녀의 귀를 파고들었다. 그 목소리는 나이 든 남자의 목소리답게 굵었지만, 한편으로는 가녀리고 서글프게 들리기도 했다. 로하는 눈물을 계속 흘렸다. 아영은 쏟아지는 빗방울 속에서도 그의 눈물이 자신의 가슴 부위에 떨어지고 있다는 것을 알 수 있었다.

"살아서 다행이다. 참 다행이야. 나도 알아, 그동안 삶이 너무 무겁고 힘들었다는 거. 그리고 앞으로도 계속 힘들 거라는 것도. 어쩌다 이 지경까지 왔는지는 모르겠지만, 그래도 아직 살아야 할 미래가 있어. 아직 이렇게 끝을 내기엔 이르다고."

아영은 자신도 모르는 사이에 눈물을 흘리고 있었다. 저를 구해 준 남자의 지갑까지 빼앗으려 했던 자신. 그런 자신을 구해 주고 위로의 눈물까지 흘려 주는 남자. 아영은 이 남자가 너무나도 바보같이 생각되었다. 그리고 마치 자기 일처럼 슬퍼해 주는 그의 모습에서 그동안 의식하지 못했던 것을 발견했다. 그건 아영 자신의 모습이었다. 그리고 그제야 이 남자 역시 아영에게서 자신을 발견했다는 것을 깨달았다.

로하와 아영은 강가를 벗어나 인도를 걸었다. 두 사람 모두 전신이 강물과 빗물로 젖어 있었으며 입술은 시퍼렜다. 아영은 아무런 생각 없이 그저 로하의 뒤를 따라 걸어가고 있었다.

그렇게 6~7분쯤 걷다 보니 대교의 끝부분이 시야에 들어왔다. 어느새 두 사람의 간격이 꽤 벌어져 있었다. 조금 전, 아영이 대교에서 강물로 추락할 때 발목을 삐어 버렸기 때문이었다. 아영은 온몸에 한기가 든 데다가 발도 절뚝거리게 되어 로하의 걸음을 따라가기 힘들었다. 로하가 걸음을 멈추고 기다렸다가 그녀가 가까워지자 입을 열었다.

"춥냐?"

"아니."

로하는 아영의 대답에 상관없이 자신이 입고 있던 외투를 벗어 그녀의 어깨에 걸쳐 주었다. 그의 외투는 젖을 대로 젖어서 완전히 걸레짝이 되어 있었다.

"치워, 더 무거워."

"그래? 그럼 그냥 버리든지."

"……."

아영은 무슨 이유에선지 외투를 버리지 않았다. 로하가 주위를 보며 물었다.

"갈 곳은 있냐?"

"있어."

"어디?"

"……."

"왜 말 못 해?"

"무슨 상관인데?"

아영이 짜증 난 목소리로 쏘아붙이자 로하는 잠시 침묵했다. 그리고 바로 뭔가 떠오른 표정으로 말했다.

"너, 이런 생활 정리하고 정상적으로 한번 살아 볼래? 내가 도와줄게."

"……싫어."

"빈말 아니야. 내가 너 뒷바라지 정도는 해 줄게."

"……."

아영이 대답을 안 하자 로하가 계속 말을 이었다.

"넌 아직 젊으니까 나처럼 실패한 인생을 살지 않도록 내가 도와줄게. 나랑 같이 가자."

"……."

아영은 한참 동안 대답을 망설였다. 로하는 아영의 대답을 기다렸다. 이윽고 체력이 모두 소진되어 버린 아영이 자리에 주저앉아 버렸다. 그러곤 힘없는 목소리로 대답했다.

"그러든가, 그럼."

2

2079년 3월 22일

"졸업, 축하한다."

"축하할 일인지는 모르겠지만 뭐, 땡큐."

로하와 아영은 고급 일식 식당에 자리를 잡고 있었다. 테이블에는 온갖 종류의 초밥들과 곁들이 음식들이 푸짐하게 놓여 있었다. 농어 초밥, 방어 초밥, 다랑어 초밥, 연어 초밥, 문어 초밥 등등. 아영은 보기만 해도 배가 부를 지경이었다.

"개맛있겠네. 비교는 안 되지만 처음 밥 같이 먹었을 때가 생각나는데? 근데, 이렇게 돈 막 써도 돼? 집에서 뭐라 안 해?"

"그런 건 네가 신경 쓸 일이 아니야. 오늘은 네 졸업식이잖아. 졸업식인데 이 정돈 돼야지? 그리고 개맛있겠네가 뭐냐, 개맛있겠네가. 이런 고급진 음식 앞에서는 말도 고급지게 해야지."

"고급은 개뿔. 내가 고급하고 어울려?"

아영은 그렇게 말하곤 곧바로 젓가락질을 시작했다.

오늘은 아영이 대학교를 졸업한 날이다. 대학교를 다니는 몇 년 동안 그녀에게는 수많은 일이 있었다. 나라의 경제가 파탄 나면서 대부분의 대기업들이 줄줄이 도산했고, 전 세계적으로 전염병이 돌아 한동안 외출을 못 한 적도 있었으며, 빈민가 사람들이 몰려와 총기를 난사하는 바람에 많은 사람이 목숨을 잃기도 했다. 그 외에도 수많은 일이 있었다. 그래도 어쨌든, 그 모든 어려운 시간들을 넘기고 비로소 오늘 대학교를 졸업하게 됐다.

굳이 말로 하지는 않았지만, 아영은 로하에게 고맙고 미안한 마음을 느끼고 있었다. 오랫동안 그렇게 느껴 왔지만 졸업식 날이라 그런지 오늘따라 그 느낌이 더했다. 그녀가 고등학교를 졸업하던 날은 로하의 친딸과 졸업식이 겹쳤었다. 당연히 졸업식을 혼자서 쓸쓸히 보내게 될 것이라 생각했었는데, 우연히 로하가 이혼한 아내와 통화하는 걸 엿듣게 되었다. 그는 친딸에게는 다른 가족이 있지만 아영에게는 자신밖에 없으니 자신은 아영의 졸업식에 가겠다고 했다.

또한 로하는 아영에게 곁에서 보살펴 주는 사람이 없으니 필요할 것이라면서 수행 AI 로봇을 사 주었다. 그녀는 사양했지만 로하는 고집을 꺾지 않았다. 그 밖에도 그에게 고마웠던 일들과 미안했었던 일들을 나열하자면 하루 종일 얘기해도 모자랄 정도였다. 그러나 아영은 절대로 그 말을 로하에게 직접 한 적이 없었다.

"천천히 먹어. 체할라."

로하가 허겁지겁 초밥을 먹고 있는 아영에게 차를 건네며 말했다.

"근데 너, 군인 된다고 운동은 열심히 하는 것 같던데, 책도 좀 읽니? 요즘은 군인들도 똑똑해야지 진급도 하고 그래."

로하의 말에 아영이 코웃음을 쳤다.

"책? 내가 언제 책 읽는 거 봤어?"

"그렇지? 그럴 줄 알았다. 어차피 요샌 사람이 몸을 써서 했던 일들을 거의 로봇들이 하잖아. 앞으로는 군인들도 머리가 더 중요할 거다. 자, 이거 읽어 봐. 졸업 선물이다.”

로하가 책 한 권을 테이블 위에 올려놓았다. 아영이 음식을 먹으면서 곁눈질로 책 표지를 힐끗 봤다.

“인생?”

“내가 예전에 감명 깊게 읽었던 책이야. 너도 한번 보라고.”

“그래? 알았어. 아, 맞다. 나 책 읽은 적 있다. 1년 전쯤인가?”

“네가? 그 책 제목이 뭔데?”

“학교에서 억지로 읽으라고 해서 읽은 건데, 생각 외로 꽤 감명 깊던데? 책 제목이…… 자비로운 리더가 세상을 바꾼다? 아니, 미래를 바꾼다? 아니다! 이거다! 양심적인 리더가 미래를 지킨다! 아, 이것도 아닌가……. 여튼, 그거 있잖아. 대통령이 과거에 경험했던 일? 이런 거 적어 놓은 책. 베스트셀러도 됐었다던데.”

“…….”

로하는 침묵했다. 그의 표정이 굳어 있었지만 아영은 그의 얼굴에 드리운 어둠까지는 보지 못했다.

“나는 그…… 친구 이야기가 참 슬프더라. 책에는 확실히 안 나와 있어서 몰랐는데, 인터넷 찾아보니까 사연이 나오더라고.”

“그거 다 새빨간 거짓말이야.”

“뭐?”

아영은 젓가락질을 멈추고 로하의 얼굴을 살폈다. 로하의 얼굴빛은 어스름했고, 미간에는 힘이 잔뜩 들어가 있었다. 아영의 시선이 컵을 움켜잡고 있는 로하의 손으로 옮겨졌다. 그의 손이 떨고 있었다.

"아영아."

"어…… 어?"

아영은 갑자기 분위기를 잡는 로하 때문에 당황스러웠다.

"너에게…… 이런 말…… 아니, 이런 사실을 알려 주기 싫지만 아무래도 얘기해야겠어. 네가 군인이 된다고 하니까, 네 최고 상관이 그 녀석이 될 거라고 하니까, 꼭 알려 줘야겠어."

"그게 무슨 소리야?"

"너, 내가 왜 너 군인 되는 거 처음에 반대했다고 생각해?"

"그야…… 위험하니까? 아니야?"

"그런 이유 때문만은 아니야. 내가 왜 그때 너를 말렸냐면…… 바로 지금의 대통령, 이건호 때문이야."

"이건호 대통령 때문이라고?"

"그래, 그 녀석 때문이야. 네가 그 녀석의 명령을 따르는 건 상상도 하기 싫었거든."

로하는 잠시 말이 없다가 무언가 다짐한 듯 고개를 끄덕이더니 말을 이었다.

"그 새끼 책에 나왔던 그 친구? 그 새끼가 괴롭혀서 우울증으로 자살한 거야. 그 친구! 성현이! 김성현! 걔, 건호 새끼가 죽인 거라고."

"자…… 잠깐만, 아저씨, 지금 무슨 소릴……."

"그걸 지한테 유리하게 조작해서 쓴 거야. 고아니까, 왕따니까, 죽는 그 순간까지 가족도 없고 주변에 아무도 없었을 테니까, 거짓말을 해도 사실을 알려 줄 증인 따위는 나중에라도 아무도 없을 테니까."

"그, 그게 정말이야? 대통령이 왜 그런 거짓말을……."

아영의 물음에 로하는 슬픈 얼굴로 고개를 끄덕이곤 말을 이었다.

"부끄럽지만 나 말이야, 고등학교 때 반에서 집단 따돌림을 당했었어. 부모 없는 고아라고 반 전체로부터 괴롭힘을 당했는데, 이건호 그 자식이 가장 나를 심하게 괴롭혔지. 성현이는 고등학교 1학년이 거의 끝나 갈 무렵 전학을 왔어. 그 애도 나처럼 고아였지. 걘 나를 괴롭히지 않았던 유일한 친구였어. 그런데 내 편을 들어 주다가 건호 그 자식한테 찍혀서 같이 따돌림당하는 신세가 되어 버렸지. 어느 날부터인가 건호 그 자식이 성현이를 괴롭히는 데 재미를 붙이기 시작했어. 나와 성현이는 같이 맞고 같이 괴롭힘을 당했지. 그런데 나와는 다르게 성현이는 견디기 힘들었나 봐. 결국 스스로 목숨을 끊었어. 그걸 알게 된 나는 이성을 상실해서 건호에게 덤벼들었지. 하지만 그 자식한테 도리어 신나게 두들겨 맞고는 그 자리에서 정신을 잃었어."

"그런 미친……."

로하의 말을 듣던 아영이 분노의 표정을 지었다.

“정신을 차려 보니 병원이더라고. 눈과 코뼈는 함몰됐고, 얼굴은 전체적으로 성한 곳이 없을 만큼 찢어졌었지. 갈비뼈도 부러졌었어. 의사가 죽지 않은 걸 다행으로 생각하라더라. 그런데 때마침 에볼루션 사태가 터지면서 비상 계엄령이 내려졌어. 나라 안의 거의 모든 시스템이 근 1년간 마비가 되어 버렸지. 1년이 지나 다시 학교에 다닐 수 있게 되었지만 나는 학교를 그만두고 검정고시를 준비했어. 그때 건호 부모로부터 적지 않은 금액의 합의금을 받았지. 그 돈으로 치료를 했고, 대학교까지 가서 졸업을 하고 취직을 할 수 있었던 거야. 나도 살아야 했기에 어쩔 수 없는 선택을 한 거지만, 건호 그 자식이 그때의 일들을 자기 포장을 위한 수단으로 쓰더니 저렇게 대통령까지 된 것을 생각하면……. 만약 내가 합의를 해 주지 않았다면 어땠을까 하는 생각이 들더라.”

“아니, 어떻게, 어떻게 그럴 수 있지? 나 같은 사람도 그 책을 읽고 감동한 정도였는데…….”

“그래, 건호 그 자식의 이미지 세탁이 그 책 때문에 성공한 거야. 당시 최고의 인기 정치가였던 그 자식에게 빈곤층의 표가 몰리는 데 큰 역할을 했으니까.”

“아저씨는 왜 그걸 폭로 못 했어?”

“아영아, 생각해 봐. 당시 반 애들 전체가 그 자식 편이었어.

아마 그때 담임 선생도 마찬가질걸. 아무런 증거도 남아 있지 않은 데다가 나는 돈까지 받았어. 누가 내 말을 믿을까?"

"병원에 입원한 기록이나 진단서 같은 게 있을 거 아냐."

"그런 걸로는 그 자식이 날 때렸다는 증거가 안 돼. 내가 돈을 받을 때도 불우한 처지인 내게 기부한 것으로 되어 있거든. 내가 만약 폭로를 했다면 돈을 노리고 한 짓이라고 역공만 당했을걸. 그 자식 편드는 언론한테 폭탄 공격을 당했을 거야. 나같이 힘없는 사람은 그 자리에서 인생이 끝나는 거지."

"아무리 그래도……."

"내가 널 처음 만난 날 기억하지?"

"응."

"그때 나는 인생 최악의 상태였어. 건호를 다시 본 것이 방아쇠를 당겼지. 이제 삶을 정리하자는 충동의 방아쇠를. 어쨌든 니 덕분에 다시 생각하게 되었고, 이렇게 아직 살아 있는 거야."

"아저씨……."

아영은 로하를 처음 만났을 때 그의 눈빛을 떠올렸다. 당시에는 그리 신경 쓰지 않았지만, 이제 와 생각해 보니 그에게서는 묘한 슬픔의 냄새가 났었다. 그리고 지금 로하의 얘기를 듣고 그 슬픔의 정체를 어렴풋이나마 알 수 있었다.

"아영아."

"……어?"

"너, 최근에 뉴스에서 시간 이동 장치 연구 결과에 대한 내용 나온 거 본 적 있지?"

"어? 어, 들어 봤지."

"내가 만약 실제로 사용 가능한 시간 이동 장치가 개발될 때까지 살아 있으면 난 다시 고등학생 때의 과거로 돌아갈 거야."

"왜? 복수하러?"

"아니. 내 유일한 친구 성현이한테 가서 용서를 빌고 싶어. 지켜 주지 못해서 미안하다고 말해 주고 싶어."

"아, 씨발 진짜! 복수를 해야지, 복수를! 짜증 나는 소릴 하네."

아영은 테이블을 두 손으로 내리치며 화를 냈다. 로하는 그 모습을 보며 싱긋 웃었다.

"나도 마음은 그러고 싶은데, 너도 알잖아. 내가 얼마나 겁 많고 비겁한 인간인지. 아마 난 절대 복수 같은 거 못 할 거야. 상대편의 가족이 겪게 될 슬픔이라든가 양심 같은 온갖 잡다한 변명을 붙이겠지. 난 정말 나약한 인간이거든. 누군가가 나 대신 복수해 준다면 좋겠지만, 세상에 그런 사람이 어디 있겠어?"

"아저씨, 내가 해 줄까, 복수?"

"그래 줄래? 그럼 고맙고."

"어휴, 진짜. 그게 지금 막 대학교 졸업한 애한테 할 소리야?"

"당연히 농담이지. 아영이 넌 나한테 자식 같은 존재야. 세상에 어느 부모가 자식한테 목숨 걸고 복수를 해 달라고 하겠니?"

아영은 로하의 말을 듣고 아무 말도 못 했다.

2144년 6월 11일

- 로하가 사망하고 30년이 지난 미래 -

아영의 눈앞에 커다란 문이 있다. 양쪽으로 밀어서 여는 이 문의 높이는 아영의 키보다 곱절은 더 높아 보였다. 그 문에는 황색의 이런저런 문양과 용과 해태가 그려져 있었다. 그녀는 이 문 앞에 서기까지 근 2년이라는 시간을 소요했다. 그 2년 동안, 군대에서 수많은 특수 훈련을 거치고 거친 경쟁을 치러야 했다.

말끔하게 차려입은 장교 복장과 긴장감과 패기가 느껴지는 눈빛. 아영은 이 짧은 순간을 위해 약 일주일 전부터 복장과 표정, 예의와 기본 마음가짐까지 다잡고 연습해 왔다.

“이제 들어가셔도 됩니다. 저희가 문을 열어 드리겠습니다.”

대통령 집무실 담당 경호원 로봇이 문을 열자 아영은 그 문 안으로 발을 내딛었다.

“필승! 중장 이아영, 임무 수행 전 대통령께 임무 보고드립니다.”

“아아, 임무 보고는 굳이 안 해도 되네. 이미 다 알고 있으니까. 오느라 수고 많았네. 여기 와서 앉게나.”

“예, 알겠습니다.”

아영이 들어간 대통령 집무실에는 이건호 대통령 외에 네 명이 함께 자리하고 있었다. 상석에는 대통령이 앉아 있었고, 나머지 사람들이 대통령 석을 기준으로 좌우 양측을 번갈아 마주 보며 앉아 있었다. 구한 은행 이미연 본부장, 아영의 직속 상관이자 지휘 계통 총사령관인 이한위 육군 참모 총장, 그리고 성아 그룹의 기술 이사이자 기업 법률 자문 하태주, 과학 기술 정보 연구소 이사장 김대호가 그들이었다. 아영은 비서 로봇이 손으로 가리키는 좌석에 착석했다.

"가서 차 한 잔 더 가져오게."

대통령의 명령을 들은 로봇은 조용히 자리를 떠났다.

"이 자리에 계신 귀빈들은 내가 굳이 설명하지 않아도 이미 잘 알고 있을 거라 생각하네. 우리 이 총장이 미리 다 얘기해 줬겠지?"

대통령의 물음에 아영이 목에 힘을 주며 답했다.

"네, 그렇습니다."

"이번 프로젝트와 매우 밀접하게 관련된 분들이니 얼굴도 잘 익혀 두고, 궁금한 점이 있으면 언제든 연락하시게나."

"예."

이건호 대통령이 진지한 표정으로 참석자 모두에게 말했다.

"여러분, 이제 와서 하는 얘기지만, 이렇게 될 줄 누가 알았겠습니까. 에볼루션의 선택이 옳은 것이었다고 밝혀질 줄 말입니다. 현재의 잘못 기록된 역사 속에서 에볼루션은 테러 집단으로 남아 있지만 이제는 그 생각을 바꿔야 할 때입니다. 그들이야말로 전 세계를 구할 영웅들이었던 것입니다. 그래서 그러한 역사를 새로 쓰자는 데 전 세계가 동의했고, 그 원대한 목표를 위해 과거로 파견될 특수 요원으로 이 중장을 선택한 것입니다."

그의 말에 동석한 이들이 모두 고개를 끄덕였다.

"이번에 특수 요원으로 선정되면서 이 중장의 이력을 봤더니 이전에 공을 많이 세웠더구만."

"예, 그렇습니다."

대통령의 말에 참모 총장이 나서서 설명했다.

"우리 이 중장이 세운 공에 대해서 말씀을 드릴 것 같으면, 입대 후 얼마 되지 않아 쿠데타를 계획한 빈민가의 범죄 단체 수뇌부들을 다섯 명이나 사살 및 검거했습니다. 그 후 수많은 해외 파견 근무를 성공적으로 이수하여 군에서 최고의 실적을 세운 인재입니다. 게다가 당시에는 아직 실험 단계였던 노화 방지 임상 실험에도 지원해서 성공적인 결과를 얻었고, 나라의 기밀 정보를 해킹하려던 해커들을 모조리 찾아내 제거하기도 했습니다."

참모 총장의 말을 들은 대통령이 미소를 지었다.

"노화 방지 임상 실험 지원이라. 그래서 이 중장이 이렇게 젊은 모습을 유지하는 거로군. 그것 참 부럽네. 나는 다 늙어서야 노화 방지를 하고 있어서 오래 사는 건 가능해도 젊은 몸으로 돌아가진 못하니 말이야. 그 기술이 조금만 더 일찍 상용화되었다면 좋았을 것을. 안 그런가?"

"예, 맞는 말씀이십니다."

"지당하신 말씀입니다. 저도 이 중장이 심히 부럽습니다."

대통령이 말을 하기 무섭게 약속이라도 한 것처럼 양쪽에서 한마디씩 했다. 대통령이 다시 아영에게로 시선을 돌렸다.

"세상 사람들이 모두 다 알고 있는 사실이네만, 나는 그 기술로 오래 살게 되면서 대통령을 열다섯 번째 연임하고 있네. 나는 나라를 위해 봉사하겠다는 의지로 계속 대통령을 하고 있는데 일부 사람들은 내가 독재를 하고 있다고 한다더군. 자네는 어떻게 생각하시나?"

"절대로 아닙니다, 대통령님."

아영이 말하자 대통령이 게걸스럽게 웃었다.

"그렇지? 난 참 억울하네. 솔직한 말로, 내가 자리를 물려줄 만한 사람이 이 대한민국에 지금 있는가? 나도 그런 사람이 나타난다면 당장이라도 이 자리를 물려주고 싶네."

"맞는 말씀입니다. 노벨 평화상까지 받은 우리 대통령님을 이 세상의 암적인 폐단 세력들이 어떻게 해서든 끌어내려고 안달이지요. 과거사까지 들추며 말입니다."

대통령과 참모 총장의 말이 끝난 후로 잠시 정적이 흘렀다. 다들 대통령의 눈치를 살피며 그의 입에서 무슨 말이 나올지 기다리는 모습이었다. 곧 정적을 깨고 대통령이 다시 입을 열었다.

"이제 보니 내가 흥분을 해서 이런저런 쓸데없는 말을 했네요.

이 중장, 이해해 주게."

"아닙니다, 대통령님. 저 또한 대통령님의 그 마음 충분히 이해합니다."

"그렇게 생각해 주니 고맙네. 이제 이번 프로젝트에 대해 얘기를 해 보세. 이 중장, 임무는 충분히 숙지하고 있겠지?"

"물론입니다."

"그렇겠지. 이번 프로젝트가 어떤 프로젝트인데, 절대로 잊어선 안 되지. 한 치라도 임무에 오차가 있어서는 안 되네. 국민의 희망이 자네의 그 어깨에! 달려 있어."

"예, 명심하겠습니다."

"만약 임무에 대해서 기술적으로 상의할 부분이 있다면 여기 성아 그룹의 하태주 이사님과 얘기해 보도록 하게."

"예, 감사합니다."

대통령의 말이 떨어지기 무섭게 하태주 이사가 아영에게 자신의 명함을 건네주었다.

"이미 귀가 아플 정도로 들었겠지만, 시간 이동 후 자네에게 어떠한 일이 발생할지는 확실치가 않다고 하네. 기억에 문제가 생길 수도 있고, 심하면 목숨을 잃을 수도 있다고 하던데…… 그런 부분은 각오되어 있나?"

"예, 대통령님. 저는 군인입니다. 군인으로서 그동안 수많은 임무를 목숨 걸고 수행해 왔습니다. 그런 것들이 두려웠다면 이번 임무에 자원하지도 않았을 뿐더러, 애초에 군인이 되지도 않았을 것입니다."

"좋네. 듣던 대로 패기가 넘치는구만. 참모 총장이 추천한 이유가 있었어."

그렇게 대통령과 아영을 포함한 여섯 명은 근 한 시간이 넘게 대화를 나누었다.

"대통령님, 이쯤에서 대화를 끝내는 게 좋을 것 같습니다. 곧 인도에서 외교관이 도착할 예정입니다."

"아아, 그랬었지. 오늘 외교관과 토의할 게 좀 있었지. 알았네."

비서 로봇이 스케줄을 일러 주자 대통령이 급히 자리에서 일어섰다. 그러곤 아영에게 다가와 손을 내밀었다. 아영도 손을 내밀어 대통령과 악수를 했다.

"중장 이아영, 충성을 다하겠습니다."

"이보게, 다음 달이면 자넨 이곳에 없을 걸세. 그래서 난 자네에게 해 주고 싶은 말이 있네. 난 말일세, 인생에서 가장 중요하게 여기는 한 가지 원칙이 있네. 이것이 남은 자네의 인생에 어떤 도움이 될지는 모르겠지만, 노파심에 꼭 말해 주고 싶었네. 이거 하나만은 꼭 명심해 주게. 100년을 넘게 산 노인의 조언일세. 부디 과거에 얽매이지 말게. 과거에 얽매여 일을 그르치지 말란 말일세. 과거는 그저 과거일 뿐일세. 그 누구라도, 아무리 발버둥 친다 한들 과거에서부터 자유로울 순 없네. 혹시 들어 봤는가? 사람의 모든 것을 이루고 있는 세포들이 12년을 주기로 완전히 바뀐다는 말. 말 그대로, 모든 사람은 12년에 한 번씩 다시 태어나고 있다는 것이고, 과학적으로도 12년 이상의 과거는 존재할 수 없다는 말이 되는 것이지. 그러니 오직 임무를 향해서만 나아가길 바라네. 나 또한 과거 따위는 모두 잊어버린 지 오래일세. 과거에 집착하는 건 실패자들의 습관일 뿐이지. 꼭 명심하게."

"네, 명심하겠습니다."

아영은 여전히 군기 든 목소리로 힘있게 대답했다.

아영은 한 사람과 마주 앉아 있었다. 마주 보고 있는 상대의 얼굴은 어둠에 가려 잘 보이지 않았다.

"그러니까, 그 임무를 이렇게 바꿔 달라는 거지?"

"그래."

아영이 대답했다.

"근데 이거, 괜찮겠어?"

상대의 말에 아영이 고개를 끄덕였다.

"롯데타워를 폭파하는 거나 학교 총기 테러나 효과는 비슷할 거야."

"툭하면 범죄나 저지르는 10대 새끼들 몇 명 죽이는 게 어떻게 폭탄 테러랑 비슷한 효과일 수 있지?"

"모르는 소리. 역시 나처럼 오래 살지 않아서 모르는군. 내가 어렸을 때도 미성년자 범죄 문제는 심각했지만 지금 같지는 않았어. 내가 가게 될 시대의 10대들은 대부분 미래의 희망으로 여겨졌었지. 게다가 성인이 될 때까지는 일보다 공부를 했어."

"정말이야? 일도 안 하고 공부를 했다고? 그리고 뭐? 미래의 희망? 지금처럼 10대가 되기 전에 필수 교육을 끝내는 세상이 아니었나 봐? 난 솔직히 상상이 안 돼. 아무튼, 당시는 10대가 사회적으로 중요한 존재였다는 거지?"

"그렇지. 내가 조사한 바에 따르면, 그전에 외국에서도 학교 총기 테러 사건이 발생했었는데 사회적으로 큰 파장을 일으켰었나 봐. 한국은 민간인 총기 사용이 금지되어 있어서 그런 사건이 없었지만 말이야. 내가 가서 총기 테러를 일으키면 분명히 에볼루션에게 집중되던 언론과 수사망이 분산될 거야. 그렇게 되면 군경을 무력화하는 데 좋은 기회를 잡을 수 있을 테지."

"그렇단 말이지? 결국, 사람들의 관심을 에볼루션 밖으로 유인하는 효과는 폭파 테러를 일으키는 것과 별반 다를 게 없을 거란 말이로군."

"맞아. 너 역시 에볼루션의 사상에 심취돼서 해킹 범죄를 저지르다가 나한테 잡혔잖아. 물론 지금은 전 세계가 에볼루션을 찬성하는 쪽으로 바뀌었지만, 그때는 반역 행위로 총살감이었지. 내가 너를 살려 주고 새로운 신분까지 만들어 준 것에 대한 빚을 갚을 때가 되었어. 네 입으로도 그랬잖아, 빚은 꼭 갚겠다고. 지금이 그때야. 그것도 에볼루션을 위한 임무를 도와주는 일이니 너 역시 마다할 이유가 없을 테고 말이야."

"그건 알아. 하지만 아무리 같은 효과라고 해도 국가에서 내려준 임무를 바꾼다는 것은 분명히 사적인 목적이 있다고 생각되는데, 맞지?"

"그건 네가 알 바 아니야. 너는 네가 해야 할 일이나 해. 이건 나한테 진 빚을 갚는 일이야, 알겠어?"

"알았어, 알았어. 도대체 그 말을 몇 번이나 하는 거야."

"그만큼 중요한 일이니까 그렇지. 다시 한번 말하겠는데, 너는 내가 과거로 보내지기 직전에 내 기억을 수정하는 거야. 시간 이동 장치로 과거에 갔을 때 기억의 혼란을 막기 위해 수행할 임무 외에 사적인 기억들은 봉인할 거야. 그래서 네가 손댈 수 있는 건 오직 임무에 대한 기억뿐이야. 그것만 수정하면 돼, 알았지?"

"걱정하지 마. 나만큼 실력 있는 해커가 그 정도 일을 못 하겠어? 난 네가 시킨 대로 기억을 수정할 것이고, 내부에 있는 우리의 조직원이 네가 과거로 가기 직전에 기억 파일을 바꿔치기할 거야. 그러면 되는 거지?"

"맞아. 그럼 준비 기간은 일주일이면 충분하겠지?"

"어, 그 정도면 돼. 아, 그리고⋯⋯ 시간 이동 장치에 일정 시간이 지난 후에 임무에 관련된 내용을 볼 수 있게 홀로그램 영상 전용 큐브를 넣어 둔다며? 혹시 모르니까 거기에 네가 영상 메시지로 과거 기억을 남겨 둘 수 있게 손봐 둘게. 쉽게 말하면 영상을 바꿔치기한다는 얘기야."

"그거 좋은 생각이야. 설마 그거까지 검사하지 않겠지?"

"물론이지. 내용을 덮어쓰지 못하게 하는 녹화 방지 코드가 있긴 할 텐데, 그까짓 거 깨는 것쯤이야 식은 죽 먹기야. 녹화해서 딥메일로 나한테 보내면 돼. 그럼 오늘부터 준비를 시작할 테니까 약속한 노화 방지 약은 꼭 보내야 해."

"알았어. 그럼 잘 부탁한다."

아영은 VR 헤드셋을 벗었다. 그리고 흔적을 남기지 않기 위해 암시장에서 구입한 통신 장치를 분쇄기에 넣어 버렸다. 잠시 생각에 잠겨 있던 그녀는 과거로 보낼 홀로그램 영상을 녹화했다. 그리고 녹화가 끝나자 전용 비서 AI를 불렀다.

"토라, 내가 방금 찍은 영상 파일, YUTTR1111@의 딥메일로 보내 줘."

[중장님, 근데 딥메일은 불법…….]

토라가 진행 거부 메시지를 읽었다.

"초법적인 에볼루션 부활의 특수 임무 권한으로 진행해 줘."

[예, 알겠습니다.]

10분 후, 아영의 눈앞에 보이는 홀로그램 모니터에 '발송 완료'라는 알람이 떴다.

2035년 11월 15일

- 아영의 총기테러 후 로하와 재회하지 못한 과거 -

'초당 150회씩 날갯짓을 해 대니 죽을 것만 같다. 어깻죽지가 아려 온다. 시끄러움이 엄청나다. 하지만 모든 것을 참으며 끊임없이 퍼덕이는 날갯짓이야말로 나에게 주어진 숙명. 나는 멈추지 않는다. 온몸이 잿더미가 될 때까지 날아오를 뿐!'

파리 한 마리가 높은 곳까지 날아올랐다. 시선 밑 양옆으로 건물이 늘어서 있는 것이 보인다. 그런데 왠지 이상하다. 눈에 띄기만 하면 파리채라는 것을 들고 죽어라 쫓아오던 그 녀석들이 보이지 않는다. 파리는 너무도 궁금해서 저 아래 위험이 도사리는 곳으로 하강했다.

'왜 없는 거지? 녀석들 모두 대체 어디로 간 거야? 희한한 일이네…….'

매일같이 종알종알 시끄럽게 떠들어 대던 녀석들이 안 보였다. 커다란 쇳덩이를 타고서는 여기저기 바쁘게 돌아다니던 녀석들도 어찌 된 영문인지 도통 보이질 않았다. 파리는 일전에 녀석들이 북적거리던 큰길가로도 가 봤다. 이곳에도 역시 녀석들은 보이지 않았다. 이곳이 이렇게 고요하게 느껴지기는 처음이다. 시끄러운 자신의 날갯짓 소리가 이 고요함 때문에 더 크게 들렸다.

'뭐지, 이 애매한 기분은? 이걸 평화롭다고 해야 하나? 어둡다고 해야 하나? 어쨌거나 나를 괴롭히던 녀석들이 모두 사라졌으니 좋아해야 하나? 음…… 아무래도 상관없다. 나는 내 생이나 신경 쓸련다.'

이내 흥미를 잃어버린 파리가 다시 날갯짓을 해 높이 날아오르려던 그때였다.

'어! 저기 한 녀석이 보이네? 죽은 것 같은데? 땡잡았다. 저기다 알을 까야겠다!'

로하의 시체에 달라붙으려는 파리를 아영이 손등으로 휘휘 저어서 쫓아냈다. 그녀는 로하 옆에 쪼그려 앉아서 동태를 살피고 있었다. 조금 전에 CCTV 모니터로 본 것에 의하면 로하 말고 여자애 한 명이 더 있었다. 그런데 지금은 보이지 않는다. 아마도 화면 속에 보였던 또 다른 인물, '신인간'으로 추정되는 남자에게 끌려간 모양이었다. 로하는 한쪽 손목에 수갑이 채워진 채 엎어져 죽어 있었다. 등에 시뻘건 피가 번져 있었다. 뒤에서 쏜 총에 맞은 모양이었다.

'결국은 이렇게…….'

아영은 로하의 눈을 살며시 감겨 주었다.

로하는 연약한 아이였다. 가진 것도 없었고 곁에 아무도 없는 애였다. 특별한 감정은 일지 않았지만, 안쓰러움이 느껴졌다. 고

생만 하고 괴롭힘만 당하다가 결국에는 저렇게 가는구나 하는 생각이 들었다.

로하가 동정심을 유발시키기는 했지만, 학교에서 그를 살려 준 것이 그 때문은 아니었다. 이유는 알 수 없었지만, 이로하만은 꼭 살려 두라는 것이 임무의 일부였기 때문이다. 그녀는 로하가 나중에 에볼루션의 어떤 중요한 역할을 하게 되는 것이 아닐까 하고 추측했지만, 도저히 혁명적인 사고를 가졌다거나 대를 위해 소를 희생할 줄 아는 용기를 가진 사람 같진 않았다. 그리고 그에게 친한 척한 것도 결석을 유도하기 위한 목적이었다.

아영은 그 이상 신경 쓰고 싶지 않았다. 그녀에게는 아직 중요한 임무가 남아 있었기 때문에 로하를 보호해 줄 여유가 없었다. 모니터에서 그를 발견하지 못했다면 아직도 그의 생사는 모르고 있었을 것이다. 그런데 이렇게 싸늘한 시신이 되어 버리다니. 아영은 씁쓸한 기분이 들었다. 하지만 이미 죽어 버린 사람은 되살릴 수 없다. 어차피 약해 빠진 로하는 이런 지옥 같은 곳에서 오래 버티지 못했을 것이다.

"그래도 조금만 더 버텨 보지. 내 임무는 교실에서 너를 살려 두는 것뿐이었으니 널 지킬 의무는 없었지만 기분이 좀 그렇네."

그녀는 혼잣말을 하며 아쉬움을 뒤로한 채 다시 은신처로 걸음을 옮겼다.

지하에 위치한 은신처에 도착한 아영이 거실 테이블 의자에 앉았다. 가슴이 울렁이고 심장이 두근거렸으며 이상하게 머리가 지끈거렸다.

“내가 왜 이러지?”

아무런 감정을 느끼지 않는데도 전부터 로하만 보면 몸이 이상한 반응을 보였다. 그녀는 그런 자신을 이해할 수 없었다. 잠시 이상한 기분에 사로잡혀 있던 그녀는 곧바로 정신을 가다듬었다. 아영은 기분 전환을 위해 아껴 두었던 와인을 가져와서 잔에 따랐다. 그리고 와인 잔을 입으로 가져가려는 순간이었다.

툭, 투드드드…….

무언가 굴러떨어지는 소리가 들렸다. 그녀는 들고 있던 잔을 내려놓고 소리의 정체를 확인하기 위해 여기저기 살펴보았다. 그리고 곧바로 그것을 찾아내었다. 시간 이동 장치의 바깥 면 오른편에 있던 작은 뚜껑이 자동으로 열리면서 그 안에 있던 작은 주사위 같은 것이 굴러떨어진 것이다. 아영은 그것을 손으로 들어서 살펴보았다. 은색 육면체의 한 면이 빨간색 불빛으로 반짝이고 있었다. 아영이 그 불빛에 무의식적으로 손가락을 댔더니 불빛이 초록색 홀로그램으로 바뀌면서 글씨가 표시되었다.

“지문을 인식하시오? 이게 무슨 뜻이지?”

아영은 초록색 글자 위에 엄지손가락 지문을 가져다 대 보았다. 몇 초 후 그 물건이 반으로 쪼개지며 안에서 홀로그램 영상이 나오기 시작했다. 아영은 영상이 나오는 물건을 들고 거실로 걸음을 옮겼다. 방에서 거실로 위치를 바꾸자 영상의 크기도 거실 크기에 맞게 자동으로 조절됐다.

[보고 있니? 나야. 아니지, 네가 나지. 이런 영상을 찍게 되다니…….]

홀로그램 영상에서는 자신의 얼굴이 나오고 있었다. 그녀의 얼굴부터 어깨까지, 그리고 벽으로 보이는 배경까지 홀로그램으로 비춰지고 있었다. 아영은 놀란 마음을 진정하며 테이블 의자에 앉아 영상에 시선을 집중했다.

[나도 알아. 지금은 좀 혼란스러울 거야. 너에게는 이러한 영상을 찍은 기억이 전혀 존재하지 않을 테니까. 너는 임무와 관련된 것 이외에 사적인 기억들은 전부 봉인되었거든. 어쨌든, 네가 지금 이 영상을 보고 있다는 건 임무를 완수했거나 실패했다는 뜻이겠지. 하지만 난 네가 임무에 실패했다고 생각하지 않아. 넌 절대 임무에 실패할 사람이 아니니까 말이야. 그럼…… 이제 본론으로 넘어가자. 너에게 중요하게 일러 줄 말이 있어. 네가 수행한 임무 말인데…… 원래는 그게 아니었어. 내가 바꾼 거야. 이 말 듣고 크게 놀라겠지만, 내가 그런 짓을 한 데는 분명한 이유가 있어. 내 삶에서 가장 중요한 사람의 평생 소원을 들어 주고 싶어서야. 그게 누군지 궁금하지? 바로 이 사람이야.]

영상 속 아영은 옆에 있던 작은 액자를 들어 보였다. 그 액자에는 어떤 노인의 사진이 있었다.

[이 사람은 아주 오래전에 세상을 떠났어. 마지막으로 내 손을 꼭 잡아 주었지. 난 그때부터 결심했어. 언젠가 기회가 온다면 그 사람이 그렇게 원하던 일을 내가 대신해서 하겠다고 말이야.]

화면 속 아영이 액자를 내려놓고 아련한 눈빛으로 말을 이었다.

[이 사람이 누군지 알고 싶지? 나는 이 사람을 '아빠'라고 불러. 하지만 진짜 아빠는 아니야. 실제로는 '아저씨'라고 불렀지. 아빠 같은 사람이고 은인이자 내가 가장 존경하는 사람이야. 내가 아빠를 처음 만난 건 비가 많이 내리던 어느 밤이었지. 그때……]

아영은 자신의 불우한 시절에 대해서, 그리고 로하를 만나 바뀐 인생에 대해서 절절한 이야기를 했다.

[……그래서 나는 위험을 무릅쓰고 노화 방지와 생명 연장 기술의 임상 실험에 지원했고 수많은 공적을 세워서 시간 이동 장치로 파견되는 요원으로 선발될 수 있었어.]

영상 속 아영이 씁쓸한 미소를 짓더니 말을 이었다.

[아빠의 소원은 말이야, 고등학교 시절로 가서 소중한 친구를 잃게 했던 그들에게 벌을 주는 거였어. 아니, 아빠가 그렇게 말한 건 아니었지만, 나는 그것이 내가 아빠에게 해 줄 수 있는 보답이라고 생각해. 그리고 여기까지 얘기했으니 눈치챘겠지만 내가 말한 아빠가 바로 로하야, 이로하. 어쩌면 이 영상을 아빠와

함께 보고 있을지도 모르겠네. 그런데 혹시 그게 아니라면…….]

화면 속 아영은 진지한 표정으로 이쪽을 보며 눈에 힘을 주었다.

[아영아! 내 말 잘 들어. 이 영상을 일부러 남긴 것도 부탁을 하기 위해서야. 아빠를 꼭 지켜 줘. 아니, 너는 무슨 일이 있어도 아빠를 지켜야 돼. 아빠는 나에게 새로운 삶을 준 사람이야. 그러니까 나도 꼭…… 꼭 아빠에게 새로운 삶을 주고 싶어. 그렇게 할 수 있는 사람은 너밖에 없어, 아영아. 아, 녹화 시간이 끝났네. 그럼…….]

영상 속 아영은 경례 자세를 취한 채 멈춰 있었다. 아영은 멍한 얼굴로 한참 영상 속 자신을 바라보았다. 한 10분 정도 멍하니 앉아 있던 아영이 갑자기 벌떡 일어나더니 빠른 걸음으로 자신의 방으로 들어갔다. 거침없이 시간 이동 장치의 투명한 부분을 열어서 속에 있는 수납 공간을 뒤지기 시작했다. 그리고 이윽고 작은 카드 같은 것을 찾아내었다.

그 카드 표면에는 '시간 조종 사용 설명서'라고 적혀 있었다. 그녀가 그 카드를 안에 있는 삽입구에 넣자 파란색 홀로그램 전광판이 뜨더니 몇 가지 메뉴가 보였다. 아영은 그중에 '비상 상황'이라고 쓰여 있는 부분을 손으로 터치했다. 그랬더니 여러 가지 서브 항목이 떴다. 그중에 '과거에서 과거로 되돌아가야 하는 비상 상황'이라는 항목을 터치하자 문장이 주욱 뜨면서 인공 지능 목소리가 그 내용을 읽어 주었다.

[부득이하게 또다시 과거로 이동해야 하는 상황 발생 시 유의점. 첫째, 중력 압축기는 각자에게 두 개씩밖에 지급되지 않으며 재사용이 불가능하다. 둘째, 이미 이동했던 과거 시간대의 자신은 다시 이동한 자신에 의해 대치된다. 그러므로 과거에서 또다시 과거로 돌아갈 경우 위의 두 가지 사항에 대해 충분히 검토한 후 실행해야 한다.]

설명이 끝나자 아영은 눈을 감고 한참을 생각했다. 미간을 찡그리고 머리를 연거푸 가로젓던 그녀가 드디어 결정을 내렸는지 눈을 떴다.

'그래, 어차피 돌아가 봤자 기다려 주는 사람도 없고 이곳에서 역사가 바뀌는 것을 지켜보는 것도 괜찮을지 몰라. 우물쭈물할 거 뭐 있어. 다른 사람도 아니고, 내가 나에게 부탁한 거잖아. 가 보자고, 로하가 살아 있는 과거로.'

에필로그

3342년 1월 11일

눈앞에 따스한 햇살이 비추고 있었다. 향긋한 꽃내음이 사방에서 넘쳐 난다. 손가락 마디마디 사이로 간지러운 바람이 스쳐 지나간다. 시야가 닿는 곳이라면 어디라도 아름다운 경치가 펼쳐져 있다. 파릇파릇한 잔디밭에 드러누워 있는데 강아지가 다가와서 혀로 뺨을 핥았다.

"젠장, 또 속을 뻔했네."

남자는 관자놀이를 눌러서 오감과 연결된 콘택트렌즈형 VR 장치를 종료시켰다.

"이제는 정말 모르겠다, 꿈을 꾼 건지 VR 영상을 본 것인지. 진짜와 가짜의 구분도 의미가 없어진 세상이니……."

오늘은 그에게 아주 중요한 날이다. 오랫동안 심사숙고했던 어떤 결정을 해야 하는 날이기 때문이다. 더 이상의 고민의 시간은 무의미했다. 스스로가 정한 것이니 이제 실행에 옮기기만 하면 된다.

남자는 물 한 컵을 마시고 모든 영양을 공급해 주는 알약을 삼킨 다음 다시 관자놀이를 눌러서 VR 장치를 활성화시켰다. 온라인을 통해 같이 인생 게임을 플레이해 왔던 오랜 지인들에게 작별 인사를 하기 위해서였다.

아영 : 철호 님, 오셨어요? 모두 기다리고 있었어요.

건호 : 철호 님께서 이렇게 가시다니 믿기지가 않아요. 정도 많이 들었는데…….

효정 : 철호 님, 정말 가시는 겁니까? 님이 가시면 이제 인생 게임은 같이 못 하겠네요. 너무 아쉬워요.

로하 : 정말이세요? 평생 해 오던 메타버스 인생 게임을 그만두시고 정말 리셋도 할 수 없는 위험한 현실 세계로 가시는 겁니까? 그러면 우리가 같이 만들어 온 인생 게임인 〈로하의 세상〉은 어떻게 해야 하나요?

철호 : 미안하게 됐습니다. 이미 선택을 한 후여서 뭐라고 변명도 못 하겠네요. 그동안 정말 즐거웠고, 감사했습니다. 새로운 분이 제 자리를 채워 주시겠죠. 과거 시간 여행 데이터를 바탕으로 한 인생 게임도 좋지만 아무래도 저는 진짜를 찾아가고 싶습니다. 아무리 현실과 구분이 안 되는 가상 세계라고 해도 가짜는 가짜잖아요.

로하 : 철호 님, 두 세계를 구분할 수 없다면 어느 쪽이든 상관없지 않나요? 게다가 현실 세상에서는 이렇게 다양한 인생을 경험할 수도 없잖아요.

아영 : 참, 로하 님. 우리가 같이했던 〈로하의 세상〉에서는 시간 여행 데이터를 활용하는 건 좋은데요. 꼭 로하 님 아니면 제가 죽어야 하는 결말이 나와서 좀 그렇네요. 어떻게 좀 안 될까요?

로하 : 아, 아영 님. 그 부분은 저도 게임 설계자분과 상의 중입니다만, 현재 관측된 시간 여행 데이터상으론 그 경우의 수를 벗어날 방법이 없네요. 아무래도 추가 데이터가 필요할 것 같아요. 데이터 아카이브가 워낙 방대해서

아무리 퀀텀 시스템이라고 해도 시간이 좀 걸릴 것 같습니다. 죄송하지만 조금만 더 기다려 주세요.

아영 : 네, 알겠습니다.

건호 : 가시는 분에게 이런 말 하는 건 좀 그렇지만, 솔직히 좀 걱정되네요. 특별한 경우가 아니면 인간이 직접 안 가고 관측용 안드로이드를 보내는데 말이죠. 정말 괜찮으시겠어요?

철호 : 걱정 마세요, 건호 님. 요즘 시간 이동 장치는 인간도 안전하게 여행할 수 있는 가이드를 제공해 주니까요. 제가 가서 역사도 좀 바꾸고 데이터도 많이 수집해서 오겠습니다.

로하 : 그렇게 말씀하시니 이거 기대를 안 할 수가 없군요. 그렇게 되면 〈로하의 인생〉의 새로운 스테이지들이 확장되겠네요.

철호 : 그렇겠죠. 그럼 저는 이만 가 보겠습니다.

아영 : 철호 님, 그동안 수고 정말 많으셨습니다. 시간 여행을 마치고 돌아오시면 꼭 다시 뵙길 기대하겠습니다.

남자는 함께 게임을 즐겨 왔던 지인들과 아쉬운 작별 인사를 했다. 그는 이들과 수많은 종류의 하이퍼 메타버스 게임을 즐겨 왔고 다양한 역할 놀이를 통해 거의 모든 종류의 인생을 경험해 왔다. 그런 와중에 언제부터인가 현실과 구분하기 힘든 시뮬레이션이라는 인식이 박혀 버렸다. 더 이상 게임이 즐겁지 않게 된 것이다. 때로는 같이 게임을 즐기는 저들도 진짜 사람이 아닌 AI

가 아닌가 하는 의심을 할 때도 있었다. 실제로 이제는 두 존재의 구분이 거의 불가능해진 세상이니 더욱 그랬다.

남자는 아쉬운 마음을 다잡고 다음으로 만날 사람과 접속하기 위해 VR 채널을 변경했다.

K : 드디어 오늘인가요?

철호 : 네, 오늘입니다. 인사를 드리러 왔습니다. 요즘은 어떠세요?

K : 네, 어느 정도 안정을 회복하게 되었습니다. 아, 그런데…….

철호 : 네?

K : 대화명을 그대로 쓰시네요? 그건 〈로하의 세상〉에서 플레이하시던 인물명 아닌가요?

철호 : 아 네, 맞습니다. 저는 옛날에 인간들이 쓰던 이름이 왠지 애착이 가서요. THX50345GO6처럼 기계 모델명 같은 이름은 별로 정이 안 가네요.

K : 그러시군요. 철호 님은 그 미개한 과거의 세상이 좋으신가 봐요? 저는 도저히 정신적으로 적응이 안 되던데요.

철호 : K님이 겪으신 스카이 트리 폭발 사건은 확실히 정신적 데미지가 크셨을 거 같아요. 그래서 이렇게 가상 요양원에서 멘탈 재활을 하고 계시는 거겠지만요.

K : 네, 정신적으로 아무런 자극을 느낄 수 없는 환경이 되어 버린 이 세상에서 하이퍼 메타버스 게임이 인간들에게 유일한 낙이긴 한데, 제가 정신력이 너무 약해서인지 자꾸 이렇게 요양원 신세를 지게 되네요.

철호 : 저는 다 이해합니다. 정말 잘못된 건 이렇게 돼 버린 세상이잖아요. 완벽한 삶을 추구할 수 있는 이런 세상 말입니다. 오죽했으면 과거의 삶을 경험하는 메타버스 게임에 중독되어 있겠어요.

K : 일리 있는 말씀이십니다. 저도 이런 세상을 바꾸고 싶네요. 마음 같아서는 철호 님과 함께 과거로 가서 역사를 바꿔 보고 싶지만, 아시다시피 제가 멘탈이 너무 약해서……. 그래도 마음은 응원하고 있다는 거 아시죠?

철호 : 물론입니다. 저도 전에 K님의 말씀을 듣지 않았다면 이런 일을 할 생각은 못 했을 겁니다. 직접 시간 여행을 하는 것에 대한 그 생각은 정말 감탄했거든요. 지금까지 경험했던 메타버스 게임과는 완전히 다른 느낌일 것 같습니다. 진짜를 경험한다는 게……. 아무튼, 가기 전에 K님께는 꼭 인사를 드려야겠다는 생각이 들어 이렇게 찾아뵙게 되었습니다.

K : 아, 감사합니다. 전에 〈로하의 세상〉에 참여했을 때 말입니다. 그 『인생』이라는 책을 읽게 되었는데…….

철호 : 어? 그 책 K님도 읽으셨군요. 많은 생각을 하게 하는 책이었죠.

K : 네, 맞습니다. 아이러니하게도 지금은 모든 것을 마음대로 선택할 수 있는 세상이 되었잖아요. 인간이 신을 동경했던 것처럼 완벽한 삶을 추구했었는데, 정작 그 삶을 손에 넣게 된 지금은 이상하게도 허무만이 넘치네요.

철호 : 그래서 제가 세상을 바꿔 보려고 결심한 겁니다. 이런 생각을 유일하게 K님과 공유할 수 있어서 정말 기쁘네요. 감사합니다.

K : 감사는 제가 해야죠. 그럼 유익한 시간 여행 되시고 계획하신 것 꼭 성공하시기 빕니다.

철호 : 알겠습니다. 게임에서 수없이 시뮬레이션을 했으니 꼭 성공할 겁니다. 안녕히 계세요.

VR 장치를 종료한 남자는 깊게 심호흡을 하고 시간 이동 센터로 가는 셔틀 캡슐에 몸을 실었다. 그리고 시간 이동 장치 탑승 전에 심사를 하는 AI와의 인터뷰 룸으로 들어갔다.

[다시 한번 고려해 보실 순 없으신가요? 실제로 경험하게 되는 시간 여행은 관측되지 못한 수많은 변수가 있어서 상당히 위험합니다. 그래서 데이터 수집을 위해 파견되는 안드로이드도 돌아오지 못하는 경우가 많습니다. 정말로 직접 가시겠습니까?]

"이미 수없이 생각해 보고 내린 결정입니다. AI인 당신이 제 결정을 거부할 권리는 없을 텐데요."

[당신의 권리를 침해하려는 건 아닙니다. 다만 이런 질문을 하는 건 저의 의무이고 일입니다.]

"아, 알겠습니다. 어서 진행해 주세요."

[현재의 세상은 상당히 발전해 있습니다. 누릴 수 있는 것도 많습니다. 과거의 세상이 어떤지는 VR을 통해서 충분히 경험해 보셨을 것으로 사료됩니다. 아직도 경험하고 싶은 것이 더 남아 있다면 다시 VR을 통해서 얼마든지 경험하실 수 있습니다.]

"또 시작이군. 다 알고 있습니다. 그 부분은 넘어가 주세요."

[다시 한번 말씀드리지만 이건 저의 의무…….]

“그래요. 알겠으니까, 더 이상 나를 설득하려 하지 마세요.”

[과거의 세상은 지금의 세상과 많이 다릅니다. 생존을 위한 모든 것도 스스로가 해 나가야 할 겁니다. 그리고 인간으로서 누릴 수 있는 권리 또한 매우 열악합니다.]

“상관없습니다. 저는 이런 가짜만 있는 세상에서 영원한 삶을 산다는 것이 지옥 같습니다. 그래서 내린 결정입니다.”

[지옥요? 그건 과학적으로 증명되지 않은 것입니다. 게다가 지옥은 인간이 죽은 후 가는 곳이라고 되어 있는데, 반영구적인 존재인 인간에게는 무의미합니다.]

“알았어요. 지금 당신하고 용어 정의 같은 거 하고 싶지 않습니다. 어서 진행이나 해 주세요.”

[당신의 목소리를 분석한 결과 현재 우울증 초기 증상의 감정 상태인 것 같습니다. 정신과 AI와 상담하시길 권합니다.]

“전 멀쩡합니다. 오히려 별 감정 변화 없이 사는 지금의 인간들이 문제인 거죠. 조금만 화를 내도 우울증이라는 분석을 하는 건 잘못된 겁니다. 인간은 기계가 아닙니다.”

[현재 느끼시고 있는 감정은 VR 게임의 영향으로 생긴 것일 수 있습니다. 현실 감각을 회복하기 위해 정신과 AI와 상담하시거나 안정제 복용을 권합니다.]

“알겠습니다. 고려해 볼게요. 인터뷰 계속 진행해 주세요.”

[현재 몇 살이시죠?]

"백열여섯 살입니다."

[가시게 될 과거의 세상은 생명 유지에 관련된 의학 기술이 상당히 미개한 수준입니다. 그건 충분히 인지하고 계신가요?]

"예."

[죽음이란 것이 두렵지 않으신가요? 각종 질병 및 사고로 언제 죽게 될지 모릅니다. 그것도 인지하고 있으십니까?]

"예."

[알겠습니다. 그럼 이제 신청하신 대로 과거의 세상으로 이동할 수 있게끔 절차를 진행하도록 하겠습니다. 시간 이동 장치가 가동되기 바로 직전이라도, 생각이 바뀌신다면 언제든지 되돌릴 수 있습니다. 하지만 시간을 이동시킨 후에는 다시는 되돌아올 수 없습니다. 그 부분도 인지하고 있으십니까?]

"예."

[좋습니다. 원하시는 대로 시간 이동을 하시면 지금까지 살아왔던 모든 기억들은 다시 돌아오실 때까지 봉인됩니다. 알고 계실 테지요?]

"예, 알고 있습니다."

[시간 이동 방식이 육체 이동과 의식 이동이 있는데, 의식 이동을 선택하셨군요. 과거에 살던 사람의 의식으로 이동하실 수 있습니다. 당신은 철호라는 인물의 삶을 선택하셨군요. 시간 여행 데이터로 만들어진 VR 게임 〈로하의 세상〉에 나오는 인물이

군요. 맞습니까?]

“네, 맞습니다. 그렇게 설정해 주세요.”

[좋습니다. 그럼, 과거의 세상에 도착하시면 철호라는 인물로 사실 수 있게 진행해 드리겠습니다. 초기에는 본인 의사와 상관없이 자동적으로 몸이 움직이실 겁니다. 하지만 걱정 마세요. 기본 설정이 끝나면 당신은 완전하게 철호라는 인물로 사실 수 있습니다. 혹시 따로 원하시는 건 없으십니까?]

“제가 진짜 감정을 느낄 수 있게 해 주세요. 즐거움, 슬픔, 괴로움, 행복함을 느낄 수 있게 철호란 인물의 관련 기억을 활성화시켜 주세요.”

[네, 알겠습니다. 그럼 인터뷰는 여기서 마치겠습니다. 다음 단계로 신체 검사를 진행한 후 시간 이동 장치가 있는 방으로 이동하시게 될 겁니다. 그럼 행운을 빕니다.]

“감사합니다. 그럼 이제부터 꿈이나 가상 현실이 아닌 현실을 경험하게 되겠군요.”

철호는 그렇게 말하고 다시 이동 캡슐에 몸을 실었다. 그는 이동 캡슐의 투명한 창에 비친 자신을 물끄러미 바라보았다. 그 모습은 언제나 낯익은 것이었다. 타인과 마주해도 마치 거울을 보는 것 같은 느낌이 들었다. 태어나기 전 유전자 변이 시스템에 의해 조절된 적당한 키와 신체 비율은 인간에게서 개성을 앗아갔다. 그것은 마치 거세당한 동물 같았다.

철호의 시선은 자신의 얼굴로 이동했고, 자신과 눈이 마주쳤다. 그리고 노려봤다. 신기할 정도로 이렇다 할 특징이 없이 평범한 그 얼굴을.

작가의 말

저는 어릴 적에 소설책과 만화책을 무척이나 좋아했습니다. 조금씩 모은 용돈으로 책방에서 책들을 빌려와서는 친구들이 빌려온 다른 책들과 바꿔 가며 마구잡이로 읽어 댔었습니다. 다음 편을 읽어야 하는데 누군가가 빌려 간 책을 가지고 오지 않아 속상한 적도 있었고, 부끄럽지만 수업 시간에 몰래 소설책을 읽다가 내용이 슬퍼서 엎드려 눈시울을 붉힌 기억도 있습니다.

제가 초등학교 5학년 때 재미 삼아 쓴 10페이지가량의 미완성 소설이 선생님께 칭찬을 받았을 때가 기억나네요. 하늘로 날아갈 것만 같았던 기분을 내심 숨겼지만, 지금 생각해 보면 그 감정이 그대로 표정에 나왔던 것 같습니다. 그 표정을 본 선생님의 얼굴이 떠오르네요. 선생님 다음으로 저의 미숙한 글을 본 친구가 '네가 쓴 건 재미없어.'라는 말만 안 했었더라면 조금 더 일찍 글쓰기를 시작하지 않았을까 하는 생각이 듭니다.

저는 20대 초반까지 글쓰기와는 일정 거리를 두고 살아왔습니다. 대부분의 사람들처럼 자기 전에 소설책을 읽고 쉬는 날에 영화를 보는 일상을 살았습니다. 가끔은 소설과 시를 가리지 않고 이런저런 글을 쓰기는 했지만, 그저 심심풀이용이었고 귀찮아서 한 번의 퇴고도 거치지 않았습니다. 물론 마음속으로는 언젠가 제대로 된 나의 소설을 쓰고 싶다는 생각을 했었지만 그게 마음처럼 쉽지가 않더군요.

저의 직업은 책 또는 출판과는 상당히 거리가 멀었고, 사회 초년생이라 직장 내에서 자리를 잡기도 바빴습니다. 게다가 직장을 다니면서 소설을 쓸 수 있을까? 과연 그러한 상황에서 좋은 소설이 나오기나 할까? 이러한 의문들 때문에 자신감도 없었거든요.

그러던 어느 날이었습니다. EBS에서 방송하는 어떤 다큐멘터리를 봤습니다. 다큐멘터리는 지구의 인구 문제를 다루고 있었습니다. 환경 오염의 위험성과 인간의 욕심에 의해 고통당하고 있는 동물들의 모습, 어쩌면 머지않아 인간 때문에 지구가 큰 위기를 겪을 수도 있다는 내용이 담겨 있었습니다.

저는 그 다큐멘터리를 보고 나서 주변의 지인들에게 이런 질문을 하게 되었습니다. '인구 과잉 때문에 지구가 위험해질 수도 있다는데, 이제 사람들은 점차 인구를 줄여 나가야 하지 않을까요?'라고 말입니다. 그랬더니 정말로 가지각색의 대답이 나오더군요. 'DNA를 퍼뜨리는 게 생명체의 본능인데 그게 되겠냐?', '안 그래도 우리나라는 출산 부족으로 힘든데 지금 무슨 소릴 하냐?', '인구가 너무 많긴 하지. 서울에서 아침에 지하철 타 봤어? 그거 안 타 봤으면 말을 하지 마.' 등의 대답을 들었습니다.

그때 저는 생각했습니다. 제가 좋아하는 소설에서 인구 과잉으로 인한 문제를 결합시켜 보면 재미있지 않을까 하고 말입니다. 인구 과잉 문제에 대한 해결책을 놓고 의견 충돌을 하는 사람들의 모습, 생존에 대한 경쟁이 날로 심각해지는 모습, 악한 본성을 드러내는 인간의 경악스러운 모습. 생각만 해도 공포가 느껴지더군요.

그리고 저는 소설을 쓰기 시작했습니다. 수차례 퇴고를 거치는 제대로 된 소설을요. 글이 술술 풀릴 때도 있었고 꼬여서 고민할 때도 많았습니다. 그저 제가 가지고 있는 열정을 다해 글을 써 내려갔습니다. 문단 하나가 완성되는 것만으로도 성취감이 느껴졌습니다. 소설을 쓰기 시작하면서 독서에 빠져 있었던 어릴 적 자신의 모습이 떠올랐고 추억이 되살아나기 시작했습니다. 그래서 언제부터인가 밤마다 책상에 엉덩이를 붙이고 글 쓰는 것이 취미가 된 것 같습니다.

당연한 얘기지만, 소설을 쓰면서 자연스레 제가 좋아했던 작품들의 영향을 받았습니다. 저는 소설, 드라마, 영화를 가리지 않고 좋아하는 장르라면 찾아보고 즐깁니다. 제가 빠져든 장르는 미스터리 공포, 생존 드라마, SF입니다. 이러한 장르의 작품들은 주로 주인공의 목숨과 인생을 담보로 도박을 하는 내용들을 다루고 있죠. 그런 작품들에서는 강렬한 스릴과 격한 감정의 묘미를 맛볼 수 있는 것 같습니다.

제가 특히나 좋아하는 작품을 생각나는 대로 말씀드리면 김영하 작가님의 소설 『살인자의 기억법』, 생존 드라마의 한 획을 그은 드라마 『워킹 데드』, SF 장르 특유의 경외적인 느낌을 잘 녹여 낸 영화 『인터스텔라』 등입니다. 이 외에도 많은 작품들이 저에게 영향을 주었습니다. 그래서 소설을 쓸 때는 한 장르만을 고집했다기보다는 제가 좋아하는 여러 장르의 특성을 되뇌며 나름 자유롭게 글을 썼습니다.

소설을 쓰는 동안 제가 가지고 있는 전문적 지식의 수준이나 경험 부족으로 인한 한계를 수없이 많이 느꼈습니다. 그때마다 의자에서 일어나 누군가를 만나거나 전화기를 붙잡아야 했습니다. 그건 저에게 부족한 지식과 경험을 가진 분들께 조언을 듣기 위해서였습니다. 그래서 끝으로 제가 곤란할 때마다 번번이 도움을 주시고 힘을 보태 주신 분들께 깊은 감사의 말씀을 전하고 싶습니다.

우선, 소설에 대한 전체적인 도움과 깊이 있는 조언을 아끼지 않으신 아프로스미디어의 주자덕 대표님께 감사의 말을 전하고 싶습니다. 그리고 거침없이 의견을 말해 준 가족과 원고를 읽어 보고 이런저런 조언을 남겨 주신 주변 지인분들께도 감사 인사를 전합니다.

제 첫 번째 장편소설인 『로하의 세상』을 독자 여러분들이 어떻게 감상하실지 가슴이 두근거릴 정도로 궁금하네요. 부디 재밌게 읽어 주시길 빌며, 다음에 새로운 작품으로 다시 뵙기를 기대하겠습니다.

2021년 5월

김남겸